NET FORCE
CYBERNATION

TOM CLANCY ET STEVE PIECZENIK
présentent

Tom Clancy

NET FORCE

CYBERNATION

ROMAN

Ecrit par Steve Perry

*Traduit de l'américain
par Jean Bonnefoy*

ALBIN MICHEL

Ceci est une œuvre de fiction. Les personnages et les situations décrits dans ce livre sont purement imaginaires : toute ressemblance avec des personnages ou des événements existant ou ayant existé ne serait que pure coïncidence.

La question à laquelle nous sommes confrontés n'est pas d'un caractère ordinaire. Nous ne sommes pas engagés dans une guerre de conquête, un conflit pour l'accroissement territorial ou le respect d'un point de droit international. La décision sur laquelle vous allez devoir statuer est celle-ci : serez-vous esclaves ou serez-vous indépendants ?

Président Jefferson Davis,
États confédérés d'Amérique,
Jackson, Mississippi,
26 décembre 1862.

PREMIÈRE PARTIE

Les lignes sont coupées

Prologue

Cameron Barnes planta un doigt sur la touche « 0 » du téléphone et se mit à pianoter frénétiquement sur le clavier.

« Bordel, qu'est-ce qui déconne, bon sang ? Allez ! Allez ! »

Depuis la cuisine, Victoria lança : « Quoi ?

– Je te parle pas, je parle à ce con de téléphone ! »

Victoria passa la tête par l'embrasure de la porte : « Excuse-moi ?

– Le téléphone, je te dis, le téléphone est en panne. Plus de tonalité, rien...

– Prends ton numérique.

– J'ai déjà essayé. Pareil.

– Peut-être que ta batterie est...

– Non, la batterie n'est *pas* déchargée. J'ai encore vérifié !

– Bon, ben, m'engueule pas, j'y suis pour rien, moi !

– Désolé. Mais, comprends, faut absolument que je

11

passe ce coup de fil – si le client n'a pas eu de nos nouvelles à sept heures et demie, on est mal. Je vais perdre ma commission !

– Prends mon portable. »

Il allait lui demander mais elle le brûla sur le fil : « Dans mon sac. »

Cam trouva son sac, en sortit le petit téléphone mobile, le déplia. Il tenta d'abord le voxax – l'accès vocal –, énonçant le nom de son correspondant, mais ça ne marchait pas. Avec les touches non plus.

Il allait perdre sa commission. Huit cents billets. Merde !

Austin, Texas

Rocko Jackson fixa son écran d'ordinateur et poussa un juron : « Putain de merde ! Va pas me faire ce plan maintenant ! »

Dans le box voisin du sien, Tim Bonifazio se leva pour regarder par-dessus la cloison basse.

« K'y s'passe, homme blanc ?

– C'te bougre de réseau doit encore être planté. Impossible d'accéder au Net.

– Deux secondes, laisse-moi vérifier. Ça doit juste être sur ton poste, tu sais combien le serveur te déteste. »

Tim disparut hors de vue. Au bout d'une seconde, Rocko entendit : « Oh-ho !

– Ha-ha, alors comme ça, le serveur te déteste aussi, pas vrai ?

– Correction, mec : il déteste tout le monde. Mon portable et mon modem sans fil sont en rade, pareil.

– Qu'est-ce que t'es en train de me dire, là ? Que l'Internet est en panne ? » Il éclata de rire.

« C'est l'impression que ça me donne, vu d'ici.

– Arrête tes conneries. »

Silicon Valley, Californie

Rachel Todd se présenta à l'entrée de la salle de conférences au même moment que Dall Elner et Narin Brown.

« Qu'est-ce qui se passe, les gars ? » leur demanda-t-elle aussitôt.

Les deux hommes hochèrent la tête. « Là, je sèche, avoua Narin. Tout ce que je sais, c'est que plus personne ne peut accéder au Web. Plus rien ne marche : ni les réseaux câblés, ni les bornes sans fil, ni les téléphones numériques, rien. Même le virgil[1] du vieux de John est en rideau. Comme si le Net était... mort, ou je ne sais quoi.

– Impossible, protesta Dal.

– Peut-être pas, mais je peux vous dire qu'au moins

_____

1. « VIRtual Global Interface Link » : liaison par interface globale virtuelle. Variante du téléphone mobile-SMS-photoscope-caméscope-ordinateur-modem sans fil-calepin électronique. Pour tous les autres termes et acronymes techniques, se reporter aux glossaires des trois premiers volumes de la série. (Toutes les notes sont du traducteur.)

quinze grandes passerelles de liaison Internet – de la boucle locale vers New York, Londres ou Hongkong – sont purement et simplement inaccessibles.

– Moche, ça, commenta Rachel.

– Moche ? C'est catastrophique, oui ! Chaque heure où nous restons injoignables nous coûte un demi-million de dollars ! D'ici deux jours, on est bons pour mettre la clé sous la porte !

– Nous et pas mal de monde à la ronde, observa Narin.

– Tu parles d'une consolation... »

Montagne Cheyenne, Wyoming

« Voulez-vous me dire, lieutenant, ce qui se passe, sacré nom de Dieu ?

– Pas la moindre idée, mon général. Toutes les liaisons réseau sont interrompues.

– Vous voulez dire que nous sommes sourds et aveugles dans ce trou ?

– Négatif, mon général, nos liaisons terrestres sont toujours opérationnelles, nous pouvons introduire les codes de lancement à la main si nécessaire.

– Et comment fait-on pour ouvrir les portes des silos ?

– À la manivelle, mon général.

– Inacceptable, lieutenant. Je veux voir la situation rectifiée sans tarder.

– Mon général, d'après les rapports des liaisons terrestres, le problème est d'envergure nationale – nous ne pouvons pas le régler d'ici.

– Sacré bordel de merde !

– Affirmatif, mon général. »

Dry Wells, Dakota du Nord

Le chef de la police Steve Cotten contemplait derrière sa fenêtre le ciel de cette matinée glaciale. À peine mis en service, le nouveau réseau de distribution électrique venait de lâcher. Alors qu'il faisait une température de moins vingt-cinq – et même moins quarante-cinq en tenant compte du facteur de refroidissement dû au vent –, il n'y avait plus ni éclairage, ni chauffage, ni aucun réseau téléphonique ou télématique.

Les habitants du Dakota du Nord avaient l'habitude du froid et, d'ordinaire, ils gardaient assez de bois de chauffage en réserve pour faire face aux urgences. Pour sa part, le chef en avait six stères fendus stockés sous une bâche à côté du garage, mais il y avait des gens âgés pour qui fendre et porter les bûches était une corvée difficile. Quatre personnes étaient déjà décédées, victimes d'infarctus, quatre autres s'étaient infligé des blessures assez sérieuses pour requérir leur hospitalisation. Le chef Cotten savait qu'il fallait compter encore toute une tranche de population qui n'aurait pas les moyens de chauffer sa maison et risquait fort de mourir d'hypothermie.

Le chef soupira. Pas de doute, c'était bien parti

pour être une sale putain de matinée bien merdique, dans le coin. Chierie.

À bord du navire-casino **Bonne Chance** en mer des Caraïbes

Seul dans sa cabine, Jackson Keller décoiffa le casque, retira les bouchons d'oreille, retira ses gants haptiques et contempla, tout sourire, la mire de test de l'holoproj. « C'est le moment d'y aller, les gars, lança-t-il. Voyons un peu ce qu'ils disent de ça ! »

Ils n'allaient sûrement pas apprécier. Surtout Jay Gridley.

Il rit. Ah, il sentait qu'il allait bien se marrer.

1.

QG de la Net Force
Quantico

Alex Michaels, commandant de la Net Force, étouffa un juron en contemplant l'écran vide de l'ordinateur posé sur son bureau. Il décrocha son téléphone, puis énonça : « Jay Gridley. »

Le circuit d'activation vocale établit la connexion, mais le réseau interne était dépourvu de vidéo. La voix à l'autre bout du fil lança : « Oui, quoi ? Je suis pas mal occupé, là !

– Jay. Bordel, qu'est-ce qui se passe ?

– Oups. J'avais pas vérifié le signal d'appel, désolé, patron. On a des problèmes.

– Vraiment ? Pas possible ?

– Je suppose que vous n'auriez pas appelé si vous ne vous en étiez pas déjà aperçu.

– C'est quoi, l'embrouille ?

– Je n'en sais rien. Notre serveur principal est en rideau, et toutes les lignes téléphoniques externes sans fil sont brouillées. Le circuit d'alarme de mon virgil signale des coupures similaires partout, dans tout le pays.

– Super.

– J'essaie d'en trouver l'origine, patron.

– Je ne veux surtout pas te retenir. Rappelle-moi dès que tu as quelque chose. »

Michaels raccrocha. Quelle ironie... quelques minutes plus tôt, ne se félicitait-il pas de constater à quel point tout marchait à merveille ? Les affaires tournaient tranquillement, la Net Force dominait la criminalité informatique comme jamais auparavant, même la directrice du FBI l'avait appelé personnellement pour le féliciter de la qualité du boulot qu'ils effectuaient. Il aurait mieux fait de ne pas savourer sa victoire trop vite. C'était comme si, alors que le bon Dieu buvait paisiblement son café du matin, Michaels s'était pointé, tout content de lui, et lui avait donné un coup de coude, répandant le café brûlant sur Son divin giron.

Oups.

Vois, fils, que je te montre ce qui t'attend avant ta chute...

Il aurait dû s'en douter.

Il était en train de le payer. Parce qu'il savait bien que, quel que puisse être le problème affectant le Web et le réseau téléphonique, il retomberait fatalement sur la Net Force. Pas à tortiller.

« Monsieur ? » Sa secrétaire.

« Oui ?

– Vous avez la directrice au téléphone. Sur la une. »

Michaels hocha la tête. Évidemment, tiens. Il poussa un soupir et tendit la main vers le combiné.

Helsinki, Finlande

Jasmine Chance parcourut le couloir pour rejoindre le bureau que Roberto avait débarrassé de son mobilier pour le convertir en salle de gym. De la musique sortait du gymnase improvisé de Roberto, des percussions et la vibration chantante et nasillarde du berimbau, un instrument qui ressemblait vaguement à un arc doté d'une corde métallique et muni d'une calebasse fixée à une extrémité. Roberto lui en avait expliqué le maniement avec une abondance de détails dont Chance se serait fort bien passé. On jouait de l'intrument en frappant la corde avec un petit bâton tout en secouant de la même main la calebasse remplie de petits cailloux, et le musicien pouvait jouer alternativement deux notes en touchant la corde avec ou sans une pièce de monnaie. Santos aimait que ses musiciens utilisent un Krugerrand, l'or, selon lui, donnant le meilleur son. Les rythmes simples ainsi produits étaient partie intégrante de la capoeira, cette danse acrobatique afro-brésilienne imitant un art martial que Roberto Santos – un Brésilien noir qui portait le titre de *capoeirista mestre* – pratiquait plusieurs heures chaque jour.

Chance franchit le seuil au moment précis où Roberto effectuait un saut périlleux arrière pour faire un atterrissage impeccable sur la pointe des pieds, avant de s'accroupir, un pied tendu, en balayant le sol d'un large mouvement en arc de cercle. Seules les

paumes des mains et la plante des pieds étaient cen-
sées toucher le sol, lui avait-il dit, cela faisait partie du
Jogo, le Jeu. La capoeira était une technique de combat
développée par des esclaves, et tandis que d'aucuns
soutenaient qu'elle avait été maquillée en danse pour
mieux berner les maîtres blancs, Roberto avait eu tôt
fait de remarquer qu'une telle opinion était simpliste.

L'essentiel de ce que Jasmine savait sur la capoeira,
elle l'avait appris de Roberto au lit, entre deux séan-
ces d'un autre art dont elle était, quant à elle, une
pratiquante assidue. Roberto avait à peine la trentaine. Dix ans de moins qu'elle. Il était beau, débordant d'énergie, et son corps superbe semblait taillé
dans un bloc de bois de cocobolo. Pas un poil de
graisse.

Il était encore un diamant brut quand ils s'étaient
rencontrés. Elle l'avait poli, et lui avait enseigné l'art
de l'amour depuis un an qu'ils étaient associés. Il y
montrait de grandes dispositions.

Vêtu seulement d'un pantalon de fin coton rayé
blanc et rouge qui lui arrivait à mi-mollet, Roberto
avait le corps luisant de sueur et de passion alors qu'il
pratiquait ses exercices. Même s'il préférait un accom-
pagnement musical par trois ou quatre de ses compa-
gnons – l'apprentissage des instruments faisait partie
de celui de la danse –, en l'occurrence, la musique
était enregistrée. Quand il la vit entrer, il termina sa
séquence de mouvements, puis traversa le plancher
nu sur la pointe des pieds pour aller éteindre l'appareil.

Quand il s'exprimait, c'était avec un accent, le flot
liquide et doux du portugais filtrant dans son anglais,

arrondissant les angles des consonnes et rallongeant les voyelles.

« Ah, Missy. Comment se déroule la bataille ? »

Elle sourit, exhibant des dents parfaites – autant de merveilles d'une coûteuse orthodontie, mille dollars la couronne. « Keller dit que la première sortie s'est déroulée au mieux. »

Roberto ramassa par terre une serviette pour éponger la sueur sur son visage et son crâne rasé. « Jackson, c'est un gars bien, il sait faire danser les ordinateurs mieux que personne. »

Chance sourit. C'était vrai. Jackson Keller était un sorcier de l'informatique – du matériel comme du logiciel – aussi bon pour régler ces trucs techniques que Roberto pour frapper à la tête. Pour ses postes clés, CyberNation n'engageait pas des petites pointures. Il y avait beaucoup à gagner – ou à perdre – dans ce jeu, et les économies de bouts de chandelle – ou de personnel – seraient un choix stupide, à courte vue. Quand on s'efforçait de créer une nation virtuelle en partant de zéro, de lui donner poids et substance, on était obligé de réaliser tout un tas de choses très complexes si l'on voulait s'en sortir. Avoir un bon coup de main n'était pas suffisant. Il fallait les meilleurs. Or, c'était bien ce qu'étaient les personnels de Chance : les meilleurs. Et elle n'était pas nulle non plus, même si son talent était un rien plus délicat à quantifier. Les dirigeants de CyberNation l'appelaient Miss Dragon quand ils croyaient qu'elle ne les entendait pas et elle prenait ça comme un compliment.

À Roberto, elle confia : « Certes, mais c'est la partie facile. Pirater des logiciels détourne leur attention, mais ils surmonteront le problème et tout ce que ça

21

leur coûtera, c'est un peu de surmenage chez leurs programmeurs et quelques heures de panne. L'étape suivante sera bien plus difficile. S'il faut en arriver là. »

Et bien entendu, il faudrait en arriver là d'ici peu – les nations du monde n'allaient pas se laisser faire et céder un pouce de terrain, surtout pas le genre de pouvoir que revendiquait CyberNation.

« Tu te tracasses trop, Missy. » Il sourit. « Cette phase ne sera pas plus dure que le Jogo de Jackson... juste différente.

– Ça fait plaisir de voir que tu n'as pas perdu ta confiance, Roberto.

– Ah, moi, je perds jamais rien. »

Elle referma la porte et la verrouilla. « Cause toujours... »

Il glissa les pouces sous la ceinture de son pantalon et le fit descendre avant de l'ôter, une jambe après l'autre, et de le jeter à côté de lui.

Elle rit et porta les mains aux boutons de son corsage. « Va falloir qu'on se presse, lui dit-elle. On doit embarquer dans une heure.

– Une heure ?

– Faut qu'on remballe.

– Je vais te montrer comment on emballe, moi. »

Elle se remit à rire. La vie était belle.

Washington, DC

Quelqu'un poussait des cris perçants qui sortirent brutalement Toni de son demi-sommeil. Aussitôt sur le qui-vive, elle bondit du canapé et se mit en position de défense, s'attendant à une attaque, avant que son cerveau ne se remette en prise.

C'est juste le bébé. Juste le petit Alex.

Toni se relaxa. Tout haut, elle lança : « Ouais, mon petit Alex, l'enfant démon issu du tréfonds des Enfers. » Mais elle filait déjà vers la chambre et avait rejoint le berceau avant qu'il ait eu le temps de pousser un autre cri indigné.

« Ta-ta-ta-ta, bébé, qu'est-ce qui se passe ? Maman est là, tout va bien. »

Debout en équilibre instable sur ses petits pieds potelés, il s'accrochait aux côtés du berceau.

Elle souleva le bébé, le posa sur son épaule gauche et lui tapota doucement le dos.

Il poussa encore un cri, sans grande conviction, juste pour lui faire savoir qu'il n'était pas content qu'elle ait mis une bonne trentaine de secondes pour accourir du séjour, puis sa protestation se fondit dans un gargouillis tranquille avant de s'éteindre complètement.

« Bien, allez, t'es content, maintenant, pas vrai ? Petit monstre, va ! » Elle le bascula sur le dos pour le bercer, souriant avec une joie farouchement possessive. Elle n'avait pas dormi plus de quatre heures d'affilée depuis ce qui lui semblait une éternité mais c'était un tel ange quand il lui souriait avec ses petites quenottes toutes neuves, comme en ce moment. C'était un enfant superbe. Ouais, ouais, elle savait bien que toutes les mères pensaient la même chose de leur bébé, mais en toute objectivité, il l'était vraiment. En toute objectivité. Il suffisait d'avoir des yeux pour le voir.

Elle sourit à cette idée et à Alex Junior – un prénom contre lequel son père avait lutté en vain. Oui, avait-elle convenu, un « junior » devait se montrer à la hauteur d'une réputation et non, ce n'était peut-être pas le meilleur cadeau à faire à un bébé. Ils étaient finalement tombés d'accord sur « Scott », qui était le deuxième prénom de son grand-père paternel. Mais quand l'infirmière de la clinique était venue avec le petit écran-plat pour remplir la fiche du nouveau-né, Alex n'était pas là...

« Quel est le prénom du bébé ? » avait demandé l'infirmière, prête à l'entrer dans la machine.

Et Toni avait souri, puis le lui avait donné. Alex n'avait pas été si mécontent que ça. En fait, elle était sûre qu'il était secrètement ravi.

Le petit Alex émit des bruits de succion mais il n'était pas l'heure de son biberon. Elle avait cessé de l'allaiter ; il buvait maintenant du lait et mangeait régulièrement de la nourriture solide. Et elle avait cessé d'avoir des montées de lait chaque fois qu'il pleurait, Dieu merci. Cela finissait par devenir un rien gênant quand elle était au restaurant ou le promenait simplement dans sa poussette.

Elle retourna au séjour, berçant toujours le petit bonhomme, tout en cherchant son doudou. Ils en avaient une bonne demi-douzaine, mais le bébé était capable de les distinguer et refusait tous ceux qui n'étaient pas son préféré. Cela avait provoqué quelques moments pas drôles du tout, quand ils devaient retourner la maison en tous sens à la recherche du doudou perdu, sur fond de piaillements de bébé mécontent. Hélas, le doudou préféré s'était avéré être un jouet de bain offert par quelqu'un, et ni Toni ni

Alex n'avaient réussi à en retrouver l'équivalent. Il ne portait aucun nom de marque et plus personne ne se souvenait de qui venait le cadeau. Une recherche sur le Web n'avait rien donné non plus. Normalement, l'objet était fixé par une pince à la chemise du bébé pour ne pas le perdre mais, Dieu sait comment, ils avaient malgré tout réussi à le paumer.

Jay Gridley s'était pointé avec une minuscule balise qu'on pouvait accrocher à la pince. Tout ce que vous aviez à faire, c'était crier « Doudou ! » d'une voix forte et le bidule électronique, de la taille approximative d'une pièce de monnaie, répondait « Je suis là », encore et encore, jusqu'à ce qu'on ait remis la main dessus pour l'éteindre. Jay avait mis le gadget à l'intérieur d'une petite pochette de silicone étanche, juste au cas où le petit Alex arriverait à se le fourrer dans la bouche.

La vie depuis l'arrivée du bébé était sans cesse occupée par ce genre de problèmes qui ne semblaient mineurs que pour ceux qui n'avaient pas d'enfants.

Et se retrouver maman à temps plein était à mille lieues des tâches d'une agent de la Net Force, adjointe de celui qui était désormais son époux ou collaboratrice du FBI au titre d'officier de liaison avec la Net Force.

C'est à cet instant précis que le bébé émit distinctement un : « Pa-pa. »

Toni le regarda, les yeux ronds. « Hein ? Qu'est-ce que t'as dit ? »

Petit Alex sourit et le répéta, en remettant une troisième couche pour faire bonne mesure : « Pa-pa-pa. »

Il fallait qu'elle appelle Alex ! Il fallait qu'il l'entende ! Ce gosse était un prodige, un génie !

Elle se précipita vers le téléphone, le décrocha, pianota le numéro d'Alex.

Mais comme de juste, le téléphone était en dérangement.

OK, parfait, elle le lui dirait quand il rentrerait. D'ici là, elle pouvait habiller le bébé, le mettre dans la poussette et sortir faire une grande balade. Dehors, il faisait frisquet mais au moins y avait-il du soleil et l'on ne prévoyait pas de pluie. Un peu de grand air leur ferait à tous deux le plus grand bien.

« On veut faire une petite promenade, petit babouin ? »

Il la comprenait et elle était sûre qu'il lui avait fait oui de la tête. Enfin, un peu. Évidemment. Après tout, c'était un petit prodige, non ? Le plus intelligent, le plus mignon, le plus beau bébé du monde. Sans l'ombre d'un doute.

2.

Madrid
Été 1868

Madrid grillait sous la chaleur estivale, alors autant faire la sieste.

Assis à l'ombre d'un grand store, à la terrasse d'un café, Jay Gridley dégustait un verre de vin de table tiède, tout en chassant les mouches de sur la nappe à carreaux salie ; il regardait, sous la table voisine, un chien tressauter dans son sommeil plein de mystérieux rêves.

Isabelle II, fille aînée de Ferdinand VII, était encore sur le trône des Bourbons en ce jour torride, mais son pouvoir, de tout temps demeuré précaire, était sur le point de prendre fin. Isabelle ne bénéficiait que d'un soutien populaire sporadique, elle changeait de cabinet aussi souvent que de sous-vêtements, et le brouet grumeleux de monarchistes, modérés, progressistes et syndicalistes de gauche était une fois encore sur le point, en cette fin de XIXᵉ siècle, d'être mis en ébullition. Les deux militaires de son entourage politique, les généraux Ramón María Narváez et Leopoldo O'Donnell, étaient morts à présent. Bientôt, la révolution menée par le général Francisco Serrano y Domínguez, duc de La Torre, qui avait déjà été aux affaires, et par le général Juan Prim y Prats, qui n'en était pas à sa première tentative, allait en septembre 1868 contraindre la reine à abdiquer au profit de son fils Alphonse XII. Le mois suivant, elle devait s'enfuir à Paris, puis se réfugier au Havre, pour ne revenir en Espagne qu'en 1874, quand son fils Alphonse finalement évincé se verrait de nouveau proposer la couronne, après l'intermède de la première République. Mais Isabelle devait largement survivre à ses adversaires politiques, qu'il s'agisse de Prim, élu Premier ministre, qui serait assassiné à peine plus de deux ans après la révolution, ou de Serrano qui mourrait en 1885, tandis que l'ancienne reine ne s'éteindrait qu'en 1904.

Vivre assez longtemps pour pouvoir cracher sur la tombe de ses ennemis est une certaine forme de vengeance.

Tout en sirotant son vin pas si mauvais, Jay sourit. Enfin, quel était l'intérêt de créer un scénario de RV si l'on ne pouvait pas le faire fonctionner et le modifier à sa guise ? Et dans ce cadre, être grand amateur d'histoire pouvait se révéler très gratifiant.

En réalité, Jay était assis dans son bureau au QG de la Net Force, dont le siège occupait une partie des près de deux cents hectares que formait le complexe du FBI à Quantico. Il était raccordé à un réseau haptique intégral sans fil, composé du dernier cri en matière de simulateurs optiques, auditifs, olfactifs et gustatifs, sans oublier la toute nouvelle version de brumisateur météo qui pouvait être réglé au degré près par l'ordinateur. Tant et si bien que rien de cet après-midi madrilène n'était réel. Et pourtant tout y avait les couleurs, les bruits, l'odeur, le goût, le toucher même de la réalité – suffisamment en tout cas pour effectuer un travail de fonctionnaire gouvernemental.

Certes, on pouvait toujours introduire tout ce qu'on voulait dans un ordinateur à l'aide d'un clavier ou d'une commande vocale, ou faire défiler des textes à l'écran d'un holoproj si l'on tenait vraiment à les lire, mais avec la qualité actuelle des logiciels de RV, pourquoi aurait-on envie de faire une chose pareille si l'on pouvait l'éviter ? Quand on pouvait obtenir la même information et se divertir en même temps, pourquoi s'en priver, à moins d'être dépourvu d'imagination ?

Un petit bonhomme à la calvitie naissante, vêtu d'un costume d'été propre mais démodé, s'approcha à grands pas de Jay, tout en épongeant son visage rougeaud à l'aide du mouchoir qu'il venait d'extraire de sa manche de veste.

« *Señor Gridley* ? » Il avait prononcé « Gridily ».

« *Sí.*

– *Por favor, señor,* j'ai un message pour vous. »

Jay hocha la tête. Il indiqua la chaise en face de lui. « Puis-je vous proposer un verre de vin, *señor...* ?

– *Montoya. Jaime Montoya. Muchas gracias.* »

Le petit homme s'assit. Un garçon apparut avec un verre, qu'il déposa sans ménagement avant de s'éclipser. Montoya se servit, but une grande lampée de vin, soupira.

« Ah, fameux. Fait chaud, aujourd'hui.

– *Mucho* », confirma Jay.

L'homme retira de sa poche un parchemin plié. Le

document jaunâtre était scellé d'une goutte de cire orange, frappée du cachet d'un marquis local. Jay le saisit en exprimant ses remerciements, fendit le cachet d'un coup de pouce, déplia le document.

Il aurait bien sûr pu télécharger le fichier sur sa machine avant de le parcourir. Et bien entendu, s'il lui en fallait une copie papier, ce serait avec l'imprimante de bureau, sur du banal papier jet d'encre et non sur parchemin, mais si on ne pouvait même plus s'amuser, à quoi bon ?

C'était bien ce qu'il était venu chercher, mais une lecture superficielle lui révéla que cela ne l'avancerait guère. Les pirates informatiques qui avaient attaqué les serveurs du réseau des réseaux étaient trop bons pour laisser une trace manifeste. Le marquis était incapable de lui indiquer la bonne direction, *lo siento*.

Enfin bon, ce n'était pas vraiment une surprise. La surprise, c'eût été que quelqu'un d'assez doué pour s'introduire dans les principaux nœuds de réseaux informatiques ait pu laisser des indices susceptibles de permettre de remonter sa trace.

« Appel personnel prioritaire, annonça une voix chaude et sensuelle. Saji sur la une. »

Jay annula le scénario de RV en effleurant du doigt une zone de la trame de détection et dit au téléphone de lui transmettre l'appel. Il passa en visuel, ce qui lui permit de constater qu'elle était assise dans la cuisine. Elle était, comme toujours, magnifique.

« Hé, ma puce, fit-il.

— Salut, Jay. As-tu encore une fois réussi à préserver la démocratie dans le monde ?

— Même en tenant compte des Républicains, à peu près. »

Saji – sa fiancée Sojan Ripoche et la femme la plus belle, la plus brillante du monde – lui dit : « Ma mère a besoin de moi pour choisir les robes des demoiselles d'honneur.

– Et je peux t'aider ?

– Pas du tout, gros malin. J'appelais juste pour te prévenir que j'allais regarder des catalogues de mariage avec elle.

– À Phoenix ?

– Non. Elle rend visite à ma tante, à Baltimore. Je vais y monter en train pour la journée.

– Tu vas prendre le train pour te rendre à Baltimore ? T'es cinglée ? C'est plein de pervers et de cinglés ! Pourquoi ne pas le faire tout bêtement en RV sur le Net ?

– Parce que ce n'est pas pareil pour ma mère, elle veut être assise à côté de moi dans le canapé, et j'essaie de profiter de l'occasion pour me rapprocher d'elle. Tu veux lui plaire, non ?

– Ben, évidemment. Mais... quel est le rapport avec moi ?

– Tu veux que je lui raconte que tu m'as dit que je ne pouvais pas aller la voir ?

– Je n'ai jamais dit ça. Et ça ne me servirait pas à grand-chose, pas vrai ?

– Non. Du reste, j'avais l'habitude de prendre le train pour aller voir ma tante chaque fois que j'allais à Washington, trois ou quatre fois par an. Jamais personne ne m'a importunée.

– N'empêche, j'aime pas ça.

– Tu n'as pas besoin d'aimer. Je te le dis juste à titre d'information, grand benêt. Je n'ai pas souvenance que l'un ou l'autre ait décidé d'inclure le mot "obéissance" dans nos vœux de mariage.

– Ouais, enfin bon, je ne voudrais pas passer pour une espèce de connard autoritaire, ma puce...

– Oh, je ne te vois pas du tout du genre autoritaire, Jay. » Elle lui adressa un battement de cils théâtral assorti d'un grand sourire feint.

« Après tout, t'es bouddhiste, tu ne peux pas convaincre ta mère que le virtuel et le réel sont par essence la même chose ?

– Ils ne le sont pas, et tu le sais fort bien. On en a déjà discuté. »

Il sourit. Certes. Et même plusieurs fois, dont deux après avoir fait l'amour follement et passionnément.

« Je serai revenue avant la nuit, et puis, j'ai mon com. Je t'appellerai dès que je m'apprêterai à repartir. »

Il lui adressa un signe de tête. « OK, c'est juste que je me fais du souci.

– Je sais. C'est gentil. Mais ne t'en fais plus. Je suis une grande fille ; je suis capable de me débrouiller toute seule.

– Pas si grande. »

Elle rit. « Je t'aime. À plus. »

Jay acquiesça. « Moi aussi, je t'aime. »

Elle coupa, laissant un écran vide.

Vu qu'elle avait parcouru en stop une bonne partie du Sud-Est asiatique lorsqu'elle avait dix-sept ans – mettant même une fois en déroute des bandits qui voulaient lui piquer son sac à dos – pour aboutir dans un temple tibétain où elle avait séjourné trois mois, Saji était largement capable de se débrouiller seule. Prendre le train pour Baltimore et retour ne devrait pas présenter de problème insurmontable. Même s'il estimait que, puisqu'ils devaient se marier, sa mission était de prendre soin d'elle.

Il se demanda si les autres gars éprouvaient la même chose vis-à-vis de leur fiancée.

Enfin. Il pouvait toujours la surveiller. Quand on était Jay « le Jet » Gridley, le cow-boy solitaire le plus rapide de la Net Force, s'introduire dans le réseau de caméras de surveillance des rames qui faisaient la navette entre Washington et Baltimore, c'était de la gnognotte. Le truc qu'il pouvait faire d'une main, même pinté avec un rhume de cerveau. Saji n'aurait même pas besoin de savoir, et si jamais il arrivait quoi que ce soit, Jay pourrait faire intervenir en un instant la police du réseau ferré.

À *bord du* Bonne Chance

Jackson Keller se rendit au central informatique. Il n'y avait là en dehors de lui que huit programmeurs et tisseurs de toile mais des comme eux, il ne devait pas en exister plus de vingt ou trente de par le monde. L'Italien Bernardo Verichi, les Américains Derek Stanton et William Hoppe, l'Australien Ian Thomas, le Sud-Africain Ben Mbutu, l'Irlandais Michael Reilly, plus Jean Stern, l'Israélien, et Rich Rynar le Suédois. Il y en avait sûrement d'autres encore meilleurs mais ceux qui n'étaient pas visionnaires ne l'intéressaient pas. Les collaborateurs de Keller devaient être bons mais, plus important, ils devaient y croire.

Le talent sans but, sans objectif, était du gâchis.

Il était vraiment dommage qu'il ne puisse pas se rapprocher de Jay Gridley. C'était le meilleur qu'il ait jamais connu, aussi bon dans ses études que Keller l'avait été dans le temps, meilleur peut-être. Ils avaient été copains à l'époque, sillonnant le Web en aventuriers du cyberespace. Mais Jay était passé du côté obscur en devenant un agent de la Net Force. Passé à l'ennemi. En devenant un homme dont la vision n'allait pas plus loin que le bout de son nez. Il se battait pour préserver le *statu quo*, vivait dans une tour délabrée.

Quel gâchis !

Enfin. Il avait fait son choix, l'ami Jay. Dorénavant, il allait lui falloir en supporter les conséquences. Le train quittait la gare – non, l'astronef décollait pour les étoiles, c'était mieux – et Jay n'avait pas réservé de place. Tant pis. On le laisserait derrière. Triste.

CyberNation s'apprêtait à devenir une réalité ; ça, Keller n'en doutait pas. Combien de temps ça prendrait, comment et quand cela se passerait au juste, ma foi, ce n'étaient pas là des éléments qu'il pouvait prédire avec certitude, mais au bout du terme, la conclusion était courue d'avance. On était à l'ère de l'information, à l'heure où les connaissances et les moyens d'y accéder étaient les deux choses les plus importantes au monde. Ce génie-là n'était pas près de retourner dans la bouteille... Le monde s'apprêtait à subir un changement sans comparaison avec ceux qu'il avait pu connaître au long de son histoire.

Jackson Kelly était la crème de l'élite et c'était lui qui ouvrait la voie au changement.

Rynar, un de ses tisseurs de toile, venait tout juste

d'ôter son équipement et il s'étirait quand il vit arriver Kelly.

« Jackson ! fit-il. Comment allons-nous ? »

Keller sourit. C'était une blague habituelle : les cybernationaux avaient tendance à s'exprimer sur le mode collectif.

« Et si tu me le disais, toi ? répondit Keller. Quel est le statut de l'attaque Bêta ?

– Elle se déroule plus vite qu'on l'avait espéré, répondit Rynar. La programmation ZopeMax est à 109 % de l'objectif. Les liens objets en DHTML et GoggleEye sont en 5/5.

– Comment se tient l'Ourobouros de Willie ?

– Ma foi, son python a tendance à s'étrangler un brin avec sa propre queue, mais il dit qu'il aura réglé ça dans un jour ou deux. »

Keller acquiesça. « Excellent. D'autres trucs à me signaler ?

– Eh bien, on a la Net Force au cul. Peut-être qu'on devrait trembler dans nos chaussettes ? »

Tous deux gloussèrent.

« Ont-ils quelque chose ?

– Non, pas le moindre indice. Z'ignorent qui ils traquent, où regarder, comment on a procédé. Je crois que tu attribues un peu trop de mérites à ton vieil ami Gridley, Jackson.

– Peut-être. Mais il a neutralisé pas mal d'autres gros poissons qui ne lui avaient pas accordé suffisamment de crédit. Deux précautions valent toujours mieux qu'une.

– Bien reçu. On va continuer de modifier la couverture. »

Kelly acquiesça derechef. Puis il se dirigea vers sa

station de travail personnelle. Il restait encore pas mal de choses à régler. Autant s'y mettre tout de suite.

Stand de tir de la Net Force
Quantico

John Howard avait déjà chargé dans son revolver la moitié d'une boîte de munitions en attendant l'arrivée de Julio. C'était la première fois qu'il revenait au stand de tir depuis un bon mois et il se sentait un tantinet rouillé. Il avait coutume d'y faire un détour une ou deux fois par semaine et, depuis son départ, reprendre la voiture pour y repasser lui faisait parfois l'effet d'une vraie corvée. Pour le plaisir, il avait tiré au 9 mm. Son Phillips & Rodgers à platine de type K était un revolver doté d'une caractéristique unique : il était capable de charger et de tirer des dizaines de cartouches de calibre différent, du .380 automatique au .357 Magnum. Ce miracle était rendu possible par un habile jeu de ressorts intégrés aux chemises du barillet. Il convenait de régler le viseur si l'on voulait faire un travail de précision après avoir changé de calibre – les petites 9 mm avaient un point de mire différent des .38 Special, ou des .357 à pointe creuse – mais à distance de combat, cela n'importait guère. Deux centimètres d'un côté ou de l'autre, cela ne faisait aucune différence tactique.

Il avait réinitialisé son anneau de commande avant de commencer l'exercice – même s'il n'était pas en activité, il demeurait toujours officiellement en service –, de sorte qu'il en avait encore pour trente jours avant qu'on lui change son code. Jusqu'ici, la technologie d'armes intelligentes que le FBI exigeait pour toutes les armes de poing n'avait jamais trahi aucun agent de la Net Force, même si l'on évoquait deux incidents au stand de tir du FBI avec des Glock qui avaient refusé de tirer. Howard ignorait si la défaillance était due à la technologie informatique ou aux Glock « Tupperware [1] », mais il espérait que la seconde hypothèse était la bonne. On n'avait jamais envie de voir son flingue se transformer en vulgaire presse-papier quand les salopards d'en face se mettaient à vous canarder.

Et, puisqu'il s'inquiétait de ça, jusqu'ici, c'étaient au moins huit ou neuf agents du FBI qui avaient perdu leur arme de poing lors de combats et que leur puce intelligente avait inactivée lorsqu'on l'avait retournée contre eux, leur permettant ainsi d'avoir la vie sauve. Si l'on ne portait pas l'anneau d'activation – qu'il s'agisse d'une bague ou d'une montre – les armes qui en étaient équipées refusaient tout bonnement de tirer. En prime, cela réduisait le risque de les garder chez soi, dans un tiroir la nuit. Même si le fils d'Howard était entraîné à tirer et même s'il avait passé de loin l'âge de se blesser accidentellement ou de blesser un copain, un bon nombre de personnels fédéraux autorisés à porter quotidiennement une arme avaient chez eux des enfants en bas âge.

Enfin. Ce n'était pas vraiment son problème en ce moment, pas vrai ? Il était en « congé prolongé », pré-

---

1. Ainsi surnommés à cause de leur construction intégrale en matériaux synthétiques.

lude sans doute à sa retraite définitive. À d'autres de s'en soucier, désormais.

Enfin, Julio arriva. Howard lui adressa un signe de tête.

« Lieutenant...

– Mon général. Désolé pour ce retard. Votre petit-fils...

– Comment va le petit Hoo ?

– Oh, lui, très bien. C'est Joanna et moi qui nous arrachons les cheveux. Pourquoi ne pas m'avoir prévenu de ce qui m'attendait quand il se mettrait à bouger pour de bon ? À un moment, on est debout à essayer de pisser, et comme par hasard, il est devant la porte des chiottes, puis la seconde d'après, il a filé dans la cuisine vider les placards. C'est comme s'il était capable de se téléporter... zou, envolé !

– Faut que tu aménages votre maison, mon petit Julio. Que vous achetiez ces petits verrous en plastique qu'on pose sur les portes et les tiroirs, que vous mettiez partout des cache-prises, que vous placiez tous les objets de valeur en hauteur, hors de sa portée...

– D'accord. On pensait avoir tout prévu. Hier, il a grimpé sur une chaise, a avancé le bras et appuyé sur le bouton marche-arrêt du lecteur de DVD une bonne demi-douzaine de fois avant que je puisse lui mettre la main dessus. Il s'est transformé en une espèce de petite tornade qui détruit tout sur son passage. On nettoie la maison du sol au plafond, on range tout, et cinq minutes plus tard, il y a des jouets, des livres, de la bouffe, des vêtements, tout ce qu'on voudra, empilés partout sur trente centimètres d'épaisseur. J'ai passé une semaine à gratter du beurre de cacahuète sur la semelle de mes baskets. »

Howard étouffa un rire.

« C'est un complot, hein ? Vous autres qui avez eu des enfants, vous gardez délibérément le secret jusqu'à ce qu'on en ait à notre tour, c'est ça ? »

Howard rit de plus belle. « Bien sûr. Si les gens savaient à quoi ils s'exposent, ils ne feraient jamais de gosses, et l'espèce finirait par s'éteindre. Dès qu'on s'en est rendu compte par soi-même, on reçoit un coup de fil de la police parentale, et on doit jurer de garder le secret.

– Dans le temps, j'aurais trouvé ça drôle. Maintenant, je serais presque porté à y croire.

– Bon, tu tires ou tu continues de râler ?

– Eh bien, chef, râler, c'est plus drôle et j'y suis sans doute meilleur, vu que je commence à y être plus entraîné qu'au tir. C'est que ce sale marmot est un emploi à temps complet. Je ne dois pas dormir plus de deux heures d'affilée par nuit, maxi.

– La vie est dure.

– Comme si vous le saviez ! Comment se passe la retraite, mon général ? Ça fait un bail que vous êtes parti, vous êtes sûr de vous souvenir comment on tire ? La balle sort de cette extrémité, là...

– Tu sais quoi, Julio ? Je pourrais laisser ce feu traîner dix ans sur une étagère et être encore capable de te battre, toi. Je te laisserai la première cible, juste pour ne pas tirer avantage d'un vieux bonhomme fatigué aux yeux bouffis comme toi en ce moment.

– Ravalez votre charité, chef. Je serais encore capable de vous foutre une branlée même à moitié endormi et avec un seul œil ouvert.

– Pas avec cet antique Beretta tout déglingué, sûre-

39

ment pas. Et je serai même prêt à te laisser l'avantage de ta crosse à pointeur laser intégré, tricheur !

— J'en aurai pas besoin pour battre un officier tout juste bon à piquer des roupillons dans son fauteuil, sauf votre respect, mon général ! »

Les deux hommes éclatèrent de rire.

La Mitraille intervint dans l'interphone. « Je regrette de devoir interrompre ce gâchis de munitions, mon général, mais vous avez un appel.

— Dites-leur de me rappeler plus tard.

— C'est le commandant Michaels, mon général. »

Howard regarda Julio, et son vieil ami sourit – un sourire à lui donner le bon Dieu sans confession.

« Toi, tu savais qu'il allait m'appeler, pas vrai ?

— Je n'ai certainement aucune idée de ce dont le général veut parler.

— Il va me demander de rempiler, c'est ça ?

— Quoi ? Je serais devenu devin, à présent ? »

Howard hocha la tête. Il alla prendre la communication.

3.

Au-dessus de l'Atlantique

Roberto Santos arpentait les coursives de son jet privé, un 737 rallongé, doté de tous les aménagements propres à satisfaire un groupe de cadres dirigeants. Pas de salle de gym, mais au moins deux espaces dégagés assez vastes pour s'y allonger et s'étirer. C'était bien parce que garder longtemps la position assise lors d'un voyage aérien pouvait provoquer des caillots sanguins dans les jambes. Une des tantes de Santos était morte ainsi. Elle se rendait de Rio à Londres et était restée dans un de ces petits fauteuils exigus, coincée entre deux autres passagers, pendant quelque chose comme dix heures. Les seules occasions où elle s'était levée, c'était pour aller pisser, et encore, deux fois seulement, parce qu'elle n'avait pas voulu déranger son voisin côté allée. Pour prix de sa gentillesse, tante Maria s'était chopé un caillot qui avait provoqué une crampe si douloureuse qu'elle s'était mise à hurler. Ils étaient encore à mille kilomètres des terres et, le temps d'atterrir, le caillot s'était détaché pour émigrer vers le cœur, les poumons ou le cerveau, et elle était morte dix minutes après qu'on l'eut débarquée de l'avion.

Roberto pouvait mourir jeune, mais merde, pas d'être resté trop longtemps assis au même endroit.

Il se laissa choir près d'une table basse et entama une série de cinquante pompes rapides, se retourna sur le dos, et fit cinquante rotations, alternant d'un côté et de l'autre, pour faire travailler les obliques. C'était ça qui permettait d'avoir le ventre plat, les muscles latéraux, pas les abdominaux frontaux.

Il se leva prestement d'un mouvement de gymnaste, d'un appel sur les talons, puis remonta la coursive.

Jasmine était assoupie dans un des fauteuils-couchettes, à l'avant, le dossier incliné en position lit, maintenue par sa ceinture attachée en travers du ventre. Bon sang, c'est qu'elle avait encore de la gueule, pour une meuf de son âge. Et bonne au lit, en plus, elle connaissait pas mal de trucs. Peut-être qu'il devrait la réveiller, l'inviter à se joindre au club des galipettes en altitude. Enfin, à renouveler leur adhésion, plutôt.

Et peut-être pas. Elle était mauvaise comme une vipère quand on la réveillait en sursaut. Par ailleurs, ils l'avaient déjà fait en avion. Et en train, en taxi, en bus, et une fois, même, dans une calèche qui parcourait Central Park. Mais en revanche, jamais encore sur un bateau. Quand ils monteraient à bord du casino flottant en mer des Caraïbes, ce serait leur toute première occasion.

L'idée le fit sourire. Le cul, il n'y avait rien de mieux pour un mec.

Le cul mis à part, Santos n'avait qu'une seule autre passion, et c'était le Jeu. Le *jogo de capoeira*. Ce n'était pas que pour le combat, même s'il y avait ça aussi. Mais il vous donnait tellement plus : la musique, les rituels, les manières, la compagnie des autres lutteurs. Oui, on y apprenait comment se placer, le *posicionamento*, pour pouvoir effectuer l'*ataque* ou présenter la *defesa* adéquate. Et tous ces mouvements acrobatiques qui impressionnaient tant les béotiens étaient nécessaires mais aux plus hauts niveaux du jeu, c'était la danse subtile qui intervenait. Cette infime inclinaison dans un sens qui disait à votre adversaire qu'il ne pourrait vous atteindre s'il attaquait. Le glissement dans un autre, qui ouvrait votre adversaire comme un livre sur la page blanche duquel vous pouviez écrire ce que vous vouliez. C'était de l'art.

Au début de son initiation au Jeu, Santos n'avait cherché à connaître que la façon la plus rapide d'expédier un adversaire au tapis, les méthodes pour décocher un coup de poing, de coude ou de genou assez puissant pour l'envoyer valser. Et il les avait apprises. Mais la véritable maîtrise résidait dans les petits détails, cette façon de tournoyer sans cesse qui finissait par hypnotiser l'adversaire, qu'il soit seul ou en bande, qui provoquait confusion et faux pas qu'un expert pouvait exploiter à son avantage. Les véritables experts avaient cinquante ou soixante ans et vous n'arriviez pas à les atteindre, nonobstant votre force ou votre rapidité, parce qu'ils savaient ce que vous alliez faire avant même que vous ayez pu le faire. Il en approchait, mais il était encore loin du but. Mais il y parviendrait, à la longue.

Et puis, en tant que chef des opérations de la force de sécurité de CyberNation, il gagnait fort bien sa vie – assez en tout cas pour envisager de prendre sa retraite d'ici deux ans, et retourner à Rio étudier puis enseigner le Jeu à plein temps. S'entraîner tous les jours, baiser toutes les nuits, roupiller tous les week-ends. Qu'est-ce qu'un homme pouvait demander de plus ?

QG de la Net Force
Quantico

À l'issue de leur troisième rencontre depuis l'attaque électronique contre Internet, Alex Michaels et son équipe avaient trouvé les réponses les plus faciles au traditionnel questionnaire d'enquête : ils savaient quoi, quand et comment. Ce qu'ils ignoraient c'était qui et où étaient les adversaires, et le pourquoi de leur action.

Maintenant qu'il avait rejoint en salle de conférences Jay Gridley, le lieutenant Julio Fernandez et le commandant Joseph Leffel, chef intérimaire de leur section armée, Alex Michaels considérait ses interlocuteurs, les sourcils levés. Le général John Howard ne devait arriver qu'un peu plus tard dans la journée. Il avait fallu pas mal discuter pour le convaincre de revenir, et il devait passer chez lui en parler à sa femme en tête à tête avant de donner son accord définitif. Mais Michaels sentait mal toute cette affaire depuis le début, et il voulait qu'Howard – qui avait fait ses preuves à maintes reprises – réintègre l'équipe, au moins jusqu'à ce que cette histoire soit éclaircie. Il avait l'intuition qu'ils risquaient de devoir recourir à la force et, si jamais cela se produisait, il voulait son meilleur élément à la tête des troupes.

« Messieurs ?

– Rien de nouveau, patron, dit Jay. Mes gars sont en train de remonter toutes les pistes mais, jusqu'ici, les pirates ont plutôt pas mal réussi à couvrir leurs traces. Tous les logiciels classiques de traque des fédéraux et de la NSA ont fait chou blanc. Les hackers ont dû coordonner leurs attaques en ligne, il se passait trop de choses à la fois, c'est pourquoi nous cherchons comment ils ont pu planquer leurs échanges. On a récupéré un échantillonnage aléatoire d'images JPG, GIF, TIFF, PICT et de tous les formats de fichiers audio généralement attachés en pièces jointes à des mails et on les a fait passer au travers de nos multiplexes stéganogiciels, mais jusqu'ici, rien. »

Fernandez intervint : « Quelqu'un peut-il traduire ça pour les ignares complets en informatique ici présents ? Je parle pour moi. »

Sourire de Michaels. « Jay parle de stéganographie. Dissimuler des informations sous les yeux de tous. »

Jay, qui s'était déjà mis à pianoter sur le clavier de son écran-plat lança : « Voyez plutôt. »

Une holoproj se mit à miroiter au-dessus de son ordinateur. Une image de la Joconde. « Que voyez-vous ?

– Le célèbre portrait de quelqu'un qui ne voulait sans doute pas arborer un trop grand sourire parce qu'elle avait des dents gâtées ? suggéra Fernandez.

– Mais c'est tout, reprit Jay. Toutefois, il suffit d'appuyer sur une touche, et hop ! Regardez à présent. »

L'image se fondit et laissa quelques mots en lévitation dans les airs : *Dans le cul, les fédéraux !*

Fernandez regarda Jay.

« On a récupéré ça sur un site de stéganographie tenu par un môme de dix ans.

– Étymologiquement, ça signifie : "écriture masquée". L'idée remonte aux Grecs, précisa Jay, même si les Chinois, les Égyptiens et les Amérindiens en ont pratiqué des variantes. Mais puisque ce sont les Grecs qui nous ont donné le mot, voici comment une des premières versions fonctionnait. Mettons que Spiro veuille transmettre un message secret à Zorba ; comment procédait-il ? Il faisait tondre un esclave, lui tatouait le message sur le crâne, puis attendait que ses cheveux aient repoussé. Alors, il l'envoyait chez son copain, qui lui rasait à nouveau le crâne. L'esclave ne savait même pas ce que disait le message. Même s'il avait su lire, il n'aurait pas pu le voir.

– Malin. Mais plutôt lent, observa Fernandez. Combien de temps avant que les cheveux n'aient assez repoussé pour masquer le message ? Cinq, six semaines ?

– Ah, c'était le bon temps. Hum. Quoi qu'il en soit, on peut en gros faire de même avec les images électroniques. Elles sont composées de pixels, des millions dans certains cas, et certains ne sont pas aussi importants que d'autres. Sans trop entrer dans les détails techniques, vous pouvez prendre une image RVB classique – c'est-à-dire en niveaux de rouge, vert et bleu – et, au prix de quelques manipulations minimes, y dissimuler toutes sortes de bits d'information sans affecter ce qu'y distinguera l'œil humain. Il suffira ensuite de la traiter avec le programme adéquat pour que les éléments dissimulés réapparaissent.

« En résumé, vous pouvez adresser à votre mère un courriel avec en pièce jointe une photo de votre charmant bébé de deux ans, et là, juste sous son visage, vous pouvez avoir le mode de fabrication d'une bombe nucléaire.

– Génial, dit Fernandez.

– Bienvenue dans l'avenir, lieutenant.

– Donc, vous voyez : si quelqu'un s'amuse à envoyer tout un paquet de messages cryptés et qu'on tombe dessus, on risque d'avoir des soupçons. Tout le monde surveille le Net, de nos jours, et quantité de courriers électroniques sont épluchés et analysés par l'un ou l'autre service. Même si nous sommes incapables d'en casser le code, cela peut nous mettre suffisamment en alerte pour nous décider à pister l'émetteur et le destinataire, voire à leur rendre une petite visite, pour voir à quoi ils ressemblent. Mais la photo d'un petit gamin envoyée à sa grand-mère ? Qui irait suspecter un truc pareil ?

– Un parano de la Net Force qui n'a pas été foutu de trouver autre chose ? suggéra Fernandez.

– Tout juste. Et si les gars veulent réellement nous mener la vie dure, non seulement ils vont planquer leur saloperie là où personne n'aura l'idée de chercher, mais en plus ils l'auront cryptée, ce qui redouble la protection. Suffit d'utiliser un code à usage unique et le temps que quelqu'un ait réussi à le craquer, le sujet en question ne sera plus que de l'histoire ancienne.

– Tout cela est certes fascinant mais ne nous aide en rien à débusquer les méchants, observa Michaels. Bon, restons-en là. On se retrouve dans la matinée, tu nous appelles si jamais tu as déniché quelque chose d'utile d'ici là. »

Jay acquiesça.

Jay regarda les autres sortir jusqu'à ce qu'il ne reste plus que Fernandez et lui dans la salle de conférences.

« Alors, Julio, cette fois, vous êtes au parfum ?

– Si tu veux mon opinion, tu aurais aussi bien pu me causer en swahili. »

Jay rigola. « Peut-être que je peux traduire. Qu'est-ce que vous savez au juste sur le Net et le Web ? »

Fernandez haussa les épaules. « Parce qu'il y a une différence entre les deux ? Je sais pas si tu te souviens, mais il m'a fallu six mois pour trouver où était le bouton marche/arrêt de mon ordinateur de service. Depuis, j'ai bien appris deux-trois trucs de Joanna, mais j'en suis foncièrement resté à l'ère analogique. Je me dis que si le bon Dieu avait voulu qu'on compte plus loin que vingt, il nous aurait donné plus de doigts et d'orteils.

– OK, alors je vais vous la faire en base dix, l'histoire vachement abrégée des communications informatiques, version Jay Gridley.

– Accouche.

– D'accord. L'Internet avait été conçu à l'origine pour ne pas subir de coupures. C'était un réseau décentralisé de nœuds et de serveurs répartis partout, de sorte que même si l'un d'eux tombait en rade, le flux d'information pouvait être détourné. Imaginez ça comme une gigantesque autoroute à seize voies. On en bloque une, vous n'avez qu'à passer sur une autre pour poursuivre votre route dans la même direction. Sauf qu'avec le Net, c'est tout un tas d'autoroutes qui vont dans toutes les directions. Qu'une autoroute entière soit coupée, il suffit de prendre une rampe au premier échangeur pour en emprunter une autre. Il se peut que, pour aller à San Francisco, vous deviez passer par Seattle et Miami, en faisant une grande boucle, mais vous n'avez plus besoin de vous garer pour vous arrêter, vu qu'il n'y a plus vraiment de routes.

– OK, jusqu'ici, j'arrive à suivre à peu près.

– Bref, tout ça pour dire que si l'Union soviétique, qui était notre pire ennemi au pas si bon vieux temps, balançait une bombe atomique sur une ville, cela n'aurait pas eu d'influence notable dans le grand schéma cosmique.

– Excepté pour les gens vaporisés dans la susdite ville, nota Fernandez.

– On se situe dans une perspective plus large, Julio. Ce que je voulais dire, c'est que cela n'aurait pas perturbé de manière significative le reste du réseau. Un peu comme ces mousses géantes qui s'étalent sur cinq cents hectares mais ne sont en fait qu'une seule et même plante – peu importe qu'on en coupe un bout ici ou là, rien ne les arrête. *The beat goes on...*

– Pigé. *I got you, babe*[1].

– Très drôle. Le problème, c'est qu'une fois que la toile mondiale est apparue et a commencé à s'étendre avec de plus en plus de monde connecté, de plus en plus d'information s'est mis à circuler, dépassant de très loin ce qu'avaient pu imaginer à l'origine les concepteurs du réseau. Celui-ci avait été créé bien avant l'expansion du Web. Toujours est-il qu'à un moment donné, le réseau est devenu bien plus encombré que prévu. Tout s'est mis à être piloté par des ordinateurs. Au tout début, quand l'essentiel des circuits de la compagnie du téléphone – et rappelez-vous qu'il n'y en avait qu'une seule en situation de monopole, à

---

1. Deux titres classiques de Sonny and Cher.

l'époque –, quand l'essentiel de ses circuits était électromécanique, on ne pouvait pas vraiment les pirater, vu qu'il n'y avait pas grand-chose de piratable.

« Mais de nos jours, les compagnies téléphoniques sont comme le reste de l'industrie, elles sont devenues esclaves de l'ordinateur, et ce qu'un programmeur peut faire, un autre peut le défaire. Démolissez l'essentiel des services téléphoniques d'une grande ville, et c'est la panique. Bien sûr, une partie des grandes compagnies ont des liaisons terrestres entre grandes métropoles qui ne transitent pas par MCI, AT&T, Sprint ou autres, mais tous les petits gars qui utilisent encore une liaison par modem, par ligne T1 ou ADSL – et ces petits gars, ils sont vachement nombreux – eh bien, ils sont baisés, parce que, si bons que puissent être les pare-feu et les logiciels de sécurité de leur FAI, au bout du compte, pour épingler quelque chose ou quelqu'un, il faut avoir une épingle...

– Plus de chemise, plus de pantalon, plus de service ?

– C'est un peu ça. Même si le téléphone marche toujours, il reste encore quantité de façons de flanquer le bordel. De nos jours, le Web est composé d'une douzaine de serveurs de noms de domaine principaux ou DNS – ceux-là mêmes qui attribuent les noms de domaine comme www-point-machintruc-point-com ou point-org, ou point-biz, ou point-n'importe quoi, à partir des adresses IP, celles du protocole Internet, celles qui sont composées de quatre séquences de chiffres, genre 184.2.3.456. Les adresses sont bien sûr souvent dédoublées, par sécurité, mais il y a toujours moyen d'y accéder et de les détourner. Rien que ça, déjà, ça peut foutre un sacré bordel.

– Pas à dire, franchement génial, Jay.

– Hé, mais attendez, on n'a même pas encore abordé la question de l'ingénierie sociale. Graisser la patte du mec qui détient le mot de passe, c'est encore le moyen le plus simple de s'épargner beaucoup de peine.

« Toutes les grosses multinationales possèdent leurs serveurs dédiés, bien entendu, et même si vous parveniez à balancer un grand coup de clé à molette sur les responsables des grands serveurs de sites, l'ensemble des infos et des connexions de ces entreprises ne seraient pas immédiatement touchées – là, ça devient un rien technique, mais disons pour simplifier que c'est un peu l'équivalent d'une coupure de secteur généralisée : certaines maisons seront plongées dans le noir mais quantité de gens ont chez eux des groupes électrogènes qu'ils peuvent mettre en route et ils n'auront aucun problème, tant qu'il leur restera de l'essence.

– Je te suis toujours.

– Mais si vous savez ce que vous faites, vous pouvez tâcher de minuter l'opération de telle manière que la grande coupure se prolonge assez pour obliger les gens à mettre en route leurs groupes électrogènes. Puis, alors que la situation semble se tasser, au moment où les générateurs sont au bord de la panne sèche, une seconde coupure générale intervient. Faut bien calculer son coup, mais ce n'est pas impossible.

– OK. Un black-out.

– Bien. Mais pour compliquer les choses un peu plus, il y a sur les dorsales de réseau toute une série de gros répartiteurs à large bande qui centralisent une vaste quantité de trafic. Et même si une bonne proportion de ce dernier est cryptée ou stéganographiée, surtout dans les secteurs bancaire et militaire, il reste une foule de serveurs qui mettent des séquences de cryptage ou de décodeurs d'images à disposition de quantité d'usagers. Suffit de les pirater pour déclencher une autre forme de coupure générale. Un peu comme si quelqu'un, non seulement coupait le courant, mais fermait les vannes de gaz naturel, voire dégonflait les pneus des camions citernes de livraison de fuel pour les empêcher de livrer, et tant qu'à faire, interrompait également la distribution d'eau.

– Tout ça paraît bien compliqué, observa Fernandez.

– Mais ça l'est. Il y a une telle masse de dispositifs de sécurité redondants intégrés au système que provoquer une faille sérieuse sur le Web, sans parler de l'ensemble du Net, est quasiment impossible sans une attaque menée sur plusieurs fronts et parfaitement synchronisée. Je ne m'amuserais pas à m'y lancer sans m'entourer d'une bande de hackers et de programmeurs experts, et même dans ces conditions, ce ne serait pas du tout évident. Avant l'incident que nous avons connu, j'aurais dit que c'était infaisable.

– Excepté que quelqu'un l'a fait.

– C'est indiscutable – à moins d'avoir assisté à la plus grosse coïncidence de tous les temps, et ça, je n'y crois pas une seconde. Sûr que j'aimerais bien connaître celui qui a organisé le truc. Ce mec est bon. Rudement bon. »

Meilleur que moi, en tout cas, songea Jay, mais il garda sa réflexion pour lui.

« On dirait qu'il serait quand même plus simple de se rendre directement aux serveurs et de couper les câbles.

– Encore faudrait-il savoir où ils se trouvent. Ces locaux sont tenus à l'écart de la vue du public, et même si vous saviez où les trouver, il vous faudrait encore franchir le barrage de gardes armés enragés prêts à vous tirer dessus à vue.

– Ah, voilà enfin un langage que je comprends.

– Il existe aujourd'hui deux nœuds de réseau importants qui font transiter une proportion notable du trafic Internet, plus que leur quota d'origine ; certaines liaisons sont par fibre optique, d'autres sans fil, et si vous les faites sauter, ce serait comme de boucher toutes les toilettes d'un stade un jour de finale. La Terre ne s'arrêterait pas de tourner pour autant, mais il y aurait vite pas mal de monde qui pataugerait dans la merde. Ce qui est en jeu, là, ce sont des milliards de dollars d'arrêt machine, ce n'est pas le genre de truc qu'on fait les doigts dans le nez, en coupant quelques bouts de câbles avec une vulgaire paire de pinces ; ce serait plutôt comme de braquer Fort Knox.

– Mais c'est possible.

– Bien sûr. Et on pourrait également le faire en procédant autrement, sans même avoir besoin de pénétrer dans les locaux. Par GCF, GMH ou MHP.

– Pardon ?

– Des bombes à impulsion électromagnétique.

– Ah ouais, l'EMP, ça, j'en ai déjà entendu parler. Des bombes à neutron.

– Oh, ça, c'était valable au siècle dernier, ça, lieutenant. L'EMP existe désormais dans toute une panoplie de variantes, plus d'explosion nucléaire, plus de radiations gênantes. Vous avez le choix entre les générateurs à compression de flux, les générateurs magnétohydrodynamiques, sans oublier les redoutables oscillateurs cathodiques virtuels, alias Vircators. Ces petits bijoux sont intégrés à des bombes classiques dotées d'explosifs à haute vitesse faciles à trouver et d'une électronique standard, qui peuvent être larguées par la trappe arrière de n'importe quel cargo FedEx bimoteur et déclencher une explosion à assez haute altitude pour ne même pas roussir la peinture du bâtiment visé. En revanche, même des composants électroniques durcis accuseront le coup, si l'une de ces saloperies pète juste à leur verticale ; quant au matos non durci, il sera transformé en bouillie pour les chats.

– Mon Dieu, tes fondus d'informatique sont franchement dangereux.

– Nân, les vrais fondus d'informatique ne font pas du tout ce genre de truc, Julio. On reste bien peinards dans nos bureaux à appuyer sur des boutons et parler de ça. Vous n'allez pas voir une bande de mecs dotés de protections allégées s'attaquer à un serveur de nœud de réseau, faire le coup de feu avec les gardes, balancer des grenades à main ou larguer des bombes, ça, ce serait... pas cool. Sans compter que la plupart des nerds que je connais, en dehors de la communauté du renseignement, s'effondreraient sous le poids d'un gilet pare-balles, et qu'il leur faudrait sans doute mobiliser la moitié de leur musculature pour arriver à lancer une balle de base-ball... alors, une grenade, n'en parlons pas...

– Oui, bien sûr.

– Merde, vous sentez pas obligé de me dire ça quand vous me regardez droit dans les yeux...

– J'ai entendu parler de tes exploits sur le terrain, Jay.

– Et c'est bien pour ça que je touche un max pour rester vissé dans mon bureau et faire ce que je fais.

En laissant les gars comme vous se charger pour moi des travaux de force, merci beaucoup.

– De rien. De toute façon, j'aime mieux balancer des grenades que presser des boutons, y a pas photo.

– Ouais. Toujours est-il que ceux qui ont fait ça ont agi en bidouilleurs informatiques, pas en paras commandos. Ils ont lancé une attaque électronique contre les compagnies téléphoniques, les gros serveurs, les routeurs de dorsales, les satellites de communication... Il leur a suffi de se procurer quelques mots de passe pour s'infiltrer, plus sans doute deux ou trois autres trucs auxquels je n'ai pas encore réfléchi... tout le fourbi, quoi. Ils ont procédé par étapes bien calculées, et ils devaient être assez bons pour réussir à provoquer un bordel pareil. On n'a pas encore les chiffres précis, mais s'ils ont réussi à entraîner une coupure de service de 15 % voire 20 %, c'est des milliards de dollars, de réals, de pesos ou autres qui sont partis en fumée, en temps de coupure de service.

« La vraie question demeure : pourquoi diantre ont-ils fait une chose pareille ? Qu'est-ce qu'ils espéraient y gagner ? »

Fernandez hocha la tête. « Ça, c'est à toi et aux autres spécialistes en informatique de la Net Force de nous le dire. Moi, je me contente d'aller dégommer ceux qu'on me dit de dégommer.

– Sympa, comme boulot.

– Ouais. C'est vrai. Bien plus facile, en tout cas. »

Ils échangèrent un sourire. Chacun sa place, après tout, songea Jay, et s'il devait se retrouver dans une ruelle sombre dans le monde réel, il aimait mieux avoir Julio Fernandez auprès de lui pour surveiller ses arrières. Et ses avants aussi...

4.

QG de la Net Force
Quantico

Alex Michaels se carra dans son fauteuil et contempla l'écran d'accueil de son moniteur.

« OK, quoi d'autre au programme, aujourd'hui ? »

Le circuit d'activation vocale de son ordinateur s'éveilla et lui répondit. Entre autres rendez-vous sur sa liste, il y avait une réunion avec la directrice pour discuter de sa déposition devant la commission sénatoriale des communications électroniques. Il semblait que la pression politique de CyberNation était repartie à la hausse et que certaines de leurs promesses étaient en cours d'examen. Au nombre de celles-ci, il y avait une connexion Internet totalement sécurisée, et la commission voulait savoir si une telle chose était possible.

CyberNation. Michaels ne savait trop quoi en penser. Plus un mouvement politique qu'un site Web, CyberNation cherchait à se faire reconnaître par les États du monde comme un vrai pays, une nation sans cités, sans frontières, qui n'existait que dans le monde virtuel du Net. Mais une nation dotée néanmoins d'un vrai pouvoir.

Et c'était bien là le plus effrayant. Il semblait que quantité de gens ne savaient trop s'ils devaient en rire ou se joindre à eux. Une telle chose pouvait-elle réellement marcher ? Un pays exister sans routes, sans bâtiments, sans fermes, sans fleuves ou lacs ? Un pays pouvait-il réellement exister sans avoir d'existence réelle ? Si oui, cela remettait en jeu la notion même de pays, de citoyenneté... voire celle de la vie ?

Michaels pouvait, jusqu'à un certain point, embrasser leur vision. De nos jours, en particulier, à l'âge de l'Internet, à une époque de mondialisation croissante et de brassage permanent des individus, des idées, de l'information, le rêve d'un pays véritablement sans frontières avait un certain attrait. Sans pour autant être viable, bien sûr. Pas tout de suite. Pas aujourd'hui.

Les chances qu'une grande puissance accorde aux adhérents de CyberNation le statut de citoyens étrangers et les exempte d'impôts étaient à peu près aussi réalistes que de vouloir gagner la lune en se jetant du haut d'un immeuble et en battant des bras. Ça ne tenait guère debout qu'un individu vivant, mettons, à Dubuque, Iowa, puisse utiliser les routes et les infrastructures de la ville, de l'État et du pays où il réside, mais soit exempté de payer quoi que ce soit pour la jouissance de tels privilèges. Bien sûr, il vous fallait renoncer à la sécurité sociale et aux diverses prestations, mais si vous aviez les moyens de rejoindre Cyber-Nation et de payer leurs droits d'entrée et d'abonnement, c'est de toute manière que vous étiez plus aisé que la majorité de la population. Et leur affirmation que les multinationales, voire les États-nations, étaient prêtes à payer cette charge pour avoir avoir le droit de toucher des milliards d'individus avec leur publicité était une construction tellement évanescente que même des psychotiques ne voudraient pas s'y risquer.

CyberNation prétendait offrir gratuitement toute l'information disponible à l'ensemble de la communauté de ses « résidents ». Musique, vidéos, livres, ordonnances médicales, tout ce qu'on pouvait imaginer. C'était une architecture délirante, et ceux qui s'imaginaient qu'elle pouvait tenir debout risquaient de déchanter assez vite.

Et pourtant, ils avaient de l'argent et ils étaient prêts à le dépenser. Or, l'argent, en quantité suffisante, et employé à bon escient, pouvait se traduire en pouvoir. Sinon, une commission sénatoriale prendrait-elle la peine de convoquer le chef de la Net Force au Congrès pour un petit entretien ? Fort peu probable.

Michaels détestait cette partie de son boulot. Les ronds de jambe, tout ce petit jeu politicien. C'était nécessaire, il le savait, et, en général, la directrice pouvait s'en charger à son plus grand profit, mais de temps à autre, la corvée lui retombait dessus. Les hommes politiques agissaient non pas pour des raisons en rapport avec la logique ou la science, mais parce qu'ils essayaient de plaire aux électeurs de leur circonscription ; leur réélection restait en permanence dans leur ligne de mire – ou plutôt leur rétroviseur – et certains n'étaient pas fichus d'aller pisser sans demander un sondage préalable pour savoir s'ils pouvaient ou non descendre leur braguette.

Michaels soupira. C'était toujours un truc quelconque. Il aurait voulu pouvoir simplement prendre sa journée, rentrer chez lui, être auprès de sa femme et de son jeune fils. Se balancer dans un rocking-chair avec un bébé endormi sur les genoux était autrement plus paradisiaque que d'entendre la directrice lui conseiller de maîtriser sa colère dans l'hypothèse (probable) où quelque sénateur influent originaire de Pétaouchnock, lui poserait une question qui serait une insulte à l'intelligence du premier crétin venu...

À *bord du navire-casino* Bonne Chance *en mer des Caraïbes*

Une blonde aux yeux bleus, longues jambes, la vingtaine à peine, cheveux cascadant jusqu'au milieu du dos, et portant juste de quoi ne pas être interdite d'antenne sur le câble, sourit, révélant une denture parfaite. Elle inspira, et ses seins trop parfaits pour être vrais manquèrent jaillir du haut de son micro-bikini de gaze translucide.

« Moi, je suis à CyberNation. Pourquoi ne viendrais-tu pas me rejoindre ? »

Elle humecta du bout de la langue ses lèvres rubis, puis fit courir un doigt entre ses seins, sur son ventre et jusqu'au bord de son slip de bikini.

Un numéro de téléphone et une adresse mail se matérialisèrent dans les airs à ses côtés alors qu'elle inspirait de nouveau.

Jasmine Chance effleura un bouton de la télécommande et l'hologramme se figea. Elle regarda Roberto : « Qu'est-ce que t'en penses ?

— Je la jetterais pas de mon lit. »

Rire de Chance. « Tu ne jetterais même pas de ton lit une truie estropiée et aveugle, pourvu qu'il fasse assez sombre pour que tu n'aies pas à la regarder. Je demandais ton avis sur la pub, pas sur la fille. On la diffuse sur les réseaux de télévision, en réclame au cinéma, ainsi que sur les gros serveurs et les portails de réseau. »

Il haussa les épaules.

Elle reprit : « Oui, ça vise en dessous de la ceinture, rien de subtil là-dedans. Et si on avait pu le laisser passer, on lui aurait fait dire : "Rejoins CyberNation, tu pourras me rencontrer et je me rends même à domicile."

— Ah ouais ? T'as son numéro ?

— Non, mais j'ai le tien. Elle n'est même pas réelle, hé, pomme. C'est juste une simulation informatique.

— Pas cool.

— Ça s'appelle "la fin justifie les moyens", expliqua-t-elle. Ils s'inscrivent, et ils finiront par en avoir plus que pour leur argent, à long terme. Mais on a besoin d'individus concrets. Si on a suffisamment de membres, alors on pourra se mettre à faire bouger les choses.

— Je pensais que le petit exercice avec les ordinateurs allait suffire.

— Certes, mais nous avons plusieurs fers au feu. On fait de la pub, on fait de la politique, on pirate des ordinateurs et, s'il faut en arriver là, on s'attaque au matériel avec du matériel. Il faut qu'on aborde cette question sous tous les angles imaginables. »

Il haussa de nouveau les épaules. « C'est toi le chef.

– Non, je représente les chefs. Moi, je suis simplement la main.

– Et moi, alors ça ?

– Un doigt.

– Ah. Lequel ? »

Elle lui montra.

Il rit. « Tu veux que je te montre jusqu'où je peux aller avec ce doigt ?

– Vas-y, te gêne pas. »

Washington, DC

Quand enfin il rentra chez lui, Michaels était crevé, mais il avait hâte de voir Toni et le bébé.

Elle l'attendait à la porte. Avant qu'il ait pu poser la question, elle lui dit : « Il dort. Je viens juste de le coucher. Tu le réveilles, je te tue. »

Il étouffa un rire.

« Le temps d'allumer le baby-veille, je reviens tout de suite. »

Dès qu'elle fut repartie, il ouvrit sa serviette et en sortit le cadeau enveloppé qu'il y avait dissimulé. Il avait passé pas mal de temps à le trouver. Ce n'était pas leur anniversaire de mariage mais celui du jour de leur premier baiser – dans cette vieille Mazda MX-5 qu'il avait achetée pour la restaurer, quelque part en Virginie. Il lui avait fallu du temps pour trouver ce qu'il désirait, et ça lui avait coûté cinq fois le prix du neuf, à peine dix ans plus tôt. Il l'avait planqué dans son bureau durant les deux mois après son achat. Il n'avait pas voulu attendre, il avait souhaité l'offrir à Toni le jour même où il était arrivé mais il s'était retenu. Elle allait être surprise, il en était sûr.

Quand elle revint de la chambre du petit Alex, il avait déposé négligemment sur la table basse la boîte enveloppée dans son papier cadeau bleu.

« Le repas chinois sera là dans une dizaine de minutes. Poulet sauce épicée, beignets de langoustine, chow mein, pousses de soja sautées.

– Hmm, ça m'a l'air fameux. Comment s'est comporté notre garçon, aujourd'hui ?

– Un ange.

– Mais bien sûr.

– Autant en profiter tant qu'on peut. On... mais qu'est-ce que c'est que ça ?

– Ça ? Oh, tu veux dire, ce paquet, là ? J'en sais rien.

– Qu'est-ce que tu as encore fait, Alex ?

– Moi ? Mais rien du tout. C'est bien la première fois que je le vois. »

Elle sourit, prit le paquet. Le secoua.

« En quel honneur ?

– Tu as oublié quel jour on est ?

– Le 15 janvier, non ?

– Toni... »

Son sourire s'agrandit. « Et on dit que les femmes sont romantiques. Non, je n'ai pas oublié. C'est le jour où tu as acheté la Miata.

– Et... ?

– Quoi ? Il y a autre chose ?

– Quelle salope ! »

Elle rit. « Notre premier rendez-vous, notre premier baiser, et la première fois que tu as réussi à admettre ce que je savais depuis déjà un bon bout de temps. Mais tu n'avais pas besoin de m'acheter quelque chose.

– Non, je n'avais pas besoin. J'avais envie. Nuance. Allez, ouvre-le. »

Ce qu'elle fit, déchirant le papier avec désinvolture. « Waouh ! Où t'as réussi à trouver ça ?

– Ça te plaît ?

– T'es un idiot. Bien sûr que ça me plaît.

– C'est une bande d'origine, précisa-t-il. Une vraie pièce de collection. »

Elle fit tourner dans sa main l'antique cassette VHS et il sourit à son ravissement.

La cassette était une introduction au *pukulan pentchak silat Serak,* les techniques depuis le premier djuru, présentées par le maître Maha Gourou Stevan Plinck. Il y avait sur la jaquette une adresse Web et une photo.

D'après ce qu'avait appris Michaels, la vidéo – qui était la première d'une série – avait été tournée dans une école de kung-fu louée à Longview, dans l'État de Washington, dix ou douze ans plus tôt, en gros à l'époque où les Américains avaient commencé à se rendre compte qu'il pouvait exister des arts martiaux indonésiens. Toni avait déjà une autre cassette de Plinck, une introduction au *bukti negara,* tournée deux ans plus tôt, elle aussi dans ce format périmé qu'était la VHS. Les cassettes de serak étaient plus difficiles à trouver car elles étaient diffusées en VPC par Plinck lui-même, à partir d'annonces au dos des revues d'arts martiaux et d'une seule page Web sur Internet. La plupart des productions commerciales étaient depuis des années passées au DVD ou au super-SQD et les antiques cassettes étaient de plus en plus difficiles à dénicher. La vidéo pédagogique montrait Plinck – le début de la quarantaine apparemment au moment du tournage – présentant d'abord les lois et les principes du serak, puis en faisant la démonstration sur plusieurs élèves, à la suite de quoi on voyait les élèves s'exercer, lançant coups de poing et coups de pied, et se projetant en prenant appel sur les murs et le sol. Tous étaient vêtus de T-shirts, de pantalons de survêtement et de sarongs. Il y avait deux filles parmi eux, dont une encore plus petite que Toni.

Une recherche sur le Web avait permis à Michaels de découvrir que Plinck, ancien soldat des forces spéciales, était l'un des principaux élèves de Paul de Thouars, un Indonésien d'origine néerlandaise, qui, avec ses frères Maurice, Willem et Victor, avait été parmi les premiers à introduire en Occident cet art martial javanais violent et dangereux. Sans doute les frères connaissaient-ils tous celle qui l'avait enseigné à Toni, la vieille femme qu'elle appelait simplement « Gourou ».

Avec ses connaissances, Toni pouvait massacrer à peu près n'importe quel bonhomme, nonobstant sa taille.

Elle le serra dans ses bras. « Merci, chou. C'est super. »

Il sourit. Depuis que Toni avait commencé à le former à son tour – il était parvenu au djuru numéro huit sur dix-huit –, il s'était pris d'une curiosité certaine pour l'histoire de cet art martial aux États-Unis. L'un des frères – Victor, le cadet – avait apparemment écrit plusieurs livres sur le serak, et Michaels avait donc effectué une recherche sur Internet pour trouver ceux qu'il voulait offrir à Toni pour son anniversaire.

« OK, assieds-toi là, bouge pas, je reviens.

– Tu vas passer quelque chose de plus confortable ?

– Non, vieux satyre. Je vais te chercher ton cadeau. T'avais vraiment cru que j'avais oublié, hein ?

– Non, bien sûr que non.

– Menteur. »

Il sourit ; elle fut de retour en moins d'une minute.

« Je l'avais planqué au fond d'un paquet de couches neuves. Je savais que tu risquerais pas de l'y trouver.

– Hé, arrête ! Je passe mon temps à changer des couches !

– Tiens. » Elle lui tendit un coffret rectangulaire en bois, muni d'un couvercle à charnière, de la forme et de la taille approximatives d'un petit livre relié.

Il défit le verrou de laiton et l'ouvrit.

« Waouh ! »

À l'intérieur, nichés dans un berceau découpé tout exprès, se trouvaient deux couteaux. C'étaient des *kerambits*, entièrement en acier, à soie nue sans demi-manche, épais de six millimètres, dotés chacun d'une lame courte et recourbée en faucille, et d'un anneau pour le doigt à l'autre extrémité. Les lames étaient polies et décorées de volutes gravées. Toni en avait une paire – il s'en était servi une fois, contre une cinglée camée jusqu'aux yeux qui avait voulu le tuer – et ceux-ci paraissaient presque identiques, peut-être un peu plus richement décorés. Il les sortit et, sans réfléchir, introduisit machinalement les index dans les anneaux, pour les tenir à l'envers, les pointes incurvées vers l'avant et dépassant de la partie extérieure de la main. Il pratiquait régulièrement ses postures avec les couteaux de Toni, aussi retrouva-t-il rapidement ses marques.

« Je n'ai pas réussi à trouver l'artisan qui a fait ceux de Gourou, expliqua-t-elle, excitée pour lui. Mais il y a un gars, à Baton Rouge – du nom de Shiva Ki –, qui s'est spécialisé dans la fabrication d'accessoires personnalisés pour les pratiquants professionnels des arts martiaux ; lui-même est un ancien guerrier. Je lui ai envoyé une photo et un dessin des miens, et il les a confectionnés d'après ce modèle. Ils sont en acier au nickel damasquiné, presque comme les *keris* traditionnels. Je me suis dit qu'il fallait que tu aies les tiens. »

Il remit les couteaux dans leur écrin, et la serra dans ses bras. « Merci. Ils sont superbes.

– Alors, peut-être que maintenant, je peux passer quelque chose de plus confortable.

– Ouais, dépêche-toi avant que le petit monstre des Enfers se réveille. »

Toni ressortit et Michaels s'affala sur le canapé et contempla les petits *kerambits*. Il se demanda ce que des couples normaux échangeaient pour leurs anniversaires. Certainement pas une cassette expliquant comment transformer des agresseurs en chair à pâté, ou une paire de couteaux faits main destinés à tailler en pièces les voyous. Il rit. Voilà ce qui vous pendait au nez quand vous tombiez amoureux d'une pratiquante assidue des arts martiaux qui vous avait converti.

« Qu'est-ce qui te fait rire ?

– Rien. Dépêche-toi. Je m'ennuie de toi. »

Il sentait déjà que sa journée s'était améliorée de 1 000 %.

5.

À *bord du* Bonne Chance

Chance traversa sans se presser le casino, prêtant l'oreille au bruit de fond : le brouhaha des conversations des joueurs de cartes, les ritournelles des machines à sous, le grondement de l'imposante roulette à l'ancienne, avec sa boule cliquetante. Ouais, on pouvait jouer par Internet, pratiquer des jeux virtuels qui offraient un aspect et des sensations d'un réalisme presque parfait, mais il y aurait toujours une clientèle pour l'expérience en grandeur nature. N'importe qui pouvait se brancher et surfer en réalité virtuelle ; mais ce n'est pas avec ça qu'on pouvait frimer à mort :

« *Alors, c'était comment, ce week-end ?*

– *Pas mal. Un petit tour aux Antilles, quelques parties de black jack.*

– *Ah bon ? Avec quel programme ?*

– *Nân, mec. Pas un programme – pour de vrai.* »

À l'exception du personnel, aucun des joueurs présents n'avait la moindre idée de l'activité principale de ce navire. Oh, bien sûr, il servait à gagner de l'argent, et c'est bien ce qu'il faisait, rapportant un coquet bénéfice mensuel qui était aussitôt réinvesti dans la cause.

Mais c'était ce qui se passait sous le casino et les cabines, dans les entrailles électroniques du bâtiment, qui était l'essentiel.

C'était en réalité un des trois principaux sites hébergeant CyberNation. D'ici et depuis les deux autres sites, l'un fixe et l'autre mobile, un pays virtuel s'apprêtait à naître, et l'ironie était que ceux qui allaient pour une part non négligeable contribuer à cette naissance étaient justement ceux qui préféraient la réalité au virtuel.

« Le Web est l'avenir ! L'information devrait être libre ! L'accès est la clé ! »

Ouais, bien sûr.

Les Cybernationaux – c'est ainsi qu'elle baptisait les moteurs humains qui propulsaient le concept – le voulaient réellement. Ils croyaient en leurs slogans. Ils mangeaient, dormaient, respiraient avec cette idée. Et ils rencontraient un soutien non négligeable, en particulier de la part des ados qui avaient grandi avec les ordinateurs au même titre qu'avec la voiture ou la télévision. Des ados persuadés que, quoi qu'ils puissent désirer, que ce soit de la musique, des vidéos, des jeux, des livres – ceux qu'on pouvait réellement lire –, ou n'importe quoi d'autre, ils devaient pouvoir en disposer gratis. Qu'un artiste, un créateur puisse passer un mois, voire un an de sa vie, à créer quelque chose leur passait complètement au-dessus de la tête. Franchement, pourquoi devraient-ils payer pour ça ? Suffisait de le prendre, de le placer sur le Web, le mettre librement à disposition de qui voudrait y accéder pour le télécharger, c'était comme ça que ça devait marcher, et merde à ceux qui n'étaient pas d'accord.

Pour ces gens, le concept de propriété intellectuelle – et encore, pour ceux qui comprenaient cette notion – était du passé, une survivance moyenâgeuse, et ces temps étaient révolus. Éteints, comme les dinosaures, et bon débarras.

Leur idée ? Eh bien, de chacun selon ses moyens, à chacun selon ses besoins. Ils n'avaient pas la moindre idée de l'origine de cette maxime. Ils n'avaient aucune notion de l'histoire.

Lénine devait bien rigoler dans sa tombe.

Chance était dans le coup, mais elle ne partageait pas l'idéologie fanatique qu'embrassaient les concepteurs et les responsables de CyberNation ou les plus fanatiques de leurs sympathisants. Pour elle, ce n'était qu'un boulot. Bien payé, excitant, intéressant, mais un boulot, sans plus. Elle pouvait suivre la ligne du parti, débiter les slogans, mais si elle voulait accomplir les objectifs de CyberNation, c'était pour ses raisons personnelles. C'était une gagneuse. Elle avait horreur de perdre.

Un Roberto en smoking s'approcha d'un pas nonchalant pour l'intercepter. Il était superbe dans sa tenue de soirée – il était superbe quelle que soit sa tenue... et même sans, du reste – même s'il lui avait fallu du temps pour lui enseigner l'attitude dégagée indispensable pour être à son avantage en frac. « Fais comme si t'étais en jean et chemisette, lui avait-elle dit. Ce n'est pas la sape qui fait l'homme mais l'homme qui fait la sape. »

« Missy ! Ça se passe bien ?

69

– Impec. Retrouve-moi dans dix minutes au foyer des artistes. J'aurai une petite corvée pour toi. »

Il sourit, imaginant sans doute quelque rencontre biblique.

Quatre ponts plus bas, derrière une lourde porte d'acier au verrou actionné par un lecteur d'empreintes digitales et surveillée par deux gardes armés, se trouvait le foyer des artistes. Le terme avait été repris du milieu du spectacle : c'était traditionnellement la salle où attendaient les comédiens avant de se présenter sur le plateau.

Roberto était déjà là quand Chance arriva.

« Qu'est-ce que t'as pour moi ? » demanda-t-elle. Elle sourit. « Garde ta chemise, beau mâle. Ne sois pas si pressé.

– C'est pas ce que tu me dis, d'habitude. »

Elle s'autorisa l'ombre d'un sourire. « Nous avons ce soir à bord M. Ethan Dowling, de la Silicon Valley. Il se débrouille plutôt bien aux tables, avec cinq ou six mille dollars de gains en ce moment. Il est également vice-président du département programmation chez Blue Whale Systems. Il faut qu'on sache tout ce qu'il sait des codes de sécurité de son entreprise.

– Pas de problème.

– Eh bien, ce n'est pas tout à fait exact. Déjà, pas question de le faire ici. Il faudra que tu le suives et l'interceptes ailleurs. Son hélico doit le transférer sur l'aéroport de Miami, où un avion privé l'attend pour le ramener à San Francisco. Nous voulons qu'il soit sur le continent, et de préférence de retour sur la côte Ouest, quand on passera à l'action.

– Là non plus, aucun problème. »

Elle lui tendit une holographie de Dowling. Il la considéra, hocha la tête.

« Il est accompagné de deux vigiles armés. Ce sont des anciens du FBI, tireurs d'élite, robustes et baraqués, et parfaitement entraînés au combat rapproché. » Elle lui donna deux autres clichés qu'il examina.

« Deux seulement ? » Large sourire éclatant de ses dents blanches.

« Bon Dieu, tu sais que pour l'arrogance, tu te poses là ? »

Il haussa les épaules, sans cesser de sourire. « Pourquoi ce nom de Blue Whale... "la Baleine bleue" ?

– Parce que cet animal est celui qui a la plus grande épine dorsale de toutes les créatures terrestres. Et son entreprise gère une dorsale de réseau qui, si elle n'est pas encore la plus grande, ne va pas tarder à le devenir.

– Ah.

– Il faut que ça ait l'air d'un accident. Si jamais quelqu'un soupçonne qu'on lui a lavé le cerveau, ils se mettront aussitôt à changer leurs codes.

– Pas de problème.

– C'est important, Roberto. »

Son sourire s'évanouit et, l'espace d'une seconde, elle vit dans ses yeux une lueur de bête fauve. « C'est ce que je fais, Missy. Tu n'as pas besoin de me rappeler. »

Elle sentit un frisson la parcourir. Regarder Roberto lui faisait maintenant l'effet de contempler une cage abritant un jaguar à peine dressé. Capable de la tuer d'un simple coup de patte ; seul son conditionnement l'en empêchait. « Bien sûr, dit-elle avec une désinvolture feinte. C'est justement pourquoi je te demande de le faire. »

Je te le demande. Et pas : *je te dis.* Roberto était très chatouilleux sur ce genre de détail.

« Eh bien, tu peux considérer que c'est chose faite », observa-t-il.

Elle acquiesça : « Parfait. »

QG de la Net Force
Quantico

En milieu de matinée, calme plat au bureau, Michaels reçut un coup de fil.

« *Aloha*, frangin », dit la voix.

L'appel était uniquement vocal, mais même si l'identification de l'appelant n'avait pas marché, Michaels aurait reconnu son correspondant : Duane Presser, un des instructeurs au combat rapproché du FBI, un gros Hawaïen au visage rond, qui travaillait dans le service depuis une quinzaine d'années.

« *Aloha*, répondit Michaels. Qu'est-ce que je peux faire pour toi, Duane ?

— Me rendre mince, beau et riche.

— C'est pas moi qu'il te faut, c'est un magicien. Et encore, il faudrait que ce soit un as !

— Tu sais que t'es un marrant, frangin ?

— Va dire ça à ma femme.

— Tiens, qui a besoin d'un magicien, à présent ? »

Presser usait du ton nonchalant de ses îles natales pour laisser penser aux gens qu'il était peut-être un peu lent : grave erreur. Michaels savait qu'il était sorti major de son école de droit et qu'il était malin comme un singe.

« Si j't'appelle, c'est parce qu'on a toute une nouvelle promotion de recrues, qui en seraient presque à se croire capables à eux seuls de dégommer un peloton de marines. Je me suis dit que s'ils avaient l'occasion de voir ce que donnait leur instruction contre un bon gros vieux *haole* de commandant de la Net Force et sa petite bonne femme maigrichonne, ça pourrait les amener à réviser leur opinion.

– Tu veux que Toni leur fasse une démonstration. Pourquoi me mettre dans le coup ?

– Juste par politesse, frangin. Et pis, il lui faut bien un cobaye à envoyer valser. Et moi, j'suis trop vieux pour aller au tapis avec ce genre d'acrobaties. »

Rire de Michaels. « Et moi, donc !

– Tu crois qu'elle le fera ?

– Probable. Je lui demanderai. Quand ?

– Quand elle voudra. Je les ai pour un 'tit bout de temps. J'ai pas envie de les lâcher dans la nature comme des cons.

– Je vois avec elle et je te rappelle.

– Merci, frangin. *Mahalo.* »

Toni allait sans doute sauter sur l'occasion. Certes, elle adorait son rôle de mère, et le petit Alex était la lumière de leur vie à tous les deux, mais elle avait indiqué plus d'une fois qu'elle avait besoin de prendre l'air une fois de temps en temps. Avec sa mère qui était venue du Bronx leur rendre visite – une veine, elle était descendue à l'hôtel car elle ronflait comme un sonneur –, ils avaient une nounou de confiance, alors autant saisir l'occasion au vol.

Il dit à son téléphone d'appeler chez lui, en visuel.

« Salut, Alex, quoi de neuf ? » Toni alluma son com ; elle était essoufflée, et portait un chandail. Sans doute venait-elle de finir sa gym.

Il lui expliqua le coup de fil de Presser. Comme il l'avait pressenti, elle se montra enthousiaste.

« Quand ?

– Tu me dis, je lui transmets. Il s'occupera de tout. Ça se fera sans doute dans le grand gymnase, le nouveau.

– Qu'est-ce qu'il a prévu ?

– Il n'a pas précisé, sans doute une démonstration brève, puis quelques exercices en grandeur nature. Il semblerait que certaines de ses recrues commencent à se croire invincibles.

– On peut arranger ça, confirma-t-elle. Qu'est-ce que tu dirais d'après-demain, sur le coup de dix heures du mat' ?

– Je passe le message à Duane. Comment va le garçon ?

– Pour l'instant, il fait la sieste. Il m'a fait un gros caca tout jaune, je l'ai changé, et il a piqué du nez, alors j'en ai profité pour faire des djurus. »

Sourire de Michaels.

« Qu'est-ce qui te fait sourire ?

– Toi. T'es si choute. » En fait, ce qu'il pensait, c'était : *Et dire que, moi, un homme mûr, je suis en train de discuter de cacas de bébé avec ma femme. La vie n'est-elle pas bizarre ?*

Il entendit un petit couinement à l'arrière-plan. Toni remarqua aussitôt : « Oups, faut que j'y aille. Il se réveille. Tu rentreras tard ?

– Nân.

74

« – Ce soir, menu thaï, ça te va ?

– Impec. »

Les cris du bébé qui s'éveillaient montèrent en intensité juste avant que Toni ne coupe la communication. Michaels sourit. Quels que soient les problèmes au travail, la vie somme toute n'était pas si mauvaise. La première fois qu'il avait été père, il avait passé trop de temps loin du foyer. Cela lui avait coûté son mariage, mais ce n'était pas entièrement négatif. Susie resterait toujours sa petite fille, et puis, jamais il n'aurait rencontré Toni si Megan et lui ne s'étaient pas séparés. Son ex s'était remariée, elle avait un nouveau bébé, un garçon du nom de Leonard, et son mari était un type correct.

Parfois, les choses s'arrangeaient pour le mieux, même si ce n'était apparemment pas toujours le cas. Pour sa part, il n'avait pas à se plaindre.

6.

Mardi gras 1970
La Nouvelle-Orléans, Louisiane

La soirée était chaude, les odeurs de bien trop de gens en sueur et de bien trop de bières répandues stagnaient dans l'air lourd alors que Jay pénétrait dans un bar baptisé Chez Curly, situé sur Canal Street, juste à la lisière du Quartier français où régnait toujours la cohue. Les chars défilaient toujours, leurs occupants jetant cotillons, piécettes et bonbons à la foule entassée, épaule contre épaule, sur les trottoirs, et le volume de la sono était poussé à fond.

Ce n'est pas pour autant que le bar était calme ou désert, loin de là – mais au moins les clients ne se jetaient pas des confettis à la figure et tous étaient habillés. Bon nombre étaient des marins, vêtus de leur uniforme blanc, et si l'atmosphère était festive, elle n'était pas aussi débridée que celle des bars de Bourbon Street ou du Quartier naguère.

Même si l'on était en 1970, il n'y avait pas des masses de hippies à cheveux longs dans le coin. Les années soixante avaient mis du temps à toucher le Sud, et, de toute façon, un bar à matelots n'était sans doute pas le meilleur endroit pour y trouver des représentants de la contre-culture.

Demain, c'était le mercredi des Cendres, le début du carême, et la fête serait terminée, tous les bons catholiques renonçant à ces frasques – jusqu'à l'année prochaine, en tout cas.

Jay se trouva un tabouret vide au comptoir et se jucha dessus. La barmaid, une femme d'une trentaine d'années, l'air hagard et le cheveu blond lavasse, l'avisa.

« Qu'est-ce que je vous sers, m'sieur ?

– Une bière. »

Elle acquiesça, plongea la main dans la glacière, la ressortit avec un bidon de Jax, l'ouvrit, le fit glisser vers Jay.

Lors de ses recherches pour ce scénario, Jay avait appris que la Jax était une marque locale et la rumeur voulait (même si elle était fausse) que l'eau utilisée pour le brassage était soutirée directement du Mississippi et passée dans un filtre juste assez fin pour retenir les écrevisses avant d'être mélangée aux autres ingrédients sans autre forme de procès. Étant donné l'existence, cent vingt kilomètres en amont, d'un vaste complexe pétrochimique qui pompait et rejetait des masses d'eau, et qu'on était à une époque où les organismes de sécurité et de préservation de l'environnement n'étaient pas encore tout le temps à regarder par-dessus l'épaule de tout le monde, le fleuve avait toutes les raisons d'être assez dégueulasse. Comme disaient les gens du coin, il faudrait être cinglé pour boire de la flotte à La Nouvelle-Orléans. On disait même qu'il était facile de pêcher de nuit sur la digue, parce que tous les poissons luisaient dans le noir...

Le bidon était glacé et la bière assez froide pour ne pas avoir si mauvais goût. De toute façon, même si c'était du poison, elle n'allait pas tuer Jay en RV.

Près de lui, un marin – avec le grade de maître – brandit un gobelet de cuir contenant une paire de dés. « Ça te dit de jouer la tournée ? »

Jay haussa les épaules. « Pourquoi pas ? »

Le matelot secoua le gobelet deux ou trois fois, le renversa sur le comptoir de bois tout griffé et le souleva. Il avait fait un quatre et un deux.

Jay prit le gobelet, y mit les dés, les secoua un coup, les renversa sur le bar. Six et deux.

« T'as gagné », dit le marin. Il tendit deux doigts pour être vu de la serveuse, puis il se désigna et désigna Jay. La femme s'approcha, déposa deux autres bières sur le bar. Le marin mit sur le comptoir deux billets d'un dollar, la femme les prit, puis s'éclipsa.

« David Garrett », dit le marin, tendant la main.

Jay la serra. Davy de la Navy. « Jay Gridley, se présenta-t-il.

– T'es... coréen ? japonais ? »

Sourire de Jay. « À moitié thaïlandais. Mais je suis né ici. »

Garrett haussa les épaules. « Y a pas de mal. Je rentre tout juste d'une période de service en Asie du Sud-Est, au large des côtes du Viêt-nam.

– T'as bien choisi ton moment pour une perm'.

– Merde, ça oui. Je tire les meufs à gauche, à droite, au centre. Une sacrée fiesta. L'a fallu que je fasse un break pour refaire le plein avant de remettre ça. » Il indiqua vaguement la porte.

Jay but une autre lampée de bière avant de remarquer : « Alors comme ça, puisque t'es dans la marine, tu dois connaître sans doute toutes ces histoires de champs de mines. »

« Champs de mines », en l'occurrence, était le terme adopté dans ce scénario virtuel pour tous les problèmes en rapport avec le Net et le Web.

Garrett finit sa bière, reposa le bidon vide, prit le nouveau. « Pas plus que n'importe qui, hasarda-t-il avec un nouvel haussement d'épaules.

– Qu'est-ce que t'as entendu à ce sujet ?

– Oh, les trucs habituels. Quelqu'un a semé tout un tas de ces saloperies sur les voies de passages de nos bâtiments. Personne ne sait qui, mais j'ai un pote au renseignement naval qui dit que ça pourrait être un coup de CyberNation. »

Surprise de Jay. « CyberNation ?

– C'est ce que j'ai entendu. »

Jay réfléchit. Pourquoi CyberNation chercherait-elle à perturber le Web ? Mettre à genoux le réseau ne pourrait que nuire à leurs affaires.

Peut-être pas, objecta le sceptique qui sommeillait en Jay.

Non ? Pourquoi ça ?

Tu te souviens du gars de l'atelier d'entretien ?

Jay regarda le miroir crasseux derrière le bar, y aperçut son visage à l'air songeur. *Ah.*

Avachi sur le canapé dans le bureau du commandant, Jay regardait le patron.

« Et que signifie au juste cette référence ? s'enquit Michaels. L'atelier d'entretien ?

– Eh bien, si les gars de CyberNation sont bien à l'origine du coup, alors, ils sont plus malins que je ne l'aurais imaginé.

– Je suis tout ouïe.

– La dernière fois que je suis passé rendre visite à mes vieux, un scandale venait d'éclater dans le patelin. Un type s'était lancé dans la carrosserie automobile en ouvrant un atelier spécialisé dans l'entretien, la remise à neuf et la réparation des peintures mais son affaire avait périclité. Alors, un soir, tard, le gars avait filé dans un quartier voisin plutôt huppé et il s'était amusé à badigeonner de tags une cinquantaine de bagnoles garées dehors. »

Le patron acquiesça. « Pigé.

– Vous voyez le plan ? Le mec s'est retrouvé avec un brusque afflux de clientèle dès le lendemain – il avait pris soin en plus d'utiliser une peinture qu'il pouvait nettoyer sans trop de problème – et il dut même engager deux jeunes pour lui filer un coup de main, tant il avait de demandes. Il ne récupéra pas tous les clients potentiels, bien sûr, certains nettoyèrent eux-mêmes leur voiture ou s'adressèrent à d'autres ateliers – mais il traita quand même une bonne vingtaine de voitures, à cent cinquante billets la passe, si l'on peut dire. Après avoir réglé ses ouvriers d'un jour au tarif minimum et déduit les consommables – produits et tampons de lustrage –, il s'était quand même fait près de trois mille dollars. Pas un mauvais retour sur investissement pour un quart d'heure d'effort et une malheureuse bombe de peinture.

« Mais les affaires périclitèrent de nouveau, aussi le gars attendit-il une quinzaine avant de se retaper une tournée nocturne de graffitis. Cette fois, il se ramassa près de cinq mille billets.

« Là, s'il avait retiré ses billes, il avait gagné la partie. Mais c'était de l'argent facile et c'était trop tentant.

« Résultat, tous les quinze jours durant les mois qui suivirent, le garagiste se glissait en douce dans un quartier chouette et se fournissait ainsi du boulot. Les flics du coin s'imaginaient que le tagueur devait être un ado porté tout au plus sur le vandalisme stupide, et le gars aurait sans doute pu continuer sa petite arnaque pendant des années, mais il finit par se prendre les pieds dans le tapis. Pour ne pas voir un concurrent risquer de lui piquer un trop grand nombre de clients, il avait tendance à réitérer ses forfaits dans les mêmes quartiers, ceux justement situés près de son atelier. Un des propriétaires dont la bagnole s'était vu redécorer trois fois de suite en avait eu tellement marre qu'il avait installé une caméra vidéo pour surveiller son allée. Le gars avait été quand même assez malin pour se coiffer d'une cagoule quand il s'introduisait chez quelqu'un afin de ne pas être identifiable. Et il conduisait une voiture différente à chaque fois – des véhicules appartenant aux clients qui les avaient laissées pour la nuit. Le problème, c'est que la caméra enregistra la plaque d'immatriculation du fameux véhicule. Les flics purent aisément remonter jusqu'au propriétaire, qui leur indiqua que sa voiture se trouvait au fameux atelier de peinture, la nuit en question. Ils retrouvèrent alors la bombe de peinture vide dans la poubelle du gars, ils la lui mirent sous le nez et il cracha le morceau. Fin de la série de délits à répétition.

– D'accord, je vois où tu veux en venir, mais je ne vois pas le rapport avec notre problème. Les clients de CyberNation n'ont-ils pas eu les mêmes problèmes que tout un chacun quand l'Internet et le Web sont tombés en rideau ?

– Marrant que vous posiez une telle question. J'ai vérifié. Durant la coupure que nous avons subie, tous ceux qui étaient connectés via les compagnies téléphoniques ou les serveurs de réseau affectés par l'attaque ont en effet connu les mêmes problèmes. En revanche, aucun des clients de CyberNation qui étaient raccordés grâce à leurs liaisons en dur avec le serveur n'a perdu ses connexions. Bon, cela n'est peut-être pas suffisant pour conclure mais c'est déjà une sacrée piste. Après tout, quand tous les autres serveurs pataugeaient pour essayer de se sortir de la panade, chez CyberNation, on tenait fièrement la barre !

– C'est en effet un indice, Jay. Mais n'y a-t-il pas eu également un bon nombre de personnes qui, sans être clients de CyberNation, n'ont malgré tout connu aucun problème de navigation ?

– Ouaip, c'est vrai. Mais au moins, c'est une possibilité. Chaque fois qu'un serveur important connaît des problèmes, il perd des clients. Il y a un demi-siècle, personne n'avait d'ordinateur individuel, personne ne commerçait sur le Web. Aujourd'hui, des masses de gens en ont fait leur gagne-pain. Avant le téléphone, on s'écrivait ou l'on se voyait pour traiter des affaires – aujourd'hui, toutes les entreprises ont le téléphone et la majorité de celles qui ont un minimum de jugeote sont présentes sur le Web. C'est indispensable si l'on veut être compétitif. Que l'un ou l'autre de ces services tombe en rade, et elles cherchent à être dépannées au plus vite. Basculer d'un serveur sur un autre n'a rien de compliqué. Si vous ne pouvez pas assurer que le vôtre est fiable, vous êtes mal barré. »

Michaels opina. « D'accord. Quelle est ton idée ?

– Je pensais que tant que je n'aurais pas découvert une preuve qu'ils ne sont pas directement impliqués, je pourrais peut-être continuer à fouiner dans cette direction. De toute façon, on n'a pas grand-chose d'autre. Enfin, jusqu'à la prochaine fois.

– Parce que tu penses qu'il y aura une prochaine fois ?

– Je serais prêt à vous parier tout ce que vous voulez, chef. Une panne de cette envergure a nécessité des masses de temps, d'argent et de talent. Ce n'était pas un truc bidouillé par deux ou trois hackers autour d'un milk-shake à la cafétéria du lycée. Ces gars ont une idée derrière la tête et cette première tentative pourrait n'avoir été qu'un coup d'essai. La prochaine pourrait bien être pire.

– Alors, retrouve-les avant que ça se produise, Jay.

– J'y bosse, croyez-moi. »

San Francisco, Californie

Le problème, avec les gardes du corps, c'est qu'ils sont terriblement prévisibles.

Santos regarda le duo qui escortait sa cible vers une limousine et sourit. Cet informaticien était un élément de priorité mineure. Avec juste deux gorilles, on ne pouvait pas parler de protection sérieuse – toute personne courant un risque réel d'enlèvement ou d'assassinat aurait au bas mot six à huit gardes armés autour d'elle, et s'ils étaient vraiment bons, ne seraient visibles que ceux qu'ils voudraient bien vous laisser voir, les autres demeurant hors de vue ou masqués sous les dehors d'un individu qu'on ne pouvait guère soupçonner d'être un garde ou une menace : une femme poussant un landau, un vieillard appuyé sur sa canne, bref, une personne qui n'aurait pas l'air de ce qu'il ou elle était en réalité.

M. Ethan Dowling de la Silicon Valley n'avait donc que deux gardes bien en évidence, et ces derniers suffiraient amplement à dissuader les gens honnêtes de venir l'importuner. Ce pouvait être des durs à cuire bien entraînés, mais ils étaient limités car bien trop visibles. S'il avait simplement voulu tuer M. Dowling, sa tâche aurait été facile : se planquer à quatre ou cinq cents mètres de là, se pointer avec un fusil à lunette, attendre le bon moment, puis le buter, fin de la mission.

Santos avait suivi le programme d'entraînement de

tireur d'élite au sein de l'organisation paramilitaire Blue Star, un entraînement qui était quasiment identique à celui des SEAL, les plongeurs-commandos de la marine américaine. Avec un bon fusil à culasse mobile, il pouvait tirer trois coups de précision en moins de deux secondes. Et de nos jours, pas besoin de se prendre la tête à estimer la portée : il suffisait d'aligner la cible, de regarder l'afficheur, de régler le viseur pour tenir compte de la hausse et du vent, et pan, le type était mort avant que le bruit de la balle ne parvienne à ses oreilles. Le temps que les gardes soient sortis de leur léthargie, vous pouviez les buter dans la foulée, si ça vous chantait.

Mais sa mission présente était la collecte d'information, pas un vulgaire assassinat. Il devait neutraliser les gardes du corps, capturer la cible, récupérer ce dont il avait besoin, puis les tuer tous pour que leurs morts paraissent accidentelles, ce qui – nonobstant ce qu'il avait pu raconter à Missy – n'avait rien d'évident.

Toujours est-il qu'alors qu'il regardait démarrer la limousine, les deux gardes à l'intérieur – l'un au volant, son collègue assis à côté –, il envisageait avec confiance la réussite du boulot. Il faudrait certes un minimum de préparatifs, mais il disposait des ressources de CyberNation, y compris des fonds importants en monnaie électronique, et tout cela en l'affaire de quelques heures. Il suffisait de balancer suffisamment de fric sur certains problèmes pour les enterrer vite fait. Comme ne tarderaient pas à l'être M. Dowling et ses deux gorilles – sitôt qu'il aurait eu ce qu'il voulait.

À *bord du* **Bonne Chance**

Keller était étendu, nu, sur le dos, regardant le plafond, épuisé.

Près de lui, Jasmine Chance, tout aussi nue que lui, roula sur le ventre et lui sourit.

Keller remarqua : « Si jamais Santos apprenait que tu étais avec moi, qu'est-ce qu'il ferait ? »

Elle haussa les épaules. « Sans doute rien. Je ne suis pas sa propriété.

— Il me fait l'effet d'un type susceptible d'être enclin à la jalousie.

— T'es inquiet ?

— Pour ça, oui. Il serait capable de me tuer d'une seule main.

— Je parie qu'il pourrait même le faire sans les mains.

— Super. J'avais vraiment besoin d'entendre ça.

— T'as des problèmes avec la baise, Jackson ?

— Non, non, c'est fantastique. Très... euh... relaxant.

— C'est bien. Je ne veux pas te voir crispé. Comment se présente la prochaine attaque ?

— Presque fini. Encore deux ou trois trucs à régler, la sécurité à peaufiner, et on sera prêts à déclencher les opérations.

— Excellent.

— Enfin, si Santos, retour de mission, ne s'avise pas de me faire la tête au carré pour avoir couché avec toi.

« – Je lui dirai rien si tu ne dis rien non plus.

– Nous ne sommes pas les deux seuls à bord.

– Laisse-moi m'occuper de Roberto. J'ai des moyens de le calmer.

– Ça, je veux bien le croire.

– Allez, je vais te montrer un truc nouveau.

– Arrête, la bête est dans le coma, désolé.

– Tu veux parier que je peux l'en ressortir ? Déjà entendu parler de l'huître viennoise ?

– Franchement non, j'avoue.

– Regarde. »

Elle roula sur le dos et fit un truc avec les jambes... Merde, il n'aurait pas cru qu'elle avait cette souplesse. Les deux pieds derrière la tête.

Encore une veine qu'il n'ait pas parié.

7.

Washington, DC

Un jour encore était passé sans attaque notable contre son domaine, et Michaels prenait garde à ne pas se laisser aller à un optimisme inconsidéré. Il ne voulait surtout pas encourir l'ire de quelque ange désœuvré. Il avait terminé ses exercices physiques et songeait déjà avec plaisir à une bonne bière et à une soirée tranquille, peut-être s'installer devant la télé pour regarder un sitcom idiot, rien de trop prise de tête.

Il venait de s'essuyer au sortir de la douche et tendait la main pour prendre son peignoir quand Toni lui dit d'attendre – avant de lui expliquer pourquoi.

« Pardon ? Tu veux que j'essaie une *robe*?

– Pas une robe, Alex...

– Bon, d'accord, une jupe.

– Un *sarong*, rectifia-t-elle. Enfin, dans certains pays, on appelle ça effectivement une robe. La moitié des hommes vivant dans la zone intertropicale du tiers monde en portent toute leur vie.

– Pas l'homme que tu as devant toi. C'est pour ça que Dieu a créé les shorts.

– Vois ça comme une espèce de kilt.

– Un kilt, un sarong, une Chevrolet Impala 63, peu importe le nom dont tu l'affubles, ça reste une jupe ! »

Toni éclata de rire.

« Je ne le mettrai pas.

– Oh mais si, que tu le mettras. C'est toi qui t'es porté volontaire pour cette démonstration, souviens-toi. Et quand on fait des démonstrations officielles de *pakulan pentchak silat serak,* on porte une tenue de cérémonie. Tu as vu cette cassette de Plinck. C'est même toi qui me l'as achetée.

– Ils portaient en dessous des pantalons de survêt', objecta Michaels.

– Très bien, tu peux mettre un survêt' en dessous si ça peut suffire à ton bonheur.

– Ça atténuera mon malheur.

– Allons, Alex ! Tu ne peux pas avoir le moindre doute sur ta virilité. Le bébé est ton portrait craché.

– Non, pas du tout. C'est à toi qu'il ressemble. » Il essaya de garder son sérieux, mais finit par céder et éclata de rire.

« C'est bien ce que je pensais, reconnut-elle.

– Admets-le, tu as bien failli marcher pendant une minute.

– Non, pas du tout.

– Mais si. »

Il la suivit dans la chambre. Elle ouvrit la penderie et en ressortit avec deux cintres. « OK, lequel tu préfères ? Le céleste ou le bambou ? » Elle brandissait deux carrés d'étoffe de couleurs vives. « De l'authentique batik indonésien tout droit venu de Bali, 100 % pur rayonne.

– Tu crois quand même pas que je vais mettre un sarong de fille, non ?

– Alex, arrête ton cinéma. Ils sont tous unisexes et taille unique. » Elle décrocha les vêtements et les déplia dans une cascade d'azur à motifs bariolés. Le premier, celui piqueté d'étoiles qu'on aurait crues dessinées par un type bourré de LSD jusqu'aux yeux était foncé, presque indigo ; l'autre était également bleu, mais d'une teinte plus claire, avec des tiges de bambou traitées en bleu et blanc.

« Peut-être le bambou... Bon Dieu, ce truc est grand comme une nappe !

– Viens par ici, je vais te montrer comment le mettre.

– Hé, je suis capable de me passer une serviette autour de la taille, merci.

– Ouais, pour qu'elle tombe la première fois que je te flanquerai par terre.

– Tu le ferais exprès.

– Parfaitement. »

Il sourit. Elle lui tendit l'étoffe à motifs de bambou et qui était en effet vaste comme une nappe, car elle devait bien faire deux mètres cinquante de long sur peut-être un mètre vingt de large.

« Regarde-moi. »

Elle lui montra comment procéder pour l'enfiler. « OK, tu l'enroules autour de toi, comme ça... puis tu la replies sur ta gauche, avant de la rabattre sur elle-même, de cette manière. La tradition veut qu'elle ne tienne en place qu'avec ses plis, mais comme nous allons nous agiter quelque peu, on va recourir à des épingles de sûreté pour la démonstration, la première ici, puis on rabat l'étoffe sur la droite, une autre là, avant de replier en accordéon, de plus en plus serré, comme ceci, puis de rabattre les plis pour dessiner la taille, et raccourcir sur le bas, là, tu vois ? Ça devrait t'arriver aux genoux.

– Y a intérêt.

– Surtout pour toi », remarqua-t-elle.

Il la regarda, tâcha de reproduire ses gestes. Quand il eut terminé, cela avait plutôt de la gueule... jusqu'à ce qu'il lâche le tissu et que celui-ci lui dégringole en petit tas autour des chevilles.

« Super. J'aurai pas l'air malin devant les étudiants du FBI. Notre Hawaïen sera mort de rire. Deux épingles, tu disais ?

– Oui. Mais dans ton cas, je crois qu'il vaudrait mieux passer carrément aux épingles de nourrice.

– Ha-ha, comme c'est drôle.

– Oui, absolument, tu trouves pas ? Allez, essaie encore une fois. Tends-le avec ton coude, là, puis, là, jusqu'à ce que ce que la taille soit enroulée pour bien tenir en place. »

Il fit comme elle disait et cette fois, quand il lâcha tout, le sarong resta en position.

« Alors ?

– J'avoue, c'est confortable.

– Pas pire que de te draper dans une serviette quand tu sors de la douche.

– Sauf que je n'aurais pas l'idée de porter une serviette en public.

– Tu le fais bien au gymnase, non ?

– C'est différent, c'est juste des mecs.

– Ah, nous y voilà, donc. T'as peur qu'une étrangère puisse apercevoir ta zigounette.

– Non.

– Eh bien, tu devrais. Parce que je n'ai pas envie, moi, que tu la montres à d'autres femmes. Si petite qu'elle soit. »

Il rit. « Je veux juste ne pas avoir l'impression de passer pour une espèce de pervers tordu, rien de plus. Les hommes ne mettent pas de jupe dans ce pays.

– Par opposition aux pervers pas tordus ?

– Tu m'as très bien compris.

– Donc, le demi-milliard d'hommes qui portent ce vêtement sont des pervers ?

– J'ai pas dit ça. Tiens, à propos...

– À propos de quoi ?

– De pervers. J'ai reçu une visite intéressante de Jay, aujourd'hui.

– Sympa, l'enchaînement. Je suis sûre que Jay apprécierait la transition. À quel sujet ?

– Tu vas pas le croire. Mais vu la pente que tu étais en train de faire prendre à cette conversation...

– Moi ? Dis donc, c'est pas moi le coincé-je-peux-pas-porter-un-sarong-parce-que-les-gens-vont-se-foutre-de-moi. »

Il secoua la tête.

« OK. Revenons-en à Jay. »

« Tu plaisantes », dit Toni.

Alex hocha la tête. « Pas à l'en croire.

– Et comment l'aurait-il appris ?

– Ce fut également ma première question. » Il sourit. « Il a dit que tout bon informaticien doit procéder à suffisamment de recherches pour bien connaître le domaine.

– Et que dit sa fiancée de ce type particulier de recherche ?

– Je ne lui ai pas demandé. »

Ils étaient passés dans la cuisine. Alex toujours en sarong. L'étoffe était très fine et ça lui donnait un air très sexy. Elle lorgna la carotte qu'elle s'apprêtait à découper. Elle la redressa debout puis utilisa le couteau de cuisine japonais pour en parer les extrémités.

« Est-ce là le commentaire de la rédaction ?

– Vois ça comme tu veux. »

Il rit.

Elle reprit son découpage en dés de la carotte pour leur salade. Avec sa mère qui gardait le bébé à l'hôtel, ils avaient toute la maison pour eux. Enfin, deux bonnes heures encore.

Alex remarqua : « Ça ne me surprend pas vraiment, quand je veux bien y songer. Il y a toujours eu une certaine proportion de porno sur le Net, même si l'on remonte aux tout débuts. Des forums dédiés à toutes sortes de perversions, des pages Web ou des sites de téléchargement d'images et de films, sans parler des canaux pour en discuter en direct. Et avec l'amélioration constante de la réalité virtuelle, ce n'était qu'une affaire de temps...

– Mais en arriver à des relations sexuelles interactives sur le Net... ? Ça paraît tellement... tellement...

– Bizarre ?

– Pour le moins, oui. On a du mal à croire ça possible.

– Eh bien, d'après Jay, ça l'était dès avant le début du siècle. Au tout début, on pouvait s'acheter des trucs comme des poupées en silicone grandeur nature, munies de toutes les... hum... ouvertures nécessaires, fonctionnelles et même équipées de vibromasseurs. Suffisait de les brancher pour s'envoyer en l'air. Mais jusque-là, ce n'était jamais que de la masturbation high-tech. À présent, on peut se brancher sur tout un tas de... euh, machines, avant de se connecter avec un ou une amie pour se lancer dans une partie de jambes en l'air virtuelle et 100 % interactive. Jay m'a expliqué que ces machines ressemblaient au début à de simples récepteurs d'appel téléphoniques, mais qu'elles ont tôt fait de se perfectionner. Certaines peuvent simuler un pénis ou un vagin, soit à l'aide de tiges de silicone gonflables, soit avec jusqu'à seize plaques de contact chauffantes en silicone, aux ondulations pilotées par des moteurs à entraînement séquentiel.

– Tu crois vraiment que j'ai envie d'entendre ça ?

– J'en sais rien, moi, non ? »

Toni réfléchit une seconde. « Bien sûr que si. Que personne ne s'avise de dire qu'après m'être mariée et avoir eu un môme, je me suis transformée *ipso facto* en une vieille rombière coincée.

– Les gars qui sont vraiment branchés sur ce truc appellent ces bidules des McClean. »

Toni finit de couper la carotte, en prit une autre, puis haussa un sourcil.

« Ça vient d'un vieux limerick, d'après Jay.

– T'as pas besoin de répéter tout le temps "d'après Jay". Je te crois sur parole.

– Hum. D'après... je veux dire, t'as entendu parler des souris haptiques, des stylets et autres dispositifs d'entrée de données. Eh bien, les McClean sont le résultat de recherches sur l'adaptation des ordinateurs aux aveugles. Les unités les plus évoluées sont munies de prises ou de cavités orales/génitales/anales, selon les euh... les désirs et la conformation physique de l'utilisateur... Les casques sont dotés de modules DigiScents de chez Aromajet capables de reproduire certaines odeurs corporelles. Ils appellent ça des "chlingueurs". Il y a également des pastilles linguales – on en trouve chez Le-goût-du-vrai.com – qui, par pilotage électronique, permettent d'offrir toute une palette d'arômes, et qui tout naturellement se sont vu baptiser "baveurs".

– Schlingueurs et baveurs, observa-t-elle. On dirait le nom d'une maladie.

– Ou d'un cabinet d'avocats.

– Hum.

– Quoi qu'il en soit, les appareils les plus perfectionnés sont dotés de mailles en fil à mémoire de forme qui permettent d'appliquer diverses formes de pression en divers points du corps, de chauffer ou refroidir certains points de la trame, tout en y appliquant des vibrations. »

Toni régla son compte à la seconde carotte avant de s'attaquer à un oignon rose. Elle commenta : « Donc, tu te branches sur ce vibromasseur high-tech, ou tu te l'enfiles, selon le sexe, tu te glisses à l'intérieur de cette espèce de filet super-confortable, puis tu programmes l'odeur et le goût de je ne sais quel machin tiédasse, et tu rejoins ton amour anonyme quelque part sur une plage en réalité virtuelle ?

– C'est en gros ce qu'on m'a laissé entendre, oui.

– Et en quoi est-ce comparable à la chose réelle ?

– Eh bien, toujours d'après Jay – et je n'ai aucun moyen d'être juge en la matière, crois-moi –, ce ne serait pas aussi bien, mais c'est toujours mieux que d'être tout seul. Et dans certains cas, il y a des sensations qu'on ne peut obtenir avec un partenaire réel. La langue électrique peut en fait délivrer des impulsions de faible intensité mais à haute tension – à vous faire dresser les cheveux sur la tête. Et puis il y a l'anus vibrant extrêmement ressemblant...

– Beurk, c'est totalement dégoûtant.

– Oui, bien sûr, parce que tu m'as, moi. Tu as définitivement tiré un trait sur les autres bonshommes et sur les machines. »

Cela la fit se marrer, comme il l'avait prévu.

« Dis donc, bonhomme, c'est une banane, là, sous ton sarong, ou juste le plaisir de me voir ?

– C'est une banane. »

Elle rit et, allez savoir pourquoi, le sarong dégringola de nouveau.

8.

Nicasio, Californie

La nuit était fraîche, mais pas glaciale, et la route qui sinuait entre les collines, relativement tranquille. La cible et ses gardes du corps revenaient de rendre visite à des gens du cinéma qui avaient une résidence dans Lucas Valley. Santos ne connaissait pas grand-chose au ciné, il ne passait pas beaucoup de temps dans les salles, mais cette demeure, un ranch dissimulé à l'écart de la route, était apparemment très célèbre[1].

Santos avait choisi plusieurs emplacements sur l'itinéraire pour effectuer son action, certains meilleurs que d'autres, mais tous devraient être utilisables s'il s'y prenait comme il convient.

La limousine passa devant lui et il attendit qu'elle soit huit cents mètres devant pour lancer le gros cube de sa moto et s'engager sur la route derrière elle. Il ne risquait pas de les perdre car il connaissait leur destination.

---

1. Et pour cause : c'est le Skywalker Ranch du réalisateur George Lucas.

Ils n'allaient toutefois jamais y parvenir.

Trente minutes plus tard, la limousine approcha du site principal qu'il avait choisi. Mais il y avait une voiture garée sur le bas-côté de la route sombre, une grosse berline. Il ne distingua personne à l'intérieur, mais là n'était pas l'important.

C'était une complication et il laissa la limousine passer devant.

Cinq minutes plus tard, le site secondaire apparut, mais cette fois, la circulation était plus dense qu'il ne l'avait prévu.

Son troisième choix était six ou sept minutes plus loin. S'il y avait encore un problème, alors il renoncerait à la mission pour ce soir et recommencerait demain.

Alors que la route s'étrécissait et s'incurvait, toutefois, Santos vit qu'ils étaient seuls. Il regarda le compteur de vitesse. Le garde du corps, qui aimait conduire à bonne allure, dépassait de quinze kilomètres-heure la vitesse limite.

Parfait.

Une pichenette sur les deux interrupteurs à bascule fixés provisoirement sur le guidon alluma les feux clignotants et déclencha la sirène.

Devant lui, la limousine ralentit pour s'immobiliser à l'endroit précis où il avait espéré qu'elle s'arrête. Il faisait assez sombre pour qu'un éventuel témoin ne voie rien, à part les clignotants de la moto – c'est de toute façon ce qu'ils remarqueraient en passant devant. Et il n'aurait besoin que d'une ou deux minutes pour agir.

La limousine s'arrêta et Santos gara sa moto juste derrière la voiture. Il coupa la sirène, laissa les feux allumés, descendit et s'approcha de la limousine. Le chauffeur descendit la vitre électrique.

« Quel est le problème, monsieur l'agent ? » demanda ce dernier.

De son plus bel accent américain, Santos répondit : « Vous rouliez un petit peu trop vite, monsieur. Puis-je voir votre permis et votre carte grise, je vous prie ?

– Oh, allez, vous n'allez quand même pas me coller une prune, non ? Ici, au beau milieu de nulle part, sans la moindre circulation ? » Le gorille ouvrit son portefeuille pour exhiber un insigne et une carte d'identité. « Je suis Russell Rader, de King Executive, service de protection. Je suis un ancien agent du FBI à la retraite, engagé comme garde du corps pour Blue Whale. Et voici M. Ethan Dowling, le vice-président. » D'un signe de tête, il indiqua le passager à l'arrière qui sourit. « Alors lâchez-moi un peu la grappe, OK ? »

Santos fit mine de réfléchir une ou deux secondes. Il referma son faux carnet à souche. « Retraité du FBI, hein ? Ma foi, je suppose que je peux laisser tomber l'excès de vitesse. Mais est-ce que vous savez que votre plaque d'immatriculation était sur le point de se barrer ?

– Quoi ?

– Une vis a dû se desserrer, elle tient à peine. Venez voir. »

Santos se recula et le chauffeur descendit. Les deux hommes gagnèrent l'arrière de la voiture. « M'a l'air tout à fait normale », observa Rader.

C'est là que ça devenait coton. Santos s'accroupit derrière la voiture, posa l'index droit sur le cadre maintenant la plaque. « Non monsieur, vous voyez, là ? »

Comme de bien entendu, le gorille s'accroupit à côté de lui pour y regarder de plus près.

Dès qu'il fut hors du champ visuel des occupants du véhicule, Santos joua du coude.

En temps normal, un homme accroupi n'a pas un très bon équilibre ni un appui suffisant pour ce genre de coup. Mais la capoeira est un art fondé sur le mouvement dans les postures les plus invraisemblables. L'équilibre de Santos était parfait.

Il frappa le garde du corps en plein dans la tempe droite. L'homme s'écroula comme si l'on avait sectionné sa moitié inférieure.

Bonne nuit, monsieur Rader.

Santos se releva. Il se dirigea vers le côté droit de la limousine, se pencha.

Le second garde du corps abaissa sa vitre.

« Votre ami essaie de revisser la plaque, mais avec son canif, il ne va pas aller loin. Vous n'auriez pas un tournevis dans la voiture ? »

Au moment où le garde du corps ouvrait la bouche pour parler, Santos lui expédia de toutes ses forces son poing dans la pomme d'Adam. Il entendit le larynx se briser. L'homme y porta la main et Santos décocha un second coup, cette fois du plat de la main contre le front. Un coup de poing de cette violence lui aurait brisé les phalanges mais le plat de la main était rembourré – on peut frapper avec force si on fait jouer le mou contre le dur, et l'on évite de se blesser.

La tête de l'homme recula d'un coup sec. Avant qu'il ait pu réagir, Santos ouvrit brutalement la portière et, agrippant d'une main par le cou le garde estourbi, il lui pinça les carotides. Dix secondes suffirent amplement. Les yeux du type se révulsèrent. Il sombra dans l'inconscience.

Santos relâcha son étreinte. Il ne voulait pas le tuer.

À l'arrière, M. Dowling se mit à crachoter : « Qu'est-ce que... ? Hé, vous... ! »

Santos aurait pu dégainer son flingue et s'en servir comme d'une baguette magique pour faire taire le bonhomme mais il n'avait pas besoin de ça. Il sourit plutôt, dents blanches éclatantes : « C'est un rapt, Ethan. Tu la boucles, ou je serai dans l'obligation de te tuer. »

L'homme était terrifié. Il la boucla.

À présent, tout ce qu'il lui restait à faire, c'était immobiliser les gardes du corps. Il sortit de la voiture le second et le traîna vers l'arrière. Puis, avec adresse, il ligota les deux hommes inconscients, à l'aide des bandelettes de tissu qu'il avait planquées dans ses poches. Il ne voulait pas qu'apparaissent sur eux des marques de ligature. Il fit une boucle autour du cou et des poignets de chacun pour les empêcher de se débattre à leur réveil. Puis il ouvrit le coffre et fourra dedans le duo ligoté avant de rabattre avec soin le couvercle. Il retourna ensuite à la moto, tout en lorgnant Dowling pour voir s'il allait tenter quoi que ce soit – passer à l'avant et démarrer ou simplement peut-être ouvrir la portière et filer.

Mais Dowling demeura assis, sans un geste, et Santos sourit. Il s'était douté que le type n'avait rien dans le ventre. Et il était assez bon juge en la matière.

Il coupa les feux clignotants de la moto, puis déclipsa ces derniers ainsi que la sirène fixée au guidon, avant de pousser la machine dans un fourré proche pour qu'elle soit invisible de la route. C'était désormais redevenu une banale motocyclette. Le temps qu'on la retrouve, toute cette histoire serait réglée. Et il n'y aurait de toute façon aucun indice pour relier l'incident à Dowling et ses gardes du corps – le reste de la mission de ce soir allait se dérouler à cinquante kilomètres d'ici sur une autre nationale. La moto n'était pas volée : elle avait été acquise sous une fausse identité, et il n'y avait aucune raison de la relier à la limousine. Ce ne serait qu'un de ces nombreux petits mystères inexpliqués qui ponctuent l'existence.

Santos se dirigea vers la voiture, ouvrit la portière du chauffeur, s'installa au volant. « Toi, tu restes assis bien sagement, dit-il. On va faire un tour, puis on aura une petite discussion. Si tu te tiens bien, tout ce que ça te coûtera, c'est un bref désagrément. »

Là, c'était un mensonge. Dowling et ses deux gardes seraient morts d'ici moins d'une heure si tout se déroulait comme prévu. Mais inutile de perturber le pauvre bougre, pas vrai ?

QG de la Net Force
Quantico

C'était en définitive le cauchemar qui avait poussé Michaels à se lever. Il s'était réveillé trempé de sueur, le cœur battant à tout rompre, d'un rêve dans lequel Bershaw, le drogué psychotique, était venu chez lui et avait capturé Toni. Dans celui-ci, le tueur s'était emparé du petit Alex et, le tenant par une cheville, s'apprêtait à le fracasser sur la paillasse de la cuisine.

Michaels n'avait pas réussi à se rendormir après cette vision épouvantable.

John Howard lui avait dit qu'il pouvait à tout moment lui passer un coup de fil. Et dès qu'il fut assez tard, c'est ce qu'il fit.

À présent, ils se trouvaient dans le bureau de Michaels.

« Ça fait un bail que j'avais l'intention de le faire, dit Michaels. Merci, John.

– Pas de problème. Ça me paraît parfaitement logique, observa Howard. À votre place, je l'aurais fait depuis longtemps.

– Je veux dire, même avec toute l'expertise de Toni, les poignards, les tasers et toute la quincaillerie qu'on a sous la main, quelqu'un a déjà par deux fois réussi à s'immiscer chez moi avec des intentions meurtrières.

– J'ai parfaitement en mémoire le dernier incident, confirma Howard. Il est plus que temps que vous adoptiez du matériel un peu plus sérieux.

– Ouais, j'aimerais être un peu mieux préparé si ça doit se reproduire.

– Je pense que ceci devrait convenir, dit Howard. Laissez-moi vous montrer ce que nous avons. »

Michaels acquiesça en considérant l'étui de l'arme qui ressemblait à une espèce de longue poche gris-brun en toile ou en tissu huilé, marquée, çà et là, par des taches sombres de lubrifiant.

Il défit une cordelette à l'extrémité la plus large de la poche et en fit glisser l'arme.

« Elle appartenait à mon oncle, expliqua-t-il. C'est ce qu'on appelle un "fusil de cocher", vu que c'est le genre de flingue qu'employaient une majorité de cochers de diligence lorsqu'ils effectuaient des convoyages au temps du Far West. Celui-ci est un European American Armory Bounty Hunter II, fabriqué en réalité en Russie pour l'exportation. Mon oncle avait l'habitude de l'utiliser pour les concours de tir cow-boy.

– Concours de tir ?

– Un sport de compétition. Des hommes et des femmes s'habillent en costumes d'époque Far West, se donnent des surnoms comme "Doc", "Deadeye" ou "the Kid" et, sous cet avatar, font des cartons en utilisant des armes d'époque – pistolets à barillet six coups, fusils en général à pompe ou carabines.

– Sans blague ?

– Ouaip. Comme jouer aux cow-boys et aux Indiens version adulte. Il y a même des Amérindiens qui participent à la compétition, eux aussi en tenue d'époque. Après l'abolition de l'esclavage et avant que Jim Crow ait son mot à dire, personne ne se souciait trop de la couleur de votre peau, tant que vous saviez monter à cheval, mener les troupeaux et tirer sur les serpents ou les voleurs de bétail quand ils se pointaient. C'est du moins ce que j'ai entendu raconter quand j'étais petit.

– Intéressant.

– Ce n'est pas une arme particulièrement coûteuse, bête crosse en noyer, carcasse couleur acier cémenté. Les Russes ne les fabriquent pas pour l'esthétique, mais elles sont très solides et mécaniquement bien conçues. Ce fusil utilise des munitions de calibre 12, courtes, sept centimètres seulement. Ça vaut mieux d'ailleurs – les 7,65 à haute puissance auraient un recul trop violent avec un canon aussi court. »

Il fit pivoter un levier au milieu du côté de l'arme

et ouvrit la culasse. « Double canon de 508 mm, des extracteurs pour chasser les douilles mais pas d'éjecteurs, ce qui leur évite de tomber au sol. Chiens extérieurs – on les appelle des "oreilles de lapin", vous voyez, là ? Celui-ci est une reproduction moderne des modèles anciens, de sorte que le chien ne vient pas en fait frapper une amorce mais déclenche un percuteur interne. Ce qui permet d'utiliser indifféremment un bloque-chien ou une sécurité sur la détente, le bouton, ici. On ne peut guère faire plus simple. Vous l'ouvrez, vous introduisez deux cartouches, vous refermez, vous armez. Vous avez deux détentes, une pour chaque canon. Vous faites coulisser la sécurité, vous visez comme avec n'importe quel fusil, ou si vous avez quelqu'un juste face à vous, vous le repoussez comme avec un bâton puis vous appuyez sur la détente.

– Et si je rate ? Est-ce que le projectile va traverser le mur et aller tuer mon voisin dans son pieu ?

– Pas si vous utilisez de la chevrotine. Pas besoin de gros calibre ou de balles pleines pour le tir à courte portée. À distance de combat, une simple charge de chevrotine pour le gibier à plumes ou le petit gibier à poils suffira amplement, et ces petits plombs ne risquent pas d'aller beaucoup plus loin qu'une épaisseur de crépi ou de plâtre. Même si vous pouviez obtenir un permis de port d'arme de poing, ce flingue a bien plus d'impact, tout en étant plus sûr et surtout, sa détention est légale dans le district fédéral, même pour les civils. »

Michaels saisit l'arme, actionna le levier d'armement, puis les chiens. Elle donnait une impression de robustesse bien agréable.

« Vous devriez faire un tour au stand de tir et

l'essayer. Le recul secoue un peu, mais vous pouvez toujours tirer de la hanche, sans problème, si vous ne voulez pas vous ruiner l'épaule. Aussi simple que de pointer du doigt. »

Michaels acquiesça.

« Et là, c'est son coffre-fort. »

Il tendit un étui de forme oblongue, assez grand pour loger l'arme. L'image d'une main était dessinée dessus.

« Il est en titane, ultra-léger, mais assez robuste pour résister à toute tentative d'ouverture avec un tournevis. Il peut contenir deux fusils. Vous pouvez le boulonner à deux fixations murales dans la penderie de votre chambre, et y ranger ensuite votre arme et ses munitions. Il est doté d'un lecteur d'empreinte digitale, ici, sur l'image de la main. Il peut en accepter jusqu'à soixante-quatre, ce qui vous permet de le programmer pour lire les vôtres, celles de Toni ou de toute autre personne de confiance. Le lecteur est alimenté par une pile au lithium d'une durée de vie de cinq ou six ans. De toute façon, dès qu'elle faiblit et nécessite d'être remplacée, une diode, là, se met à clignoter pour vous en avertir. Le dispositif peut également, si vous voulez, être relié à votre système d'alarme domotique.

– Hmm, le terme coffre-fort m'a l'air effectivement bien choisi.

– Si vous avez vraiment envie, vous pouvez demander au sergent la Mitraille de vous installer les sécurités électroniques que nous avons pour nos armes de service, en lui adaptant un système à bague émettrice, c'est une autre façon de se prémunir. De cette manière, si jamais un individu non autorisé réussit à l'extraire du coffre, il ne pourra pas tirer avec... mais je ne me fais pas trop de souci de ce côté.

« Bref, si quelqu'un se met à tambouriner à votre porte au beau milieu de la nuit, vous pouvez vous retrouver avec cette arme et prêt à l'action en l'espace de quelques secondes. Quiconque se trouvera nez à nez avec vous et ce genre de joujou aura tendance à y réfléchir à deux fois avant de se décider à approcher. Des tas de gars qu'un pistolet n'aurait pas intimidés reculeront en voyant le canon d'un fusil braqué dans leur direction.

– Je veux bien le croire. On dirait un obusier.

– Le revers de la médaille, c'est que vous n'avez que deux coups. Un fusil à pompe vous donnerait un minimum de cinq, plus, avec un tube rallongé.

« Vous pourriez envisager de suivre le cours de remise à niveau du FBI/DEA[1] pour les armes à feu. En tant que chef de la Net Force, ils seraient ravis de vous avoir, et cela vaudrait bien d'y consacrer un dimanche après-midi.

– Vous pensez que j'ai besoin d'un truc pareil ?

– Affirmatif, monsieur. Par exemple, si vous voyez quelqu'un s'introduire sous votre toit avec une arme qui n'y a pas sa place, qu'est-ce que vous feriez ?

– Lui dire de la lâcher ?

– Ce n'est pas l'avis des experts en autodéfense. Vous devriez foncer et l'abattre.

– Pardon ?

– Les agents de la force publique ont pour obligation de tenter de capturer vivants les délinquants ; pas

---

1. Drug Enforcement Administration : l'équivalent américain de la Brigade des stupéfiants.

les particuliers. Si quelqu'un s'introduit dans votre maison avec une arme, il est *ipso facto* considéré comme une menace mortelle. Dans votre cas, cela vous est déjà arrivé à deux reprises. Ordonner à un individu armé entré par effraction de déposer son arme, c'est risquer presque à coup sûr de vous faire descendre. Si vous entendez un déclic dans la nuit, ce que vous êtes censé faire, c'est vous boucler, vous et votre famille, dans une pièce sûre, prendre votre arme, prévenir la police et ne plus en bouger jusqu'à ce que les flics débarquent. Vous n'êtes pas supposé arpenter l'entrée de chez vous, sur le qui-vive comme Doc Holliday avec votre fusil, en attendant que les méchants débarquent. Si toutefois vous le faites, et que vous en voyez un, et qu'il est armé, vous tirez d'abord et posez les questions ensuite.

– Seigneur !

– Je doute que ce soit Lui qui débarque chez vous par effraction. Inscrivez-vous à ce cours, monsieur. Il y a toutes sortes de choses que vous avez intérêt à savoir sur l'emploi des armes qui ont changé depuis l'époque où vous étiez sur le terrain. »

Michaels lorgna le fusil. « Oui. C'est ce que je constate. Bon, alors, qu'est-ce que je vous dois ? »

Howard énonça un prix.

« Ça m'a l'air donné.

– Ma foi, je ne m'en sers pas, alors, autant qu'il fasse un heureux. La boîte de munitions vient de chez moi, elle y traînait depuis une éternité. Le seul truc pour lequel j'y ai été de ma poche, c'est l'étui, donc ça couvrira largement.

– Encore merci, John.

108

« – Prévenez-moi quand vous voudrez aller tirer. Je pourrai vous donner un ou deux tuyaux.

– Volontiers. »

Après le départ d'Howard, Michaels contempla le fusil. Il n'avait jamais eu d'arme chez lui – enfin, pas dans cette maison. Il avait possédé un pistolet, du temps où il était de service actif, mais il n'avait jamais éprouvé le besoin d'avoir un fusil une fois rentré chez lui. Il avait son taser de service et, pendant un bail, cela lui avait suffi – dans le temps... Mais rien de tel que de voir débarquer chez vous un couple de tueurs pour envisager qu'avoir un flingue dans sa table de nuit ou dans sa penderie ne serait peut-être pas une si mauvaise idée. Il se pouvait qu'il n'ait plus jamais à s'en servir – il l'espérait bien – mais il en était venu à comprendre le slogan de la NRA : mieux valait en avoir un et ne pas en avoir besoin qu'en avoir besoin et ne pas en avoir.

Il serait intéressant d'entendre l'avis de Toni sur la question. Il n'en avait jamais discuté avec elle.

9.

À *bord du* Bonne Chance

« OK, dit le technicien. Le voici. »

Ils étaient au Media, une salle de la taille d'une salle de bal, divisée en boxes encombrés d'ordinateurs, imprimantes, photocopieuses et autres appareils électroniques.

Chance regarda l'écran du moniteur plat 21 pouces connecté à un Macintosh haut de gamme. Le logiciel Avid chargé sur l'ordinateur et la capacité de son disque dur permettaient de stocker une centaine d'heures de film, et avec un tel système de montage non séquentiel, il était possible de réaliser toutes sortes d'effets et de trucages : volets, fondus, inserts, masques, incrustations, holoprojimages, la palette était vaste. C'était un outil puissant utilisé dans quantité de productions télévisées ou cinématographiques avec lequel on pouvait, à partir de n'importe quelle séquence banale de film ou d'infographie, faire des trucs incroyables.

Pour le reste du monde, les trucs incroyables, cela se devait d'être la marque de CyberNation.

Sur l'écran s'élevait l'image infographique d'une imposante cathédrale de marbre et de pierre. Des grains de poussière voletaient dans les rayons de soleil qui transperçaient des nuages bas. La caméra en vision subjective se déplaçait sur un simulacre de grue en direction du portail en ogive.

Une musique se fit entendre, une fugue de Bach aux accords d'orgue retentissants.

À mesure que le cadre approchait des portes massives de l'édifice, celles-ci commencèrent à s'ouvrir avant de se dissoudre. Des colombes s'envolèrent puis s'égaillèrent un peu partout. La musique progressivement se fondit en un standard de rock dont les paroles semblaient jaillir directement des notes d'orgue sur un rythme lourd et entêtant, une histoire de rêve américain et de machines de mort. À mesure que la musique changeait, l'image se modifia aussi, passant d'un vertigineux édifice pseudo-gothique à une boîte de nuit futuriste. La caméra continua son parcours aérien, franchissant les portes pour venir survoler l'intérieur du club où des dizaines de *beautiful people* dansaient et se déhanchaient avec frénésie au rythme du rock. La sueur plaquait chemises et corsages sur leurs corps à la plastique irréprochable. Tous ces messieurs poussaient manifestement de la fonte ; quant à ces dames, elles ne portaient pas de soutien-gorge et d'ailleurs n'en avaient pas besoin.

Au-dessus de la piste, des lasers clignotaient au travers de nuages de fumée colorée et le slogan CYBERNATION – NOUS POUVONS VOUS EMMENER OÙ VOUS VOUDREZ !

apparut, se superposant aux danseurs, accompagné de l'adresse Web du site pour s'inscrire.

La scène se figea. « Ça, c'est l'intro. Qu'est-ce que vous en pensez ? demanda le technicien.

— Pas mal, commenta Chance. Mais baisse un poil le volume de la musique, et quand le slogan vient s'afficher, je veux une touche de wah-wah pour souligner la ligne de basse. Et regarde aussi si on pourrait pas mettre un peu de vibrato sur les paroles. Qui nous fait la voix ?

— Franklin "Corne de brume".

— Bien. Il est parfait. Bon, et qu'est-ce qu'il y a ensuite ?

— On bosse encore sur le truc du dinosaure en rendu fil de fer et sur les extraterrestres, mais on a quasiment terminé la scène du harem et celle des achats chez Harrods. Les séquences en fil de fer seront prêtes pour être habillées de textures d'ici après-demain. »

Chance acquiesça et se détourna de l'Avid. Elle regarda sa montre. Elle n'avait pas encore eu de nouvelles de Roberto. Elle se demanda comment il se débrouillait.

Sans doute très bien. Elle se faisait trop de souci pour les détails, elle le savait. Mais il était difficile, et à juste titre, de se fier aux gens pour qu'ils fassent ce qu'on leur disait de faire. Dans un temps lointain, elle avait été cadre supérieur, bien partie pour décrocher la vice-présidence d'une entreprise classée au palmarès des cinq cents premières du magazine *Fortune*. Elle gagnait fort bien sa vie, était extrêmement respectée, elle avait fait son trou et pris du galon, mais elle avait finalement dû démissionner. Les gens n'arrêtaient pas de merder, de faire les choses autrement que selon ses instructions, et ça la faisait grimper aux rideaux.

Son idée de la bonne gestion était celle-ci : on engageait des types sérieux et on leur lâchait la bride sur le cou, et ils ne se rappelaient à vous qu'une fois le boulot effectué, sauf s'ils avaient des problèmes. La réalité des faits était tout autre : quel que soit le service, vous héritiez d'une bande d'incapables, et il s'écoulait un bail avant que vous arriviez à discerner qui bossait réellement et qui brassait du papier en faisant mine de bosser. Certes, une fois tâté le terrain, vous pouviez virer les flemmards, mais vous perdiez alors un temps fou à retrouver du personnel, avec toujours le risque de tomber de Charybde en Scylla. Vous lisiez un superbe CV, le type se présentait et réussissait un entretien brillant, et sitôt qu'il avait décroché le poste, il se révélait un abruti fini, impossible à remuer même avec un tisonnier rougi dans le cul. La moitié du temps, vous aviez toutes les peines du monde à vous débarrasser du poids mort parce que vous vous retrouviez poursuivi pour telle ou telle forme de discrimination – sexuelle, générationnelle, raciale ou autre... Vous pouviez surprendre un employé à piquer dans la caisse, se livrer à l'exhibitionnisme devant les vieilles dames dans le métro ou sniffer de la coke à la cantine, ça ne suffisait pas pour autant à se débarrasser de lui s'il bénéficiait d'appuis efficaces.

Et les intrigues de bureau ? Ces patrons crétins qui avaient largement fait exploser le principe de Peter ? Ou poignardaient leurs collègues dans le dos ?

Non, très peu pour elle, ce genre de carrière...

Chance sourit à ces souvenirs. Être responsable d'un poste élevé, où que ce soit, ce n'était jamais une sinécure. Si elle avait accepté ce boulot, c'était pour une simple et bonne raison : la possibilité de démarrer de zéro, d'engager qui elle voulait, et de se débarrasser de n'importe lequel de ses employés avec ces deux seuls mots : « La porte ! » La décision était sans appel. Elle n'avait à répondre devant personne, hormis le conseil d'administration, et aussi longtemps qu'elle remplissait les objectifs du projet commercial – qu'elle avait elle-même élaboré –, on se contrefichait des moyens employés. Elle n'aurait pu imaginer meilleur emploi.

Roberto était un gars bien, et elle pouvait compter sur lui pour faire le nécessaire, mais elle demeurait malgré tout trop directive. Elle se tracassait en gros chaque fois qu'elle confiait sa peau aux mains de quelqu'un d'autre. Il faudrait qu'elle travaille là-dessus. Elle devait se relaxer – Berto était le meilleur élément qu'elle ait trouvé dans cette branche.

Mais s'il n'appelait pas d'ici une heure ou deux, elle sentait qu'elle allait se faire un sang d'encre.

San Rafael, Californie

Liquider les trois était le plus facile. Après qu'il eut obtenu de Dowling tout ce qu'il voulait, et même quantité de choses dont il n'avait rien à cirer, il avait scrupuleusement étranglé le bonhomme en recourant à la prise spéciale apprise d'un lutteur de *vale tudo jiu-jitsu*, au Brésil. Suffisamment pour le plonger dans l'inconscience mais pas pour le tuer. Puis il avait récupéré les deux gorilles, l'un après l'autre, avait procédé de même avec eux, avant de fourrer tout ce petit monde dans la limousine. Il s'était rendu à l'emplacement repéré, à tout juste huit cents mètres de là, leur avait à nouveau fait un étranglement, pour être sûr qu'ils étaient bien HS. Puis il avait foncé droit vers le garde-fou qui surmontait un ravin de trois cents mètres avant de bloquer les freins pour s'immobiliser en dérapage au ras de la chaussée.

Il avait alors reculé de quelques mètres. Puis il avait replacé un des gorilles derrière le volant en le harnachant à l'aide de la ceinture. Il avait bloqué son pied chaussé contre le bord de la pédale d'accélérateur et le moteur s'était mis à vrombir. Il avait refermé la portière, puis, se penchant par la fenêtre ouverte, avait enclenché en marche avant le levier de la boîte automatique.

La voiture avait fait une embardée et pris de la vitesse. Elle avait percuté le rail de sécurité avec assez d'élan pour le défoncer et basculer dans le vide.

Elle avait dévalé avec fracas, rebondissant et faisant plusieurs tonneaux. Santos avait pu suivre sa chute quasiment de bout en bout, jusqu'au moment où les phares s'étaient éteints, sans doute parce que le choc avait détaché la batterie.

Adios, amigos.

Ce n'était pas sûr à 100 % mais personne n'aurait la moindre raison de chercher plus loin que l'évidence : alors qu'il rentrait la nuit sur une route de montagne, le chauffeur du vice-président d'une grosse société avait vu un chevreuil ou un coyote, avait écrasé les freins et, pas de pot, il était sorti de la route pour tomber dans le ravin. Bien sûr, un enquêteur expérimenté pourrait noter que le rail de sécurité n'était pas aussi endommagé qu'il aurait dû l'être à la suite d'un impact à grande vitesse. Mais un flic de la route verrait surtout des marques de dérapage correspondant aux pneus de la limousine, preuve que le chauffeur avait essayé de freiner. Les occupants du véhicule seraient morts, victimes des blessures subies lors de l'accident, et ils ne porteraient aucune marque de drogue ou d'autres blessures préalables à l'impact, Santos y avait veillé.

Les accidents, on en voyait tous les jours. Un flic avec un minimum d'ancienneté dans la police de la route de Californie en aurait déjà connu des dizaines de semblables et l'on ne voyait jamais que ce que l'on était prêt à voir. Il n'y aurait aucune raison d'imaginer autre chose.

Peut-être la compagnie d'assurances dépêcherait-elle un expert pour vérifier les circonstances du drame. Même dans ce cas, une telle enquête prenait du temps, il fallait effectuer des relevés, procéder à des tests, rédiger des rapports et, même alors, nulle conclusion ne serait certaine.

— *Alors, Señor Acidente Experto, qu'est-ce qui vous porte à croire que ce n'était pas un accident ?*

— *Eh bien, le rail de sécurité ne présente pas des dégâts en rapport avec un impact à grande vitesse.*

— *Peut-être que le métal de ce rail provenait d'un lot particulièrement résistant.*

— *Pas d'après mes tests.*

— *Oui, mais... comment connaissez-vous la vitesse de la voiture au moment où elle a percuté le rail, hmm ?*

— *La longueur des marques de dérapage révèle une vitesse importante.*

— *Ah, mais le freinage aura justement ralenti le véhicule, non ? Peut-être assez pour réduire notablement la violence de l'impact. N'est-ce pas une possibilité ?*

— *Si, c'est une possibilité.*

Comme il retournait vers la cachette où l'attendait

une voiture – dotée de plaques échangées avec un véhicule garé au parking de longue durée à l'aéroport de San Francisco –, Santos ne put retenir un sourire. Si, d'ici une semaine ou un mois, les autorités finissaient par acquérir la conviction que la destruction de la limousine n'avait pas été accidentelle, cela importerait peu. Dans l'intervalle, l'information qu'on lui avait demandé de recueillir aurait été exploitée. Comment ? Il ne savait pas trop et ce n'était pas vraiment son problème. On l'avait envoyé la récupérer, il s'était acquitté de sa tâche, point-barre. Il était impossible de le relier d'une manière ou d'une autre à l'incident. Il avait acheté la voiture sous une identité d'emprunt. Personne ici ne le connaissait, et ceux qui l'auraient vu ne pouvaient savoir qui il était ni où il était parti. Il n'était qu'un Noir parmi d'autres, et pour les Blancs, tous les Noirs se ressemblaient, non ?

Il appellerait Jasmine dès son retour à San Francisco, à l'aide d'un téléphone mobile jetable. Un bref message pour signaler sur son répondeur que le boulot était fait. Ça la rassurerait. Missy était trop crispée. Le seul moment où elle se détendait, c'était au pieu, et encore, elle ne se lâchait jamais totalement ; quelque part, elle se maîtrisait toujours. Il avait l'intention de réussir à lui faire dépasser ce stade. L'amener au pur plaisir animal – oublié l'intellect, plus que les hurlements et les frissons d'extase. Cela prendrait peut-être du temps, mais qu'importe, ce serait déjà la moitié du plaisir.

Et une fois qu'il l'aurait amenée là, elle serait devenue son esclave. Alors, il pourrait la larguer et en trouver une autre. Les bonnes femmes, le monde en était plein.

10.

Washington, DC

Toni attendait le facteur ; sa toute dernière commande d'ivoire synthétique pour ses gravures devait arriver à peu près maintenant et quand on sonna à la porte, c'est ce qu'elle crut. Même si elle ne s'était guère consacrée à son loisir depuis la naissance du bébé, à part quelques petits trucs pendant qu'il faisait sa sieste. Personne ne lui avait dit qu'un petit d'humain s'avérait un tel boulot à temps complet.

Elle ouvrit la porte mais, au lieu du facteur, c'est Gourou qui se tenait sur le seuil.

La vieille femme sourit devant son expression ahurie.

« Bonjour, ma préférée. Surprise !

– Gourou ! Mais qu'est-ce que vous faites ici ?

– Attendre que tu m'invites à entrer. »

Toni ouvrit toute grande la porte à moustiquaire. « Entrez, entrez ! »

Gourou – le terme, en bahasa d'Indonésie, signifiait « enseignant » – saisit sa valise et passa devant Toni.

Elle était également munie d'une lourde canne en bois.

La vieille femme, dont le véritable nom était DeBeers, approchait de son quatre-vingt-cinquième printemps. Elle avait eu une attaque alors que Toni était au cinquième mois de sa grossesse [1], et était censée s'être rétablie totalement. Toni l'avait vue quand elle était retournée chez elle montrer le bébé à sa famille, six ou huit mois plus tôt, et Gourou ne se servait pas d'une canne à ce moment-là.

Mais avant qu'elle ait pu lui poser la question, Gourou devina ses pensées : « La canne, c'est pour me défendre, pas pour la marche. Crois-tu que je pourrais venir tout droit du Bronx en train sans être armée ? Ne t'ai-je pas mieux éduquée que ça ? »

Toni rit. Bien sûr que si. Le *pentchak silat* était un art martial basé sur l'usage des armes. On ne se battait à mains nues que si l'on n'avait pas le choix. Gourou avait coutume de dire : « Tu n'es pas un singe, sers-toi d'un outil. Tu peux te battre à mains nues. Tu peux peux aussi beurrer ton pain avec un doigt, mais pourquoi faire une chose pareille si tu as un couteau sous la main ? »

Toni attendit que Gourou ait déposé son sac et pris place sur le canapé. « Je vais faire du café, annonça-t-elle.

– Ce serait gentil, dit la vieille dame. Il te reste encore du javanais que t'a envoyé mon neveu ?

– Hermétiquement scellé sous vide pour conserver sa fraîcheur.

---

1. Voir *Net Force 5 : Zone d'impact*, Albin Michel, 2003.

– Tu es une brave fille. Et comment va notre petit bonhomme ?

– En pleine forme. Il fait sa sieste en ce moment, il ne devrait plus tarder à se réveiller.

– Ça aussi, c'est bien. »

Toni se hâta d'aller moudre le café avant de le mettre dans la cafetière-filtre à tamis en or. Elle se servait d'eau minérale – Gourou était très difficile pour son café – et une fois que tout fut mis en route, elle regagna prestement le séjour.

« Je suis heureuse que vous soyez venue, dit Toni. Mais vous auriez dû appeler. Je serais venue vous prendre à la gare.

– Et j'aurais raté ton air ahuri en me voyant. Non. »

Toni sourit de nouveau. Gourou faisait partie de la famille depuis que Toni avait commencé grâce à elle à apprendre le silat, plus de seize ans auparavant. Elle avait treize ans quand elle avait vu la vieille dame, qui avait déjà largement passé l'âge de la retraite, débarrasser son perron de quatre voyous assez courageux pour menacer une brave grand-mère en train de fumer sa pipe. Gourou était venue de Java avec son mari quand elle était jeune fille, elle avait élevé sa famille, et était déjà veuve avant la naissance de Toni. C'était son mari qui lui avait enseigné l'art martial familial qu'on réservait en général aux hommes, et elle avait à son tour transmis le flambeau à Toni.

Il n'aurait pas été poli de demander à la vieille femme la raison de sa venue ni la durée qu'elle envisageait pour son séjour, mais, comme toujours, Gourou devança ses questions : « Je m'occuperai du bébé pendant que tu seras au travail.

– Merci, mais... euh, je n'avais pas l'intention de me

remettre à travailler, observa Toni. Pas dans l'immédiat, en tout cas.

– Les plans changent, ma préférée. Je crois que tu vas peut-être t'y remettre d'ici peu.

– Je ne vois pas comment... »

Le téléphone pépia. Toni fut tentée de l'ignorer, de laisser l'ordi prendre le message, mais Gourou lui fit signe. « Tu devrais répondre. Je vais aller surveiller le café. » Elle sourit.

Toni haussa les épaules. Alors qu'elle saisissait le com, elle vit l'identité de son correspondant sur l'afficheur.

« Hé, Alex, quoi de neuf ?

– Des problèmes par ici. On a eu un crash sérieux sur le Web. Comme si quelqu'un avait enfoncé une bout de bois dans un nid de fourmis rouges, ça court dans tous les sens, en furie, en mordant tout ce qui passe à portée. Tu sais, je regrette que ta mère soit retournée chez elle, je suis sûr que tu aurais pu nous refiler un coup de main. »

Toni regarda vers la cuisine où Gourou était en train de transvaser le café dans une carafe, tout en fredonnant toute seule.

Ce devait être une coïncidence. Forcément.

Mais dans son for intérieur, Toni n'en croyait rien. Ce qu'elle croyait c'était que Gourou le savait ! Obligé.

Elle ne pouvait pas savoir qu'Alex lui dirait ça. Et pourtant, elle était bien là, à faire du café, comme si Toni l'avait appelée pour lui demander de garder le bébé. Et elle était venue, sachant que Toni pourrait avoir besoin d'elle.

Comment était-ce possible ?

« Toni ?

– Hum. Ouais. Gourou est ici.

– Vrai ? C'est super ! Comment va-t-elle ?

– Très bien. Elle est venue garder Alex pour me permettre de retourner au boulot. »

Alex resta muet quelques secondes. « Coïncidence, lâcha-t-il enfin.

– Elle a dit que je retournerais travailler plus tôt que prévu. Elle est arrivée il y a moins de dix minutes. »

Longue pause au bout du fil. « Coïncidence, répéta-t-il. Je dois m'en convaincre. Sinon, il y a de quoi vous donner froid dans le dos.

– À qui le dis-tu...

– Le café est prêt, lança Gourou de la cuisine. Donne mon bonjour à M. Alex.

– Gourou t'adresse son bonjour.

– J'ai entendu. » Nouvelle pause. « Eh bien, tu ferais aussi bien de te radiner. J'ai vraiment besoin du maximum d'aide possible. »

QG de la Net Force
Quantico

Michaels reposa le combiné sur sa fourche et secoua la tête. Un de ces quatre, il allait bien falloir qu'il ait un entretien entre quatre-z-yeux avec cette petite vieille pour lui demander comment fonctionnait cette *tenaga dalam* – la « magie intérieure » qu'elle prétendait connaître. Il y avait sans doute une explication scientifique quelconque mais il aurait été bien en peine de trouver laquelle.

En attendant, il avait d'autres chats à fouetter. Il passa un message vocal à Gridley.

« Dis-moi où t'en es, Jay.

– On a localisé l'origine du problème à Blue Whale.

– Qui est ?

– Un des principaux serveurs de trafic de la côte Ouest. Avec deux ou trois nœuds de répartition.

– Que s'est-il passé ?

– On n'en sait encore rien, patron.

– Faut le découvrir.

– Je fonce. »

Michaels se leva et se dirigea vers la porte. Son téléphone allait se mettre à sonner d'une minute à l'autre, et la patronne du FBI serait au bout du fil, désireuse d'en savoir un peu plus sur tout ce bordel. Et comme il n'avait rien de précis à lui dire, il n'envisageait pas de gaieté de cœur cette conversation.

Sa secrétaire leva les yeux à son passage. « Je vais aux toilettes, lui indiqua-t-il. Quand la directrice appellera, dites-lui que je suis indisposé.

– Prenez votre virgil avec vous, lui suggéra Becky. Je n'ai pas envie qu'elle me gueule dessus. »

Virgil – le terme était l'acronyme pour *Virtual Global Interface Link*, un appareil à peine plus gros qu'un paquet de cigarettes qui faisait office tout à la fois de téléphone, de modem, d'ordinateur, de fax sans fil, de GPS, de carte de crédit, de scanner, d'horloge, de radio, de télé et de balise de détresse. Ce n'était pas des gadgets très répandus, en tout cas pas dans la version que possédait Michaels, et il ne lui avait pas fallu longtemps pour se rendre compte que le FBI l'avait mis sur écoute et le pistait par satellite sept jours sur sept et vingt-quatre heures sur vingt-quatre. Soi-disant une mesure de sécurité pour toutes les personnalités de haut rang. Si vous aviez un virgil FBI longue portée attaché à la ceinture, vous pouviez toujours courir, impossible de vous cacher, et, à la différence des modèles civils dotés d'un coefficient d'incertitude intégré afin d'éviter que des terroristes les détournent pour guider des missiles balistiques vers leurs cibles, les GPS militaires avaient une précision d'une cinquantaine de centimètres. Michaels était à peu près certain que la balise fonctionnait même appareil éteint.

Si vous vous rendiez aux toilettes en gardant sur vous votre virgil, ils pouvaient dire avec précision dans quel cabinet vous vous trouviez.

« La pile est morte, dit-il.

– C'est cela, oui, dit Becky. D'accord. Et il n'y en aurait pas une demi-douzaine de neuves dans le tiroir du haut de votre bureau, à l'emplacement habituel ?

– Je la remplacerai à mon retour.

– Froussard.

– Eh oui. Salut. »

San Francisco

La nuit était parcourue de lumières clignotantes, de sirènes qui s'éteignaient et du crépitement du feu se repaissant de tout ce qu'il pouvait dévorer et consommer.

Le bâtiment, un immeuble de quatre étages construit après le grand tremblement de terre de

1906, brûlait comme... eh bien, comme un grand bâtiment en feu. Des volutes de fumée noire se déversaient des deux étages supérieurs, des flammes jaillissaient des fenêtres implosées du second. Les autopompes remplissaient la rue de leurs feux rouges et d'un sourd grondement mécanique. Une plateforme élévatrice équipée d'une lance de quatre centimètres déversait de l'eau sur le dernier étage tandis qu'au sol, alimentées par des bornes d'incendie, des lances de sept et demi, rigides comme des pieux de bois, crachaient leur jet à l'intérieur des deuxième et troisième étages. Des flics tenaient à l'écart les badauds tandis que des pompiers couraient en tous sens, déplaçaient des tuyaux, s'équipaient de bombonnes et de masques à oxygène, bref, faisaient ce qu'ils étaient censés faire.

Vêtu d'une tenue de pompier, raide et encombrante – veste en cuir et pantalon isolant, dotés de bandes fluo réfléchissantes, gants, bottes et casque –, Jay Gridley se trouvait avec un groupe d'autres soldats du feu près d'une des entrées de l'immeuble.

Un capitaine s'y tenait devant un plan posé sur une tablette. Il écouta sa radio portative, regarda ses hommes et dit : « OK, voici la situation. Nous avons entièrement évacué le bâtiment, pour autant qu'on sache. Le feu a démarré au deuxième étage qui est à présent embrasé aux deux tiers, et l'incendie s'étend latéralement tout en montant à grande vitesse, mais les deux premiers niveaux sont à une température encore relativement supportable. Je veux que vous établissiez votre ligne ici. » Il indiqua l'endroit sur le plan. « Les escouades de Baker et Charlie vont pénétrer dans le bâtiment par l'est et le sud pour se positionner ici et ici. »

Gridley n'était pas très au fait des véritables tactiques de lutte contre l'incendie. Il avait commencé à plancher sur ce scénario depuis quelques jours mais n'avait pas encore eu le temps de faire des recherches, aussi doutait-il que l'on procédât vraiment ainsi dans le monde réel. S'introduiraient-ils par le rez-de-chaussée dans un bâtiment dont les étages supérieurs étaient la proie des flammes ? Pas le genre de truc qu'il aurait aimé faire. Son scénario était basé sur des vidéos de fiction qu'il avait vues, et chacun savait que les cinéastes ne s'encombraient pas de réalisme.

Par chance, en RV, on n'avait pas vraiment besoin de reproduire la réalité. Le scénario n'avait même pas besoin d'avoir l'air particulièrement léché, sauf si l'on avait l'intention d'inviter quelqu'un d'autre à jouer. Ce n'était que les perfectionnistes constipés comme Jay qui tenaient à ce que leurs scénarios soient aussi réalistes que possible – la plupart des gens n'en avaient rien à cirer. Pour Jay en revanche, l'épreuve de vérité serait d'inviter un détachement de vrais pompiers à regarder sa création, et les voir hocher la tête en disant : « Ouais, c'est vraiment comme ça que ça se passe. » Il estimait que si l'on arrivait à tromper un vrai spécialiste, on tenait un scénario correct.

La majorité des gens pouvaient acheter des logiciels du commerce et y trouver leur bonheur. La majorité des gens n'étaient pas le spécialiste de RV numéro un de la Net Force, Jay « le Jet » Gridley. S'il ne pouvait pas réaliser un truc convenablement, il préférait laisser tomber.

Le capitaine acheva de donner ses instructions.

L'équipe se dirigea vers l'entrée du bâtiment, traînant derrière elle un lourd tuyau sous pression. Le courant était coupé dans l'immeuble, aussi allumèrent-ils leurs lampes de casque et leurs torches. Les bruits qu'ils faisaient résonnaient dans le noir, et le grondement de l'incendie, deux étages plus haut, était assourdi mais parfaitement audible : toute la structure vibrait comme si elle était dévorée vive par le monstre orangé. Bon nombre de pompiers avaient une vision anthropomorphique du feu, ça au moins, Jay le savait. Ils en parlaient comme de quelque créature maléfique plutôt que comme d'une forme hyper-rapide d'oxydo-combustion...

Installés en réalité au QG de la Net Force, Jay et son équipe planchaient sur leurs machines pour tâcher de localiser l'origine du problème à Blue Whale – et ils n'étaient pas les seuls – mais dans ce scénario, il s'apprêtait à tourner seul dans un corridor latéral obscur pour se rapprocher de la source de l'incendie. Pas le genre de truc que ferait un pompier sain d'esprit, et sûrement pas tout seul – là aussi, il savait au moins ça.

Alors que le groupe s'approchait de l'endroit où ils étaient censés mettre leur lance en batterie, Jay se glissa dans la cage d'escalier et entreprit de gravir les marches. L'odeur de brûlé et les traces de fumée dans la cage ajoutaient une chouette touche de réalisme, songea-t-il en s'autocongratulant.

Alors qu'il débouchait sur le palier du premier, quelque chose en lui se mit soudain à songer à Saji. Malgré son côté bouddhiste la-vie-est-toute-de-souf-france, elle était tout excitée à l'idée de leur mariage proche. Et même si la perspective de se retrouver sans elle, comme avant leur rencontre, était un scénario sinistre que Jay se refusait à imaginer, il devait bien confesser avoir eu quelques hésitations. Se marier n'avait jamais fait vraiment partie de ses plans d'avenir. Oh, bien sûr, il avait bien envisagé la présence d'une femme dans sa vie, voire même peut-être des enfants, mais la réalité du fait était bien différente de ses vagues fantaisies de naguère. Épouser une bouddhiste rencontrée en ligne alors qu'il se remettait d'une attaque cérébrale provoquée – une femme dont l'avatar sur le Net avait été celui d'un vieux lama tibétain –, voilà qui n'avait jamais figuré au nombre de ses fantaisies. Et à présent que la date des épousailles était fixée, l'idée qu'il allait bel et bien se retrouver marié à quelqu'un avait commencé à lui entrer dans la tête.

Une femme et une seule, pour le restant de ses jours. Toujours là, chaque jour...

Ouais, le cul, c'était super, et ouais, il l'aimait, il n'arrivait pas à s'imaginer vivre seul sans Saji à ses côtés ; n'empêche... il y avait cette notion, comment dire, d'irrémédiable dans le fait de prononcer le « oui » fatidique et de signer un contrat à vie... une notion qui avait mis du temps à lui sauter à l'esprit.

Il parvint au deuxième. Ôta son gant droit et le plaqua contre la porte. Le panneau était frais au toucher. Il inspira deux fois, profondément, l'air comprimé à l'odeur de renfermé, puis posa la main sur le bouton. Les soucis conjugaux, on verrait plus tard. Pour l'heure, il avait un boulot à faire. Il y avait des mecs qui faisaient les cons avec le Web, et il était le gars dont la mission était de les traquer et de les en empêcher.

Ils ignoraient sans doute à qui ils avaient affaire...

À *bord du* Bonne Chance

Le scénario de l'incendie était sympa, mais un rien boursouflé. Jay avait toujours une tendance excessive au tape-à-l'œil avec ce genre de trucs, il passait trop de temps sur l'aspect extérieur au lieu de se concentrer sur la qualité du fonctionnement. Sur le style plutôt que la substance.

Malgré tout, alors que, vêtu de sa tenue de pompier, Keller regardait Jay s'activer, il était bien forcé de le mettre à son crédit : il furetait dans la bonne direction.

Keller attendit que Jay fût passé, se dirigeant vers la source du « feu ». Peut-être le jeune homme arriverait-il à discerner quelque chose, peut-être pas, mais il n'allait pas courir un tel risque. Keller le suivit donc dans la cage d'escalier, en prenant soin de rester hors de vue, le repérant simplement au bruit de ses bottes sur les marches.

Dès que Jay fut parvenu au bon étage, Keller passa à l'action. Il faisait sombre, c'était noir, enfumé, torride... bref, une bonne représentation dans l'ensemble. Jay était toujours pointilleux sur les détails. Mais c'était la malédiction de ceux qui ont la vue courte, non ? Le coup des arbres qui cachent la forêt. Aucune vision de grande ampleur.

Keller sortit d'un placard près de la porte une bombe de thermite en forme de boule de bowling. Il régla sa minuterie sur dix secondes, puis la fit rouler en direction de Jay Gridley, toujours invisible. Il entendit ce dernier s'arrêter pour prêter l'oreille.

À tout à l'heure, Jay. T'as perdu cette reprise.

La bombe explosa dans un éclair qui détruisit le scénario alors que Keller décrochait de la RV pour retrouver sa cabine à bord du *Bonne Chance*. Il ôta ses capteurs sensoriels en éclatant de rire. « Tu n'as jamais eu un adversaire comme moi, Jay. Je connais toutes tes astuces. T'as pas la moindre chance. »

11.

À *bord du* Bonne Chance

Assis dans un canapé dans son appartement miteux, un vieil homme – soixante-quinze ans peut-être – pianotait sur la télécommande qu'il avait braquée sur un antique téléviseur, sans obtenir autre chose à l'écran qu'un brouillage de pixels frénétiques et tournoyants.

Une voix grave dit : « Lassé de perdre votre accès Internet ? Incapable de vous connecter sur la Toile parce que votre FAI se débrouille comme un manche ? »

Le vieillard pianota encore une ou deux fois sur sa télécommande, puis il hocha la tête avant de jeter le boîtier sur la table rayée posée près du vieux canapé au cuir tout éraflé.

Un gros berger allemand à l'air affectueux s'approcha du vieillard à pas de loup. Le chien tenait dans la gueule une autre télécommande en forme de boîtier tronconique argenté scintillant. L'homme regarda le chien qui laissa tomber le boîtier sur ses genoux et lui adressa un sourire de brave chien.

« Qu'est-ce que c'est que ça, bonhomme ? » demanda le vieux.

Le chien lança un aboiement bref.

Le vieux saisit la télécommande.

Les premiers accords de l'ouverture d'« Ainsi parlait Zarathoustra » de Richard Strauss, jaillirent en fond sonore.

Une voix grave énonça : « À CyberNation, nous comprenons votre frustration. Et nous avons une garantie : si jamais vous êtes coupé du Net plus d'une heure sur le serveur de CyberNation, non seulement nous vous rembourserons l'intégralité du mois en cours, mais nous vous offrirons un mois d'abonnement gratuit ! »

La musique s'amplifia...

Le vieil homme regarda le chien et leva un sourcil interrogatif. Le chien aboya une fois, et il était manifeste que cela voulait dire : « Vas-y ! »

« Chez CyberNation, nous sommes toujours à votre service, vingt-quatre heures sur vingt-quatre, trois cent soixante-cinq jours par an. Vous avez notre parole, et nous nous y engageons financièrement. »

Le vieil homme pointa la télécommande vers son téléviseur.

Le crescendo musical se poursuivit, engloutissant le vieillard et le chien comme si tout un orchestre symphonique était dans la pièce à côté.

Le décor se modifia, se muant en une gigantesque fenêtre qui s'étendit pour couvrir le mur entier. Des gens entraient et sortaient du séjour miteux. Un sage indien en turban drapé dans une longue robe blanche ; une femme noire en jupe de palmes, les seins nus ; un cow-boy ; un explorateur polaire ; un chasseur de gros gibier. Là-dessus, un rhinocéros, une autruche et un petit dinosaure jaillirent de la fenêtre pour s'introduire à leur tour dans le séjour qui s'était soudain agrandi. Tout ce petit monde semblait s'entendre à merveille.

La musique atteignit son apogée, crescendo straussien, fanfare de cuivres vrombissante.

« Quel que soit le lieu, l'époque, le personnage de votre choix... CyberNation peut exaucer votre souhait. Venez. Rejoignez les millions d'internautes satisfaits pour la plus grande expérience qu'ait connue l'humanité. L'avenir vous attend. »

Le vieil homme et le chien souriaient tous les deux comme la musique décroissait...

« Qu'est-ce que t'en dis ? demanda Chance.

– Un vieux et un clebs ? fit Roberto, dubitatif.

– Tout le monde n'est pas branché pub sexy, observa-t-elle. Les chiens sont toujours un bon sujet. Tu connais la vieille scie à propos du titre de bouquin ? »

Roberto fit non de la tête.

« Eh bien, en théorie, les gens aiment les chiens. Ils ont également un faible pour Abraham Lincoln et la majorité d'entre eux aiment bien leur médecin. Donc pour obtenir un succès de librairie immédiat, il suffit d'intituler un livre *Le Chien du médecin d'Abraham Lincoln.* »

Roberto sourit.

« C'est une simple question de statistiques démographiques. Nous touchons un large public de jeunes de sexe masculin, passionnés d'informatique, avec nos accroches sexy. Nous avons également des publicités spécifiquement conçues pour la génération des papy-boomers, les membres de la génération Gloubiboulga, les jeunes mères au foyer, les CSP+, autant de groupes spécifiques que nous sommes capables d'identifier comme marchés de niche potentiels. Pour les abreu-ver de publicités par bandeaux Internet, spots télé, messages radio, imprimés, pubs ciné, affiches, culs de bus, parrainage scolaire ou sportif – des maillots aux voitures de course. Depuis le plantage de Blue Whale, nous avons récupéré quatre-vingt-huit mille abonnés nouveaux rien que sur la côte Ouest des États-Unis.

– C'est bien, non ?

– Pas aussi bien qu'on l'avait espéré. Les agents de la Net Force sont intervenus et ont réussi à réparer plus vite que prévu. Nous aurions dû récupérer au moins deux fois plus de nouveaux connectés. »

Il haussa de nouveau les épaules. « Et alors ?

– Pour parler franchement, les choses ne vont pas aussi vite qu'on l'aurait voulu. Nous prenons du retard sur les projections. Il semble bien qu'il faille, disons... accélérer le mouvement.

– Plus de pub ? Plus de plantages logiciels ? »

Elle leva les yeux sur lui. Sourire angélique. « Me prends pas pour une truffe, Roberto. »

Il gloussa. « J'adore les truffes. Surtout au four... J'adore les enfourner.

– Va te faire mettre.

– Quand tu voudras. »

Elle sourit. Enfin. Il avait son charme, même quand il jouait à plus con qu'il n'était...

QG de la Net Force
Quantico

Sweat-shirt et pantalon de survêtement de la Net Force, John Howard faisait de lentes rotations de la tête pour assouplir les muscles du cou, debout sous l'une des barres fixes du parcours d'obstacles. L'entraînement physique faisait partie des choses qu'il avait laissé tomber durant sa brève retraite. Il n'avait certes pas cessé complètement – il continuait sa gymnastique matinale, et il poussait toujours de la fonte au sous-sol deux fois par semaine, plus quelques kilomètres de jogging quasi quotidien ; mais il n'avait plus effectué le parcours depuis près d'un mois, alors qu'en temps normal, il l'effectuait au moins deux fois par semaine.

Sans doute avait-il perdu un peu l'entraînement, mais pas tant que ça.

Il sauta, agrippa la barre d'acier, les paumes en avant, légèrement plus écartées que les épaules, et entama des tractions. Il comprit au bout des deux premières qu'il était hors de question qu'il se tape ses douze ou quinze habituelles. Dès la cinquième, il peinait, et c'est tout juste s'il réussit à parvenir à dix.

Encore une chance que Julio Fernandez ne soit pas là pour le voir. Sinon, Howard aurait dû trouver la force d'en faire encore trois ou quatre, avec toutes les chances de se froisser un muscle.

Il resta suspendu quelques secondes après la

dixième traction pour étirer ses trapèzes, puis se laissa retomber au sol, dégoûté par sa performance. Qui avait dit – Gertrude Stein ? – que, passé la quarantaine, on n'était plus que rafistolage et rapiécage ?

Peu importait l'auteur, il avait certainement raison. D'un côté, il continuait de se sentir comme un jeune de vingt ans. Bon, d'accord, il commençait à se dégarnir et ses tempes grisonnaient un peu. Mais il n'avait pas tant de rides ; quant au poids et à la carrure, ils n'étaient pas si différents d'il y a vingt, vingt-cinq ans. Il aurait même eu tendance à se muscler depuis son entrée sous les drapeaux. Mais le temps où il pouvait faire la bringue toute la nuit et bosser le lendemain était enfui. Une élongation ou un muscle froissé mettaient plus de temps à guérir, et s'il n'effectuait pas des étirements et des échauffements avant un exercice un tant soit peu violent, il se chopait plus d'accidents musculaires que lorsqu'il était gamin. Il croyait avoir accepté de vieillir et de ralentir le rythme, mais il se rendit compte que cela ne voulait pas dire pour autant qu'il était capable de se calmer. Il n'allait ni rajeunir ni s'endurcir, et s'il ne faisait pas gaffe, il n'allait au contraire pas tarder à vieillir et s'affaiblir encore plus vite. Une mise sur la touche comme celle-ci ne faisait que souligner ce qu'il savait déjà : même si l'histoire finissait mal, il risquait en plus d'arriver au bout encore plus vite s'il ne faisait rien pour résister pied à pied.

Il inspira à fond plusieurs fois puis considéra le parcours d'obstacles. Il avait son chrono, un vieux modèle mécanique à aiguilles trouvé dans un surplus de matériel russe. Comme pour ce fusil qu'il avait donné au commandant, les Russes continuaient à fabriquer quantité de trucs à l'ancienne. Pas obligatoirement par souci de la qualité mais parce qu'ils n'avaient pas la technologie pour fabriquer de la camelote. Ou pouvait dégoter une montre-bracelet ou un chrono mécaniques à mouvement dix-huit rubis pour moins de cinquante dollars : un fusil robuste et fabriqué avec soin pour trois ou quatre cents. Les mêmes objets aux États-Unis – et encore, à condition de les trouver – coûteraient infiniment plus.

Il décida de laisser tomber le chrono et de faire le parcours sans s'occuper du temps. Il n'avait pas vraiment envie de savoir à quel point il avait ralenti. Il serait déjà content d'arriver au bout sans se casser quelque chose.

Il mobilisa ses forces pour s'élancer. Homme de foi, il croyait en Dieu et en ses saints. Il croyait qu'il serait admis au Royaume des Cieux s'il menait une existence vertueuse et s'efforçait de s'y tenir. Mais comme disait son père en manière de plaisanterie, il n'était pas prêt pour autant à y monter tout de suite. Il avait un fils adolescent, une femme aimante, et il avait envie de rester assez longtemps ici-bas pour sourire à ses petits-enfants. Sa décision de prendre sa retraite avait tenu en partie à ce choix mais il se rendit compte, alors qu'il se concentrait avant le départ, que passer ses journées dans un fauteuil à bascule sur son perron à regarder tourner le monde n'était peut-être pas la solution. On pouvait se faire écraser par un autobus alors qu'on était assis sur son perron – c'était arrivé à un pauvre type à Washington, à peine deux mois plus tôt – au lieu de se faire buter par un tueur psychotique alors qu'on dirigeait un commando de la Net Force. Les voies du Seigneur étaient impénétrables et le numéro d'Howard finirait par sortir un beau jour, à l'heure dite, où qu'il se trouve et quoi qu'il fasse. Il avait cru qu'il tentait le sort, mais après que ce bus était sorti de la route pour écrabouiller un type plus jeune que lui, tranquillement installé dans une balancelle sous son porche, il avait compris que la mort pouvait surgir de n'importe où et à n'importe quel moment.

Cours, John, tu te soucieras plus tard du sens de la vie — toutes ces réflexions, ce n'est pas ce qui te mènera au bout du parcours d'obstacles.

Il sourit. C'était bien vrai. Il y avait un temps pour réfléchir et un temps pour agir. Et pour l'heure, agir était à l'ordre du jour.

Il prit une dernière inspiration avant de s'élancer.

Michaels leva les yeux pour découvrir Toni, tenue stricte, devant son bureau.

« Salut, poulette.

– Mon commandant, répondit-elle avec un bref signe de tête.

– Euh... »

Elle sourit. « Si je dois bosser ici, même à titre temporaire, il faut qu'on s'en tienne à des relations strictement professionnelles.

– Quoi, je ne peux pas te tripoter dans le couloir ?

– Non, à moins que tu veuilles te retrouver avec des poursuites pour harcèlement sexuel. »

Tous deux sourirent.

« OK, dit-il enfin.

– Bon, alors, quelle est la situation ?

– Meilleure que ce que j'avais espéré. Jay et sa bande

138

ont réussi à localiser assez vite le problème avec le serveur. Ils ont reçu un coup de main d'InfraGuard, de la NIPC du CWG.

– Et comment vont le National InfraGuard Protection Center et le Crime Working Group ?

– Comme d'hab. S'ils pouvaient faire un vœu, toi et moi et tout le reste de la Net Force disparaîtrions dans une âcre bouffée de soufre et de fumée rouge. »

Toni gloussa.

« Cela dit, reconnaissons-leur au moins qu'ils sont intervenus pour aider Jay.

– Comment les terroristes ont-ils réussi à s'introduire ?

– Ils avaient les mots de passe. Jusqu'aux plus hauts niveaux.

– De l'ingénierie sociale, commenta-t-elle. Ils auront graissé la patte à quelqu'un. »

Il secoua la tête. « Pas forcément. Le vice-président responsable de la sécurité de Blue Whale s'est tué il y a quelques jours, en même temps que deux de ses gorilles, des anciens du FBI. Sur le moment, on a pu croire à un banal accident de la circulation – la voiture est tombée dans un ravin, aucune trace suspecte. N'empêche, la coïncidence paraît rudement bizarre.

– En effet. » Elle s'apprêtait à dire quelque chose, puis remarqua le fusil dans son étui, posé dans le coin. « C'est quoi, ça ?

– Un fusil, dit-il. Cadeau de John Howard.

– Pour quoi faire ? »

Il soupira. « Pour l'avoir à la maison. »

Il ne savait pas trop à quoi s'attendre mais du fait qu'elle était jeune maman et tout ça, il avait plus ou moins l'impression qu'elle verrait cela d'un mauvais œil. Au lieu de ça, elle lui répondit : « Bonne idée. Il nous faut une arme à la maison. »

Son expression avait dû trahir sa surprise car elle ajouta : « Quoi, tu croyais que, sous prétexte que j'aime les armes blanches, j'ai quelque chose contre les armes à feu ?

– Ma foi...

– Le silat enseigne à savoir employer le bon instrument. Il y a des circonstances où une arme à feu est nécessaire. »

Il acquiesça.

« Et comment va Gourou ?

– Très bien. Elle a l'air en pleine forme, pas de difficulté d'élocution, elle ne semble pas non plus avoir de problèmes de mobilité.

– Tu n'as pas peur que le bébé soit une trop grosse charge pour elle ? »

Sourire de Toni. « Il s'est réveillé de sa sieste en chouinant. Il ne voulait pas son biberon ou son doudou, il n'était pas mouillé, n'avait pas fait caca, non, simplement il gueulait à tue-tête. Gourou me l'a pris des mains et il s'est tu comme si elle avait tourné un bouton. Clac ! comme ça, et hop, il roucoulait et souriait. J'y croyais pas. Je l'ai regardé, j'ai dit : "Mais qui t'es, toi ?" puis : "Qu'est-ce que vous avez fait à mon bébé ?" »

Michaels éclata de rire. « Persuade-la de t'enseigner son truc. Ça vaut une fortune.

– Tu parles... Bon, c'est pas tout... Qu'est-ce que tu veux que je fasse ?

– Pareil qu'avant. J'ai causé avec la directrice, elle ne voit pas d'inconvénient à ce que tu sois ici plutôt qu'ailleurs. Tu seras consultante, ce qui nous permettra de te payer. Cette dernière frappe contre le Net est sans aucun doute du même groupe que l'attaque précédente. Et s'ils ont tué ce vice-président pour s'emparer de codes de sécurité, ils ont encore fait monter les enchères. S'ils sont prêts au meurtre, la situation ne va sûrement pas s'améliorer. »

Toni acquiesça. « 100 % d'accord.

– Donc, faut qu'on s'y mette. Tu peux récupérer ton ancien bureau. C'est bon de vous retrouver auprès de nous, mademoiselle Fiorella.

– C'est bon de me retrouver auprès de vous, mon commandant chéri. »

Il rit.

12.

Quantico

Les réactions d'amusement qu'auraient pu avoir les recrues du FBI en découvrant le commandant de la Net Force vêtu d'un sarong par-dessus son survête-ment se dissipèrent – au moins pour certains – après que Michaels les eut projetés sur le tapis du gymnase avec assez de violence pour les faire rebondir. Il y prit plus de plaisir qu'il n'eût été de mise. C'est qu'il avait vu les sourires quand Toni et lui étaient entrés, entendu les ricanements de plusieurs recrues en découvrant sa tenue.

Mais ils ne rigolaient plus maintenant, pas vrai ?

Toni avait montré quelques mouvements simples d'autodéfense, en prenant Michaels comme cobaye, et lui-même avait mordu pour de bon la poussière. Puis elle avait demandé des volontaires et l'avait prié de faire la démonstration des techniques tandis qu'elle com-mentait le pourquoi et le comment de ce qu'il faisait.

Il avait amplement mérité le droit d'envoyer ces gars au tapis, jugea-t-il, en dehors de leur amusement inspiré par le sarong. Il estimait avoir payé sa part. Deux mois plus tôt, quand Toni avait travaillé avec lui son jeu d'esquive, elle avait enfilé une paire de gants de boxe, avant de danser autour de lui, en enchaînant rapidement les directs. Il avait contre-attaqué à un moment, cherchant à la surprendre, oubliant de se couvrir, trop occupé qu'il était à bloquer un coup de pied. Résultat de son inattention, il s'était pris un uppercut du droit dans l'œil gauche. Même avec le gant, il avait dû porter un bandeau pendant toute une semaine. Bien entendu, il avait éprouvé une certaine joie malsaine chaque fois qu'il devait expliquer le bandeau :

– *Hé, qu'est-ce qui vous est arrivé, vous êtes rentré dans une porte ?*

– *Non, en fait, c'est ma femme qui m'a tabassé. Elle me bat tout le temps.*

Ceux qui ne connaissaient pas Toni et le silat ne l'avaient bien sûr pas cru. Ils avaient cru à une plaisanterie.

« Très bien, dit leur professeur de combat du FBI. Tout le monde a vu ce qui s'est passé ? »

La plupart des recrues affichèrent un air perplexe. Eh bien, non, elles n'avaient rien vu du tout.

Duane Presser, le gros Hawaïen, reprit : « Ne vous laissez pas abuser par ces drôles de postures de biais – regardez plutôt ses pieds, sa façon de les positionner. Si vous vous polarisez sur ses mains, il vous fera un croche-pied. Si vous vous concentrez sur ses pieds, il vous balancera un coup de coude. Faites gaffe à tout. Et surtout à garder vos distances – on suppose que l'adversaire a un couteau dans la main, donc, vous avez intérêt à garder un demi-pas de marge. Tout le monde voit ce que je veux dire ?

– Je vois, chef », répondit une des recrues, d'une voix pleine de confiance.

Michaels regarda l'homme. Il était jeune, vingt-cinq ans peut-être, grand, et plutôt baraqué sous son survêt et son T-shirt. Il devait bien faire cinq centimètres et sept ou huit kilos de plus que lui. Il avait également la coupe en brosse et ce qui lui restait de cheveux était aile de corbeau. Son teint et ses traits indiquaient une ascendance amérindienne. Il avait observé la démonstration, sans se porter volontaire, et Michaels crut y voir la preuve qu'il était plus malin que certains des excités du début. Il était toujours opportun de jauger les connaissances de l'adversaire avant de risquer une attaque.

Voilà qui pouvait être mauvais signe pour Michaels.

« Donc, vous pensez pouvoir franchir ses défenses ? demanda Duane.

– Affirmatif, chef, c'est ce que je pense. »

Duane acquiesça. « Montrez-nous ça. »

Quand l'imposante recrue s'avança sur le tapis, Michaels vit Duane adresser à Toni un sourire éclatant, à l'insu de Corbeau. Il aurait bien aimé partager son assurance.

Lorsque Corbeau s'approcha, il observa, à mi-voix : « Chouette jupe, m'sieur. »

Michaels sourit. La technique habituelle : chercher à irriter l'adversaire. Il répondit, sans se démonter : « Ouais. Évite de regarder par en dessous quand tu seras au tapis, fiston.

– Ça risque pas, m'sieur.

– OK. C'est ce qu'on va voir. Montre-moi ce que t'as dans le ventre. »

Corbeau prit une posture d'engagement, le pied gauche en avant, tout en décrivant des cercles avec les mains devant le visage et le bas-ventre. À la fluidité des mouvements de l'Hawaïen, Michaels se rendit compte que c'était l'héritage de son entraînement chez les fédéraux : c'était trop fluide pour provenir des six semaines seulement de formation à l'autodéfense.

« Ce que j'ai, dit Corbeau, c'est une ceinture noire en taekwondo, m'sieur. » Il ricana, sautilla un peu sur place, puis s'approcha imperceptiblement de Michaels. « Mais je vous ferai pas trop de mal. »

Oh, parfait. Un fondu d'arts martiaux désireux de prouver la supériorité de sa discipline. Michaels dut bien admettre qu'il était un brin nerveux. Il avait étudié le silat quasiment à fond avec Toni pendant plus d'un an, en travaillant dur et en s'entraînant pas loin de sept jours sur sept, qu'il pleuve ou qu'il vente, et il était loin d'avoir achevé sa formation. Malgré tout, il s'était amélioré. Toni ne retenait pas ses coups et elle les avait déjà fait affronter tous les deux à plusieurs de ses connaissances au gymnase, pour habituer Michaels à des adversaires de style et de gabarit différents.

Le gamin venait de commettre une erreur : il s'était vanté de sa ceinture noire, ce qui, ajouté à la remarque sur la jupe, avait visé à intimider Michaels, le rendre nerveux, mais ce faisant, il s'était trahi. Quand vous pensez affronter un tigre, il peut y avoir un problème. Si vous savez que c'est un fauve moins dangereux, cela peut vous faciliter les choses.

Le TKD était plutôt devenu un sport de nos jours, même s'il y avait encore quelques pratiquants à l'ancienne qui restaient d'excellents combattants, au dire de Toni. Les adeptes sportifs aimaient lancer des coups de pied – ils le faisaient pour engranger des points – et ils aimaient à frapper haut, en général à la tête. Avec sa posture de côté, Corbeau allait devoir utiliser le pied de devant s'il voulait avoir un minimum de vitesse de frappe. Un coup de pied tournoyant ou arrondi de la jambe arrière prendrait trop de temps pour atteindre son but.

Tous ces éléments traversèrent le cerveau de Michaels à toute vitesse, en une seconde ou deux, et puis survint l'attaque.

Corbeau fit un pas de danse et expédia un grand coup de pied jeté visant la tête de Michaels.

Il était souple et il était très rapide. Michaels se baissa et le coup fila dans le vide, au-dessus de sa tête. Alors que son adversaire faisait redescendre son pied, Michaels lui donna une tape dans les côtes, sans insister, juste pour voir comment l'autre allait réagir.

Corbeau recula d'un bond, pour se mettre hors de portée. « Ce coup n'aurait eu aucun effet », lâcha-t-il.

S'il avait vraiment su se battre, cette tape aurait dû le convaincre qu'il avait commis une erreur. Toujours est-il que s'il avait été ébranlé, il n'en laissa rien paraître.

Michaels coula un regard vers Toni. Elle hocha la tête. Le gars ne se doutait de rien.

Il revint à l'attaque, avec un rapide enchaînement – attaque de front, pivotement, coup de pied jeté – dans l'intention, par ce dernier coup, de frapper du talon Michaels au sommet du crâne ou à l'épaule. C'était une bonne séquence, rapide et bien exécutée.

Il avait dû s'attendre à voir Michaels reculer pour bloquer le coup puisque c'était sans doute ce qu'il avait l'habitude de voir, auquel cas il n'aurait plus eu qu'à le marquer.

Michaels ne recula pas.

À la place, il se baissa, s'avança pour bloquer de

l'épaule droite la jambe projetée, en la touchant au niveau du jarret. Pas de coup, pas de riposte, pas de parade tournoyante, juste un pas en avant et cette épaule...

Le gamin partit à reculons, perdit l'équilibre et tomba. Il réusit à transformer sa chute en demi-rouleau et se releva presque aussitôt. « Pas de problème », lança-t-il, trop fort et trop vite.

Cette fois, il était ébranlé. Un lutteur plus habile et plus expérimenté aurait alors pris du recul pour réfléchir, échaudé, mais Corbeau ne souffla même pas. Il connaissait son affaire et il avait bien l'intention de vous régler ça vite fait !

Pour son troisième assaut, il lança un puissant direct du droit accompagné d'un coup brossé du pied droit, et Michaels n'aurait su dire s'il avait retenu l'un ou l'autre coup. Le gamin voulait manifestement le dégommer pour s'être fait ridiculiser, et il avait bien l'intention de faire mal. Il se retrouva donc en extension, en équilibre sur la pointe du pied gauche, le genou gauche en appui quasiment bloqué.

Michaels se coula, bloqua le coup de poing du plat de la main gauche levée à la hauteur du visage de son adversaire tout en écartant l'assaut du pied du revers de la main droite. Il poussa avec la gauche et releva avec force la droite, la paume tournée vers le sol, comme on le lui avait enseigné, et Corbeau se retrouva projeté à plat dos. Il heurta rudement le tapis : l'impact lui coupa le souffle. Avant qu'il ait pu bouger, Michaels se laissa tomber près de lui pour lui enfoncer son poing droit dans le plexus. Il retint en partie son coup mais l'impact fut assez violent pour faire un joli coup sourd sur le sternum. Puis il ouvrit le poing, fit glisser la main jusqu'à la gorge de son adversaire pour lui prendre en étau la trachée. À la moindre pression, il pouvait lui briser le larynx et le gamin le comprit parfaitement.

Corbeau frappa le tapis pour indiquer qu'il jetait le gant mais Michaels maintint sa pression sur le larynx. Il observa : « Dans la rue, pas question de dire pouce. Si je serre, t'es un homme mort. »

Un air de panique se peignit sur les traits de Corbeau : Michaels n'attendait que ça. Il relâcha son étreinte, bascula sur les talons et se redressa en prenant du champ, tout en effectuant un *siloh,* un demi-pas en demi-cercle, prêt à accueillir d'autres adversaires potentiels.

Il n'y en eut pas. Il se relaxa, recula vers l'endroit où Corbeau gisait toujours, étendu, et tendit une main pour l'aider à se relever. Le gamin déclina d'un geste.

Michaels voulait s'assurer que la leçon avait porté, aussi dit-il tranquillement : « Merci de ne pas m'avoir fait trop mal, fiston. »

Corbeau secoua la tête. La jeunesse portait conseil... mais pas aujourd'hui.

L'Hawaïen était de nouveau hilare quand il lança : « OK, alors, c'était quoi, son erreur ? »

Une petite rouquine à taches de rousseur répondit : « De sortir du lit ce matin ? »

Rire général... enfin, sauf de la part de Corbeau qui était en train de se rasseoir.

Il se remit debout, adressa à Michaels un bref signe de tête et remarqua : « OK, ça marche pas mal avec un gars plutôt baraqué comme le commandant. Mais qu'est-ce que ça ferait avec quelqu'un comme le Petit

Chaperon rouge contre un gars de ma taille ? » Il indiqua la jeune femme qui venait de parler.

Michaels lança un coup d'œil à Toni et hocha la tête alors qu'elle se présentait sur le tapis.

« Que je vous montre... », dit-elle.

Le pauvre gars tenait vraiment à apprendre les choses par la manière forte, pas vrai ?

À *bord du* Bonne Chance

Santos pensait à de l'or.

Ouro, le métal jaune et brillant qui était la véritable mesure de la richesse. Missy parlait de dorsales en fibre optique qui traversaient les fleuves, accrochées sous les ponts ferroviaires, mais Santos, lui, se demandait quand il pourrait se rendre chez un négociant acheter d'autres Feuilles d'érable. Il pouvait certes le faire en ligne, mais il ne se fiait pas aux ordinateurs. Ils plantaient trop facilement. Surtout ces jours-ci. La remarque le fit sourire.

Non, il préférait se rendre sur le continent et chez un des revendeurs qu'il fréquentait – chacun le connaissant sous un nom différent.

Le prix comptant avait légèrement baissé depuis la semaine dernière, dix ou douze dollars seulement, et le prix des pièces était bien entendu supérieur au prix comptant des lingots, pour couvrir les frais de frappe et autres, mais malgré tout, ce serait le bon moment pour acheter.

Missy continuait : « ... les câbles principaux se croisent ici et là... » tout en indiquant les points sur une carte des États-Unis.

La Feuille d'érable canadienne était l'étalon pour les pièces d'or. En métal pur – elles titraient 99,99 %, contrairement aux Aigles d'or américains qui ne titraient que 22 carats, avec leur alliage contenant quelques grammes de cuivre et d'argent. Les Kruggerrands sud-africains n'avaient que 90 % d'or, même si les pièces étaient parfaites pour jouer du berimbau. Les Pandas chinois étaient comme-ci comme-ça. Les Kangourous et Koalas australiens étaient un peu meilleurs, presque aussi bons que les pièces canadiennes, mais les Feuilles d'érable restaient la valeur à suivre pour ce qui était de l'or. Tout le monde savait ça.

Le platine ? C'était encore différent. Les Aigles de platine américains étaient parfaits, et ce métal était plus dur et valait près de deux fois plus que l'or sur le marché. Il en détenait quelques unités mais le métal blanc lui semblait plus froid... plus stérile que l'or. Il avait désormais en sa possession près de deux cents Feuilles d'érable d'une once et, d'ici quelques mois, il en posséderait trois fois plus. Dans un an, peut-être un millier en tout. La monnaie papier, ça allait et ça venait, surtout dans son pays, mais l'or était éternel. Quand il aurait mille pièces, alors il pourrait rentrer chez lui. Ce ne serait pas assez pour faire de lui un milliardaire, mais enfin, il serait devenu un homme aisé. Sans compter que la valeur sur le marché noir était encore supérieure là-bas. Il pourrait alors enseigner son art sans se soucier du loyer. S'il avait des élèves experts mais pauvres, il pourrait les porter, comme son *mestre* en son temps l'avait porté. Et se plonger à fond dans sa discipline, étudier toute la journée, chaque jour...

« Roberto, est-ce que tu m'écoutes ? »

Il lui sourit. « J'écoute, même si je ne vois pas pourquoi je devrais m'en préoccuper. Un singe dressé muni d'un bâton de dynamite pourrait le faire.

– Et il reviendrait moins cher, surtout en nourriture, renchérit-elle. Mais on ne va rien faire sauter. Qu'on en démolisse une section, si importante soit-elle, ils pourront toujours la réparer en quelques heures. Même si on faisait sauter le pont, un bateau pourrait poser un câble temporaire en l'espace d'une journée, voire moins. Non, on va le tronçonner en six endroits différents, à plusieurs kilomètres d'écart. Ils en réparent une : ça ne marche toujours pas. Ils trouvent la deuxième et la réparent, ça ne marche pas mieux. Le temps qu'ils localisent la troisième coupure – qui se trouvera dans un endroit isolé et piégé, le climat à la compagnie du téléphone sera devenu orageux. Ils seront obligés d'enrôler des inspecteurs en plus, de renforcer les mesures de sécurité. Là-dessus, on attend une semaine et on remet ça, à six endroits différents. Là, ils s'arracheront vraiment les cheveux.

– Bon plan », commenta-t-il, plus pour lui faire plaisir que par réel intérêt. Couper des câbles en plastique, ce n'était pas un boulot pour un guerrier. Un homme, il lui fallait des défis, de vrais, lancés par d'autres hommes. Des face à face, un contre un, ou seul contre tous, voilà qui valait le coup. Mais ce genre de boulot lui permettait de s'enrichir et c'était un objectif à long terme.

Il la suivit d'une attention distraite, acquiesçant ou murmurant de temps à autre pour lui faire croire qu'il l'écoutait, quand l'essentiel de ses réflexions était

151

consacré à la question plus fondamentale : à savoir, comment acquérir toujours plus d'or...

Baie de San Francisco

Le commando d'assaut de John Howard nageait dans les eaux froides et troubles, utilisant des respirateurs en circuit fermé plutôt que du matériel de plongée classique pour mieux dissimuler les bulles. Combinaisons et gants étaient de qualité supérieure mais le froid s'insinuait malgré tout par les fermetures étanches. Ils progressaient avec leurs nageoires, à la seule force des muscles – ni traîneau ni scooter – pour éviter d'émettre le moindre bruit détectable par un capteur acoustique à l'écoute de moteurs.

La cible était encore à deux cents mètres et ils ne seraient en mesure de la voir que lorsqu'ils seraient quasiment arrivés dessus. Même s'ils ne risquaient guère de la manquer – un pétrolier long comme presque trois terrains de foot avec un tirant d'eau en conséquence, ce n'était pas le genre d'objet qu'on pouvait contourner à la nage par le côté ou par-dessous, quand on se trouvait par son travers : il s'enfonçait de plus de dix mètres. Avec leur profondeur d'immersion de cinq mètres en approche, c'est une véritable muraille de plaques d'acier qu'ils verraient se dresser au-dessus et au-dessous d'eux.

Le pétrolier avait été détourné dans les eaux indonésiennes par des terroristes tamouls et il se dirigeait vers un point au large de la baie de San Francisco pour attirer l'attention sur la cause desdits terroristes, si fumeuse soit-elle. Si leurs revendications n'étaient pas satisfaites, ils menaçaient de faire sauter le bâtiment, provoquant une marée noire de plusieurs centaines de milliers de tonnes de brut tout le long de la côte californienne.

Ce serait une catastrophe écologique, sans parler des retombées négatives pour le tourisme, de Big Sur à Santa Barbara – au minimum.

Il était hors de question de laisser faire ça. Pendant que les autorités négociaient et faisaient traîner les terroristes, Howard et ses hommes étaient passés à l'action. Le plan était simple : aborder le navire, escalader la coque, empêcher les terroristes de rompre les cloisons de soute retenant la cargaison, et ce, par tous les moyens possibles. Ils devraient agir vite, et sans la moindre erreur : un seul psychotique à la main un peu rapide suffirait à provoquer un désastre.

Ils n'escomptaient pas devoir affronter des hommes-grenouilles mais ils étaient préparés, au cas où. Leurs combinaisons de plongées étaient équipées du dernier cri en matière de joujoux high-tech : intercoms basse fréquence, détecteurs infrarouges, visière bulle tête haute pour afficher les données à l'intérieur de leur masque intégral. De surcroît, chacun des six membres du commando était doté d'armes qui fonctionnaient également sous l'eau. Leurs armes principales de défense étaient des fusils d'assaut russes APM 5,56 mm sous-marins. Des machines à tir sélectif, propulsées par des cartouches de gaz. Leur mécanisme de tir était basé sur le système à culasse rotative de la Kalachnikov, et hormis les chargeurs surdimensionnés pour accueillir vingt-six cartouches, c'était la copie conforme du fusil d'assaut AK. Les projectiles étaient des fléchettes à empennage stabilisateur, les cartouches étaient basées sur la balle de 5,56 x 45 mm de dotation OTAN. Les fléchettes mesuraient douze centimètres de long. La portée de tir meurtrier efficace contre une cible tendre était d'un peu plus de cent mètres dans l'air. Sous l'eau et à cette profondeur, elle se réduisait à une trentaine de mètres. Dans des eaux aussi troubles, si vous étiez assez près pour apercevoir un plongeur ennemi, la force d'impact serait largement suffisante pour le neutraliser : les fléchettes transperceraient sans peine une combinaison ou un masque.

Chacun des plongeurs d'Howard était également doté d'un pistolet à flèches H&K P11, calibre 7,62 x 36, une arme à canon quintuple et chambres étanches. Leur portée efficace était un peu moindre que celle des fusils d'assaut russes – une trentaine de mètres dans l'air, moitié moins sous l'eau. Qui plus est, une fois tirés les cinq coups, pour recharger, il fallait le renvoyer à l'armurerie – l'opération ne se faisait qu'en usine. Howard se dit que s'ils en étaient réduits à cette extrémité, c'est vraiment que la situation aurait mal tourné... si un peu plus de deux douzaines de projectiles des armes russes ne suffisaient pas à la tâche, ce n'est pas les cinq malheureux tirés par leurs armes de poing qui les aideraient beaucoup. Malgré tout, mieux valait les avoir et ne pas avoir à s'en servir...

Soudain, Howard vit une tache rouge scintiller sur son afficheur tête haute. Les signaux infrarouges étaient codés en fausses couleurs : le bleu était assigné à ses équipiers. Donc le rouge signifiait qu'ils avaient de la compagnie. Un instant plus tard, un second spot rouge apparut. Son afficheur lui indiqua qu'ils étaient à trente mètres de là, pile à la limite de tir de leurs fusils d'assaut. La paire de rouges se déplaçait lentement d'est en ouest.

Ils sont en patrouille, devina-t-il. *Et ils ne nous ont pas encore repérés.*

La visibilité ne dépassait pas sept ou huit mètres dans ces eaux froides, et avec la nuit qui n'allait pas tarder à tomber, celle-ci allait chuter quasiment à zéro. Ils voulaient avoir rejoint la coque du pétrolier au plus vite, qu'ils escaladeraient à l'aide de leurs tampons-ventouses en « pattes de gecko ». Dès qu'il ferait nuit, ils grimperaient. Le minutage était critique ; pas question de traîner dans le coin.

Howard cessa de nager et adressa des signes de la main à ses hommes qui tous, sauf le dernier, étaient à portée visuelle. Il aurait pu utiliser le LOSIR, l'équipement de communications infrarouges à faisceau direct, mais il était possible que l'ennemi soit doté du même appareillage et même si ses transmissions étaient codées, l'adversaire pouvait toujours intercepter par hasard un signal. Ils ne sauraient pas le traduire, mais sa seule existence suffirait à dévoiler le pot aux roses.

Howard indiqua l'eau trouble, puis leva deux doigts qu'il pointa vers ses yeux, avant de terminer par le signal d'interrogation.

J'aperçois deux plongeurs ennemis devant. Tout le monde les voit ?

Il reçut un concert de signaux affirmatifs.

Il tendit le doigt vers ses deux meilleurs éléments, puis leur indiqua la direction des plongeurs ennemis ; il pointa le doigt vers sa montre et conclut par le signal classique du bout du doigt passé en travers de la gorge.

Ses deux hommes confirmèrent l'ordre du geste et s'enfoncèrent dans la pénombre.

Howard se retourna pour les regarder filer, les suivant du regard sur les premiers mètres, puis avec ses capteurs.

Les deux formes bleues fonçaient vers les deux rouges. Quand ils furent à portée de vue des nageurs ennemis, ces derniers remarquèrent apparemment leur présence. Ils voulurent s'échapper...

Cela parut durer une éternité mais, en réalité, tout fut fini en quelques secondes. Il n'entendit rien, ne vit rien en dehors des images des capteurs, mais les formes rouges cessèrent de bouger. Les bleus s'en approchèrent et se fondirent avec pour former une tache vaguement pourpre quand l'ordinateur de sa combinaison tenta de déterminer quelle couleur appliquer. Puis les deux formes rouges se mirent à couler pour disparaître hors de portée du capteur en l'espace de quelques secondes.

Howard fit signe au reste de son commando. Il était temps de se bouger...

QG de la Net Force
Quantico

Le carillon d'alarme prioritaire retentit et, conformément à sa programmation, coupa automatiquement le scénario de RV. Comme il n'y avait que deux personnes pour détenir ce code prioritaire – sa femme et son patron –, Howard fut prompt à répondre. Il le fit sans même vérifier l'identité de l'appelant.

« Oui ?

– John, c'est moi », dit sa femme. La voix était tendue, au bord de la panique.

« Il est arrivé quelque chose ?

– C'est Tyrone. Il a eu un accident de voiture. Il est à l'hôpital général de la Miséricorde. Je suis en train de m'y rendre. L'infirmière qui m'a prévenue a dit que leur véhicule a été percuté et qu'il a une jambe cassée mais qu'à part ça, il n'y a pas de mal. »

La crainte soudaine d'Howard, déclenchée comme un missile par les premiers mots de son épouse, retomba rapidement. *Merci, mon Dieu, de l'avoir épargné.*

« J'arrive. On se retrouve là-bas. »

Howard effleura un bouton sur son virgil tout en se levant et en se débarrassant de son équipement de RV.

« Alex Michaels. Que se passe-t-il, général ?

– Monsieur. Mon fils a eu un accident d'auto. Il est blessé mais sans gravité. Je vais à l'hôpital.

– Prenez un hélico, dit Michaels. Ce sera bien plus rapide à cette heure de la journée.

– Monsieur, c'est une affaire personnelle...

– Prenez-le, John. Voyez ça comme un exercice d'intervention d'urgence. On en assumera le coût si quelqu'un s'avise de discuter.

– Merci, monsieur.

– Rappelez-moi dès que vous pouvez.

– Oui, monsieur. Je n'y manquerai pas. »

Howard fonça vers l'hélipad tout en prévenant à l'avance de son arrivée. Mieux valait que personne ne se trouve sur sa trajectoire... il aurait eu du mal à ralentir.

13.

QG de la Net Force,
Quantico

« Alors, comment s'est passée la démonstration ? »
demanda Jay. C'était chouette de revoir le patron et
Toni se remettre à bosser ensemble.

C'est le patron qui répondit : « Je crois que les
recrues du FBI ont appris à avoir un certain respect
pour les femmes de petit gabarit dotées d'une formation approfondie dans les techniques d'arts martiaux.

– Ainsi que pour les hommes en jupe », ajouta Toni.

Cette dernière astuce échappa à Jay mais Michaels
et Toni la trouvèrent particulièrement marrante.

« Bon, alors qu'est-ce que tu nous as trouvé ? »
demanda le patron.

Jay leva les yeux de son écran-plat. Il n'y avait qu'eux
trois. Tyrone, le fils du général Howard, s'était bien
arrangé la jambe dans un accident de voiture, aussi
son père était-il à l'hôpital. Tyrone avait son membre
cassé placé en traction – une broche à travers le tibia
accrochée à un sac de sable pendu à une poulie. Il

allait en avoir encore pour quelques jours au moins. Jay était passé le voir en vitesse. C'était un gamin sympa. De son côté, le lieutenant Julio Fernandez était parti évaluer un nouvel équipement.

Jay répondit : « Eh bien, pas grand-chose en fait. Après l'attaque contre Blue Whale, il y a eu une nouvelle coupure générale. Mais je me suis mis à suivre une piste qui m'a menée vers CyberNation.

– CyberNation ? Ils sont encore là, ceux-là ? "L'information devrait être libre" ? »

Jay regarda Toni. « Oh ouais, et ils sont plus forts que jamais. Et ils ont un avantage, vous savez. Une fois le génie sorti de la bouteille, il risque pas d'y retourner.

– Hon-hon. » Elle ne paraissait pas convaincue.

Jay haussa les épaules. « Et chaque fois que le Net marche de traviole, ils ramassent de nouveaux abonnés. Ça fait un mobile valable.

– Quantité de gens pourraient avoir des motifs, observa Michaels. Toutes sortes de choses se nourrissent du chaos. As-tu quoi que ce soit qui en fasse de meilleurs suspects que mille autres entreprises dont l'action grimpe au moindre hoquet du Net ?

– Nân, enfin, rien de décisif. J'ai quand même un élément intéressant, mais ce pourrait être une coïncidence.

– Et qui est... ?

– Vous savez, le vice-président, ce responsable de la sécurité chez Blue Whale qui s'est tué ?

– Oui. Du nouveau sur les causes ?

– Non. C'est toujours un accident, en tout cas pour les flics, même s'ils continuent d'enquêter. Si quelqu'un a refroidi le gars, c'était un bon. Mais voilà le truc : deux jours avant sa mort, notre VP a effectué une virée à l'autre bout du pays, pour aller jouer au large de la côte de Floride, à bord d'un de ces casinos flottant dans les eaux internationales.

– Avait-il perdu plus que de raison ? demanda Toni. Et quelqu'un chercherait-il à récupérer sa mise ?

– Pas d'après ses collègues. Tout au contraire, à son retour, il avait ramassé soixante mille billets, il était ravi.

– Quoi alors ?

– Le casino flottant à bord duquel le défunt a gagné son argent ? Eh bien, avant d'être réaménagé, ce navire était un pétrolier, immatriculé au Liberia, désormais rebaptisé le *Bonne Chance*. Les propriétaires de la bête sont franchement pas évidents à pister, quand on essaie de les repérer : il est géré par l'entremise d'une cascade de sociétés-écrans. Mais au sommet de tout ce petit jeu de poupées russes destinées à planquer le vrai propriétaire qui trouve-t-on ? Une société baptisée InfoPlus qui appartient, dans sa totalité... je vous le donne en mille... à nos amis de Cyber-Nation. »

L'info fit hausser le sourcil du patron.

Toni rebondit sur l'info : « Donc, tu es en train de nous dire que quelqu'un de CyberNation aurait pu identifier le vice-président de Blue Whale, le faire suivre pour lui soutirer les codes de sécurité avant de le balancer du haut d'une falaise ? »

Jay haussa les épaules, même s'il n'était pas mécontent de constater que Toni avait à peu près suivi son cheminement.

« Nân, je ne dis pas ça, ce serait pousser le bouchon un peu loin, compte tenu du peu d'éléments dont nous disposons. Mais ça paraît une coïncidence digne d'intérêt, c'est tout. Si le gars a été assassiné et si c'était pour lui extorquer ce qu'il savait, on peut alors à tout le moins envisager la possibilité d'un rapport quelconque. La dernière fois que j'ai tenté de me renseigner, l'info était piégée : elle s'est autodétruite dès que je l'ai récupérée. Ça aussi, ça renforce mes soupçons. On ne piège pas une info, sauf si on tient à la garder secrète.

– Tu crois pouvoir trouver une connexion ? demanda Michaels.

– Eh, c'est bien pourquoi vous me payez ce salaire royal ! Enfin, bon, d'accord, ce salaire moyen. Justement d'ailleurs, je comptais vous en parler. Je vais me marier, vous ne croyez pas que je mériterais une augmentation ? »

Michaels rigola. « Tu gagnes déjà presque autant que moi, Jay. Tu veux me vexer en gagnant plus ?

– Je pourrais arriver à vivre avec, patron.

– Pas éternellement, non. »

Rire de Jay.

« Donc, tu comptes suivre cette piste ? reprit Toni.

– Ouaip, confirma le jeune homme. Je n'en ai trouvé aucune autre aussi convaincante... Et à supposer que CyberNation soit impliquée, alors ils devraient avoir installé quelque part des serveurs pirates pour les rendre plus difficiles à repérer. Mieux vaut être mobile que fixe, et un navire en haute mer possède une mobilité totale.

– Bien, commenta Michaels. Tiens-nous au courant.

– Toujours. »

Quelque part en Californie

Les choses devenaient plus intéressantes que Santos ne l'avait espéré. Monter l'attaque contre les câbles en fibre optique n'avait pas été bien difficile. Six coupures, échelonnées à des intervalles irréguliers sur un tronçon de trois cent cinquante kilomètres, toutes effectuées à peu près au même moment – même si ce dernier point n'était pas d'une importance capitale. Une fois coupé à un endroit, le câble épais ne transmettait plus rien, de sorte qu'ils avaient plusieurs heures devant eux pour effectuer les autres coupures. L'idée, cependant, était de se pointer, faire le boulot, et filer. Si jamais quelqu'un repérait l'un des gars en action à un endroit, le temps que la police intervienne, l'attaque serait terminée et la compagnie téléphonique n'aurait pas le temps de renforcer son dispositif de sécurité pour faire quoi que ce soit.

Santos s'était attribué le site le plus écarté, situé dans une gorge en pleine cambrousse. Il se trouvait assez haut en altitude, aux alentours de deux mille mètres, estima-t-il aux efforts qu'il devait faire pour respirer. Malgré cela, l'air était bon et frais, avec une odeur de pin, et il soufflait parfois une petite brise assez enivrante. Il faisait froid à cette altitude, avec des plaques de neige sale et croûteuse entassées çà et là dans les recoins ombreux. Le temps toutefois était clair et ensoleillé, et plus chaud près des gros rochers à l'abri du vent. Il lui avait fallu trois heures d'escalade

162

depuis l'endroit où il avait parqué son gros 4 × 4, et il était en nage sous ses vêtements chauds, mais il avait malgré tout gardé ses gants. Ses mains semblaient ne jamais pouvoir se réchauffer dès que le thermomètre descendait aux alentours de zéro. Il aimait les climats où l'on pouvait courir torse nu si l'on voulait, la chaleur tropicale avec le moins possible de neige, voire pas de neige du tout.

En arrivant à proximité de l'endroit où il pensait détruire par le feu la gaine protectrice du câble grâce à quelques tours du cordon à soudure Thermex qu'il avait pris dans son sac, il fit une rencontre inattendue.

Il trouva la chose étrange, car l'endroit était perdu au milieu de nulle part, très loin à pied de la route la plus proche.

Ils étaient deux, deux types de forte carrure. Vêtus comme des paysans en hiver – pantalon de lainage sombre, bottes de randonnée, chemise à carreaux en laine, et lourde parka en Gore-Tex, la tête coiffée d'une casquette orange arborant l'emblème de l'État. L'insigne les désignait comme des gardes-chasse.

Pas de pot. Pour eux.

Santos n'était pas armé et ne pouvait donc pas être pris pour un chasseur, à moins qu'ils s'imaginent qu'il traquait les chamois en leur balançant des cailloux, mais les deux hommes décidèrent malgré tout de lui chercher des poux dans la tête. Santos comprit d'emblée pourquoi lorsque l'un d'eux lui lança : « Eh bien, ça alors... Qu'est-ce que nous voyons là ? Un randonneur ? Hé, Jerry, t'as déjà vu des nègros faire de la randonnée en montagne, toi ?

– Non, pas vraiment, Rich. Sont pas équipés pour. Après tout, ils ont que deux vitesses... démarche chaloupée et jambes à leur cou, pas de marche arrière. Mais ça rend plutôt bien sur fond de neige, pas vrai ? »

Les deux gars rigolèrent de leur humour nul.

Cela facilitait les choses, même si ce n'était pas indispensable. Il aurait fallu qu'il leur règle leur compte de toute manière, puisqu'ils l'avaient vu, mais c'était toujours mieux que ce ne soit pas de braves types.

Santos attendit qu'ils se rapprochent. Les deux hommes portaient une arme dans son étui, visible sous le blouson ouvert. Des Glock, sans doute des 9 mm ou des .40. Le dénommé Jerry avait en outre un fusil à lunette passé à l'épaule, suspendu à une bride en cuir. Apparemment une Winchester modèle 70, impossible de dire le calibre. Un bon flingue, ça, la Winchester.

« Gardes-chasse du Colorado, se présenta Rich. Montre-moi tes papiers, fiston.

– Ai-je fait quoi que ce soit d'illégal ? s'enquit Santos. Je pensais être sur le domaine public. Je ne chasse pas, je ne pêche pas.

– Oh-oh. Écoutez-moi cet accent. On est tombés sur un négro étranger... Tu viens du Mexique, fiston ? (La remarque était de Jerry.) *Habla spicko ?*

– On voudrait jeter un œil dans ton sac à dos, reprit Rich. Voir si tu n'as pas un flingue pour chasser illégalement. Passe-le voir.

– OK, dit Santos. Vous êtes les représentants de l'ordre. »

Les deux hommes échangèrent un regard en souriant, sûrs de leur capacité à rabattre le caquet à ce nègre, au milieu de ces montagnes glacées.

Santos balança violemment le sac dans la tronche de Jerry et avant que Rich ait pu réagir, il fit la roue pour expédier un coup de pied dans la bouche du type, pris par surprise. D'accord, le geste était expéditif et lui aurait valu une gifle de son *mestre* pour sa hâte excessive, même dans un combat de rue, mais il ne s'agissait pas de combattants ordinaires, juste de sales racistes. Il voulait les défoncer avec style.

Rich s'effondra, brutalement, et alors que Jerry essayait encore de se remettre de l'impact du sac à dos en plein visage, Santos s'en approcha en dansant sur place pour le frapper de nouveau, cette fois d'un revers du bras lancé comme un coup de fouet, en utilisant la rotation des hanches pour accentuer la force de l'impact. Le plat de sa main entra en contact avec la tempe de Jerry et le choc remonta le long de son bras. Un bon coup.

Jerry s'étala et Santos aurait parié une poignée d'or contre l'équivalent en sciure que le gars avait eu son compte.

Rich se releva, dégainant son flingue, mais Santos était déjà sur lui : il lui agrippa le poignet et le tordit, retournant le pistolet jusqu'à ce que le canon pointe sur l'abdomen de son adversaire ; alors, de sa main libre, il lui saisit le poing et serra assez fort pour déclencher la détente.

L'explosion retentit dans le calme de l'après-midi.

La douille éjectée décrivit un long arc au ralenti, scintillant au soleil, avant d'aller rebondir sur une dalle rocheuse et de se perdre en ricochant.

Le mec parut rudement ébranlé quand la balle lui entra dans le bide, c'était manifeste.

Le blessé lâcha son arme et tomba à genoux, essayant d'arrêter l'hémorragie avec ses mains. Peine perdue. Le sang rouge filtrait entre ses doigts et gouttait sur le sol. Avec une odeur de cuivre chaud.

Santos récupéra le flingue, le pointa vers le front de Rich.

« Non, je vous en supplie, non... ! »

Sourire de Santos. « *Vaya con Dios,* dit-il. C'est du Spicko, pas vrai ?

– Non. Ne... »

Il lui logea une balle entre les deux yeux.

Jerry était toujours à terre, les pieds agités de soubresauts. Il avait dû le mettre KO.

Santos fit deux pas, visa et lui logea une balle dans la tête. Le gars eut un spasme, puis devint inerte.

Deux hommes, armés. Trop facile. Il soupira. Dans son pays, même les femmes se battaient mieux.

Santos fourra le pistolet à sa ceinture. Il s'en débarrasserait plus tard, là où on ne risquerait pas de le trouver. Ses empreintes étaient fichées par les services américains, mais il n'avait pas envie qu'elles lui reviennent à la figure dans vingt ans. Les autorités avaient la mémoire longue quand vous tuiez un de leurs concitoyens. Empreintes digitales, empreintes ADN, tout était bon, et ces fichiers étaient conservés à perpétuité. Il avait entendu parler de gars qui s'étaient fait pincer trente ans après avoir commis un meurtre, parce qu'un élément stocké pendant tout ce temps dans le frigo d'un labo quelconque correspondait avec un indice recueilli sur les lieux d'un crime récent. Il n'avait pas envie de sentir cette menace permanente planer au-dessus de lui.

Il s'approcha des cadavres et s'accroupit. Comme il avait déjà ses gants, il ne risquait pas grand-chose à leur faire les poches.

Il trouva chez chacun deux portefeuilles, ce qui ne laissa pas de l'intriguer. Un rapide coup d'œil à leur contenu déclencha chez lui un grand sourire. *Hé-hé. Qu'est-ce que vous dites de ça ?!*

Il laissa tomber les portefeuilles, récupéra son sac à dos et reprit la direction de son objectif. Il en aurait terminé dans une heure, et serait loin d'ici à la nuit tombée... À cette altitude, avec le froid, si les bêtes ne s'en occupaient pas, ils subsisteraient un bout de temps, transformés en momies desséchées. Mais les autorités découvriraient ce que les charognards auraient laissé quand elles viendraient enquêter sur le câble rompu, ce qui arriverait tôt ou tard. Et sans doute plus tôt que plus tard.

Dès qu'il serait assez loin, peut-être même qu'il se servirait de son téléphone jetable pour prévenir lui-même les autorités. Juste pour être sûr qu'elles ne risquent pas de les manquer. Ce serait amusant, non ?

Si. Très amusant.

Toni entra dans le bureau de Michaels, les yeux rivés sur une sortie d'imprimante. « Tiens, voilà un truc qui réjouira sans doute la directrice, annonça-t-elle.

– Quoi donc ?

– Tu sais, ces deux fugitifs, les deux miliciens ? Ceux qu'on suspectait du meurtre de deux gardes-chasse du Colorado, il y a quelques semaines ?

– Les braqueurs de banques qui avaient volé un fourgon blindé ? Les numéro cinq et six dans la liste des criminels les plus recherchés ? Ceux pour qui le FBI ratissait les montagnes depuis trois mois ?

– Tout juste. Eh bien, il semblerait qu'un appel anonyme ait indiqué aux autorités où retrouver le duo. Et en effet, ils avaient bien sur eux les papiers des gardes-chasse et une partie de leurs vêtements quand les flics les ont localisés.

– Ils ont réussi à les capturer ? Je crois me rappeler qu'ils avaient juré que jamais on ne les prendrait vivants.

– Et ils avaient raison. Les deux étaient refroidis quand les adjoints du shérif sont arrivés sur place. Tués par balle.

– Qui les a abattus ?

– Nul ne le sait. J'aurais tendance à croire que tout le monde s'en fout. Quelqu'un a fait faire à l'État et au gouvernement fédéral l'économie de deux procès d'assises.

– La vie est parfois bizarre, tu ne trouves pas ?

– N'est-elle pas juste ? Les flics locaux ont également découvert à proximité qu'un important câble de transmissions transcontinentales par fibres optiques avait été sectionné.

– Peut-être que c'est la compagnie du téléphone qui les a abattus. Des nouvelles de la maison ?

– Oui, je viens de parler à Gourou. Le petit Alex est en train de dormir. Il n'a posé aucun problème.

– Demande-lui si elle ne voudrait pas s'installer chez nous définitivement, pour faire la nounou à plein temps. Oh, disons, juste pour les quinze prochaines années ?

– Tu crois plaisanter, répondit-elle. Mais c'est une idée que j'ai déjà caressée.

– Là, c'est toi qui plaisantes.

– Pas du tout. C'est une vieille dame que j'adore. Je lui dois beaucoup... ce qu'elle m'a enseigné m'a aidé à devenir ce que je suis. Elle est toute seule à New York. Sa famille ne s'occupe pas beaucoup d'elle. Et elle s'entend vraiment bien avec le môme. Serait-ce si catastrophique si elle vivait dans la chambre d'ami et nous aidait à nous occuper du bébé ? »

Michaels plissa les yeux. L'idée avait quelque chose de... de déroutant. « Hum-hum.

– Réfléchis-y. »

Il hocha la tête. « OK, d'accord. »

14.

Hôpital général de la Miséricorde, Washington, DC

Tyrone reposait, plongé dans un sommeil agité, induit par le Demerol. Sa respiration était lente et pesante, mais, de temps à autre, il poussait un petit gémissement et respirait plus vite en essayant de se retourner dans son lit. Chaque fois que cela se produisait, Howard tendait la main pour la poser sur le front du garçon, tout en lui murmurant des paroles de réconfort jusqu'à ce que son fils s'apaise.

Nadine était allée à la cafétéria chercher des sandwiches et du café. Howard s'attendait à la revoir d'ici quelques minutes. Elle était dans un état lamentable, n'ayant quasiment pas quitté cette chambre depuis l'admission de Tyrone. Il avait essayé de la renvoyer chez elle pour se reposer, mais elle avait refusé tout net.

Laisser son bébé tout seul ici, à l'hosto ?

Enfin. Il avait quatorze ans, il n'était plus vraiment

un bébé, mais elle avait répondu avec une telle ardeur qu'il n'avait pas cherché à discuter.

Et il comprenait ses sentiments. Même si le garçon était à peu près tiré d'affaire, l'un ou l'autre resterait ici jusqu'à ce qu'ils laissent Tyrone rentrer chez lui.

Sa jambe gauche était soutenue par une élingue. Une broche en titane de la taille d'un énorme clou avait été passée à travers le tibia juste au-dessous du genou. Chaque extrémité de ladite broche était raccordée par un étrier à un câble, lui-même relié à un gros sac de sable soutenu par une poulie au cadre du lit. Ils voulaient la maintenir ainsi jusqu'à ce qu'ils puissent l'opérer à nouveau pour fixer plaques et vis – effectuer une réduction ouverte selon leurs termes – et même ainsi, le garçon devrait encore garder deux mois un plâtre en fibre de verre, de la hanche à la cheville.

Ça faisait mal à Howard de voir ça. Les toubibs avaient eu beau lui assurer que l'os n'était pas innervé et que la douleur à l'endroit où la broche traversait les chairs était minime ; ce qui faisait le plus mal à Tyrone, c'étaient les endroits où les muscles de la cuisse avaient été froissés et déchirés par la fracture du fémur.

L'accident s'était produit quand une camionnette conduite par un maçon de quarante-trois ans avait franchi la ligne médiane et percuté de front la voiture dans laquelle se trouvait Tyrone, assis à l'arrière. Sa ceinture avait tenu mais le véhicule s'était plié en accordéon, tant et si bien que le siège avant avait été projeté sur sa jambe, la brisant juste au-dessus du genou.

L'amie de Tyrone, une jeune fille de quatorze ans

du nom de Jessie Corvos, qui se trouvait assise à l'avant, était en ce moment au service de réanimation, avec de graves blessures internes, et le pronostic était sombre. Le chauffeur du véhicule, Rafael, frère aîné de la jeune fille, avait trois côtes cassées, un poumon perforé, le bras droit pulvérisé, la cheville fracturée, et il était déjà passé sur le billard pour l'ablation de la rate après son éclatement, mais il devrait s'en tirer.

Le chauffeur de la camionnette avait une minuscule entaille au front qui avait nécessité trois points de suture ; en dehors de ça, il était indemne. L'homme avait joué au billard dans un bar et descendu des bières avec des amis. Il avait été arrêté pour conduite en état d'ivresse et libéré sous caution. Son taux d'alcoolémie était de 2,1 grammes, près de trois fois la limite légale quand on l'avait soumis à l'alcootest.

Howard avait fait connaissance avec Raymond, le père de Jessie, et Rafael, aux urgences. L'homme était pâle et tremblant, sans doute à cause du choc, mais aussi d'une rage difficilement contenue. Howard ne l'avait qu'entraperçu. Mais ç'avait été comme d'observer une boule de feu nucléaire par un trou d'épingle à quelque distance de l'ouverture : seul un éclat de lumière éblouissante était visible, mais toute tentative pour en approcher l'œil entraînerait une cécité immédiate. Raymond Corvos était comptable, petite carrure, calvitie naissante, l'air affable, si l'on omettait cette lueur de colère flamboyante.

Si Jessie ou Rafael Corvos ne devaient pas survivre, alors Howard n'aurait pas voulu être à la place du chauffeur qui les aurait tués... Il avait la nette impression que Corvos lui ferait passer un très mauvais quart d'heure.

Tout en regardant son enfant endormi, Howard pouvait comprendre cette réaction. La vengeance appartenait au Seigneur et Jésus avait prêché le pardon de tous les péchés, si odieux soient-ils ; mais si Tyrone mourait par la négligence d'un abruti trop bourré pour conduire, il s'imaginait volontiers jouer les juges, jury et bourreau, même au risque d'y perdre son âme.

Il y avait certaines choses qu'un homme se devait d'accomplir, quel qu'en soit le prix.

Nadine revint dans la chambre, munie d'un sac en plastique et d'un plateau sur lequel trônaient quatre gobelets de café.

« Il s'est réveillé ?

– Non. Il est toujours dans le cirage. Ça le repose mieux, j'imagine. »

La jeune fille lui tendit une tasse de café fermée par un couvercle en carton ondulé. Il l'ôta et but le breuvage brûlant.

« Ils avaient thon-pain blanc, dinde-pain de seigle et jambon-fromage-pain complet, dit-elle. J'en ai pris deux de chaque. Tu en veux un ?

– Plus tard, peut-être. Pour l'instant, le café suffira. »

Elle acquiesça, se prit une tasse de café, puis rapprocha sa chaise de la sienne, à côté du lit. Elle tendit sa main libre et il la prit dans la sienne.

Il savait qu'ils finiraient par s'y habituer. Avec le temps, on pouvait s'habituer à peu près à tout. L'un d'eux finirait par rentrer chez lui, prendre une douche, dormir un peu, rapporter des vêtements propres, pendant que l'autre resterait là. Ils se relaieraient. Mais avec un peu de chance, ils seraient bientôt

173

rentrés à la maison. Il existait des systèmes de traction transportables qu'ils pourraient fixer à la jambe de Tyrone, une fois que les médecins auraient l'assurance que tout était OK. L'opération qui viendrait plus tard était relativement sans risque. Il y avait certes quelques complications rares mais potentiellement dangereuses, consécutives à ce genre d'accident. Ils en avaient parlé à Howard : risques d'embolie, de caillots sanguins qui pouvaient se détacher, être entraînés par la circulation et provoquer des problèmes. Mais au bout de quelques jours, de tels risques devenaient minimes.

Tyrone allait s'en tirer. Mais... que serait-il arrivé si Howard avait été en mission pour la Net Force au diable Vauvert quand l'accident était survenu ? C'était déjà moche... mais si ça avait été pire ? Si son fils avait été si gravement blessé qu'il ne s'en était pas sorti ? S'il était mort alors que son père était à mille kilomètres de là, incapable de revenir à temps ?

Quand il y songeait froidement, il savait que l'argument était irrationnel. Tyrone aurait pu mourir dans l'accident alors qu'Howard était à deux rues de là et cela n'aurait pas fait la moindre différence. Vous ne pouviez pas passer votre vie derrière le dos de votre fils, à vous inquiéter chaque seconde pour tout ce qui pourrait lui arriver. Les voies du Seigneur étaient impénétrables. Et s'Il avait décidé de rappeler Tyrone – ou Nadine ? – auprès de lui... eh bien, c'est ce qui arriverait et Howard n'y pourrait rien.

L'homme propose et Dieu dispose.

Mais dans le tréfonds de son cœur, Howard avait le sentiment que si jamais il était là quand viendrait cette heure, il serait capable d'en dissuader Dieu. Lui offrir un marché, lui en échange de son fils ou de sa femme,

174

et qui sait, Dieu accepterait... Il n'avait rien pour le conforter dans cette croyance, Dieu n'était pas spécialement réputé pour marchander les âmes comme un maquignon, mais quelque part, il croyait que ce serait peut-être différent si c'était lui qui faisait la proposition. De sorte que ne pas être là pour tenter un tel marché lui pesait sur la conscience. Peut-être avait-il commis une erreur en acceptant de revenir travailler pour la Net Force.

C'était une chose à laquelle il allait encore devoir réfléchir.

QG de la Net Force
Quantico

Toni passa la tête dans le bureau d'Alex.

« Quoi de neuf ? demanda-t-il.

– Le piège GA-2IE est sur le point de se refermer.

– Déjà ? Ça a été rapide. »

Elle acquiesça. « Il s'est trouvé que les "pirates chinois" étaient finalement à Richmond... ils n'ont pas eu à chercher loin. Jay suit l'affaire grâce à la caméra-valise et la caméra adhésive reliées au moniteur de la salle de conférences... si tu veux venir voir. »

Alex jeta un coup d'œil sur son bureau. « Pourquoi pas ? Je n'ai pas grand-chose à faire en ce moment. »

Tous deux se rendirent à la salle de conférences. Toni n'avait pas été là quand ce piège avait été monté, mais elle en avait déjà vu d'autres du même genre quand elle travaillait ici auparavant. Rien de bien compliqué. Certains pirates spécialisés dans l'extorsion étaient dans le circuit depuis des années. En général, ils s'introduisaient frauduleusement dans le système informatique d'une société, dérobaient des fichiers, plantaient le réseau, ou y plaçaient un ver ou un virus pour plus tard, parfois les trois à la fois. Puis ils contactaient l'entreprise pour leur offrir leurs services de « consultants en sécurité informatique ». Si la boîte n'était pas intéressée, ils écrasaient ou volaient des fichiers sensibles, publiaient son fichier de clients sur le Net ou se livraient à toute autre action malveillante jusqu'à ce que la compagnie rende gorge. Quantité d'entreprises de taille moyenne jugeaient moins coûteux et plus facile de payer les pirates pour s'en débarrasser, tant qu'ils n'étaient pas trop avides, et les adeptes du CR, le « cintrage de règles » – c'est ainsi qu'ils aimaient qualifier leur pratique, plutôt que d'infraction à la loi –, ramassaient leur argent avant de s'en prendre à une autre victime.

Pas vu, pas pris, et la boîte passait le tout par pertes et profits.

Mais quelques années auparavant, le FBI puis la Net Force avaient décidé d'employer leurs compétences à créer des sociétés bidons dont le profil était susceptible d'attirer les CR. Ils montaient une boutique, installaient aux emplacements voulus de faux historiques de transactions et de faux relevés bancaires, puis ils attendaient. Trop confiants en leurs capacités dans le monde électronique, les maîtres chanteurs ne pouvaient s'empêcher d'aller fouiner dans telle ou telle bibliothèque de données – à l'aide de logiciels fureteurs ou par la force brute – et de remonter l'arborescence des dossiers pour tomber sur les fausses archives stockées. Mais seuls les écureuils jouaient dans les arbres.

T'es pas un singe... sers-toi d'un outil !

Les CR cherchaient toujours les cibles bien grosses et bien faciles et les leurres de la Net Force ressemblaient à des dindes trop grasses pour courir.

La dernière version de l'appât était une société baptisée GA Internet Industries & Electronics *alias* GA-2IE, ou Deux-Yeux tout court, dotée juste du nombre suffisant de contrôles d'accès et de pare-feu pour donner un minimum de boulot à un pirate un peu branque, derrière lesquels se planquait toute une tripotée de petits bonus apparents, prêts à être récupérés une fois franchies les barrières de sécurité. Comme un sac en papier rempli de liasses de billets de vingt dollars usagés traînant sur le trottoir sans personne alentour, une tentation trop grande pour que les CR résistent. C'est ainsi que Deux-Yeux avait déjà piégé une douzaine de voleurs rien qu'au cours de l'année écoulée – sous différents noms et sous des configurations chaque fois légèrement différentes, bien entendu.

« GA », c'était pour « Grosse Arnaque », encore une des petites blagues de Jay.

La plupart du temps, les pirates attaquaient puis exigeaient leur rançon. Parfois, la société rançonnée demandait des preuves un peu plus tangibles. Parfois, elles en venaient à engager les pirates pour leur confier leur sécurité, selon le vieil adage, « À malin malin et demi ».

Certains CR envisageaient d'ailleurs leur activité de piratage comme une forme d'entretien d'embauche.

Deux-Yeux avait raffiné la procédure : une fois qu'ils avaient piégé un CR, ils commençaient par lui envoyer une petite somme d'argent avec la promesse de gains supérieurs – à condition que le voleur soit prêt à leur filer un coup de main, sous la forme d'une démo permettant à leurs propres spécialistes de la sécurité de savoir comment il avait réussi à franchir leurs protections. Le piège avait été mis au point et affiné par un psy brillant qui avait travaillé pour les Affaires étrangères avant de passer au FBI. Sa conception le rendait psychologiquement irrésistible pour la mentalité d'un hacker. Les hackers se croyaient plus malins que les gens normaux. Ils étaient convaincus de leur supériorité. Ils pensaient pouvoir contourner n'importe quel ponte de la sécurité ou n'importe quel agent fédéral. Et ils voulaient montrer à tout le monde à quel point ils étaient malins. Ils avaient besoin d'être applaudis et l'arnaque Deux-Yeux tombait à pic. Elle remplissait à peu près toutes les conditions, à part venir leur baiser les pieds. Ils la gobaient toute crue.

Une fois appâtés, les CR se faisaient alpaguer presque à tous les coups.

Le grand écran haute définition était allumé et plusieurs personnes étaient déjà installées pour regarder, debout ou assises autour de la table. La caméra-valise était une serviette qui appartenait à l'un des agents. En général, il y en avait deux, une pour celui du FBI, l'autre pour celui de la Net Force qui jouaient respectivement le PDG et le vice-président chargé de la sécurité de Deux-Yeux. Ils demandaient à voir les CR en tête à tête, ces derniers ayant le choix de l'heure et du lieu. Certains des voleurs s'étaient montrés rudement malins. Ils appelaient les agents depuis un téléphone mobile, puis changeaient au dernier moment le lieu de rendez-vous, un gars avait même organisé la rencontre dans une maison transformée en espèce de cage de Faraday géante, sans oublier les brouilleurs à large spectre afin de s'assurer que les dirigeants de l'entreprise ne risquent pas de transmettre leur position pour demander de l'aide.

Ces types n'étaient peut-être pas si malins, mais ils étaient prudents.

La caméra-valise posée sur la table était dotée d'une petite tête panoramique motorisée qui couvrait lentement un angle de près de cent quatre-vingts degrés. La caméra fit un pano sur la gauche.

« Visez ça, dit Toni en montrant du doigt l'écran. Un détecteur de métaux intégré à l'encadrement de la porte. Pour s'assurer que nos gars ne sont pas munis de couteaux ou d'armes à feu. »

La caméra repartit dans l'autre direction. Il y avait deux hommes assis autour de la table, face aux deux agents, et deux autres types debout derrière eux.

« C'est qui, ces zigues ?

– Des gardes du corps, on pense.

– Sacrément balèzes.

– Un mètre quatre-vingt-dix, quatre-vingt-douze. Cent trente kilos, facile. Pas de la tarte en combat rapproché. »

En incrustation à l'angle gauche de l'image, apparaissait une vue plus petite, au grand-angle, qui embrassait presque toute la pièce. Elle devait provenir de la caméra adhésive, de la taille d'une pièce de dix cents, quasiment transparente et donc indétectable, collée sur le mur près de la porte par un des agents à leur arrivée. La vue au grand-angle donnait un meilleur aperçu de la scène et Toni saisit la télécommande pour inverser l'image principale et l'image incrustée.

Toni regarda sa montre. « Bientôt... maintenant ! »

Un des agents – le gars du FBI – sortit de sa poche de veston une enveloppe qu'il passa aux deux hommes assis en face de lui. Le voleur s'en saisit et en inspecta le contenu avant d'exhiber un large sourire et de la présenter à son partenaire. Ce dernier la prit, feuilleta du pouce ce qui se trouvait à l'intérieur et sourit à son tour.

Tandis que les deux maîtres chanteurs regardaient les billets, l'agent placé à gauche – qui était en fait un certain Julio Fernandez de la Net Force – ôta quelque chose de sa poche tout en désignant l'homme en face de lui.

On aurait dit un paquet de cartes à jouer doté d'une petite poignée et d'un trou circulaire près du milieu, trou par lequel Julio avait passé le doigt.

« Drôle de flingue, nota Alex.

– Starn Pistola, commenta Toni. 9 mm à chargeur plat, cinq coups, entièrement en plastique et céramique, y compris les ressorts, balles à fragmentation coulées dans une sorte de céramique en résine zinc-bore. Des projectiles légers mais très rapides, même tirés d'un canon court. Six cents, six cent cinquante mètres par seconde. La balle se fragmente à l'impact en créant une méchante cavité. »

Le garde du corps sur la gauche fit mine de dégainer l'arme planquée sous sa veste dans un étui d'épaule. Julio braqua son feu sur lui et dit quelque chose. Dommage qu'ils n'aient pas le son.

L'autre avait dû décider que le flingue de Julio n'était pas si dangereux. Il dégaina le sien, un gros pistolet noir semi-automatique.

Il était à peine sorti de l'étui quand Julio fit feu. La

résolution de la caméra, bien que relativement bonne, n'était pas suffisante pour permettre à Toni de voir à quel endroit le ou les projectiles avaient touché l'homme, mais ce dernier laissa échapper son flingue et recula en titubant contre le mur, avant de glisser en position assise.

Le second garde du corps décida manifestement que tenter de doubler un type qui vous tenait en respect avec un flingue pointé sur votre tronche n'était peut-être pas une si bonne idée. Il leva les mains, les doigts bien écartés.

« Ben dis donc, observa Alex, dans quel monde on vit si les pirates informatiques s'invitent avec des armes à feu.

– Oui, on vit une époque dangereuse », confirma Toni.

15.

À *bord du* Bonne Chance

Keller avait convoqué son équipe dans la salle de conférences qui jouxtait le central informatique.

« Écoutez, commença-t-il. Je sais que vous faites tous un boulot remarquable. Nos projets jusqu'ici ont pleinement rempli leurs objectifs et ce avec une grande efficacité. Toutefois, suite aux actions de la Net Force et d'autres services de sécurité de moindre envergure, nos succès n'ont pas été aussi grands que nous l'aurions espéré. »

Personne n'était ravi d'entendre ça, mais cela n'avait rien d'un scoop.

« Il y a les aléas du monde réel ; certes, ils ont toujours existé, et les responsables de ces questions les traiteront comme il convient. Des efforts ont déjà été faits en ce sens. »

La remarque provoqua un murmure de désappointement.

Il aurait dû le comprendre. Il avait toujours espéré que les programmeurs et autres tisseurs de toile pourraient faire le boulot sans devoir recourir à des méthodes plus primitives. La vraie victoire aurait été celle-ci : employer les outils mêmes qu'ils envisageaient d'instaurer et rien de plus. Mais la réalité des choses était qu'il y avait encore des limites à ce qu'on pouvait réaliser électroniquement. L'avenir était là, mais il restait encore des gens qui non seulement refusaient de se connecter mais semblaient même vouloir retourner vers le passé. Merde, il y avait même encore des groupes qui continuaient d'utiliser des machines à écrire. Le stylo-plume faisait un retour en force. Les lettres manuscrites n'allaient pas bien sûr remplacer le courrier électronique, mais il y avait encore des gens qui correspondaient ainsi. Il y en avait même, aux États-Unis, qui non seulement refusaient d'avoir des répondeurs ou des services de messagerie mais qui n'avaient même pas le téléphone !

Ces gens-là, on ne pouvait pas les atteindre, on ne pouvait pas leur faire peur ou les inquiéter avec des histoires d'Internet. Ils n'en avaient rien à cirer.

Heureusement, ces luddistes n'étaient qu'une minorité ; mais la révolution informatique n'était pas encore achevée. Il restait encore des choses qui devaient être faites comme au bon vieux temps. C'était pourquoi des hommes comme Santos demeuraient nécessaires. Si vous pratiquiez la chirurgie, vous vous serviez d'un scalpel laser, mais de temps en temps, malgré les progrès de la médecine, vous deviez recourir à la scie. Ou, peut-être, pour être plus exact, à des sangsues...

Il déviait. Il se força à reprendre le fil des débats. « Nous allons devoir avancer la date de l'opération Oméga. »

Ce qui déclencha un regain de ronchonnements.

« Je sais, je sais. Vous allez déjà aussi vite que vous pouvez. Mais on n'y peut rien... les décisions viennent d'en haut. Nous ferons la coordination avec les autres agents du changement, et nous ne pouvons pas décaler l'échéance, même d'une heure. Où que nous en soyons au moment du lancement d'Oméga, il faudra faire avec. J'aimerais qu'on en ait le plus possible. OK, mettons tout ça sur le tapis, et examinons ouvertement toutes les questions... »

Plus tard, après qu'ils furent ressortis, Keller resta assis à réfléchir, en tapotant machinalement du bout des doigts sur la table. Son équipe lui donnerait tout ce qu'elle avait. Et de son côté, il se retrousserait les manches pour les aider – Jay Gridley était la cheville ouvrière autour de laquelle tournaient toutes les opérations de sécurité de la Net Force. Qu'on y mette suffisamment de sable, il finirait par se gripper, et si Jay était coincé, les ingérences de la Net Force seraient du même coup en grande partie ralenties, peut-être interrompues.

Quoique Santos pût penser de lui, il suffirait à Keller de lui désigner Jay et c'était un homme mort. C'était encore le moyen le plus radical de l'éliminer du paysage. Et sans doute était-il plus sûr pour Cyber-Nation de procéder ainsi.

Oui mais...

Où était l'honneur dans tout ça ? L'adresse ? L'assurance qu'ils pouvaient coincer Jay et le battre en recourant aux armes qu'ils avaient développées avec leurs cerveaux ? N'importe quel voyou pouvait fendre le crâne d'un type d'un coup de batte. Mais vaincre

Gridley, *mano a mano*, RV contre RV, cela seul était satisfaisant pour l'esprit.

Tuer Jay ? Non. Pas avec une arme à feu ou une arme blanche. Le battre à son propre jeu, telle était sa conception. Le vaincre intellectuellement, ébranler sa confiance, lui rabattre son caquet, c'était pire que la mort pour un type comme Jay Gridley.

Rien de moins.

Il prit une profonde inspiration. Bon, autant s'y mettre tout de suite. Il avait deux ou trois trucs à lui donner pour se faire les dents. Il sourit. Ouais, sûr.

Santos termina ses exercices. En nage, il se dirigea vers la douche.

L'entraînement avait été bon mais il commençait à se rouiller. Cela faisait un bout de temps qu'il ne s'était plus entraîné contre un expert. Les danses en solo, c'était très bien pour entretenir le tonus musculaire, rester souple et conserver ses repères, mais on n'apprenait pas à se battre en s'entraînant tout seul. L'image dans une glace n'était pas une menace. Si l'on voulait garder des réflexes affûtés, il fallait se frotter à un autre combattant, de niveau égal ou supérieur. Évaluer distance et position, ça ne pouvait s'acquérir que contre un adversaire dangereux. Le courant devait passer.

Bientôt, il lui faudrait en trouver un à sa mesure pour le défier. Il n'y en avait aucun à bord, aucun non plus à distance raisonnable. Peut-être à Cuba – il avait entendu dire que certains pratiquants à l'ancienne vivaient encore là-bas, planqués dans les champs de canne à sucre, s'entraînant au clair de lune, car la discipline était toujours vue d'un mauvais œil, même après la disparition du Vieux – mais les retrouver serait coton. Il y en avait également aux États-Unis, bien sûr, et même en Floride, mais s'il voulait un vrai défi, il lui faudrait rentrer chez lui, c'était encore là que se trouvaient les meilleurs pratiquants, or, ce n'était pas dans ses plans immédiats – pas tant que le boulot ne serait pas achevé.

Il soupira. Un homme devait apprendre à mettre de côté ses envies pour s'occuper avant tout de ses besoins.

Il mit l'eau froide à fond, ôta son falzar, entra sous la douche. Les aiguilles glacées lui coupèrent le souffle, mais c'était une sensation agréable.

Restait encore à envisager le problème de Missy Chance. Elle couchait avec Jackson Keller – au moins lui, et avec d'autres, peut-être, qui sait ? Une des serveuses du casino l'avait dit à Santos alors qu'elle prenait du plaisir avec lui dans sa chambre, juste après être revenu éliminer le ponte de cette boîte de télématique.

Santos mit du savon sur la brosse à long manche et entreprit de se récurer le visage et le cou.

Il ne voyait nulle ironie à découvrir par la femme qu'il sautait que sa maîtresse couchait avec un autre. Les hommes avaient le droit de se taper plusieurs femmes, Dieu les avait conçus ainsi. Mais une femme infidèle, ça c'était mal. Il ne pouvait pas reprocher à Keller de désirer Missy, même si lui aussi aurait à le payer. Mais si ce n'était pas du viol, et il avait du mal à imaginer que ce soit le cas avec elle, alors Missy devrait, elle aussi... expier ses actes.

Il fit descendre la brosse raide et se récura les épaules, les aisselles, le dos.

Missy était experte au pieu, mais elle avait le tort de croire que ses aptitudes au lit la rendaient supérieure aux autres femmes. Ce n'était pas le cas. Dans le noir, elles étaient toutes les mêmes, pas vrai ?

Il faudrait l'amener à comprendre que certaines choses ne pouvaient absolument pas être tolérées par un homme comme Santos.

Washington, DC

« Une boîte de nuit ?

– Pas tout à fait, répondit-elle. Plutôt un... relais de campagne. »

Michaels regarda Toni et arqua un sourcil.

Ils étaient dans le séjour. Le bébé dormait, Gourou aussi.

« On n'est pas sortis depuis la naissance d'Alex, observa-t-elle.

– Mais si.

– Pas tout seuls.

– On n'avait pas de baby-sitter, remarqua-t-il. Et si on en avait eu une, on ne lui aurait pas fait confiance.

– Eh bien, on peut, maintenant, sourit-elle. On a Gourou.

– C'est une sorcière, tu le sais bien. Elle a jeté un sort sur notre fils. Aucun bébé ne devrait se tenir aussi bien.

– Alex... »

– Bon, alors, c'est quoi au juste l'attraction principale de ton relais ?

– Il paraît que la cuisine est excellente et ils ont un super-groupe sur scène.

– Par opposition à un super-groupe sur disque ?

– Quelqu'un t'a déjà dit à quel point t'étais drôle ?

– Tout le temps.

– Ouais, eh bien, on t'a raconté des histoires.

– Tiens, à présent qui est drôle ?

– Bref, le groupe s'appelle Diana et les Song Dogs.

– Quelle sorte de musique ils jouent ?

– Eh bien, c'est une espèce de fusion... country/rock/folk/blues.

– Oh, s'il te plaît. Pas encore un de ces groupes new age qui jouent des niaiseries sentimentales genre musique d'ascenseur.

– Non, non, non, pas du tout. C'est exactement le genre de truc qu'on peut écouter en descendant une bonne bière. Du bien gras qui swingue.

– On en a déjà eu pas mal comme ça dans le Bronx, non ?

– On avait déjà la radio. On avait la télé. Eh bien, on a même des moyens de transport pour nous emmener voir un peu plus loin que le bout du quartier.

– Ah, je vois.

– Non, tu vois pas. Mais tu vas pas tarder.

– T'es sûre que t'aimerais pas mieux rester à la maison profiter du calme ? Rien que nous deux chez nous ? Tout seuls ? » Il agita les sourcils. « Gourou pourrait emmener Alex promener au parc pendant une heure ou deux...

– C'est nous qui sortons. Je ne vais sûrement pas devenir une de ces bonnes femmes qui, dès qu'elles ont l'occasion d'ouvrir la bouche, s'extasient sur la couleur du dernier caca de leur petit chéri.

– Et de quelle couleur était-il ?

– File t'habiller, Alex. » Le ton était menaçant.

Le relais était baptisé le Stone Creek Pub and Grill, et il était assez loin au fin fond de la campagne de Virginie pour que le trajet prenne un bout de temps. Il y avait beaucoup d'arbres et donc plein d'oxygène quand ils trouvèrent une place libre dans le parking bondé. Et il y avait également pas mal d'animaux dans le coin – moins une moufette que quelqu'un avait écrasée et qui ajoutait son odorante puanteur à la brise vespérale.

« Seigneur, quelle infection, lança Toni.

– C'est toi qui voulais venir ici. »

L'endroit se révéla être une grange réaménagée avec poutres apparentes et murs nus ornés de vieilles enseignes émaillées, de harnais de chevaux et autres accessoires du même style. Ils réussirent à trouver une table, dans une ambiance bruyante et affairée. Malgré tout, Michaels se sentit à l'aise à présent qu'il s'était bougé et qu'il avait vaincu son inertie. Toni avait raison : ils avaient besoin de sortir un peu plus. L'avoir à nouveau au boulot était bien, mais ce n'était pas vraiment reposant. Devenir parents avait mis de sérieuses entraves à leur existence. Michaels n'y voyait pas réellement d'inconvénient car il aimait autant rester à la maison que ressortir après une rude journée de travail. Mais il était facile de se muer en pantouflard qui ne mettait plus le nez dehors, bien au chaud dans son petit nid douillet. Le bébé n'avait pas arrangé les choses. Il était quand même plus pratique d'être là où ils avaient tout sous la main ; dès qu'ils sortaient, ils devaient embarquer sacs de couches, biberons, habits, hochets et tout le tremblement – la corvée. Il y était déjà passé avec Susie quand elle était môme, mais il avait oublié, ça remontait à si loin...

La serveuse arriva, prit leurs commandes de bières. Toni choisit un truc appelé Rubis – de la bière « avec un soupçon de framboise », beurk – et lui se prit une Hammerhead, *alias* « Panne de marteau », ce qui lui semblait approprié. La serveuse promit de revenir d'ici quelques minutes pour prendre leurs commandes de sandwiches.

Le groupe était composé d'une guitariste en jean et chemise à carreaux, d'un violoniste, d'un contre-bassiste et d'un joueur de mandoline. Ils attaquèrent avec un morceau entraînant aux accents folk-blues. La construction harmonique était plutôt sympa et la chanson parlait d'une histoire de chariots roulant sur une piste en gravier, enfin, ce genre. La chanteuse – Michaels supposa qu'il s'agissait de Diana et que les hommes étaient les Song Dogs – avait une voix agréable et un visage expressif. Quand elle chantait seule, elle avait un beau timbre de voix et, une ou deux fois, elle chanta un chouette duo avec le contrebassiste.

L'adresse de son site perso était inscrite sur le corps de sa guitare.

Enfin, on ne pouvait guère y échapper, même ici en pleine cambrousse. Hank Williams se serait bien marré.

La bière arriva et, comme promis, la serveuse prit commande de leurs sandwiches. Michaels jeta son dévolu sur le poulet barbecue, Toni sur le Reuben [1], et ils décidèrent de se partager une petite portion de frites.

Le groupe entama un autre morceau. Les paroles étaient difficiles à distinguer, à cause du bruit des convives, mais tout le monde avait l'air de prendre du bon temps. Et, Michaels dut bien l'admettre, lui-même était aux anges. C'est vrai que ça faisait un sacré bail que Toni et lui n'étaient pas sortis ensemble.

Le groupe avait joué un troisième titre quand leur nourriture arriva. L'assiettée de frites était énorme, les sandwiches non moins généreux et la serveuse leur apporta du ketchup, du vinaigre et de la moutarde qu'elle déposa sur la table. Le tout accompagné d'une pile de serviettes en papier.

« Encore heureux qu'on ait opté pour une petite portion de frites », observa Toni.

Il comprit pourquoi on leur avait donné toutes ces serviettes dès que la sauce barbecue jaillit du sandwich pour lui dégouliner sur le menton.

Pour le morceau suivant, un joueur d'harmonica sortit des coulisses et s'assit ; les Song Dogs chantaient une ballade sur les voyages en chemin de fer et les grandes étendues de prairie vide, et la harpe à blues gémissait comme un sifflet de train, longue et plaintive.

Michaels regardait Toni, ravi du plaisir qui éclairait son visage tandis qu'elle écoutait et regardait le groupe. Après tout, c'était ça, la vie, non ? Regarder

---

1. Sandwich Reuben : spécialité américaine composée de corned beef, choucroute, fromage suisse et sauce aigre, le tout tartiné sur du pain de seigle russe beurré.

sa femme prendre du bon temps, et faire partie de la fête. Siroter de la bière, manger des frites bien grasses, écouter des musiciens... qu'est-ce qu'on pouvait rêver de mieux ? Il pouvait vivre ainsi. Aucun doute.

Et peut-être est-ce une raison de ton problème ces derniers temps, Alex, tu crois pas ? Trop envie de laisser tomber le boulot pour rentrer à la maison jouer avec le marmot ? Rester au lit avec Toni, quand auparavant il fallait que tu sois debout et rendu au boulot avant tout le monde ?

Michaels sentit une pointe de culpabilité à cette idée. C'était vrai. Oui, il continuait de faire du bon boulot. Mais ces derniers mois, plus avec le même cœur qu'auparavant. Il voulait profiter de cette épouse, de ce bébé, ne pas rééditer l'erreur commise avec sa première épouse et son premier enfant. Il les avait fait passer en second, derrière le travail, et, résultat, il les avait perdues. Il n'allait pas perdre Toni et le bébé.

Était-ce juste vis-à-vis de la Net Force ? L'agence ne méritait-elle pas un patron qui s'y consacrait à fond, et la faisait passer avant tout le reste ?

S'il y réfléchissait, ouais, peut-être que si. Mais d'un autre côté... qui pouvait faire un meilleur boulot que lui en ce moment ? Même en réduisant d'un quart son rythme, il était encore plus rapide que tout le monde, pas vrai ?

Mouais. En voilà un beau prétexte.

Allons, se dit-il. *Est-ce qu'il ne vaut pas mieux pour la boîte que je sois détendu, à l'aise, bien dans mes pompes ? Est-ce qu'un travailleur heureux ne fait pas un meilleur boulot ?*

Tiens, elle est encore plus drôle, celle-ci, Alex. T'en as encore beaucoup, des comme ça ?

Il sentait que sa petite voix intérieure commençait à le gonfler sérieux quand son virgil pépia. Toni et lui échangèrent un regard. Peu de chances que ce soit une bonne nouvelle.

16.

Casablanca, Maroc
Juin 1937

Le vent du désert était torride, sec, et il amenait un mélange de poussière pulvérulente et de sable fin qui tourbillonnait dans l'allée comme une créature vivante, se changeant en une boue granuleuse qui lui irritait les yeux.

Une touche sympa, là, songea Jay. Même s'il devait se jeter lui-même des fleurs.

Ici, en Afrique du Nord comme en Europe, tout le monde savait que la guerre menaçait à l'horizon, même si l'on ne savait pas où et quand au juste, mais un changement s'annonçait, et nul endroit ne serait épargné.

Jay entra dans la boîte de nuit, échappant au vent pour se retrouver au milieu du murmure confus d'une demi-douzaine de langues. Il y avait des étrangers bien mis, soie et lin, surtout des hommes, quelques femmes. Des autochtones, avec leurs djellabas colorées et leurs coiffures destinées à protéger du soleil et du sable, étaient installés autour des petites tables rondes, sirotant quelque breuvage mystérieux dans des bouteilles brunes.

L'ambiance était presque celle d'un film noir, sombre et ténébreuse, riche en contrastes.

Les ventilateurs de plafond tournaient lentement, brassant à peine l'air lourd. Le pianiste jouait une chanson d'amour, triste à fendre le cœur, et un barman nettoyait les verres derrière un long comptoir incurvé en acajou lustré par les ans. La glace derrière le bar reflétait les rangées de bouteilles d'alcool : scotch, bourbon, gin, vodka, absinthe...

Debout au bar devant un whisky sec, Jacques, le contact de Jay. Jacques portait un costume croisé crème glacé avec une pochette rouge, des souliers de cuir blanc vernis. Il arborait des cheveux bruns gominés, une fine moustache. C'était un espion, bien entendu. Algérien, et sans doute resté trop longtemps à mariner. Si l'on pouvait dire ça dans un tel désert.

« *Bonjour*, dit Jacques en français, comme Jay s'approchait du bar. Émile, un verre pour mon ami ! »

Le barman jeta sur Jay un regard de merlan frit. « Que puis-je vous servir, mon ami ?

– Une absinthe », dit Jay. Merde, après tout, ça ne risquait pas de le rendre fou, ici.

Le barman hocha la tête et alla chercher la bouteille.

« Quelle chaleur, hein ! dit Jacques.

– En effet. »

Le barman revint avec une bouteille vert sombre. Il servit dans un verre une petite quantité de la liqueur qui était elle aussi vert émeraude. Puis il renversa un verre d'eau froide sur une cuillère à thé percée qui contenait un morceau de sucre et laissa goutter le tout. Le vert absinthe se transforma en un blanc laiteux, opaque, à mesure que l'eau sucrée se mélangeait à l'alcool. Sans le sucre, elle aurait été trop amère et, même avec, le breuvage râpait encore sacrément la langue.

Jay savait que cette boisson, faite en partie avec de l'armoise, était illégale presque partout et qu'elle avait été traditionnellement consommée par les artistes et les écrivains. Van Gogh entre autres, et on pensait que l'absinthe l'avait rendu fou au point de se trancher l'oreille. On disait que l'abus d'absinthe vous creusait des trous dans la cervelle. Charmant.

Jay leva son verre à l'adresse de Jacques. « À la vôtre.

— *Bonne chance* », répondit ce dernier. Ils trinquèrent, puis burent.

« Vous avez des infos pour moi ? demanda Jay après qu'ils eurent reposé leurs verres.

— *Oui, mon ami*, répondit l'autre en français. J'ai très exactement ce que vous désirez. Il faudra y mettre le prix, bien sûr. »

Jay haussa un sourcil. « Quel qu'il soit, je vous le paierai. Dites-moi. »

Mais avant que l'autre ait pu parler, il se produisit une détonation. Un coup de feu, comprit Jay en voyant une fleur de sang s'étaler sur la poitrine de Jacques, juste au-dessus du cœur.

Merde, c'est quoi, ce truc… ? Ça ne faisait pas partie du scénario… !

Jay se laissa tomber accroupi au sol et, regardant autour de lui, eut juste le temps d'apercevoir un autochtone vêtu d'une tunique rayée blanc et bleu et coiffé d'un de ces drôles de galurins quitter précipitamment le club.

Jay se releva et fonça vers la porte, sur les trousses de l'homme. Qui était-ce ? Comment avait-il pu forcer l'accès à son monde virtuel ?

Dans la ruelle, Jay vit l'assassin détaler. Merde de merde !

Il piqua un sprint. Qui que soit ce type, il n'était sûrement pas assez rapide pour semer Jay Gridley à l'intérieur de son putain de scénario personnel !

Mais même s'il réduisait l'écart avec l'homme en fuite, Jay se rendit compte malgré tout qu'il n'arriverait pas à le rattraper. La raison – les raisons, en fait, car il y en avait au moins six – apparut juste devant lui.

Une demi-douzaine de types, torse nu, en short et chaussures de basket, armés de battes de base-ball, de chaînes, de couteaux et de ce qui ressemblait à une fourche, jaillirent de l'ombre entre Jay et celui qu'il poursuivait.

« Ho-ho, dit l'un des joueurs de basket, qu'est-ce qui presse comme ça, bébé ? »

Ces gars étaient des anachronismes – ils n'avaient pas leur place ici, dans cette époque, même s'ils avaient été des avatars créés par Jay. Ce qu'ils n'étaient pas.

C'était quoi, ce binz ?

Alors qu'ils convergeaient sur lui, Jay se rendit compte qu'il n'était pas non plus à sa place ici. Il n'avait pas le temps d'élaborer une défense efficace. Le scénario était foutu.

Il décrocha.

QG de la Net Force
Quantico

Jay arracha les capteurs sensoriels et jeta tout le bazar sur la console.

Il n'y avait eu aucun danger réel, bien sûr, juste pour son avatar personnel. Après l'histoire avec l'autre Anglais cinglé [1], il avait bien pris soin d'interdire toute possibilité de transformer sa machine en un véritable condensateur susceptible de délivrer une décharge électrique par le biais de ses connecteurs sensoriels. N'empêche, c'était quand même rageant de se retrouver vidé, *manu militari*, de son propre scénario !

Comment cela s'était-il produit ? Il avait fallu que quelqu'un sache où il était, soit en mesure de doubler ses protections, et surtout fût assez bon pour reprogrammer les entrées à l'insu de Jay. En pratique, un tel exploit aurait dû être presque impossible... enfin, sauf avec un joueur du même talent que lui. Qu'une telle chose ait pu arriver était irritant... et aussi effrayant.

Ce devait être un des gars qui avaient foutu le bazar sur le Net et le Web. Ils avaient déjà montré leur savoir-faire et voilà qu'ils le lui mettaient pile sous le nez.

Bref, ça devenait une histoire personnelle.

Il se remit à jurer. Il fallait qu'il élucide ce truc. Et, même si l'idée lui répugnait, il fallait également qu'il

---

1. Voir *Net Force 3, Attaques de nuit*, Albin Michel, 2000.

avertisse le patron. En tout cas, ça prouvait au moins une chose, c'est qu'ils brûlaient. On n'obtenait pas ce genre de réaction quand on se retrouvait perdu au fond des bois. Il avait dû piétiner l'équivalent du petit carré d'herbe de quelqu'un...

Washington, DC

Toni écoutait d'une oreille la musique et, de l'autre, la conversation d'Alex. Elle ne fut pas longue à saisir que c'était Jay Gridley qu'il avait au virgil.

Au bout d'une minute, Alex coupa la communication.

« Qu'est-ce qui se passe ? »

Il hocha la tête. « Jay pense qu'il se rapproche des méchants qui ont foutu la pagaille sur le Net.

– Bon point, ça.

– Peut-être pas. Il dit qu'ils ont dû lui tendre un piège. Ils lui ont donné l'adresse d'un endroit où il pensait pouvoir obtenir des informations et puis, quand il s'est présenté, ils lui ont sauté dessus – électroniquement parlant.

– Oui ? »

Alex lui expliqua en détail. Apparemment, Jay s'était fait virer de son propre scénario. Ce qui avait dû à coup sûr le foutre en rogne, Toni s'en doutait. Elle n'avait jamais rencontré un seul maniaque d'informatique qui ne se prenne pas pour l'envoyé de Dieu au royaume des électrons.

« Mais en dehors d'une blessure à l'ego, pas de bobo, n'est-ce pas ? »

Alex opina. « C'est bien ainsi que je vois les choses. Mais comme il l'a fait remarquer, les auteurs, quels qu'ils soient, doivent savoir qu'il est à leur recherche. Et ils savaient où il était susceptible de chercher. Ce qui veut dire qu'il pourrait bien être sur la bonne piste. »

Elle opina à son tour. « Peut-être. Ou peut-être qu'ils avaient posé toute une série de pièges et que Jay est tombé sur l'un d'eux. Il fonce sur la piste au pas de charge, mais peut-être qu'il se dirige dans la direction exactement opposée de celle où ils se trouvent.

– Ça se pourrait. Je n'ai pas son expertise pour en juger.

– Mais il semblerait que les méchants l'aient, eux. Pas bon, ça.

– Non.

– Est-ce qu'il faut qu'on rentre à la maison ? Ou qu'on passe au bureau ?

– Non, pas de raison spéciale. Jay me donnait juste un état des lieux. Je lui avais demandé de me tenir au courant de l'évolution de la situation.

– Alors, tu veux danser ? » D'un signe de tête, elle indiqua l'orchestre.

Quelques couples s'étaient levés pour s'agiter au rythme de la musique.

Il sourit. « Pourquoi pas. Après tout, on ne peut guère bosser ici, pas vrai ? »

À *bord du* Bonne Chance

Keller se cala dans le fauteuil ergonomique, étira le cou et les épaules, ôta le casque et les gants sensoriels. Il sourit. « Eh bien, Jay, fiston, ça a dû te faire un sacré choc, non ? Sur le point de télécharger une info bien juteuse et paf ! ta source se fait buter et la ruelle se retrouve encombrée de gros méchants de la NBA. » Il ricana. « J'espère que t'avais activé la sauvegarde automatique. Je suis sûr que tu vas vouloir revenir jeter un coup d'œil. »

Il se leva, se pencha, toucha ses orteils, sautilla sur place. Puis il s'étira, se rassit, prit deux profondes inspirations, expira, et enfin recoiffa le casque sans fil. À l'heure qu'il était, Jay avait dû avoir le temps de réfléchir à ce qui lui était arrivé, de trouver l'explication et il devait être suffisamment en rogne pour se replonger dans la Toile afin d'y traquer l'auteur de ses déboires. Keller savait qu'à sa place, il aurait fait pareil.

Bien. D'abord, lui donner un nouvel endroit où chercher. Agir avec prudence. Il n'allait pas tomber aussi facilement dans le prochain piège. Il convenait de se montrer... plus subtil.

Kelly réactiva son équipement de réalité virtuelle. Bon sang, il sentait qu'il allait se marrer.

Jasmine Chance n'était pas une fana de gym, mais elle en faisait suffisamment pour garder la forme. Il était plus dur de jouer les femmes fatales si on avait la silhouette d'une poire blette – genre 38 en haut, 52 en bas. Elle pratiquait les machines du gymnase de bord – tapis roulant, simulateur d'escalier, appareils de musculation – quarante-cinq minutes par jour. Elle n'allait certes pas décrocher une médaille olympique mais elle avait une plastique assez ferme pour faire baver de jalousie la plupart des nanas de vingt-cinq ans. Pas mal pour une plus que quadragénaire.

Elle s'appuya contre une des grandes glaces du gymnase et but une grande lampée d'eau minérale. Elle était brûlante, et suffisamment en nage pour que son bandeau n'arrive plus à empêcher la transpiration de lui ruisseler dans les yeux. Elle s'épongea le visage avec une serviette. Encore un quart d'heure et elle en aurait fini. Elle pourrait alors se doucher et peut-être charger Berto de lui faire travailler certains autres muscles. Oui. Elle allait lui passer un message, pour qu'il la retrouve dans sa cabine d'ici une petite demi-heure. Ce serait agréable.

Mais quand elle composa son nom sur l'interphone de bord, il n'y eut pas de réponse.

Elle essaya son téléphone. Tomba sur son répondeur.

Chance fronça les sourcils. Peut-être faisait-il la sieste pour avoir coupé interphone et téléphone ? On n'était pas censé le faire mais tout le monde le faisait quand même.

Elle appela la sécurité.

« Oui, m'dame ?

– Roberto Santos est-il dans sa cabine ?

– Non, m'dame. »

Elle attendit une fraction de seconde. « D'accord...
Savez-vous où il se trouve ?

– Oui, m'dame. »

Elle attendit quelques secondes encore, désarçon-
née par cette réponse au premier degré de l'agent de
sécurité. « Et auriez-vous la bonté de me dire où ? Et
si vous me répondez "Non, m'dame", je vous garantis
que vous pourrez vous trouver un nouveau boulot
dans les trente secondes.

– Oui, m'dame. Il a pris un hélico pour le continent,
il y a une heure environ. Il est sans doute en Floride
à l'heure qu'il est. »

Pour le coup, elle se mit à froncer les sourcils.
Quoi ? Ne lui avait-elle pas dit qu'il ne pouvait pas
quitter le bord ? Putain, mais qu'est-ce qu'il fichait ?

Et pourquoi, bon Dieu, avait-il coupé son com ?

« Autre chose, m'dame ?

– Oui. Mettez-moi en contact avec le pilote de l'hélicoptère. Rappelez-moi dès que vous l'avez. »

Elle coupa l'interphone. C'était inacceptable. Inacceptable ! Pour qui se prenait-il ?

Elle jeta par terre la serviette et fila vers sa cabine.
Elle comptait bien découvrir où avait filé Santos et,
bon Dieu, il avait intérêt à avoir une sacrée putain de
bonne raison de s'y rendre !

Fort Lauderdale, Floride

Santos se rendait à bord de sa voiture de location
au Sunrise, situé dans le centre commercial de Saw

Grass Mills. C'était un endroit gigantesque, avec quantité de boutiques de détail et des hectares de parkings, presque tous pleins. Il y avait une bâtisse particulièrement moche près de l'entrée, sans doute une espèce d'œuvre d'art moderne qui ressemblait à une énorme charpente métallique en construction, peinte couleur flamant rose.

Ces Nord-Américains avaient vraiment un goût de chiotte, surtout en Floride.

Il jeta un coup d'œil à sa montre. Trois quarts d'heure d'avance, parfait. Il voulait avoir tout son temps pour se préparer.

Il était vêtu d'un pantalon de toile beige avec une chemise de sport bleu pâle et chaussé de souliers en croco à semelles en caoutchouc alors qu'on était en plein hiver, mais il faisait certainement assez chaud pour ne même pas avoir besoin d'une veste. Il portait toutefois un long gilet de daim beige sous lesquel il avait planqué un .45 Colt Commander rangé dans son étui contre sa hanche droite. Bien qu'assez petite pour se dissimuler sous un gilet, l'arme était d'une puissance notable. Un seul impact suffirait à faire hésiter un agresseur et l'amener sérieusement à réviser ses projets. Et sans être un adepte des armes à feu, Santos savait fort bien s'en servir. Et en l'occurrence, il aurait fallu être un imbécile pour ne pas en porter une, car il y avait assez d'argent liquide en jeu pour tenter quantité de personnes.

Il avisa un emplacement libre plus ou moins à l'ombre d'un bâtiment et s'y gara. Quand il reviendrait, ce serait par un itinéraire complexe et détourné, pour s'assurer de ne pas être suivi.

La rencontre devait s'effectuer au milieu du centre

commercial, dans la foule, en pleine vue, afin de diminuer les risques d'entourloupe par l'une ou l'autre des parties en présence. Un vol n'était pas entièrement impossible mais il l'estimait improbable.

L'enjeu était une somme assez rondelette. Pas vraiment une fortune mais largement de quoi s'acheter, cash, disons une bagnole neuve et plutôt haut de gamme. Le fric était planqué dans un sac à dos bon marché en nylon noir, posé sur le siège à côté de lui, le tout en billets de vingt-cinq dollars aux numéros non consécutifs. Incroyable, le volume que ça pouvait prendre !

Ce qu'il était censé se procurer avec ces milliers de dollars était une centaine de pièces de monnaie, des Feuilles d'érable, en or presque pur. Et la raison de retrouver le vendeur dans une galerie marchande était qu'il fourguait ces pièces aux trois quarts de leur valeur sur le marché.

Ce qui voulait dire, bien sûr, que l'affaire était quelque part illégale. Sans doute les pièces avaient-elles été volées, mais il y avait d'autres raisons qui pouvaient empêcher leur revente à un acheteur régulier : un divorce, peut-être – un époux cherchant à éviter le partage des biens. Ou peut-être qu'un grand-parent était décédé et que les héritiers voulaient éviter les droits de succession... Ou tout bêtement quelqu'un qui ne voulait pas payer d'impôt sur la transaction...

Peu importait. Il se fichait de la raison, seul le prix l'intéressait. Si les pièces étaient bonnes, leur origine était sans importance. Elles rejoindraient les autres dans son coffre à la banque et finiraient par aboutir chez lui. Les pièces n'avaient pas de numéro de série.

L'affaire était trop bonne pour qu'on la laisse

échapper, raison de plus pour que Santos redouble de prudence. D'où le flingue. Il se tiendrait aux aguets, avant, pendant et surtout après la transaction. L'arme était armée, avec la sécurité, et il ne lui faudrait qu'une demi-seconde ou peut-être trois quarts de seconde pour la dégainer et faire feu.

Si le marché s'avérait une arnaque quelconque, le vendeur découvrirait qu'il avait un autre arnaqueur en face de lui.

Le centre était gigantesque. Il avisa les enseignes d'un Banana Republic, d'un Hard Rock Cafe, de cinémas, de Disney, Neiman Marcus, Calvin Klein, et de dizaines d'autres marques. Le choix qu'ils avaient aux États-Unis...

La galerie était trop froide et l'air sentait le renfermé. Ces *Norte Americanos* ne savaient pas supporter la chaleur. Ils la fuyaient, la tenaient à distance avec des climatiseurs qui se mettaient en route alors que la température ne suffisait même pas à faire fondre un glaçon sur le trottoir.

Il trouva l'endroit convenu dans la galerie marchande, une zone sous une verrière avec des bancs et de la végétation tropicale en pots : des palmiers de dix mètres, des bananiers nains, ce genre. Le sol semblait en lattes de bois, ou alors c'était une bonne imitation. Il dépassa le point de rendez-vous, continua de déambuler dans la galerie, entrant et sortant des boutiques. L'ambiance était bruyante. Des parents mettaient leurs enfants sur des petits trains, des couples se promenaient main dans la main, des personnes âgées faisaient leur gymnastique par couples, trottinant rapidement sur leurs chaussures de marche à semelle compensée. Il ne remarqua aucun guetteur surveillant l'endroit convenu. Il nota en revanche deux vigiles en uniforme qui patrouillaient, et c'était tant mieux.

Il trouva une petite boutique d'équipement de sport d'où il pouvait aisément surveiller le lieu de rendez-vous et resta là en faisant mine d'examiner les moulinets de pêche.

Quelques minutes plus tard, son fourgue arriva.

L'homme avait la cinquantaine, il était bedonnant, rougeaud, et portait une chemise hawaïenne avec des fleurs bleues sur fond noir, un bermuda jaune et des sandales en cuir. Il avait un téléphone mobile agrafé à la ceinture. Il tenait une mallette. Cent onces d'or – cela ne faisait jamais que deux kilos huit, pas bien lourd. Le type regarda autour de lui, l'air nerveux, s'épongea le visage avec un mouchoir puis s'installa sur un des bancs. Il posa la mallette sur ses genoux, les mains agrippées à la poignée, et chercha Santos du regard.

Santos espéra que les vigiles n'allaient pas repasser. Le gars était franchement trop nerveux. Il avait déjà l'air coupable, même assis sans rien faire.

Certes, les apparences pouvaient être trompeuses, mais ce gros bonhomme en short jaune n'avait pas l'air bien dangereux. Il semblait terrifié et ne manifestait certainement pas le sang-froid que Santos aurait attendu d'un voleur professionnel. Les amateurs, ça craignait – il préférait de loin traiter avec des pros – mais Monsieur Short Jaune n'avait pas vraiment l'air de cacher son jeu.

Santos scruta les alentours, cherchant une couverture. Il ne lui fallut pas dix secondes pour repérer une femme de l'âge approximatif du bonhomme, à quinze mètres de là, qui faisait mine de faire du lèche-vitrine avec un téléphone mobile plaqué à l'oreille, mais qui surveillait manifestement Short Jaune. Elle était vêtue d'une robe d'été et d'un chapeau de paille, et portait un grand sac en osier.

Son épouse, peut-être ? Mais... non. Réflexion faite, ils avaient une espèce de ressemblance.

Sa sœur, décida-t-il.

Il aurait parié que Short Jaune avait allumé son portable pour permettre à la femme d'écouter la conversation. Des amateurs, à coup sûr.

Robe d'été pouvait avoir un flingue dans ce sac, tout comme Short Jaune pouvait en avoir un dans sa mallette, mais Santos en doutait. Les pièces, décida-t-il, devaient leur appartenir mais ils avaient besoin du fric et, pour une raison quelconque, ils ne pouvaient le percevoir d'un négociant officiel. À cause d'un parent décédé ou atteint de sénilité... ? C'était possible.

Il n'avait pas l'intention de rabaisser sa garde mais il était déjà moins inquiet qu'auparavant.

Il attendit jusqu'aux deux dernières minutes avant l'heure fixée et s'engagea alors d'un pas tranquille dans l'allée, en direction de Short Jaune.

« Monsieur Mayberry ? »

Short Jaune le regarda comme s'il était un gorille échappé du zoo. Santos crut un instant que le type allait bondir et détaler.

« Oui. Monsieur... euh... euh... Ouro ?

– Pour vous servir.

– Vous... vous êtes noir.

– Mon Dieu, est-ce possible ? »

Sourire torve de Mayberry.

« Si vous permettez... je m'assieds à côté de vous,

dit Santos. Je vais vous montrer ce que j'ai et vous en ferez de même. »

Il s'assit, souleva le rabat de son sac à dos, fit mine de chercher quelque chose à l'intérieur, tout en le maintenant ouvert pour permettre au gars de voir les billets.

En réponse, Mayberry souleva le couvercle de sa mallette et lui montra les pièces.

Pas de flingue.

Les Feuilles d'érable étaient dans des sachets de plastique transparent, dix par pochette en deux rangées de cinq, les sachets empilés par dix. Santos constata du premier coup d'œil que les pièces étaient authentiques. On pouvait certes les contrefaire, mais ce n'était manifestement pas le cas. Pour être sûr, toutefois, il demanda : « Vous permettez ? »

Mayberry acquiesça. Santos eut l'impression que sa tête allait se détacher tant elle dodelinait avec insistance.

Santos sortit une pièce et la tâta. Vraie, pas à dire. Il la remit dans sa pochette et referma la mallette.

Des passants passaient, ignorants de la transaction en cours.

« Ce ne serait sans doute pas une bonne idée de les compter ici, mais si vous voulez, vous pouvez les emmener aux toilettes, là-bas, pour le faire. » Il tendit le sac à dos à Mayberry.

« Je... euh...

– Ce ne serait pas un problème. Vous pourriez me confier les pièces par mesure de sécurité, et votre sœur pourra me surveiller pour être sûre que je ne file pas avec. »

Mayberry eut un hoquet.

Santos jeta un coup d'œil en direction de Robe d'été, juste à temps pour la voir sursauter comme si une guêpe l'avait piquée.

Il sourit.

« Comment pouviez-vous être au courant ? » demanda Mayberry.

Santos haussa les épaules, l'air dégagé.

« Je... il est inutile de compter. Je suis sûr que le compte est bon. »

Il l'était, en effet, mais le type était un imbécile de lui faire confiance. En vérité, Santos savait fort bien qu'il pourrait embarquer les pièces, récupérer le sac à dos et filer sans que M. Mayberry – si c'était son vrai nom – lève le petit doigt pour l'arrêter. Le gars pouvait difficilement avertir la police s'il y avait quelque chose de louche avec cet or, et il n'était certainement pas en capacité physique de l'immobiliser. Mais Santos était un homme honnête. Il économisait 25 % de la valeur de ces Feuilles d'érable, une véritable affaire. Il n'était pas un voleur.

« Eh bien, parfait dans ce cas. Notre transaction est conclue, non ? Passez une bonne journée. »

Sur ces mots, Santos se leva et s'éloigna avec la mallette.

Toutes ses affaires devraient se passer aussi bien. Mais par mesure de précaution, il allait prendre son temps pour regagner sa voiture, et s'assurer de ne pas être suivi. Il avait un autre sac à dos dans la malle, sac dans lequel il allait transférer les pièces – au cas où. Peut-être que M. Short Jaune n'était pas du tout un amateur terrorisé mais un merveilleux comédien et un génie du crime. Peut-être avait-il planqué une balise quelconque dans la mallette pour permettre à des... complices un peu plus violents de filer Santos et de le soulager de son or un peu plus loin ?

Auquel cas, les intéressés se retrouveraient aux trousses d'un camion de livraison ou se demanderaient pourquoi leur cible avait trouvé refuge dans une poubelle...

L'idée le fit sourire. Si on le poussait dans ses derniers retranchements, il était prêt à parier tout l'or de la mallette contre une pièce de dix cents que tout ça relevait du fantasme. N'empêche, mieux valait être prudent quand on se trimbalait avec deux kilos d'or, non ? Des types s'étaient fait buter pour moins, bien moins.

Il entra dans un magasin et trouva une sortie à l'arrière, munie d'une barre en travers de la porte qui indiquait qu'une sonnerie d'alarme se déchencherait si l'on ouvrait celle-ci. Il poussa le battant et déboucha dans la chaleur du soleil. À quelques mètres de là, il avisa un autre accès à la galerie marchande. Il s'y dirigea et réintégra le centre.

Il avait entendu dire qu'il y avait un ou deux bons restaurants brésiliens à Fort Lauderdale. Peut-être pourrait-il se faire servir une vraie *caipirinha*, bien chargée en citron vert et pas trop en cachaça, et peut-être un churrasco, du poulet et même une *torta de banana* ? Il n'avait plus mangé de bonne tarte à la banane depuis qu'il était aux États-Unis.

Il demanderait à l'ordinateur de bord de lui localiser un tel restaurant. Avec l'argent économisé sur les pièces – dix mille dollars américains, au bas mot – il pouvait certainement s'offrir un peu de vraie nourriture, pour changer...

Elle était pas belle, la vie ?

17.

QG de la Net Force
Quantico

John Howard parcourut le long couloir menant à son bureau, étrangement heureux de se retrouver ici.

Tyrone était tiré d'affaire, à la maison, et Howard avait l'impression qu'il pourrait se remettre à la tâche sans se faire de souci. Julio avait eu une aventure en mettant fin aux agissements d'un maître chanteur, tandis que Gridley et son équipe bossaient dur sur les dernières attaques visant le Net.

Heureusement pour lui, il n'avait pas raté grand-chose.

Il avait eu deux longues conversations avec son fils. L'un des avantages d'avoir un ado confiné au lit et dépendant de vous en tout était qu'il était bien forcé de vous causer de temps en temps, ne serait-ce que pour vous demander son ordinateur portable, des DVD pour son lecteur vidéo, un autre verre de soda ou de thé glacé. Le gamin buvait comme s'il tentait d'établir le record du maximum de liquide ingurgité.

Il y avait à côté de son lit trois flacons d'urine, pleins à ras bord la plupart du temps.

Tyrone l'avait interrogé sur son boulot et Howard lui avait fourni ce qui était disponible pour la consommation publique, plus un petit extra. Après tout, son fils était lui aussi un sorcier de l'informatique qui avait même un jour aidé Jay Gridley à traquer un de leurs délinquants.

Quand ils avaient abordé la théorie de Jay sur la responsabilité éventuelle de CyberNation, et l'opinion généralement partagée sur les objectifs de ce groupe et ses développements ultérieurs, Howard avait eu droit à une volée de bois vert.

« Vous vous trompez tous. Ces gens sont sur la bonne voie.

– Une bonne voie inventée par des voleurs ? Qui mettent en ligne des produits protégés par le droit des marques ou le droit d'auteur, sans débourser un sou pour ça ?

– Ce n'est pas du vol, p'pa. Le savoir devrait être accessible à tous. Si t'es une famille de pauvres bougres à Kuala Lumpur ou ailleurs et qu'il existe un moyen de doubler la récolte de riz, est-ce que t'as pas le droit de le savoir ? »

Howard avait hoché la tête. « Bon, ça, je vois bien, mais...

– Et encore, c'est le cas le plus facile. Pareil pour les médicaments. Imagine que tu diriges un pays du tiers monde, que la moitié de ta population souffre d'une maladie mortelle et que la formule du médicament permettant de la guérir soit disponible... est-ce que tu ne devrais pas avoir la possibilité de l'obtenir, pour fabriquer le produit et soigner tes compatriotes ?

213

Les grandes firmes pharmaceutiques disent que non, qu'il faut le leur acheter.

– L'argument est à double tranchant, fils. Les grandes firmes pharmaceutiques ont peut-être dépensé des milliards pour créer et mettre au point cette formule. Cela représente des années de travail, d'essais, avant d'obtenir l'agrément de mise sur le marché. Et toi tu dis qu'ils devraient simplement distribuer le produit gratis ?

– Non, ce que je dis, c'est qu'ils font des profits énormes, alors pourquoi ne pourraient-ils pas accepter de diminuer un peu leur marge en faveur de malades qui mourront s'ils n'ont pas les moyens de se le procurer ? Est-ce que la fin – sauver des vies humaines – ne justifie pas ici les moyens ?

– Mais si tu poursuis cette logique, il finira par ne plus y avoir du tout de profit. S'ils doivent distribuer gratuitement le produit à tous ceux qui n'ont pas les moyens de se le payer, ils feront faillite et plus aucun nouveau traitement ne sera développé. Plus personne n'a de coupe si le coiffeur est au chômage.

– Tu déformes mes propos.

– Non, je t'explique que, dans notre société, on ne rase pas gratis. Il y a toujours quelqu'un, quelque part, qui paie, c'est ainsi que ça marche. Oui, peut-être qu'une grosse boîte pourra se permettre de réduire ses marges pour en reporter le bénéfice sur des tiers, mais quand on se met à en décider à leur place, on conduit les gens au communisme. C'est un mauvais système. »

Immobilisé sur son lit et incapable de s'échapper, Tyrone croisa les bras. « Tu ne comprends pas.

– Alors, éclaire-moi. »

Tyrone se redressa un peu. Comme sa mère, il avait besoin de parler avec les mains, et il s'enflamma bientôt. « Très bien. Considère CyberNation. Ils proposent une citoyenneté internationale. Tu t'inscris, tu les paies, et tu te retrouves connecté au monde entier. Tu peux décrocher un diplôme, accéder à toute l'information disponible, et ils t'offrent même en prime une sorte de protection sociale. Qu'y a-t-il de mal à ça ?

– Rien, sinon que c'est une chimère, fils. On ne peut pas passer sa vie connecté. Peu importe le nombre d'heures par jour que tu peux passer en ligne, tu dois bien avoir une présence physique quelque part. Tu peux arpenter la planète entière en réalité virtuelle, mais t'auras toujours le cul posé sur une chaise à Washington, au Texas ou en Sierra Leone.

– Et alors ?

– Alors, en tant que citoyen d'un lieu géographique – un pays – tu dois obéir à ses lois et ses règles.

– Mais CyberNation va s'en charger...

– Ils ne peuvent pas. Ils vont payer tes impôts à ta place ? S'occuper de l'entretien des routes et de la défense nationale ? Dis-moi, imagine que CyberNation décide d'émettre des permis de conduire pour ses fameux "citoyens". Ça voudra dire que tu n'auras pas besoin d'en avoir un de ton pays ?

– Les États-Unis reconnaissent bien les permis de conduire des pays tiers, rétorqua Tyrone. Si tu viens de France ou d'ailleurs, tu peux conduire, tant que tu es assuré et que ton permis est valide chez toi. Seigneur, p'pa, chaque État des États-Unis délivre ses permis, mais on peut conduire avec dans n'importe quel autre. Ça s'appelle la réciprocité.

– Mais c'est temporaire, fiston. Si tu traverses l'Arizona et que tu as un permis du Mississippi, pas de problème, mais si tu déménages pour t'installer en Arizona, tu as trente jours pour changer tes papiers. C'est comme ça que ça marche à peu près partout.

– Oui, mais...

– Il n'y a pas de "mais". Tu vis à un endroit, tu dois te conformer aux règles en vigueur dans cet endroit. Mais laisse tomber une minute toute cette histoire de citoyenneté. Passons à cette idée d'"accès universel au savoir". Laisse-moi te poser une question. Tu ne vois pas d'inconvénient à enregistrer sur le câble un film que t'aimes bien plutôt que d'acheter le DVD dans le commerce ?

– En effet, je n'y vois pas d'inconvénient. Toi-même, tu fais ça tout le temps.

– D'accord. Mais je paie pour ça. Je paie l'abonnement au câble, et si je règle l'appareil pour enregistrer un programme parce que je veux le regarder plus tard ou parce que je serai absent au moment de sa diffusion, il n'y a en effet aucun mal à ça. Mais si j'enregistre ce programme payant, que j'en fais une copie et que je la vends à un tiers, est-ce que c'est juste ?

– Pourquoi pas ? T'achètes un livre, un couteau, une poêle à frire, ils sont à toi, tu en peux faire ce que tu veux. Tu peux les revendre à n'importe qui. C'est légal.

– Pour un objet que j'ai payé, oui. Mais disons que je fasse cinquante copies d'un roman, ou d'un film en DVD, et que je les revende au rabais, le résultat est que je prive le câble ou le diffuseur satellite d'un revenu potentiel. Cinquante personnes qui auraient pu l'acheter ne le feront pas. Et en plus, je tire un profit d'une création intellectuelle à laquelle je n'ai pas contribué.

– Mais si tu les distribues gratis ? Tu ne fais aucun profit.

– Aucune différence. Je ne gagne certes pas d'argent, mais fondamentalement, je vole ceux qui ont payé pour le produire parce que ces cinquante exemplaires sont un manque à gagner pour la société.

– Mais si les gens à qui tu les vends ne les auraient de toute façon pas achetés au prix fort ?

– T'es en train de justifier le vol à l'étalage sous prétexte que tu n'as pas assez d'argent pour acheter ?

– Non, je ne dis pas ça. Mais écoute. Tiens, voilà un exemple : cette chanson que j'ai récupérée sur le Web. C'est une parodie. Quelqu'un a pris les paroles d'un titre de hard rock et les a plaquées sur la musique du générique d'un sitcom télévisé. C'est vraiment marrant. Mais les rock-stars n'ont pas du tout apprécié et elles ont poursuivi les auteurs. Impossible de se procurer la chanson nulle part. Alors, je la télécharge sur Internet. Où est le mal ? Qui vais-je léser ? Personne ne fait de profit dessus, puisqu'elle n'est pas disponible dans le commerce. »

Howard acquiesça. « J'admets. La parodie est un argument valide et du reste nos lois la protègent. Mais tes rock-stars peuvent arguer que les paroles sont leur propriété intellectuelle et donc qu'on ne peut pas les utiliser sans leur consentement. Elles sont propriétaires de cette chanson, elles peuvent la commercialiser ou la laisser dormir sur une étagère jusqu'à ce qu'elle tombe en poussière.

– Ce n'est pas juste. Imagine que des gens achètent une œuvre d'art célèbre, je ne sais pas, moi, un

Picasso, ou *La Joconde,* puis qu'ils la sortent dans leur cour, la lacèrent ou y mettent le feu. Est-ce qu'ils pourraient faire ça ?

— D'un point de vue légal, oui. Elle serait leur propriété, ils pourraient très bien. Du point de vue moral ? Je ne voudrais pas être à leur place au jour du Jugement lorsqu'ils essaieront d'expliquer au Tout-Puissant pourquoi ils ont détruit un des trésors du patrimoine de l'humanité.

— C'est bien mon argument, p'pa. Quelque chose peut être légal mais pas moral. N'est-ce pas Jésus qui a dit que, si tu as deux chemises et que ton voisin n'en a pas, tu dois lui en donner une ?

— Pas tout à fait, mais c'est pas loin. Le problème, c'est que nous suivons peut-être les enseignements de Jésus mais que tout le monde n'est pas dans ce cas. Les lois doivent se fonder sur des principes éthiques et moraux, mais elles doivent aussi englober tout le monde. Et au cœur de la civilisation occidentale, on trouve la notion de propriété privée. Et cela inclut également la propriété intellectuelle. Tu prives de son gagne-pain un créateur quand tu lui voles ses chansons, ses livres ou ses formules secrètes. La majorité des lois sont morales selon les critères d'une société.

— Comme les lois qui autorisaient... l'esclavage ? »

Howard le dévisagea. « Tu oses me dire ça dans les yeux ? Tu n'es pas plus foncé que moi, fils.

— Désolé, mais l'esclavage est resté légal un bon bout de temps. Ça ne le justifiait pas pour autant.

— Non, en effet. Et ces lois ont été changées.

— Et il leur a fallu quoi, deux cent cinquante ans, pour les abroger ? On a des lois aujourd'hui qui seront changées, elles aussi. On est à l'ère de l'information, p'pa. Les vieux concepts doivent laisser place aux nouveaux. Ce n'est plus un secret pour personne et on ne pourra plus faire machine arrière. »

Howard sourit au souvenir de cette conversation avec son fils. Il se débrouillait pas mal, le Tyrone. Il n'avait pas toujours raison, mais il savait réfléchir, et c'était ça l'essentiel. Et il avait quelques bons arguments...

Quelqu'un dit : « Perdu dans les nuages, mon général ? »

Il leva les yeux, découvrit Julio planté devant lui.

« Peut-être même dans la stratosphère, à voir votre sourire...

– Je me remémorais juste une conversation avec Tyrone.

– J'ai cru comprendre qu'il allait mieux ?

– Pas vraiment mieux que depuis que tu l'as vu, hier, mais dans l'ensemble, oui.

– Bien. Vous êtes venu bosser ?

– Affirmatif. Passons dans mon bureau, tu pourras me faire un topo de la situation.

– Ma foi, je peux essayer. Je ne peux pas non plus faire de miracles, chef. Difficile d'apprendre grand-chose à un vieux singe.

– Si vous savez changer une couche, lieutenant, alors rien n'est impossible. »

Ils échangèrent un sourire.

Jay Gridley fixait sa console. Il aurait dû travailler. Escalader la Toile comme un million de bébés araignées, suivant toutes les pistes, essayant de dénicher les nuisibles qui avaient foutu le merdier. Mais non, au lieu de ça, il était embourbé jusqu'à la taille dans l'inertie, incapable de se remuer.

Il songeait au mariage.

Ça lui semblait toujours la chose à faire, se marier. Il aimait Saji. Il voulait rester avec elle.

Eh bien, tu l'es, avec elle, idiot, non ?

Peut-être que c'était justement une partie du problème. Il n'y aurait pas de vrai bouleversement s'ils faisaient un grand mariage, signaient des papiers, légalisaient la chose. Oh, ils auraient des grille-pain et des théières, ils partiraient en lune de miel dans le monde réel – Saji voulait passer une semaine sur les plages de Bali –, tout ça, mais pour tout le reste, ce serait pareil, non ? Les câlins, le lit, les moments passés à rire ensemble, rien de tout ça ne serait mieux s'ils étaient mariés, pas vrai ?

Pas à sa connaissance.

Bien sûr, on pouvait retourner l'argument. Si ça ne faisait pas tant de différence, pourquoi alors ne pas se marier ? Ils s'appartiendraient l'un à l'autre légalement, au regard de Dieu et des hommes, et s'ils avaient des biens, ou même des enfants, cela leur permettrait de bénéficier d'une certaine forme de protection. Tout bien considéré, il y avait peut-être un avantage minime qui faisait pencher la balance du côté du mariage.

Alors, pourquoi avait-il cette impression d'avoir tout juste franchi la première descente d'un circuit de montagnes russes, l'estomac au bord des lèvres ?

De quoi d'autre avait-il peur ? Surtout que l'idée était venue de lui... Il se rappelait encore sa crainte de voir Saji répondre à sa demande par la négative, et son soulagement quand ce n'avait pas été le cas.

C'est quoi, ton problème, là, Gridley ?

Il secoua la tête. Il fallait qu'il s'en ouvre à quelqu'un qui était marié. Peut-être à Fernandez, il n'était pas avec Joanna depuis tant de temps que ça et il était resté célibataire bien plus longtemps que Jay. Peut-être pourrait-il lui fournir quelques pistes.

Jay l'espérait. Ça le minait d'être incapable de se concentrer sur le boulot autant qu'il l'aurait voulu, sans compter que ça le minait surtout de voir ces types s'en prendre à lui personnellement.

À *bord du* Bonne Chance

Chance avait dans l'idée de passer un savon à Berto, au sens figuré, du moins. Certes, au lit, c'était une vraie machine à mouvement perpétuel, et cela ne comptait pas pour rien, et certes, c'était un véritable marteau-pilon pour lui aplatir tous les ennemis qu'elle voulait, mais il fallait qu'il comprenne que c'était quand même elle le boss.

Quand elle le retrouva, c'était à la boutique de cadeaux du paquebot, où il achetait de la lotion après-rasage.

« Roberto », lança-t-elle, un peu plus fort et un peu plus sèchement qu'elle n'aurait voulu.

Le vendeur, un jeune homme aux lunettes à monture noire, quitta des yeux le rayon où il empilait des friandises.

Berto se retourna avec lenteur et haussa paresseusement un sourcil plein d'insolence. « Ah, salut, Missy. »

Le vendeur retourna à sa tâche.

Roberto ressemblait à un gros matou, sûr de lui, débordant de confiance.

Il était temps de remettre les pendules à l'heure. « Tu n'étais pas censé quitter le bord. Où es-tu allé ?

– Tu sais où j'étais, Missy. Le pilote de l'hélicoptère à qui t'as demandé ne se rappelait plus où il avait atterri ? »

Elle se sentit rougir sous son regard. Ça n'allait pas du tout, pas du tout, du tout. Elle devait rester maître de la situation.

« Il se rappelait. Ce que je veux savoir, c'est pourquoi tu es parti sans en informer personne.

– Je n'informe pas non plus les gens quand je vais pisser. Personne n'a besoin de me tenir la main pour ça, et personne n'avait besoin de savoir ce que j'allais faire à Fort Lauderdale. Ce sont mes affaires personnelles.

– Tu as des responsabilités..., commença-t-elle.

– Et je les assume, coupa-t-il. Tu as quelque chose à redire à mes prestations, au boulot ou au lit ? »

L'employé cessa tout soudain d'empiler ses friandises, s'étant apparemment rendu compte que des affaires urgentes l'appelaient à l'autre bout de la boutique. Il s'éclipsa discrètement.

Elle baissa le ton. « Non, je n'ai pas dit ça.

– Ou peut-être que je n'ai pas pris la peine de t'en avertir parce que j'ai cru tout simplement que tu serais trop occupée pour remarquer mon absence.

– Qu'est-ce que tu racontes ?

– J'ai entendu dire que Jackson me remplaçait

quand j'étais pas là. Dans la mesure de ses moyens, en tout cas. »

Elle plissa les yeux, prise au dépourvu. OK, donc il savait. Mais elle n'allait rien avouer. « Je ne sais pas de quoi tu veux parler. » C'était une leçon qu'elle avait apprise depuis bien longtemps dans le monde des affaires : dans le doute, nier en bloc. Si quelqu'un a une vidéo de vous en train de faire quelque chose, même s'il peut présenter dix bonnes sœurs et un curé pour en témoigner... quoi qu'il advienne, peu importe, toujours s'en tenir à sa version.

« Je veux dire, je ne pense pas que son équipement soit à la hauteur, précisa-t-il, se méprenant délibérement sur le sens de sa réponse. Mais c'est encore toi la mieux placée pour le savoir... c'est toi qui prends les mesures.

– Je ne pense pas que l'endroit soit approprié pour avoir ce genre de conversation, hasarda-t-elle.

– C'est toi qui es venue me chercher, observa-t-il. Et c'est ici que je suis.

– Peut-être qu'on pourrait aller dans ma cabine.

– Non, je ne pense pas. Mieux vaudrait peut-être aborder ça de manière moins... personnelle, si tu vois ce que je veux dire. On peut discuter affaires ici, dans la salle de conférences, où tu voudras, mais pas dans ta cabine. J'aime pas trop l'odeur qui y règne maintenant. »

Est-ce qu'il serait en train de la plaquer ?

Non, décida-t-elle. Il était vexé. On avait fait insulte à sa virilité. OK. Il pouvait bouder un petit moment si ça lui chantait, mais il n'était certainement pas prêt à l'abandonner. Elle se refusait à y croire. Elle avait trop de pouvoir de ce côté-là, c'était sa force. Jamais aucun homme ne la quittait tant qu'elle n'était pas décidée à le laisser partir. Jamais.

« Très bien, dit-elle enfin. Mais la prochaine fois que tu quittes le bateau sans me dire pourquoi et pour combien de temps, tu feras aussi bien de ne pas revenir. Je ne tolérerai pas que tu compromettes notre mission. Si tu avais eu des ennuis, si tu t'étais fait ramasser par les flics pour une raison quelconque, on aurait été bien avancés. Tu n'es pas tout seul en jeu dans cette histoire, Roberto. »

Il sourit. « Que tu dis. » Il se remit à choisir son après-rasage.

Elle ressentit une bouffée de colère si violente qu'elle eut envie de le tuer, là, sur place.

Il allait le lui payer. Et cher.

18.

Washington, DC

Toni avait dans les mains les *kerambits* d'entraînement qu'elle s'était fabriqués, dessinés d'après les vrais
sur une feuille de cuir rigide qu'elle avait découpée
puis dont elle avait arrondi les bords pour les rendre
relativement sans danger. Relativement, parce qu'un
coup violent porté avec l'un d'eux pouvait malgré tout
laisser des bleus et des éraflures. La pointe et le bord
intérieur des lames de cuir étaient tartinés de rouge
à lèvres de manière à laisser une marque aux points
de contact. Alex, comme elle, portait un vieux T-shirt
blanc et un pantalon de survêtement gris sur lesquels
les traces ressortiraient parfaitement.

Pour sa part, Alex avait un couteau en plastique plus
long, un qui venait d'un kit de GI Joe, dont la pointe
arrondie et le fil émoussé étaient également tartinés
de rouge.

Toni tournait autour de lui dans le garage vide – le
cabriolet Chevrolet avait été finalement réparé et
vendu, et Alex n'avait aucun projet de restauration en

cours pour l'instant. Ça leur laissait de la place pour s'entraîner les jours de pluie, comme aujourd'hui.

« Tu as l'arme la plus longue, dit-elle. Et dans un combat au couteau, la taille importe réellement. Mais j'ai deux lames et toi une seule, donc tu dois redoubler de prudence. Un coup du tranchant de la lame est surtout défensif, expliqua-t-elle. Il peut tuer, mais ça prendra plus longtemps. Ton avantage, c'est que tu peux poignarder, pour assener plus vite un coup mortel, mais ces couteaux sont si courts qu'il faudrait que j'atteigne un gros vaisseau sanguin pour qu'un coup du tranchant fasse vraiment des dégâts.

– C'est rassurant », nota-t-il.

Il tenait la main droite, celle maniant le couteau, devant son visage, la gauche restant sous le coude droit. Elle pouvait presque l'entendre penser : *Alignement haut, alignement bas. Alignement haut, alignement bas...*

« Savoir ce que tu peux faire avec une arme, ou ce que peut faire ton adversaire, est d'une importance vitale. Contre un adversaire un tant soit peu doué, tu te retrouveras presque à coup sûr avec une estafilade lors d'un combat à l'arme blanche. Le tout est de savoir limiter les dégâts – l'endroit et la gravité du coup. Tu peux risquer de te prendre une méchante estafilade pour conclure un combat à ton avantage. Mais mieux vaut avoir juste à se faire recoudre aux urgences que de se retrouver en réa aux soins intensifs. »

Il l'avait entendue le répéter bien assez souvent. Il acquiesça.

Quand elle porta son attaque, ce fut rapide, et son coup du tranchant comme son estocade avaient été portés avec une violence extrême. Elle franchit sa garde, mais se rendit compte qu'il l'avait touchée au bras et au corps avec sa lame. Elle recula d'un bond, tandis qu'il la cinglait une nouvelle fois, manquant son coup.

« OK, qu'est-ce que tu vois ? Jette un œil dans la glace. »

Il se déplaça de deux pas pour se retrouver devant le miroir qu'il avait récupéré lors d'un vide-grenier. Il avait une marque rouge sur le côté du cou, et trois autres taches rubis moins nettes au torse, à l'abdomen et à l'intérieur du coude gauche.

« Eh bien, il semble bien que je sois mort, Jim.

– Eh oui, tu l'es. À présent, regarde-moi. »

Ce qu'il fit, pour constater que Toni avait une longue estafilade sur l'extérieur du bras droit, et un petit point rouge sous le sternum.

« Tu vois ? dit-elle. Je suis ton instructeur. Je m'entraîne et je pratique cet art depuis, facile, dix fois plus longtemps que toi. Avec de vrais couteaux, je t'aurais tranché la carotide et sans doute l'artère radiale du sillon antécubital – c'est là, au pli du coude –, plus une entaille au bide et à la poitrine. Mais même avec tout ça, tu m'aurais ouvert le bras – j'aurais pu y survivre – mais tu m'aurais aussi poignardé en plein cœur. »

Elle toucha le point sur sa poitrine.

« Sans des secours immédiats, l'un de nous – ou les deux – serait sans doute mort dans l'échange, mais nous aurions tous les deux versé le sang. Une arme change la donne.

– Ouais, c'est ce que je constate.

– À mains nues contre un couteau, tu es très mal

barré. Même en ayant toi aussi une arme blanche, tu peux te faire tailler en pièces.

– Et la morale de l'histoire ? »

Elle sourit. « Si quelqu'un s'en prend à toi avec un couteau, pars en courant. Si tu peux fuir, n'attaque pas, sauf s'il y a plusieurs agresseurs, auquel cas tu en élimines un, puis tu files. Si tu restes sur tes positions, tu dois couvrir ta ligne centrale, et c'est ton avantage.

– Mais peut-être qu'on y restera tous les deux ? C'est un avantage ?

– Tous ceux qui portent un couteau ne sont pas forcément des spécialistes de son maniement, observat-elle. Tu dois supposer que si, bien sûr, et agir en conséquence, mais en vérité, la plupart des gens susceptibles de t'attaquer avec une arme blanche n'auraient pu porter un des coups que j'ai portés, sauf celui au bras. Ils ne m'auraient pas touchée non plus. Et n'oublie pas, moi, j'ai deux couteaux, même s'ils sont courts.

– Je te dis pas l'état de ma garde-robe en tout cas. »

Elle sourit. « Tu peux toujours t'acheter un nouveau blazer, mec. »

Il sourit à son tour.

« OK, on remet ça. Cette fois, tu bloques de ta main libre, avec le dos, en même temps que tu t'écartes à l'extérieur de ma main d'attaque. Se placer hors de la trajectoire d'un coup de couteau est en général une bonne idée – si tu rates ton blocage, au moins tu ne te fais pas embrocher. Après ça, on échangera les rôles, tu attaques et je défendrai. C'est dans cette situation que les *kerambits* sont le plus efficaces. »

Plus tard, alors qu'ils étaient sous la douche à se nettoyer des marques de rouge à lèvres, Toni remarqua : « Voilà un exercice que j'aimerais t'apprendre.

– Je suis partant, dit Alex. Viens plus près.

– Non, pas ce genre d'exercice. Un exercice mental.

– Oh.

– Sois pas si déçu. On a encore deux bonnes heures avant que Gourou rentre avec le bébé. Ce ne sera pas long.

– Quel genre d'exercice ?

– De la suggestion post-hypnotique. »

Il lui récura le dos avec l'éponge à bain. « C'est cela, oui...

– Écoute, je sais que tu n'es pas très porté sur les aspects spirituels et magiques du silat. Tu penses que c'est balivernes et compagnie.

– J'ai pas dit ça.

– Donne-moi l'éponge. Que je te gratte le dos. »

Elle savonna l'éponge puis entreprit de le frotter entre les omoplates. « Tu n'as pas besoin de me le dire pour que je le sache. Mais l'hypnose est une technique parfaitement valable, et tu peux la pratiquer toi-même. Ce n'est jamais que de l'autosuggestion avec un objectif bien défini. Tu visualises des choses, tu t'y entraînes mentalement, et ça améliore tes capacités.

– On croirait entendre Jay.

– Non, écoute. Prends les athlètes. Au niveau olympique, presque tous recourent à la visualisation pour améliorer leurs perfomances. Ils pratiquent leur discipline – n'importe laquelle, de la natation au ski alpin – dans leur tête.

– Gaffe, je suis chatouilleux, là.

– Non, tu l'es pas. Ferme-la. N'as-tu pas déjà pratiqué tes djurus en étant assis à ton bureau, rien qu'en y pensant sans faire les mouvements ?

– Bien sûr.

– Pareil. Des tests sur des athlètes ont montré que l'exercice mental peut renforcer des circuits nerveux de la mémoire de la même façon qu'un exercice réel. Pas autant, mais en partie. »

Elle s'accroupit pour lui savonner les fesses et les jarrets.

« Bref, l'exercice mental est utile, poursuivit-elle.

– OK. Et alors ?

– Quel est ton plus gros problème avec l'entraînement au silat ?

– En dehors de toi ?

– Je parle sérieusement. »

Il regarda par-dessus son épaule. « Comment veux-tu que je te prenne au sérieux alors que t'es en train de me frotter le cul avec une éponge savonneuse, *Kemosabé* ? »

Elle sourit. « Essaie de me voir comme ton instructeur, et pas comme ta superbe femme toute nue sous la douche.

– C'est dur.

– Y a intérêt. Mais essaie. »

Il acquiesça. « Je suis trop tendu, répondit-il. Je n'ai pas appris à me relaxer quand je bouge. Je fais trop appel à mes muscles.

– Exact. Alors, ce qu'on va faire, c'est t'amener dans un état de relaxation et de suggestion, et t'enseigner comment y parvenir par des méthodes post-hypnotiques.

– Tu peux faire ça ?

– Dans une certaine mesure, oui.

– OK. Et ça, avant ou après qu'on aura fait l'amour ?

– Avant.

– Oh, arrête.

– Peut-être même à la place, si tu ne te dépêches pas. »

Il se dépêcha.

Quand ils eurent fini de se doucher et de se sécher, elle le fit étendre à plat dos sur le lit. Elle s'allongea près de lui mais sans le toucher. « OK, ferme les yeux. »

Il ferma les yeux.

« Tu te sens bien ?

– Ouaip.

– Parfait. Je veux que tu t'imagines dans le couloir d'un immeuble de bureaux. C'est un bâtiment ancien, mais bien entretenu. Sur ta droite se trouve un ascenseur – un appareil mécanique, ancien style. Tu pousses le bouton, le témoin s'éclaire.

« La cabine arrive – tu peux voir le numéro s'allumer au-dessus de la porte. Tu es au vingtième étage. Tu entends un carillon discret. La porte s'ouvre. La cabine est vide. Tu entres. »

Michael n'avait aucun problème à suivre, mais ça lui paraissait un tantinet débile.

« L'ascenseur est un modèle ancien, mais il est en bon état. L'ambiance est chaude et douillette dans la cabine, tranquille, lumière douce. Appuie sur le bouton marqué "Rez-de-chaussée". »

Michaels appuya mentalement sur le bouton.

« Au-dessus de la porte de cabine, tu vois les numéros des étages de l'immeuble. Le 20 est allumé en rouge et la cabine entame sa descente. Sous tes yeux, quelques secondes plus tard, le 20 s'éteint et le 19 s'éclaire, tandis qu'un carillon discret marque le lent passage de la cabine à cet étage.

« Le 18 s'illumine, et à nouveau, le carillon discret.

« Maintenant que la cabine poursuit sa descente avec lenteur, tu commences à te sentir détendu. L'ascenseur est très lent mais tu n'es pas pressé, tu as toute la journée.

« Plus défilent les étages... seizième, quinzième, quatorzième, plus tu te sens détendu. Les chiffres s'illuminent, le carillon retentit, et tu te sens toujours plus défendu, plus à l'aise. Il n'y a rien d'autre que des numéros qui décroissent, marqués par une note discrète à chaque étage.

« Tu as passé le 13, le 12, le 11, le 10, le 9, le 8. En dehors du carillon, tout est silence. Le mouvement de la cabine est doux, apaisant. »

Sa voix le berçait de son ronronnement feutré.

« 7... 6... 5... 4... 3... 2... 1... rez-de-chaussée.

« La cabine s'immobilise. La porte s'ouvre. Tu t'avances dans le hall. Sur ta droite, pas très loin, se trouve une porte ouverte. Tu entres dans la pièce, il n'y a personne, mais tu y trouves un divan, long, moelleux, très tentant. Allonge-toi sur le divan. Tu te sens tellement à l'aise et détendu que tu n'as pas l'impression de bouger le moindre muscle, tu te fonds littéralement dans les coussins. »

Ma foi, ce n'est pas si mal, songea Michaels.

« Donc, tu es là, au chaud, à l'aise, relaxé, couché sur le divan. Tu n'es pas somnolent, juste détendu. Pas de souci, pas de bruit, rien pour t'embêter. Ta respiration est calme et régulière. La vie est belle. »

Ouais.

« Tu n'as pas besoin de bouger mais s'il le fallait, tu pourrais réagir vite et avec aisance, tellement tu es détendu, sans la moindre tension pour t'entraver. Concentre-toi sur ton état de relaxation, apprécie-le, ressens comme c'est simple de rester juste allongé et comme c'est agréable. »

Pas mal du tout, en fait.

« Tiens, encore un petit truc. Pour revenir à cet endroit, retrouver cette impression de confort, de détente sans aucune tension, tu n'auras qu'à te dire tout haut "Relax, Alex". C'est tout. Si tu dis ça, tu te sentiras exactement comme maintenant, quoi qu'il se passe alentour. Ta respiration sera lente et facile, tes muscles garderont leur tonus, tu pourras bouger aussi vite que nécessaire, mais il n'y aura plus aucune tension en toi. Dis juste "Relax, Alex" et c'est ce qui se passera. »

Elle attendit quelques secondes.

« Maintenant, lève-toi et regagne l'ascenseur.

« Bien. Appuie sur le bouton d'appel. Les portes s'ouvrent aussitôt et tu entres dans la cabine. Appuie sur le bouton du vingtième. Les chiffres se mettent à clignoter, dans l'ordre, 1... 2... 3... 4. La cabine monte et tu te sens toujours aussi calme et détendu, mais plus frais maintenant, comme si tu sortais de dix heures de sommeil.

« 5... 6... 7... mais rien ne presse.

« Les lumières clignotent, la cabine fait entendre son carillon discret au passage de chaque étage.

« Tu regardes les chiffres défiler. Quand l'ascenseur est arrivé au vingtième, la cabine s'arrête. Tu inspires un grand coup. Lorsque les portes s'ouvrent, tu ouvres les yeux... »

Il plissa les paupières, la regarda.

Elle souriait.

« C'est tout ? Je descends en ascenseur, tu me dis de me relaxer, je remonte ?

– Ouaip. Comment tu te sens ?

– Ben, je me sens bien. En pleine forme. » Il haussa un sourcil sceptique. « Ça se résume à ça, une séance d'hypnose ? Pas de quoi en faire un plat.

– Tu t'attendais à quoi ? À te transformer en monstre de Frankenstein ? À caqueter comme un poulet ? À ne plus te souvenir de rien ?

– En gros, ouais, plus ou moins.

– Ce n'est pas ainsi. C'est un état de concentration accrue. Si tu répètes quelques fois encore ce petit exercice, l'effet se renforcera. Il n'y a rien de magique – c'est juste un moyen de mieux concentrer tes pensées. Tu peux obtenir à peu près le même résultat par la méditation ou la prière.

– Et ça marchera ?

– Essaie voir la prochaine fois que t'es crispé.

– OK, j'essaierai. Mais pour l'instant, j'ai autre chose en tête. »

Elle rit. « Comment se fait-il que je ne sois pas surprise ? »

Plus tard, quand Gourou fut revenue avec le bébé et qu'ils s'apprêtaient tous à sortir pour dîner dans ce nouveau restaurant mexicain, Michaels repensa à la séance d'entraînement et à cet exercice d'hypnose. L'histoire du couteau long ou court pouvait être vue comme une métaphore de sa propre existence. Se rapprocher avait des conséquences, c'était par certains côtés plus dangereux. Il avait une nouvelle famille et, comparée à la première, celle-ci était... différente.

Toni était bien plus pour lui une de ses raisons de se lever chaque matin que ne l'avait été Megan, sa première épouse. Peut-être était-ce dû à Toni ; peut-être au fait qu'il était plus âgé, un peu plus sage et désormais mieux capable qu'à l'époque d'apprécier ce qu'il avait. Il n'aimait pas moins sa fille Susie que son fils Alex, mais il n'avait assurément pas été présent pour elle de la même façon. Une chose qu'il regrettait.

Toujours est-il que, ces derniers temps, le travail n'était plus devenu aussi attirant que la famille. S'il gagnait demain à la loterie, continuerait-il de se lever chaque matin pour aller au boulot ? Dix ans plus tôt, cinq, et même une année auparavant, il aurait répondu oui, sans hésitation.

Maintenant ? Maintenant, il n'en était plus aussi certain. Peut-être qu'il décrocherait quelques mois.

Peut-être qu'il décrocherait définitivement.

Ce pouvait être en partie dû au fait qu'il était désormais au sommet de la pyramide à la Net Force. N'importe quel autre poste gouvernemental plus élevé correspondait plus ou moins à une fonction politique, et ça, ça ne risquait pas de lui arriver. Il n'entrait dans aucune case politique. La plupart du temps, il votait indépendant, parfois d'un côté, parfois de l'autre, et il lui arrivait même parfois d'être incapable de se résoudre à voter pour l'un ou l'autre candidat. Il aimait à se décrire comme conservateur du point de vue fiscal mais progressiste du point de vue personnel. Ça pouvait correspondre à un démocrate de droite ou à un républicain de gauche, mais il n'était ni l'un ni l'autre. Plutôt pile au milieu de la majorité silencieuse. Donc, à moins d'opter pour le secteur privé, il était parvenu au sommet de sa carrière.

Commandant de la Net Force, c'était son bâton de maréchal.

Ou peut-être était-ce la crise de la cinquantaine. Il avait été confronté à la mort plusieurs fois ces deux dernières années, et c'était le genre d'expérience qui vous portait à réfléchir au sens de tout ça, réflexions qui l'avaient rarement effleuré auparavant. L'introspection ne faisait pas partie des qualités qu'on lui avait enseignées à la maison. Quand c'était votre tour, c'était votre tour, point-barre, et s'il fallait en croire l'adage comme quoi l'on n'avait jamais entendu personne regretter sur son lit de mort de n'avoir pas passé plus de temps au bureau, alors que pouvait-on se réjouir d'avoir le mieux réussi dans la vie, lorsqu'on faisait un retour sur soi au moment de tirer sa révérence ?

Michaels se rendit compte que, pour lui, la famille passerait d'abord, et ensuite seulement le boulot. Il n'en avait pas toujours été ainsi, mais c'était le cas désormais. Il n'avait pas noté à quel moment s'était produit le changement, mais il s'était bel et bien produit.

Il comprenait à présent bien mieux pourquoi John Howard avait pris un congé sabbatique et sérieusement envisagé de prendre sa retraite.

Juste au moment où il pensait avoir la maîtrise de son existence, celle-ci venait tout lui chambouler.

Bigre.

19.

Ouest de la Pennsylvanie
Juin 1770

Jay se faufilait à travers les bois épais pour suivre une piste de chevreuil, le plus discrètement possible. Cette forêt mélangeant feuillus et résineux était un territoire disputé et dangereux. Côté indien – techniquement du moins –, cette zone appartenait toujours aux six nations iroquoises – Mohawks, Oneidas, Onondagas, Cayugas, Senecas et Tuscaroras – mais il y avait un camp de Chippewas pas très loin, des groupes épars de Delawares qui traversaient le secteur et même sans doute également quelques Ottawas. Un Blanc en tenue de trappeur rôdant sur un de leurs territoires sans y avoir été invité pouvait être considéré avec une certaine hostilité ; alors autant ne pas se faire voir.

La piste de chevreuil serpentait dans la forêt ; elle était assez large pour être suivie sans peine mais l'itinéraire se resserrait par endroits, obligeant le jeune homme à se pencher pour éviter les branches basses. L'odeur des sapins était intense et sa propre sueur y ajoutait une note d'aigreur. Il portait un long fusil, une arme à silex aussi grande que lui, une corne de poudre, des mèches et des balles en plomb, plus un pistolet à un coup du même calibre, un couteau dans son étui, et enfin un tomahawk, comme à peu près n'importe quel trappeur de cette époque. Pas de bonnet en raton-laveur, toutefois – l'idée même d'avoir un raton-laveur mort sur la tête avait quelque chose de macabre, même en RV. À la place, une simple casquette en cuir. Peut-être n'y avait-il pas vraiment de différence entre le cuir de vache et la peau d'un petit animal à fourrure, mais chacun définissait ses propres limites.

Les moustiques étaient pénibles, mais tant qu'il ne s'arrêtait pas, ils ne s'attardaient pas trop sur les parties exposées, le visage et les mains ; ils ne pouvaient pas pénétrer sous l'épaisse chemise ou le pantalon de daim, ni sous ce qu'il portait en dessous. De grosses araignées des bois avaient tissé çà et là des toiles grandes comme des tables à jouer, et il les évitait dès qu'il en voyait une.

Un oiseau lança un appel devant lui, un sifflement joyeux qu'il ne reconnut pas. On ne pouvait pas tout connaître.

Il déboucha sur une petite clairière dans la forêt, un endroit où deux vieux conifères de taille imposante s'étaient abattus en écrasant une douzaine d'arbres de gabarit plus réduit. Les gros troncs avaient presque entièrement pourri sous le soleil, le vent et la pluie, pour se transformer en une masse brun-rouge, pulpeuse nourriture pour les termites et engrais des nouvelles pousses qui se tortillaient pour traverser leurs cadavres. Il y avait également des plaques de laîche que le chevreuil avait broutées ras. La clairière devait faire une trentaine de mètres de diamètre et le soleil l'éclairait en traversant l'ouverture dans le couvert dense de la forêt.

Jay attendit quelques secondes, l'œil et l'oreille aux aguets, humant l'air. Tout semblait normal.

Il entra dans la clairière. Il était à mi-parcours quand il entendit quelque chose dans son dos. Un animal surpris ?

Il regarda par-dessus son épaule juste à temps pour voir un guerrier de la Nation américaine sortir des fourrés. L'homme avait une lance à pointe de fer, et à sa tenue, Jay reconnut un Shawnee. Tiens, il les avait oubliés, ceux-là – c'étaient des petits nouveaux en Pennsylvanie, la tribu ne s'y étant installée qu'aux alentours de la fin du XVIIᵉ siècle.

Un autre guerrier apparut, lui aussi armé d'une longue lance. Un troisième jaillit des fourrés ; celui-ci était armé d'un fusil assez analogue au sien, bien que la crosse fût décorée d'un motif dessiné avec des clous de laiton. Ils n'arboraient ni plumes ni peintures de guerre mais ils n'étaient pas non plus souriants.

Temps de prendre congé, mon petit Jay, songea-t-il. Il se retourna pour prendre ses jambes à son cou mais trois autres Shawnees se matérialisèrent devant lui.

Hmm. Encore un piège. Intéressant.

Un des Shawnees psalmodia quelque chose. Sans doute un truc du genre : « Dis tes prières, Yeux-ronds, car tu es un homme mort ! » mais Jay secoua la tête.

« Pas ce coup-ci, mec », dit-il.

Il laissa tomber sa pétoire, ouvrit d'un geste sa chemise en daim pour dévoiler un gilet en Kevlar et soie d'araignée, accompagné d'une Uzi accrochée par la bride sous son aisselle. Il sortit le PM noir et le pointa sur les trois Shawnees devant lui tout en hurlant : « Rock 'n' roll ! Rock 'n' roll... ! »

Il pressa la détente. L'arme cracha une trentaine de balles chemisées de 9 mm. L'air s'emplit de bruit et de fumée. À cette distance, il était difficile de manquer son coup. Il maniait son arme comme un tuyau d'arrosage...

La balle de plomb mou tirée par le fusil de l'Indien le percuta au beau milieu du dos. Il la sentit s'aplatir contre le gilet, le brûler, mais sans autre dommage...

Le temps de pivoter pour régler leur compte aux trois autres, le chargeur extra-long de cinquante projectiles s'était presque vidé, aussi se limita-t-il à de brèves salves de cinq coups : *Braaap ! Braaap ! Braaap !*

Il lâcha la dernière un peu plus bas et épingla le sixième et dernier Indien fort surpris, par le travers des cuisses. Le dernier membre de l'embuscade s'effondra mais, contrairement aux cinq autres, il était à terre, mais pas mort.

Un grand silence retomba sur les bois après le crépitement furieux de l'arme automatique.

Bénis soient les Israéliens et leur technologie fiable.

Il remonta le canon de la mitraillette devant son nez et souffla négligemment le mince filet de fumée qui s'élevait du fût brûlant.

« Comment t'aimes les pruneaux, compagnon ? »

Il s'approcha du Shawnee blessé. Il avait plusieurs questions à lui poser, et s'il se dépêchait, il avait une chance d'obtenir une réponse avant que son adversaire se rende compte de ce qui se passait...

À *bord du* Bonne Chance

« Le fils de pute », gronda Jackson Keller. Il sourit. « Donc tu n'as pas perdu tous tes moyens en fin de compte, Jay. Une veine pour toi. »

Il regarda l'enregistrement en holoproj qui flottait au-dessus de sa console. Le paquet que Jay avait réussi à subtiliser n'allait pas l'avancer beaucoup, mais il était surprenant qu'il ait réussi de la sorte à éviter le piège de destruction du scénario.

Enfin. Peut-être n'était-ce pas si surprenant. Au mieux de sa forme, du temps où ils étaient en fac, Jay était un cador parmi les cadors. Ils avaient rivalisé avec des pointures du CIT et du MIT. Il n'était pas déraisonnable qu'une partie de ses talents de naguère n'aient pas été totalement émoussés. Cela rendait la confrontation d'autant plus intéressante, pas vrai ?

Donc, il avait évité un piège. Pas bien sorcier. Le prochain serait mieux. Il tendit la main vers ses capteurs sensoriels.

En piste, Jay. Montre-moi ce que t'as dans les tripes...

Son com bipa. Il fut tenté de l'ignorer et de se rebrancher en RV mais il jeta un œil sur l'identification d'appel. Autant le prendre.

« Hé !

– Hé, répondit la voix de Jasmine. Écoute, il y a un truc que tu devrais savoir, juste à titre d'information.

– OK, vas-y.

– Il semble que Roberto ait, euh... découvert que toi et moi avons eu des... relations intimes. »

Keller se sentit et s'entendit prendre une profonde inspiration. En même temps, son ventre se noua comme si quelqu'un l'avait poignardé d'un éclat acéré de glace carbonique. « Pardon ? Comment cela a-t-il pu se produire ?

– Je n'en sais rien. Je n'ai rien dit.

– Ben, sûr que c'est pas moi non plus.

– Il n'y a pas de quoi s'en faire une montagne. »

Pas de quoi s'en faire une montagne ? Merde, ce mec tuait les gens à mains nues ! Keller avait entendu l'histoire des deux miliciens découverts près du site de la coupure du câble téléphonique. Celle des ex-membres du FBI convertis en gorilles pour le VP de Blue Whale. Tous ces gars étaient parfaitement entraînés, tous portaient une arme à feu, et cela ne leur avait servi à rien ! Ce mec avait tué cinq personnes, paf, comme ça ! Et il y en avait eu d'autres...

Il savait qu'il avait commis une erreur en couchant avec elle. Elle avait beau être bonne, c'était quand même une erreur.

Il essaya de garder un ton détaché. Il aurait dû s'y attendre. C'était un grand paquebot, mais pas si grand que ça. Ils n'étaient pas invisibles. « Oh, vraiment ?

– Il fait partie de l'équipe. Il n'a pas envie de tout foutre en l'air, ça lui rapporte bien trop de fric – et il sait que je le virerai s'il te touche. »

Ah, ben voilà qui est réconfortant ! Je suis mort mais il est viré ?

Il se garda de rien dire.

« Quoi qu'il en soit, c'est ainsi. Je vais l'envoyer remplir une petite corvée un peu plus tard dans la journée. On pourra... rediscuter de tout ça quand il sera parti. »

Il fixa en plissant les yeux l'holoproj figée au-dessus de son ordinateur. Était-elle bien en train de dire ce qu'il avait cru entendre ? Qu'une fois Santos expédié à terre, ils allaient se refoutre au pieu ? Était-elle conne à ce point ?

Elle, ou lui ?

Gaffe, là, Jacko. Foutre en rogne Miss Dragon pourrait bien être pire que foutre en rogne l'autre néandertalien !

Il marmonna quelque chose dans sa barbe, et elle coupa la com.

Son cœur battait plus vite, pas de doute, et sa respiration était également devenue précipitée, irrégulière. Tout d'un coup, cette petite rivalité intellectuelle avec Jay Gridley n'avait plus du tout l'air aussi amusante et distrayante que quelques minutes plus tôt.

Un homme qu'on aurait dit taillé dans le granit, un homme qui tuait les gens sans ciller, un homme aux vieilles idées machistes, cet homme avait découvert que Keller couchait avec sa meuf. Merde, comment imaginer qu'il puisse prendre ça à la légère et avec le sourire ?

Il se força à respirer moins vite. Peut-être qu'elle avait raison. Peut-être que Santos était trop malin pour risquer de poser des problèmes. Tous étaient en train de faire fortune grâce à ce projet, et le magot allait s'arrondir encore, une fois que leurs actions se mettraient à prendre de la valeur. Il n'irait pas tout foutre en l'air à cause d'une bonne femme. Santos n'était pas si stupide.

Mais Keller n'en était pas aussi sûr. Pas assez en tout cas pour y risquer sa vie.

Le Congrès américain
Washington, DC

Michaels jeta un discret coup d'œil à sa montre. Près de lui, Tommy Bender, l'avocat de la Net Force, nota son regard et se fendit d'un sourire.

L'atmosphère dans la salle de la commission sénatoriale était chaude et confinée. Il n'y avait pas de fenêtre. Les élus débattaient de nouveau devant les caméras. Un des sénateurs se leva et sortit, tandis qu'un second regagnait son siège sur l'estrade. Ils ne cessaient d'aller et venir comme une classe de mômes qui auraient abusé de la limonade. Dès que l'un sortait, un autre rentrait. La commission se remuait plus qu'une équipe de foot en plein match. N'empêche, Michaels aurait voulu se lever lui aussi pour s'étirer ou aller chercher un verre d'eau. Il devait rester planté là derrière cette table, à contempler cette assemblée de parfois six, parfois huit, parfois cinq élus qui déambulaient comme un troupeau de moutons somnolents. Deux heures déjà, et rien n'indiquait que ce soit près de finir.

La sénatrice Theresa Genaloni, du grand État du New Jersey, exposa son argument – passablement obscur – sur les dangers d'atteinte à la vie privée des citoyens avant enfin de se taire. Cela n'avait strictement rien à voir avec le problème de protection de la vie privée en ligne, mais elle était suppléante de son État, elle appartenait à l'opposition, et cette commission casse-couilles n'avait rien à voir avec celle des finances, si bien qu'elle pouvait se permettre de faire valoir ses arguments où elle voulait et comme elle voulait. Sinon, comment ses électeurs sauraient-ils qu'elle faisait son boulot ? Sûr qu'avec ça, elle n'allait pas leur fournir des emplois... pas vraiment une magouille à l'avantage de sa circonscription.

Stewart George Jackson, jadis roux mais aujourd'hui grisonnant et passablement dégarni, sénateur suppléant du grand État d'Arkansas, prit le micro. Jackson aimait à se faire appeler « Stonewall » – « la Muraille » – comme son homonyme, le fameux héros sudiste. Ses collaborateurs avaient l'habitude de l'appeler « SJ ». Bien que ce fussent ses initiales, quelqu'un avait dit à Michaels que c'était également pour « Strawberry Jell-O » – gelée de fraise – en référence à son éthique d'une flexibilité extrême. Question morale, Jackson avait la rigidité d'une larve de calmar. Il lui arrivait de changer de camp sur un débat encore plus vite qu'une balle de revolver. Le général Jackson devait se retourner dans sa tombe comme un gyroscope nucléaire chaque fois que quelqu'un gratifiait Jell-O de son digne surnom.

« Peut-être que le commandant Michaels pourra expliquer aux membres de cette commission pourquoi cette récente série d'attaques contre l'Internet s'est poursuivie malgré tous les efforts de la Net Force pour y mettre fin ? »

Certes, Michaels avait fort envie de répondre : « Parce que je suis ici à écouter les pleureuses du Sénat pousser des cris d'orfraie au lieu d'être au bureau à aider mon personnel ? » Voilà qui aurait été des plus satisfaisants. Stupide mais satisfaisant. Il avait ce fantasme chaque fois qu'il déposait, et il n'y avait jamais cédé ; malgré tout, il y songeait toujours.

« Faites pas ça », souffla Tommy dans sa barbe. Il ne fallait pas être grand clerc pour deviner ce que Michaels avait derrière la tête.

Non, mieux valait éviter de dire des incongruités. Non seulement ce serait suicidaire pour sa carrière, mais son agence en souffrirait, et il ne voulait surtout pas de ça.

« Commandant ?

– Veuillez m'excuser, monsieur le sénateur. Je n'avais pas réalisé que vous me demandiez de parler. »

Cette réponse lui valut un regard noir de Jelly-O et des sourires de trois de ses collègues.

« Nous suivons plusieurs pistes après les attaques, expliqua Michaels. Nos agents ont réduit l'éventail des suspects et ils approchent d'une piste. » Ça ne mangeait pas de pain et ça n'était pas entièrement faux.

« Auriez-vous l'amabilité de nous donner des éléments un peu plus précis, commandant ? Où, qui et quand ?

– Je suis sûr que vous êtes conscient qu'il s'agit d'une enquête en cours, monsieur le sénateur. Je ne voudrais pas la compromettre en révélant publiquement ces détails. Si toutefois vous voulez un compte rendu en privé, j'en ferai part à mes collaborateurs. »

Bien entendu, Jelly-O n'avait rien à cirer de cette enquête et il n'avait pas plus envie de perdre son temps à en analyser les détails que de renoncer au bourbon et aux cigares. C'était une petite commission merdique et il fallait en tirer le moindre avantage.

Sortir sa petite tirade sur la loi et l'ordre était toujours utile. Il demanderait à un de ses collaborateurs d'écouter ce rapport et de lui résumer tout ça sur une demi-page en soulignant les mots clés, histoire de les ressortir avec son accent traînant sirupeux la prochaine fois que Michaels aurait à se représenter devant la commission.

Le sénateur poursuivit son discours monotone que Michaels n'écoutait que d'une oreille distraite. C'était la partie du boulot qu'il détestait le plus, rester planté devant un ramassis de vieux cons et se faire tancer comme un écolier par des gens qui, pour la plupart, n'étaient pas fichus de comprendre ce qu'il faisait. C'était en majorité des juristes, la moitié étaient technophobes ; sans être des luddistes, ils étaient terrifiés par tout ce qui était un peu plus compliqué qu'un téléphone ou un téléviseur et leur principale qualité semblait être leur capacité à se faire réélire.

S'il fallait voir les choses en face, s'ils avaient eu quoi que ce soit dans la cervelle, ils ne seraient pas collés dans cette commission, pas vrai ? Le seul de la bande à avoir un peu plus de deux neurones allumés dans son crâne vide était Wayne DeWitt, le tout récent sénateur suppléant de Virginie occidentale : l'homme était jeune, malin, il avait une formation technique, avec un diplôme d'ingénieur. Il était un des rares parlementaires prêts à dire publiquement que l'idée de CyberNation était d'une stupidité rare. C'était un républicain plutôt de droite, mais malgré cela, Michaels était prêt à lui faire crédit – mieux valait un homme de droite avec un cerveau que n'importe qui d'autre sans.

Pas très charitables de sa part, ces réflexions, mais enfin, il n'y a que la vérité qui blesse.

Il regarda de nouveau sa montre. Encore deux heures de sa vie perdues à jamais.

Et merde.

À *bord du* Bonne Chance

Santos avait laissé ses derniers achats de monnaie dans le coffre-fort d'une banque de Fort Lauderdale. Les pièces y étaient relativement en sécurité mais il aurait malgré tout préféré les avoir dans sa propre banque. Aussi avait-il conclu un arrangement avec un attaché d'ambassade à Washington qui rentrait de temps en temps dans son Brésil natal et avait accès à la valise diplomatique. Contre une somme rondelette, il était prêt à convoyer tout ce que lui confiait Santos ; sur place, son cousin Estaban se chargerait de récupérer la marchandise et de la déposer dans la succursale de la Banco Vizinho où Santos avait son compte. Un des employés était spécialement chargé de surveiller que ses pièces de monnaie étaient placées sous bonne garde.

Estaban était de la famille, et l'employé de banque lui était également lié, par mariage avec une autre cousine. Les deux hommes étaient grassement rétribués et tous deux savaient quel sort les attendait si jamais ils devenaient un peu trop avides et décidaient de se mettre quelques pièces dans la poche. Une fois, quand ils étaient bien plus jeunes, Estaban avait vu

Santos liquider un policier véreux qui avait essayé de le secouer un peu trop fort. Qu'il soit véreux ou non, tuer un *puño* – un « poing » comme on les baptisait parfois dans les bidonvilles – était l'acte d'un homme aux *bolas grandes*.

Ceux qui traitaient avec Santos au pays connaissaient sa réputation. Il n'était pas homme à se laisser duper – en dehors de ses capacités personnelles, il avait deux ou trois amis stipendiés et bien placés, précaution toujours nécessaire au Brésil, qui lui assuraient une protection, jusqu'à un certain point tout du moins.

Une fois son or au pays, il serait relativement en sécurité.

Quand Missy lui ordonna de se charger d'une affaire à Washington, il trouva l'occasion idéale. Il ferait un saut à la banque en Floride récupérer ses Feuilles d'érable, rencontrerait son diplomate une fois rendu dans la capitale, et tout s'arrangerait au mieux.

L'affaire dont Missy l'avait chargé ? Ma foi, c'était sans grande importance. Un type qui devait avoir un accident malencontreux. Il n'avait pas besoin de mourir, juste de se retrouver indisponible pendant un mois ou deux. Simple comme bonjour.

Il prit soin de faire un détour par la salle informatique un peu avant le déjeuner. Il vit Keller et deux de ses hommes juste comme ils se dirigeaient vers la cafétéria privée. Keller était en train de rire à la remarque d'un des deux autres.

Keller leva les yeux, vit Santos.

Santos le salua d'un bref signe de la main, deux doigts levés, genre « Comment va, *amigo* ? », absolument rien de menaçant. Il sourit.

Keller blêmit, comme s'il venait de recevoir un coup de poignard dans le ventre.

Santos ne s'arrêta pas. Il se détourna pour emprunter la coursive. Tout ce qu'il avait voulu, c'était faire comprendre à Jackson qu'il savait. Ça suffisait, pour l'instant. Qu'il transpire un peu, craigne qu'il lui arrive des bricoles. Parce qu'il allait en avoir, pas à tortiller. Il y avait certaines limites à ne pas franchir, et Jackson en avait franchi une. Il le savait. Ce qu'il ne savait pas, c'était le prix à payer, ni quand, ni où il faudrait le verser. Et cela aussi faisait partie du paiement.

Santos fredonnait tout seul lorsqu'il se dirigea vers l'hélipad.

Une bonne journée, jusqu'ici. Oui, vraiment bonne.

20.

QG de la Net Force
Quantico

Assise au bureau d'Alex, Toni parcourait les comptes rendus d'opérations. Elle était ravie d'être de retour. Durant son absence, elle avait oublié à quel point ce travail était passionnant. Au titre d'assistante d'Alex, elle s'était retrouvée dans le secret des rouages internes des problèmes informatiques du pays, et toutes sortes d'informations dont le citoyen moyen ignorait jusqu'à l'existence avaient transité par son bureau. Quand elle avait démissionné – suite à un malentendu qu'Alex avait été trop idiot pour corriger – elle n'avait pas eu le temps de regretter le boulot car presque aussitôt, la directrice du FBI lui avait proposé de l'engager dans la maison mère. La grossesse puis le bébé avaient suspendu ces projets. Tout cela avait pris pas loin d'un an, et elle avait manqué quelques étapes. Mais c'était comme le vélo – l'équilibre était toujours là et avec un peu d'entraînement, elle ne tarderait pas à foncer de nouveau plein pot.

Elle ressentit un bref accès de culpabilité. Cela faisait-il d'elle une mauvaise mère que de désirer travailler ? Ne devrait-elle pas plutôt rester pouponner à la maison, et remettre tout ceci à plus tard, jusqu'à ce que le petit Alex soit assez grand pour aller à l'école ? Ce n'était pas comme s'ils avaient besoin de cet argent. Et elle s'ennuyait du bébé, c'est vrai. Mais son époux avait besoin d'elle, lui aussi, alors, que faire ? Gourou s'était manifestée et, quelque part, elle y avait vu comme un signe.

N'empêche, elle se faisait du souci.

Enfin, ce n'était que temporaire, somme toute. Quelques jours, quelques semaines, jusqu'à ce que la crise soit passée, voilà tout...

« Le patron est toujours en train de déposer ? s'enquit Jay, dans l'embrasure de la porte.

— Je crois, oui, répondit-elle. Du nouveau, de ton côté ?

— Oui et non. Je suis sur la bonne piste : on m'a de nouveau tendu une embuscade en RV. Mais cette fois, j'ai surpris l'autre connard. Hélas, ça n'a débouché sur rien de concret.

— On gagne, on perd.

— Oh, c'est pas encore joué, ce coup-là. Trop tôt. Mais j'ai lancé quelques coups de sonde du côté du navire-casino de CyberNation en mer des Antilles et je compte avoir des retours d'ici la fin de la journée.

— Tu crois qu'ils sont responsables ?

— À vue de nez ? Oui. Des preuves ? Aucune.

— Raconte-moi tout ça.

— D'accord. » Il entra, se laissa choir sur le canapé et se mit à énumérer les points en comptant sur ses doigts : « Un, CyberNation a tout à gagner à ce que les gens passent chez eux à cause des soucis sur le Net. Deux, CyberNation dispose des talents pour organiser ce truc. Je n'ai pas la liste complète de leurs programmeurs et tisseurs, mais j'ai vu leur image publique, tout cela est parfaitement léché, écrit avec le dernier cri en matière de langage. Trois, leur pub s'est accrue à peu près au même moment qu'a débuté cette histoire, une vigoureuse campagne de recrutement de nouveaux abonnés, insistant sur l'intégrité de leurs systèmes. Quatre, il y a un lien entre leur casino flottant et le macchabée de Blue Whale. Cinq, je n'ai pas trouvé de meilleur candidat, et ce n'est pas faute d'avoir cherché.

– Preuves indirectes et tirées par les cheveux.

– Hé, j'ai encore toute une poignée de doigts. Six, CyberNation mène campagne sur d'autres fronts. Ils ont un puissant lobby qui s'active à Washington et dans un certain nombre d'autres grandes capitales. N'est-ce pas la raison de la présence du patron au Congrès, aujourd'hui ? Des problèmes sur le Net que CyberNation prétend pouvoir régler ? »

Elle haussa les épaules. « Bien, tes points sept, huit, neuf et dix ?

– Je n'en suis pas encore arrivé là, reconnut Jay avec un sourire. Mais j'avance.

– Comment se présentent les projets de mariage ? »

Le sourire s'éteignit. « Bien, je suppose.

– T'aurais les jetons ?

– Qui, moi ? Pas du tout !

– Calme ! Je blaguais. »

Il resta un moment silencieux. Puis enfin : « Et toi ? Je veux dire, tu as eu les jetons ?

« – Pas vraiment. Bien sûr, j'étais enceinte et je n'avais pas envie de me retrouver toute seule avec le bébé.

– Hmm.

– Hé, écoute, c'est tout à fait naturel de se faire du souci au moment d'affronter les grands changements dans son existence. Je voulais me marier, mais j'y ai bien réfléchi. Alex avait été marié auparavant – et si je n'étais pas à la hauteur de sa première femme ? Et puis, il avait une fille de ce premier mariage, d'accord, elle est super, mais quand même, j'étais bien obligée de me demander s'il allait penser à elle quand il regarderait notre enfant. Je veux dire, c'est pas comme d'acheter une nouvelle paire de chaussures, d'accord ?

– D'accord.

– Tu devrais en parler à Julio Fernandez. Il s'est marié après être resté longtemps célibataire, il a fatalement dû faire certaines concessions.

– J'y ai pensé. Je veux dire, je veux rester avec Saji, aucun doute là-dessus, c'est juste que c'est... *chaipas...* un peu effrayant, parfois.

– Bienvenue dans l'espèce humaine, Mister Droïde.

– Merci. »

John Howard regarda son journal de connexions, la pile de copies papier sur son bureau et hocha la tête. La paperasse et les BAL électroniques saturées étaient la plaie des services administratifs dans toutes les armées. Oui, il fallait les examiner si l'on voulait que le commandement continue de fonctionner et, la plupart du temps, il parvenait à transmettre une proportion notable de la paperasse à brasser et signer à ses principaux subordonnés, mais si vous vous absentiez quelques jours, la pile montait toujours, elle ne diminuait jamais. Il s'y était attelé depuis une heure et demie et ne l'avait qu'à peine entamée.

Quelle était l'importance réelle de la majeure partie de ce fourbi ? Une invitation à donner une conférence dans une école militaire huppée du Mississippi ? Il la connaissait, cette école. 90 % de mâles à peau blanche dans les effectifs, avec un semis de quelques femmes et de quelques représentants des minorités pour rester dans la légalité. Oui, il était l'officier militaire commandant de la Net Force, mais ce n'est pas lui qu'ils voulaient – dix contre un qu'ils ignoraient qu'il était noir. Tiens, ça pourrait être marrant de se pointer là-bas rien que pour voir leur tronche. Mais là encore, ça ne valait pas vraiment le déplacement.

Un autre message électronique était la copie d'une notification adressée à l'intendant de la Net Force par un fournisseur du Maine pour signaler le rappel des pièces détachées référence MS-239-45/A par suite du risque éventuel de fractures de stress dans les matériaux, fractures susceptibles de conduire à des situations de panne critique. L'intendant devait avoir déjà réglé le problème, mais ça paraissait malgré tout valoir le coup d'y jeter un œil. Un officier se devait de voir si ses troupes pouvaient être mises en danger.

Une vérification sur le catalogue des pièces détachées de la Net Force – qui bien entendu modifiait le numéro de référence du fournisseur pour se conformer à son propre système, en l'occurrence NF-P-154387 – lui révéla que la pièce détachée en question correspondait au « dispositif de blocage du système de fermeture souple adapté à l'unité dorsale modèle B de transport personnel de fournitures et d'équipement ». Après des années de pratique du jargon militaire, celle-ci était facile. Ils parlaient de la boucle en plastique d'une bride de sac à dos. Le modèle B était en service depuis environ trois ans, d'après le fichier informatique, et il avait été remplacé par le modèle C.

Si les boucles des anciens sacs n'avaient pas encore lâché, ce ne serait sans doute pas un problème susceptible de mettre à genoux les unités d'intervention de la Net Force.

Et combien d'hommes-heures avaient été perdues avec tout ce bla-bla ?

Tenez, là, c'était une directive émanant de la Garde nationale des États-Unis concernant la directive du Service de la comptabilité nationale, au sujet de la révision et de la mise à jour des instructions du ministère de la Défense adressées aux officiers sur le harcèlement sexuel.

Oh, pitié ! Quelle pertinence pouvait avoir une directive sur une directive concernant des instructions ?

Son interphone pépia. « Oui ?

– Mon général, dit sa secrétaire. Le lieutenant Fernandez désire vous voir. »

Julio n'était parti que depuis deux heures à peine, mais tout plutôt que mariner devant cette corvée. « Envoyez-le-moi. »

Julio arriva.

« Oui ?

– Mon général. Je suis désolé de devoir vous arracher à toutes ces tâches passionnantes, mais nous avons reçu une nouvelle livraison de friandises et il y a deux ou trois trucs qui devraient vous plaire.

– Il faut vraiment que je termine tout ça, dit-il en embrassant du geste son bureau.

– C'est vous le général, mon général. » Et il fit mine de repartir.

« Attends une seconde. Je t'accompagne. Ça peut bien attendre. »

Grand sourire de Julio. « Je me disais bien. »

Alors qu'ils sortaient, Julio remarqua : « Je suis tombé sur Jay Gridley dans le hall, il y a quelques minutes. Il semble un tantinet nerveux à la perspective de convoler bientôt.

– Qu'est-ce que tu lui as dit ?

– Que se marier est pire que la mort par le supplice chinois de l'eau, bien entendu. Que si j'avais à le refaire, je préférerais me jeter sous les roues d'un express plutôt que de dire oui.

– Vous êtes un homme plus courageux que je ne le pensais, lieutenant. Et s'il se trouvait que ces paroles revienaient aux oreilles de Joanna ?

– Je nierai les avoir prononcées jusqu'à mon dernier souffle.

– Qui ne devrait pas être long à venir si elle croyait vraiment que tu les as dites. »

Julio rigola. « Je suis un militaire de carrière, mon général. Je ne vois pas trop ce qu'elle pourrait faire pour m'effrayer.

– Te forcer à garder le petit bonhomme les soirs où tu joues au poker.

– Je plaisantais. C'est ce que j'ai dit à Gridley. Je lui ai dit aussi qu'il était bien naturel qu'il se sente nerveux au moment de faire le grand saut. Que tout le monde l'était.

– Pas moi, jamais, dit Howard. Même pas venu à l'esprit.

– Et vous aviez quoi... douze ans quand vous vous êtes marié ? Même pas de chambre à vous, encore moins d'existence avant de rencontrer Nadine. Vous n'aviez rien à perdre, à part votre virginité, pas vrai, mon général ? »

Howard rigola. « Contrairement à toi qui as vécu seul si longtemps que t'as dû réapprendre à ramasser tes chaussettes parce que t'en avais perdu l'habitude depuis belle lurette ? Non, je savais que Nadine était ce qui pouvait m'arriver de mieux. Tout comme Joanna a été ce qui pouvait t'arriver de mieux.

– Affirmatif, mon général. Mais n'allez pas lui répéter non plus. Je serais pas sorti de l'auberge si jamais elle savait que c'est la vérité.

– Oh, elle le sait, lieutenant, elle le sait. »

S'il avait eu le temps, Santos aurait pris le train pour se rendre de Floride au district fédéral. Les trains de la côte Est étaient en général plutôt rapides, ils étaient propres et c'était relaxant de regarder le paysage défiler à toute vitesse derrière la fenêtre. Le trajet lui aurait pris presque toute la journée, et il aurait pu se lever, bouger, s'étirer, manger, boire, se laisser bercer par le ronronnement des roues sur l'acier.

Mais le temps était un luxe qui semblait lui être compté, aussi prit-il la navette aérienne, et ce qui aurait dû être un agréable voyage de toute une journée se mua en saut de puce de deux heures. Sans compter les quarante-cinq minutes à tourner autour de la piste en attendant d'atterrir.

Il loua une voiture à l'aérogare. Une berline grand gabarit, la plus grosse disponible, qu'il prit avec une assurance tous risques. Le nom sur la carte de crédit était celui du faux permis de conduire, l'un et l'autre délivrés à un citoyen de Georgie quelques semaines plus tôt. Carte et permis n'avaient encore jamais été utilisés, et l'homme dont le nom était inscrit sur ces documents n'avait pas signalé leur perte, vu qu'il était mort avant leur émission. C'était une excellente méthode pour se déplacer d'une manière semi-légale. Quelqu'un dans le clapier informatique de CyberNation avait trouvé ce truc du dépôt de demandes de cartes de crédit et de duplicatas de permis de conduire au nom de personnes récemment décédées déjà titulaires de tels documents et avant que la famille n'ait songé à le signaler. Les gars prenaient des boîtes postales, ouvertes sous plusieurs noms, et y faisaient envoyer les papiers. Une fois qu'ils avaient été utilisés quelques jours, on pouvait les balancer dans la première poubelle venue. Très malin, pas moyen de remonter leur piste.

Santos se rendit à un hôtel proche. Il était en costard-cravate, portait une mallette et s'inscrivit dans l'établissement, qui accueillait une majorité d'hommes d'affaires, en se faisant passer pour l'un d'eux. Un cadre moyen comme tant d'autres en déplacement professionnel, dans le plus parfait anonymat.

La mallette ne contenait toutefois aucun papier ou document, mais les fameuses pièces d'or qu'il avait eues à si bas prix. Malgré leur curiosité, les vigiles devant les portiques détecteurs de métaux de l'aéroport n'avaient même pas pris la peine d'ouvrir la malette pour regarder. S'ils l'avaient fait, ils n'auraient rien pu faire car aucune loi n'interdisait de transporter ce genre d'article à bord d'un avion. Ce n'était pas comme s'il allait s'en servir pour tabasser à mort quelqu'un, même si techniquement c'était possible. Quinze ou vingt pièces glissées dans un bas, et vous aviez une jolie matraque bien lestée.

Une fois installé à l'hôtel, il redescendit faire un tour, fonça dans un grand drugstore et s'y acheta un téléphone jetable avec trente heures de crédit-temps. Il s'en servit pour appeler son ami à l'ambassade du Brésil. Morgan – qui ne crachait jamais sur un petit extra – fut ravi d'avoir de ses nouvelles et ils convinrent de se retrouver à dîner dans un restaurant proche de l'hôtel.

D'ici là, Santos avait tout le temps pour examiner les informations dont il disposait sur sa cible. Celle-ci s'annonçait toute simple, sans aucune complication. Dès qu'il aurait fait transporter l'or, il localiserait sa proie ; ensuite, il ne lui resterait plus qu'à patienter jusqu'au moment opportun.

Hollywood, Californie

Deux grands Noirs bien bâtis, portant chacun un maillot de la NBA différent, s'entraînaient au basket l'un contre l'autre dans un gymnase baigné de rayons de soleil artificiel déversés par les grands projecteurs intégrés au plafond. Il y avait juste assez de poussière dans l'air pour faire ressortir les faisceaux, avec des contours nets et brillants.

Les deux hommes étaient les petits avants de leurs équipes respectives lors de la finale du championnat de l'année passée, des vedettes, des gars qui tiraient régulièrement des paniers à trois points.

L'attaquant esquiva à gauche, à droite, dribbla derrière son dos, avant de sautiller sur place, essayant de se mettre en position pour faire un panier.

Le défenseur le marquait à la culotte, cherchant à récupérer le ballon. Deux superbes athlètes au sommet de leur forme, magnifiques à contempler même si l'on ne connaissait pas les règles du jeu.

Tous deux transpiraient à grosses gouttes qui roulaient et s'envolaient, emportées par leurs mouvements brusques.

L'attaquant feinta à droite, puis pivota sur sa gauche et doubla le joueur en blanc...

Le temps se déroula au ralenti. Le ballon rebondit lentement, mit deux secondes à remonter du parquet jusqu'à la main du tireur. Le bruit de la respiration lourde s'amplifia et quand le ballon toucha une nouvelle fois le parquet, on eût dit la détonation d'un canon – un *boum !* sonore et vibrant. Le ballon rebondit. Le tireur s'en saisit, sauta pour faire un lancer coulé, animé d'un mouvement de ralenti glacial, tandis que le joueur en blanc bondissait pour le bloquer...

Le duo dériva dans les airs, comme dans le même état d'apesanteur que les grains de poussière qui voletaient dans le gymnase, en lente lévitation vers le panier...

Le temps reprit sa vitesse normale.

L'attaquant rabattit le ballon, bien au-dessus du bord du panier, et le filet claqua avec ce mouvement caractéristique qui dénote un lancer coulé réussi. Les deux joueurs échangèrent un sourire.

Maillot Blanc dit : « Belle action, frère. » Et il donna une tape sur l'épaule du tireur avant d'aller récupérer le ballon.

Maillot Noir répondit : « Ouais, il m'en reste sous la semelle. Tiens, encore une pour toi : c'est qui ton fournisseur d'accès Internet ? »

Maillot Blanc haussa les épaules. « Bah, toujours le même. » Il lança le ballon à son compagnon.

Maillot Noir hocha la tête. « Nân, faut que tu les lâches, mec. Moi, je suis chez CyberNation, c'est là qu'il faut être.

— CyberNation ? J'en ai entendu parler.

— Moi je te le dis, c'est le choix à faire. Leur RV est tellement bonne que même toi, elle t'aiderait à améliorer ta défense.

— J'avais une crampe à la cheville, c'est tout. Tiens, recommence. »

Maillot Noir rigola avant de s'éloigner en dribblant. Maillot Blanc se baissa en position défensive tandis que l'autre joueur pivotait pour revenir vers lui.

Les mots CYBERNATION apparurent sous l'écran, avec l'adresse Web du site. Fondu au noir, laissant le texte seul sur un fond uni avec le bruit des rebonds du ballon sur le parquet du gymnase. Le plan sonore resta cinq secondes avant de s'effacer progressivement.

SECONDE PARTIE

Les ailes du papillon

21.

À *bord du* Bonne Chance

Jasmine Chance aimait les responsabilités, d'où, pour une grande part, le choix de ce boulot. Elle se retrouvait à la tête d'un budget d'investissement de l'ordre du PNB de certains petits pays, à bord d'un navire-casino qu'elle avait baptisé elle-même et, en quelque sorte, *pour* elle. Elle pouvait, au sens propre, exercer le droit de vie ou de mort. Si ça n'était pas des responsabilités, qu'est-ce que c'était ? Mais pour l'heure, avec Jackson qui mouillait quasiment son froc, elle éprouvait pour le coup une nette perte de maîtrise de soi.

Ils étaient assis sur le lit de sa cabine. Elle avait cru que la sauter serait sa préoccupation première mais elle eut tôt fait de réaliser son erreur.

« Il va me flanquer une dérouillée, geignit Jackson. J'en suis sûr.

– Ne sois pas stupide.

– Tu n'as pas vu comment il m'a regardé. Moi je te le dis, faut pas rigoler avec ce type-là. Il aurait aussi bien pu me filer une invitation : vous êtes cordialement convié à une mémorable séance de bottage de cul – le vôtre.

– Jackson...

– Je plaisante pas du tout, Jasmine. Ce gars n'est pas civilisé. D'accord, il porte un costard, il sourit et sait tenir une conversation, mais c'est rien que du vernis. En dessous, c'est un sauvage. Un tueur ! Il n'hésiterait pas une seconde à m'expédier à l'hosto... ou à la morgue.

– Il essaie juste de te foutre la trouille, chou, c'est tout. Il sait combien on a besoin de toi. Il joue avec tes nerfs.

– Et il compte jouer au foot avec mes couilles, moi je te le dis. Je le sais.

– Toi, t'as besoin de te relaxer. » Elle lui posa la main sur l'épaule. Ses muscles étaient noués comme des cordages.

« Facile à dire. Écoute, je veux débarquer. Laisse-moi aller à bord du train. »

Le train était un des deux autres sites mobiles hébergeant les centres informatiques de CyberNation. À l'heure actuelle, il se trouvait sur une voie de garage en Allemagne, pas très loin de la frontière française.

« Keller...

– Je peux y transférer mon équipe. Ce ne sera guère différent. Le matos est le même, le logiciel qu'on a écrit depuis hier peut être codé et y être transféré en l'espace de quelques heures. Le temps que le téléchargement soit terminé, on sera déjà à mi-parcours.

– Et qu'est-ce que tu vas raconter à ton équipe ?

– Pas besoin de leur dire quoi que ce soit, hormis qu'ils doivent plier bagage. Ils font ce que je leur dis.

– Ce n'est pas le plan, objecta-t-elle.

– Ce n'est pas non plus le plan de me faire défoncer le crâne par un dingue ! »

Elle réfléchit à la question. C'était le syndrome classique du bats-toi ou tire-toi. Peut-être qu'à sa place, elle aurait fait la même chose. Néanmoins, cela ne résolvait pas le problème. Qu'est-ce qui empêchait Roberto de sauter dans un avion et filer voir si Jackson était à bord du train ? Quand ce dernier aurait pris le temps d'y réfléchir à tête reposée, il le comprendrait sans peine. Il n'y avait aucun salut dans la fuite, pas quand un type comme Roberto vous en voulait vraiment. Mais inutile de lui dire ça maintenant, il était déjà suffisamment à cran.

Bien entendu, comme on dit en d'autres circonstances, loin des yeux, loin du cœur. Elle était sûre de parvenir à détourner l'attention de Roberto. Elle pouvait lui acheter un nouveau jouet, de quoi l'occuper avec son art de combat. Tôt ou tard, il finirait par sentir son envie de se retrouver quelque part à poil avec elle. Côté assouvissement de ses besoins, Roberto restait un être très primal. Peut-être vaudrait-il mieux pour tout le monde après tout que Jackson ne soit pas dans les parages.

« Très bien, dit-elle. Rassemble ton équipe et prends les dispositions nécessaires. Roberto ne sera pas de retour avant demain au plus tôt. Tu seras déjà loin. »

Le soulagement de son interlocuteur était manifeste.

« Tant qu'on est ici, pourquoi ne t'allongerais-tu pas, que je te masse le dos ? T'es tendu comme une corde de violon. »

Il voulut protester. « C'est justement de là que me viennent mes ennuis.

– Relax, répondit-elle, Berto est à Washington. Tu seras parti à son retour et on ne va rien faire qu'on n'a déjà fait une douzaine de fois. Quelle différence ça peut faire maintenant ? Pourquoi ne pas te détendre et en profiter ? »

Elle ne lui laissa pas le temps de réfléchir. Elle glissa la main sous son torse puis dans sa culotte. Après ça, il eut d'autres idées en tête.

QG de la Net Force
Quantico

Michaels était au gymnase de la Net Force ; vêtu simplement d'un short et de chaussures de gym, il répétait ses djurus. Ces figures incluaient toutes les postures que les maîtres du serak avaient mises au point pour le combat, armé ou à mains nues. Il retrouverait dans les djurus toutes les techniques dont il aurait jamais besoin, lui avait-on appris.

Jusqu'ici, il en avait appris plus qu'il ne lui semblait nécessaire, même s'il devait se battre chaque jour que Dieu fait. Mais mieux avoir trop de munitions que pas assez.

L'inventeur de ce style de combat ésotérique était un estropié du nom de Sera – ainsi appelé soit parce qu'il était sage comme une chouette, soit parce qu'il avait la voix rauque, selon la définition qu'on adoptait du mot indonésien *sera*.

D'après les diverses versions orales, consignées par écrit dans les manuels par la suite, Sera était né avec un pied bot et il était partiellement manchot. Pareils handicaps semblaient peu compatibles avec le développement d'une grande expertise au combat. Pourtant, c'est apparemment ce qui s'était produit. De toute évidence, l'homme avait été un combattant redoutable, qu'il valait mieux éviter de railler à cause de sa claudication.

Les origines de cet art martial et de son premier pratiquant demeuraient toutefois auréolées d'un certain mystère. Michaels avait fait quelques recherches ici et là, par curiosité, lesquelles recherches n'avaient pas débouché sur grand-chose.

Il passa du djuru numéro sept – de la position accroupie à un coup vers le haut en direction du visage de l'adversaire – au huit, qui le plaçait sur le triangle ou *tiga*.

Par la suite, il travaillerait les mouvements de pieds du *sliwa*, celui-ci sur une base carrée.

Il était en nage : la sueur lui ruisselait sur le torse et le dos. Il avait toujours trouvé intéressant qu'une telle quantité d'exercices soit possible à partir de mouvements autour d'un carré ou d'un triangle de moins de soixante centimètres de côté.

Le djuru numéro huit était en gros le mélange de trois des précédents – les numéros trois, quatre et six – et comme c'était le dernier qu'il avait appris, sitôt fini, il le répéta et remonta la séquence à l'envers jusqu'au premier. C'était ainsi qu'on pratiquait les exercices, en séries montante et descendante d'un côté, puis de l'autre, afin que chaque djuru soit répété au moins quatre fois, deux sur la droite, deux sur la gauche.

On ignorait la date de naissance de Pak ou Bapak Sera – les deux termes signifiant plus ou moins « messire » ou « très honorable ancien ». Certains textes remontaient jusqu'à l'année 1795 ; cela semblait toutefois improbable, compte tenu de la lignée des disciples identifiés, et Sera était sans doute né un quart de siècle plus tard, à la fin des années 1820, voire même dans les années 1830. Les pratiquants actuels ne s'accordaient même pas sur son nom exact. Michaels avait trouvé Eyang Hisak et H. Muhroji.

Toni n'en savait pas plus que lui sur Sera ; elle avait toujours accepté les enseignements de son maître sans aller chercher plus loin. Cela n'avait pas grande importance mais il était quand même regrettable de ne pas pouvoir rendre à l'homme l'hommage qu'il méritait.

Le lieu de naissance et la tribu d'origine de Sera donnaient également matière à débat. D'aucuns prétendaient qu'il appartenait à la mystérieuse peuplade javanaise des Baduis. Comme on ne connaissait pas grand-chose de ce peuple – les Blancs, ou Baduis de l'intérieur, restant cloîtrés dans leurs villages primitifs, même encore aujourd'hui, et n'acceptant que de rares visiteurs –, cela restait difficile à déterminer. Si Sera appartenait aux Baduis extérieurs – les Bleus –, l'hypothèse semblait plus probable, mais si tel était le cas, il n'était certainement pas resté auprès deux, tous les récits concordaient sur ce point.

D'autres encore disaient que Sera était né à Tjirebon, sur la côte septentrionale de Java, à l'est de la ville de Batavia, aujourd'hui Djakarta. Il n'y avait là en revanche aucun consensus.

L'histoire de sa famille, d'après Gourou DeBeers et

d'après ce qu'il avait pu glaner sur le Web, indiquait que Sera avait appris le *silat banteng*, qui venait de la région de Serang, au nord-ouest de Java. Sous l'influence du *tjimandé*, qu'on le disait avoir également étudié, et à partir de son entraînement au *banteng*, Sera avait mis au point son propre système, adapté à ses handicaps physiques.

Même si les dates précises demeuraient inconnues, c'était sans doute aux alentours du début du XXe siècle que Sera avait rencontré celui qui devait devenir son principal disciple, un redoutable lutteur du nom de Djoet, sans doute né vers 1860, qui devait mourir à la fin des années 1930. Djoet avait par la suite aidé Sera à formaliser son système, en l'adaptant aux individus ingambes. On disait que Djoet avait été formé au *silat kilat*, au *kun tao* et sans doute au *tjimandé*.

Michaels remonta jusqu'au premier djuru. Il s'arrêta, prit une serviette, épongea la transpiration sur son visage et son crâne. Le problème avec les cheveux en brosse comme il aimait, c'est qu'ils n'absorbaient pas grand-chose. Il avait songé porter un bandeau mais décidé que ça faisait un peu trop jeune cadre dynamique à son goût.

Il regarda l'horloge au-dessus de la porte du gymnase. La journée tirait à sa fin et il avait réussi à évacuer une bonne partie de la tension accumulée lors de sa déposition devant la commission sénatoriale. Pas toute, mais une partie. Il estima qu'encore vingt ou trente minutes d'entraînement ne pourraient pas lui faire de mal. Se figurer la tête de certains des plus odieux de ces personnages à l'arrivée de ses coups de poing ou de coude relevait sans doute du mauvais karma, mais ça ne faisait pas de mal non plus. Et imaginer le hoquet qu'un de ces gros politiciens lâcherait après que Michaels lui aurait enfoncé son poing dans le bide était sans aucun doute politiquement incorrect mais également fort satisfaisant...

Entrepôt du matériel de la Net Force Quantico

« Alors, c'est un jouet super, non ? » dit Julio.

Howard examina l'engin. « On dirait une version miniature de Robby le robot sur laquelle on aurait marché. »

Ce n'était pas faux. Copie réduite du robot du film, l'engin était trapu, dans les quarante-cinq centimètres de haut, et il était coiffé d'un demi-dôme transparent en Lexan, à l'épreuve des balles, qui surmontait le corps conique muni de deux bras articulés et posé sur des chenilles comme un tank. La silhouette était très large à la base et s'amincissait vers le haut.

« On l'a baptisée "Claire", indiqua Julio. Une unité mobile autonome de surveillance et de reconnaissance pilotée par radio, dont la principale caractéristique est son équipement optique et audio, y compris un équipement CLAIR dernier cri. » CLAIR était l'acronyme de Capteurs de Lumière À Infrarouges Rotatifs. « En dehors de ses fonctions de caméra classique, elle peut détecter les signaux thermiques dans l'obscurité et possède un circuit de rétroaction à logique floue qui lui évite de se cogner dans le noir et lui permet de retrouver son chemin en cas de défaillance de la radiocommande. Les petits bras articulés lui permettent en outre de ramasser des objets pour les examiner sous son microscope en cas de besoin. »

Howard secoua la tête. « Hon-hon. Et combien nous a coûté cette bestiole ?

– Ah, mon général, c'est toute la beauté de la chose. Rien. Pas un centime.

– Comment as-tu réussi un coup pareil ? Ne me dites pas que nous sommes en train de manipuler un robot volé, lieutenant. Ou alors, tu l'as gagné au poker avec tes copains de régiment ?

– Vous me blessez, mon général, avec de pareilles insinuations.

– Ah, mais c'est qu'on lui donnerait le bon Dieu sans confession. Allez, accouche.

– Claire ici présente est un modèle d'évaluation de chez CamCanada, à Toronto. La boîte s'est spécialisée dans la fabrication de machines pour inspecter les oléoducs, vérifier la qualité des soudures, traquer les fissures, ce genre de trucs, mais ils cherchent à s'implanter sur le marché de la sécurité et chez les militaires. C'est un des trois prototypes qu'ils ont envoyés pour les tester. La police montée en a un, un autre est allé chez je ne sais quel sultan du Moyen-Orient et nous avons hérité du troisième. On le teste en conditions de combat, on rédige un rapport, et pour notre peine, on recevra un des premiers modèles de série dès qu'ils entreront en production. Tout ça sans débourser un sou. Enfin. Excepté le contrat de maintenance, bien sûr. Mais c'est rien.

– Intéressant. »

Julio saisit une télécommande et pressa sur une touche. Le petit robot ronronna.

« Il se déplace classiquement dans les quatre directions, et la caméra embarquée affiche une vue subjective sur l'écran de la télécommande. Image et son numériques, transmission et capture instantanée des données grâce au modem sans fil et au graveur de DVD qui doivent être quelque part dans le coin. Suffit ensuite de le brancher sur n'importe quel ordi pour récupérer les données aux fins d'études et d'analyse. »

Il tendit le boîtier à Howard pour qu'il l'examine. « Tout est à l'épreuve des chocs, les composants structurels sont usinés en titane ou en alu de qualité aviation, et on peut censément faire sauter un bâton de dynamite à trois mètres du truc sans occasionner de dégâts. Claire dispose pour son équilibre d'un gyroscope intégré qui, associé au centre de gravité très bas, la rend très stable. »

Il rapprocha suffisamment le robot pour pouvoir lui expédier un coup de pied. Sa botte de combat le fit reculer de quelques dizaines de centimètres mais l'engin bourdonna et resta d'aplomb. Julio effleura une touche. « Ça coupe le gyroscope. Regardez. »

Il s'approcha du petit engin, qui lui arrivait un peu au-dessous du genou, et réussit, non sans quelque effort, à le renverser sur le côté en le poussant du pied.

Le robot gémit et une tige métallique terminée par un embout caoutchouté sortit du flanc de la machine pour la remettre debout.

« Dispositif de redressement automatique, expliqua-t-il. Elle peut se remettre d'aplomb toute seule et poursuivre sa tâche. Une retombée de la technologie des robots de combat, me suis-je laissé dire. »

Il saisit une autre télécommande et pressa une touche. L'entrepôt dépourvu de fenêtres fut plongé dans la pénombre.

Howard vit l'écran de la télécommande s'illuminer et les images IR en fausses couleurs de Julio et lui, tels deux spectres blafards, apparurent.

« Lieutenant, j'ai l'impression que vous venez de me transformer en homme blanc. »

Julio rigola. L'image traitée en fausses couleurs donnait à Howard un teint légèrement plus foncé, mais guère plus que le hâle d'un rouquin.

« Seulement quand la lumière est éteinte, mon général. »

Il ralluma l'éclairage. « Mais attendez, voilà vraiment le plus drôle. » Il effleura encore un bouton et le robot se mit à siffler comme un lézard géant, avant de bondir à soixante centimètres de haut, faire un saut d'un mètre cinquante et retomber. Il atterrit en cliquetant, mais le choc n'était pas assez rude pour l'endommager.

Howard haussa le sourcil.

« Jets de gaz comprimé. Le réservoir est grand mais pas tant que ça, juste de quoi permettre neuf ou dix sauts avant d'être vide, mais si jamais Claire se retrouve devant un fossé trop long à contourner, elle peut jouer les lapins et sauter par-dessus. »

Howard sourit. « Voilà qui pourrait également faciliter la reconnaissance d'un bâtiment plein de terroristes armés jusqu'aux dents. Et ça va monter à combien, une fois en production ? Une idée ?

— Juste une estimation. Ils disent dans les cent mille. Canadiens.

— Seigneur, lieutenant. Pour ce prix, on peut s'acheter un engin blindé.

– Voui, mais il peut pas faire ça. »

Le petit robot siffla et sauta de nouveau.

« Et il est gratuit.

– Quel est le montant du contrat d'entretien ?

– Quasiment rien. Trois ans, peut-être trente mille. Dollars US. ´

– Pour une trentaine de milliers de nos dollars, je peux dégoter un bataillon de recrues capables de siffloter et de sauter en l'air, même s'ils n'y voient pas dans le noir. »

Julio hocha la tête. « Ai-je déjà mentionné que le général était un rien vieux jeu ?

– Méfiez-vous, lieutenant, on ne sait jamais quand peut jaillir mon fouet de postillon. Il remplit parfaitement la tâche pour laquelle il a été conçu et marche sans piles ni batteries.

– Allons, John, essaie-le, tu sais bien que tu en meurs d'envie. » Il passa les commandes à Howard.

Eh bien, c'était ma foi vrai. C'était exactement comme de jouer avec un des nouveaux jouets de Tyrone le matin de Noël quand il avait neuf ans. Comme sa mère aimait à dire, si on ne peut pas s'amuser un peu, à quoi bon ?

Howard pressa le bouton et sourit en voyant le robot sauter en l'air.

22.

Washington, DC

Santos attendit pour passer à l'action que le sénateur soit ressorti du supermarché et reprenne le chemin de son domicile. L'un des hommes les plus puissants de ce pays, parmi une centaine en tout et pour
tout, et il n'avait même pas de garde du corps, il
conduisait une petite voiture et il faisait lui-même ses
courses. Incroyable. À Rio, un homme de cet acabit
serait gardé, conduit en tous lieux dans une limousine
avec chauffeur, et il n'aurait pas la moindre idée du
prix d'un carton de lait ou d'une baguette de pain, à
moins qu'un sous-fifre ne l'en informe. Quel était
l'intérêt d'avoir du pouvoir si on ne l'exerçait pas ?
Santos avait déjà parcouru en voiture le trajet que
l'homme allait prendre pour regagner son hôtel particulier. Une femme y vivait – pas son épouse légitime
qui demeurait chez lui en Virginie-Occidentale avec
leurs deux adolescents, jusqu'à la fin de l'année scolaire. Santos avait vu sa maîtresse lorsqu'il était passé
devant leur maison un peu plus tôt. L'information

concernant la femme et les enfants était de notoriété publique, disponible pour quiconque se donnait la peine de chercher un peu. Encore un truc incroyable. Chez lui, les hommes fortunés et influents savaient que le savoir était le pouvoir et ils gardaient leurs secrets pour eux. Pourquoi donner à un ennemi potentiel des armes qu'il serait susceptible de retourner contre vous ? Stupide.

Le sénateur de Virginie-Occidentale s'engagea dans la circulation et prit la direction de son domicile en restant sur la file de droite. Santos le suivit, à deux voitures de distance, sur l'artère à quatre voies. Trois pâtés de maisons plus loin, Santos se coula dans la file de gauche et doubla le sénateur. Il accéléra légèrement, juste quelques kilomètres-heure au-dessus de la limite, pas assez pour déclencher un radar ou éveiller l'intérêt d'un agent de la circulation. Il prit une rue d'avance sur la voiture du sénateur, tournant dans sa rue quarante-cinq secondes avant l'honorable Wayne DeWitt. Il emballa le moteur, parcourut une trentaine de mètres et fit un demi-tour en tête-à-queue. Il immobilisa le véhicule, sa botte de chantier à embout ferré posée sur le frein, mais tout en restant en prise. Il prit le casque de motard posé sur le siège voisin et le coiffa, serrant les brides. Le casque était doté d'une épaisse visière de plastique transparent. D'une chiquenaude, il la rabattit en place. Il avait déjà enfilé les grosses mitaines de cuir et de caoutchouc utilisées par les boxeurs de No Hold-Barred, le combat libre à mains nues, en serrant à fond les attaches de poignet. Elles laissaient libres les doigts mais leur face extérieure était copieusement matelassée. Il glissa dans sa bouche un protège-dents. Garanti jusqu'à soixante-quinze mille dollars de frais dentaires en cas de bris de ratiches malgré le port de cet accessoire – neuf dollars chez K-Mart. Une affaire. Il portait également un suspensoir avec une coquille de boxeur par-dessus le pantalon de cuir, et une large et solide ceinture d'haltérophile lui ceignait la taille et les reins sous son blouson. Sans aménagements intérieurs particuliers, il était aussi protégé que possible dans l'habitacle de cette voiture.

Lorsque la berline du sénateur vira au coin, Santos écrasa la pédale d'accélérateur.

Si les gros V8 américains sont des gouffres à essence, il faut leur reconnaître une qualité : ils ont de la puissance à revendre. Il laissa une traînée fumante de gomme sur l'asphalte lorsqu'il démarra.

C'est à près de quatre-vingts qu'il changea de file pour venir percuter la compacte du sénateur.

Le choc se produisit légèrement de biais – il voulait être en mesure de filer au volant, dans la mesure du possible, et le risque de défoncer le radiateur lors d'un choc frontal était trop élevé, même contre un véhicule plus petit.

Il y eut un impact violent, un bruit assourdissant, l'impression que le temps ralentissait, presque celle de flotter dans l'espace. Même s'il s'était préparé au choc et qu'il avait serré à fond son harnais, il s'écrasa malgré tout contre l'airbag quand celui-ci se déploya. La visière et les gants lui évitèrent un nez cassé et des brûlures aux bras lors de l'impact contre le sac qui se rétracta aussitôt. Se cogner contre un airbag lors d'un accident n'était pas, comme d'aucuns étaient portés à le croire, l'équivalent d'un gentil coup d'oreiller sur la figure. C'était plutôt comme d'être frappé par un gant de boxe, sans ménagement.

Le pare-brise résista, bon point, mais un truc brillant jaillit sous l'impact et heurta la vitre du passager avec assez de force pour briser celle-ci.

Il vit la voiture partir en tournoyant, la tête du sénateur heurter la vitre latérale, faisant exploser le verre trempé en un nuage de petits fragments propulsés vers l'extérieur comme une gerbe scintillante de shrapnels. L'airbag de l'autre véhicule s'était également déclenché mais le choix délibéré d'un impact de biais avait fait que la tête du conducteur n'était pas entrée en contact dans l'axe du sac, ce qui l'avait empêché d'assurer à plein son rôle protecteur – raison de plus pour éviter un choc frontal.

Dès qu'il l'eut croisé, Santos écrasa le frein et sa voiture, déjà ralentie par le choc, s'immobilisa dans un dérapage bruyant. Il se retourna juste à temps pour voir l'autre voiture aller frapper de biais le mât en fibre de verre d'un réverbère qui se rompit à la base pour s'abattre sur le toit du véhicule alors que celui-ci s'enfonçait dans une haie qu'il ratiboisait et avant d'achever sa course en heurtant du flanc droit le tronc d'un gros chêne. L'arbre fut sérieusement ébranlé mais tint bon.

Santos engagea la marche arrière et recula. Sa voiture avait l'air de répondre sans problème, rien ne frottait contre les roues. Encore un bon point.

Il arriva à la hauteur de la compacte du sénateur. Elle était irréparable : toute la partie avant s'était aplatie de biais, le châssis était plié, déformé. De la vapeur s'échappait du système de refroidissement.

La tête du sénateur pendait, ballante, à travers la

vitre latérale brisée. Du sang coulait du crâne et gouttait par terre, et, à l'angle que faisait le cou, Santos estima qu'il était brisé. Sans doute assez tordu en tout cas pour avoir déchiré les muscles. L'avant s'était replié à tel point que le gars avait sans doute les jambes bloquées et peut-être même cassées.

Pas mal. Peut-être qu'il ne s'en tirerait pas, peut-être que si, en tout cas, il n'était pas près de rejouer au golf, quand bien même il survivrait. Et surtout, il cesserait d'être une épine dans le pied de CyberNation pour un sacré bout de temps.

Santos remit en prise et s'éloigna. Des gens sortaient de leurs villas pour voir ce qui s'était passé. Il garda la tête basse, se sachant méconnaissable sous la visière et le casque.

Une fois tourné le coin, il ôta casque et gants, puis cracha dans sa main le protège-dents. Après avoir desserré son harnais de siège, il déboucla la ceinture d'haltérophile, la tirant de sous son blouson. Puis, à l'aide d'un canif, il coupa l'attache élastique du suspensoir et de la coquille. D'une main, il fourra tout le matériel de protection dans un gros sac en plastique de chez Trader Joe.

Cinq kilomètres plus loin, il arriva à un important arrêt d'autobus. Il y avait un cinéma de l'autre côté de la rue. Il gara la voiture au parking du ciné, l'avant endommagé côté bâtiment, sortit, jeta le sac dans la poubelle la plus proche. Celui qui le trouverait ne serait sans doute pas du genre à filer au commissariat et même si c'était le cas, qu'y avait-il d'illégal à porter des gants, un casque et une ceinture d'haltérophile ? Le temps que quelqu'un retrouve le véhicule qui avait provoqué l'accident, il serait loin.

Il se dirigea vers l'arrêt de bus. Sourit à la vieille dame noire qui le vit arriver. Elle lui rendit son sourire.

Une bonne soirée de boulot, ça. De quoi rendre un homme fier.

Mont Fuji, Japon
Juillet 2012

Assis sur un banc destiné aux pèlerins, Jay Gridley admirait le coucher de soleil. Le Fuji-Yama était une ascension incontournable, quantité de gens le gravissaient chaque jour. Pic volcanique en forme de cône trapu, il s'élevait à près de trois mille huit cents mètres dans le parc national de Fuji-Hakone-Izu, près d'Honshu. La montagne sacrée était le point culminant du Japon. Elle n'avait plus connu d'éruption majeure depuis le début du XVIIIᵉ siècle mais elle dégageait à intervalles réguliers de la vapeur et des fumerolles. De quoi donner peut-être un léger frisson, à l'idée qu'il pourrait toujours se réveiller en expédiant pèlerins et touristes dans l'autre monde, si improbable que ce soit.

La majorité des pèlerins entamaient leur ascension à la Cinquième Station, à environ deux mille cinq cents mètres d'altitude, d'où il fallait compter de six à huit heures pour gagner le sommet. La saison d'escalade officielle durait de juillet à la fin août. Les grimpeurs par la face nord empruntaient la piste Yoshidaguchi, qui ralliait la ville de Fujiyoshida au sommet.

La route à péage de la ligne Fuji Subaru retrouvait la piste au niveau de la Cinquième Station, à mi-hauteur.

Il y avait foule – il y avait toujours foule au Fuji-Yama, parfois des centaines de personnes qui le gravissaient en une longue file serpentine, à quelques centimètres seulement les uns des autres, riant, bavardant, s'amusant. Ce n'était pas le mont Everest. Plus de cent mille personnes chaque année escaladaient la montagne sacrée. De temps à autre, on notait un décès par accident cardiaque, mais parfois aussi des suites d'un coup de chaleur ou de déshydratation. Il faisait frais, certes, guère plus de dix degrés au sommet, mais une ascension régulière, ça donnait chaud, et d'aucuns avaient vite tendance à se débarrasser de leurs lourds anoraks.

Un vieux dicton japonais disait qu'on était un imbécile de ne pas escalader la montagne une fois, et un imbécile plus grand encore de l'escalader une deuxième.

Jay regardait les pèlerins passer devant lui à pas lents, beaucoup munis de cannes ou de bâtons, lestés de sacs à dos portant de petits enfants, et même un aveugle guidé par son chien. Vieux, jeunes, gros, minces, touristes, mystiques, vêtus de toutes les couleurs de l'arc-en-ciel et de quantité de teintes inconnues dans la nature.

Ce n'était pas une ascension totalement sans risque, cependant, même pour ceux qui étaient en bonne forme physique. Des chutes de pierres blessaient ou tuaient des gens, même si c'était rare. Ceux qui s'écartaient de la piste dégringolaient parfois. Et de temps à autre, un touriste était frappé par la foudre, qui tombait parfois sans crier gare. Jay avait pris un petit poste à transistor fixé par un Velcro à son sac à dos.

Le récepteur était calé sur la fréquence d'une base de temps. Si la radio se mettait à crachoter des parasites, il était conseillé de se jeter à plat sur le sol.

Les conditions météorologiques n'étaient pas particulièrement stables de la base au sommet et un temps d'abord ensoleillé pouvait devenir brumeux, pluvieux voire neigeux en l'espace de quelques minutes. Il régnait ici un micro-climat.

Le Centre de sécurité en haute montagne était situé à la Sixième Station, le poste de premiers secours à la Septième. On décourageait d'effectuer l'ascension hors saison. Ceux qui y tenaient absolument devaient faire examiner leur matériel d'alpinisme par le commissariat de police de Fujiyoshida. Toute infraction de la part d'un touriste l'exposait à une expulsion immédiate s'il était pris, et les autochtones à une lourde amende.

Il était recommandé de se munir de vêtements adaptés, d'eau, de vivres et de papier-toilette.

Pour peu qu'on réussisse à gagner le sommet, on pouvait alors visiter l'oratoire, envoyer une carte postale depuis le bureau de poste et explorer le cratère volcanique. On pouvait aussi acheter des souvenirs, très chers, et le clou du spectacle était d'assister au lever du soleil au-dessus de la mer de nuages qui enveloppait souvent le paysage en contrebas.

Jay avait effectué cinq fois l'ascension. Enfin, en RV. Il voulait la tenter un de ces jours dans le MR. Depuis qu'il avait rencontré Saji, il ne redoutait plus que la réalité ne soit pas à la hauteur de l'expérience artificielle.

Saji. Ah, voilà un sujet de méditation quand il parviendrait au sommet. Comme du reste pendant presque toute la durée de l'ascension jusqu'ici.

Un septuagénaire, cheveux blancs, teint très mat, vint s'asseoir sur le banc près de lui. Il avait l'air thaïlandais. Il portait un pantalon de laine grise, était chaussé de bottes de randonnée à semelles épaisses, et vêtu d'une chemise blanche sous un anorak en Gore-Tex, avec des gants de coton blanc et des lunettes noires. Il sourit à Jay.

« Belle journée pour une ascension, n'est-ce pas ? »

Jay opina. Ce n'était pas un scénario privé mais public, géré par l'université de Tokyo. Certains des randonneurs – sinon tous – pouvaient être les avatars de personnages réels. Une bonne partie des visuels étaient récupérés des webcams qui observaient la montagne à longueur d'année. « Oui, en effet », répondit-il.

Ils demeurèrent quelques instants encore assis sans rien dire, puis le vieillard se leva. « Bon, assez de repos pour les braves. À la prochaine, Jay. »

Jay acquiesça en souriant et il lui fallut deux bonnes secondes pour se rendre compte que l'homme l'avait appelé par son nom.

« Hé ! Attendez ! »

Mais le vieux bonhomme révéla des aptitudes au sprint et à l'esquive qui auraient fait rougir un attaquant de football. Et il accompagna sa fuite d'un rire sonore et presque dément.

Quelqu'un est sérieusement en train de se payer ma tête, constata Jay.

Et il lui sembla en cet instant que ce quelqu'un devait le connaître.

Mais qui ?

À *bord du* Bonne Chance

Jackson et son équipe étaient déjà loin quand Roberto revint de sa mission. Jackson avait appelé. Il travaillait déjà dans l'hélico grâce à son écran-plat et son modem et il se sentait de toute évidence plus soulagé.

Chance avait appris l'accident du sénateur sur la page d'accueil de NetNewsNow dans l'heure qui avait suivi l'événement. DeWitt survivrait mais les médecins n'étaient pas sûrs qu'il puisse remarcher un jour.

Pas de bol. Mais il fallait tenir compte des aléas – on ne fait pas d'omelette sans casser d'œufs.

DeWitt était un empêcheur de tourner en rond.

Alors qu'elle attendait à présent que Roberto passe dans son bureau – elle n'avait pas voulu l'inviter dans sa cabine au risque d'essuyer un refus –, elle réfléchit une fois encore à la meilleure façon de jouer ce coup.

Roberto n'était peut-être pas une lumière, mais il n'était pas complètement idiot non plus. Il était rusé, et même fourbe, mais sa vision du monde était limitée, bien plus individualiste que globale. Elle était plus intelligente que lui, elle le savait, et la manipulation était une de ses forces. Elle pouvait le plier dans sa direction. Elle en avait les moyens.

Il souriait quand il entra d'un pas nonchalant dans le petit bureau qu'elle occupait. « Missy. C'est fait.

– Je l'ai appris. Comme toujours, on peut compter sur toi. Merci. »

Haussement d'épaules.

« Écoute, poursuivit-elle. J'ai renvoyé Jackson. »

Il arqua les sourcils.

« C'était une erreur. Tu sais comment je suis. Le sexe et moi... c'est ma faiblesse. J'en ai toujours envie. Je suis désolée. Mais c'était pas bien, je l'admets. Donc Jackson est parti ; il travaillera désormais dans le train – tu n'entendras plus jamais parler de lui si tu n'en as pas envie. Et je compte te dédommager.

– Comment ?

– Tout ce que tu voudras. »

Il sourit.

Elle aurait presque entendu les rouages grincer dans sa tête. Bien sûr que Missy avait compris son erreur, elle n'avait pas le choix. Il était un vrai mâle, alors que Jackson était un petit garçon, un môme qui jouait avec ses ordinateurs sans rien faire de concret. Seule une idiote pouvait le préférer à Roberto, et Missy, même si elle était une pute, n'était pas une idiote. Tout cela n'était que très normal.

« Je vais y réfléchir », dit-il.

Elle se retint de sourire. Elle le tenait.

« Merci, Roberto. » *N'en fais pas trop*, se dit-elle. *Juste de quoi lui donner l'impression que tu es contrite et prête à te jeter à ses genoux pour réclamer son pardon. Laisse-le réfléchir à ce qu'il rate – à ce qu'il pourrait rater en plus de ça.*

Il finirait par changer d'avis.

Elle le regarda ressortir du même pas nonchalant, avec cette démarche de salaud arrogant, typique de ces Monsieur Muscle, pareils à de gros matous prêts à bondir d'un instant à l'autre, apparemment détendus mais les ressorts bandés attendant de se déclencher d'un seul coup.

Et il était incontestablement un meilleur coup que Jackson au pieu.

23.

Au-dessus de l'Atlantique Nord

Keller se sentait mieux. Il savait, intellectuellement, que son soulagement n'était pas franchement réaliste – Santos était aussi facile à muter que lui, et il pourrait toujours venir lui mettre la main dessus s'il en avait réellement envie ; n'empêche, quelques milliers de kilomètres de distance entre le tueur et lui, c'était toujours mieux que rien. Par ailleurs, il ne pensait pas que Santos ferait une chose pareille. Jasmine devrait être à même de le protéger, et elle était sans aucun doute capable de distraire le bonhomme si elle décidait de le faire. Elle n'avait pas son pareil pour ce qui était de distraire les hommes. Keller pouvait en témoigner. Il n'avait jamais connu de fille comme elle, et de loin. Elle savait des choses dont il n'avait jamais entendu parler, qu'il n'avait jamais imaginées. Les trucs qu'elle pouvait faire...

C'était le problème. Jamais il n'aurait dû se laisser embarquer dans cette histoire mais, bon, c'était quand même un sacré numéro. Comment un homme normal pouvait-il refuser ? Elle était capable de réveiller un mort, et de réveiller surtout certaines parties de son anatomie...

Malgré tout, dès qu'il eut grimpé dans l'hélicoptère, Keller eut l'impression d'être soulagé d'un grand poids. Il pouvait se connecter et se remettre à emmerder Jay Gridley sans avoir à regarder par-dessus son épaule. En profiter.

Il se carra dans le fauteuil de première du 747 qui volait vers l'Allemagne et regarda par le hublot. Se battre en duel avec un homme comme Gridley, c'était une manière civilisée d'agir. On avait recours à ses dons, ses talents, son astuce, son intelligence. L'adversaire savait apprécier ces qualités, les respecter, même s'il s'opposait à vous. Il y avait des règles, dont beaucoup non écrites mais entendues néanmoins et acceptées, des manières convenables d'engager le duel et d'en découdre. Les gens civilisés savaient ces choses-là – ils connaissaient les règles du jeu.

Mais un homme comme Santos ? Il ne connaissait et n'appréciait que la force brute. La violence. Peu lui importait qu'on soit plus intelligent que lui, qu'on ait du talent et des dons. Non, pour lui, tout ce qui importait, c'était le poing dans la gueule, le coup de pied au bas-ventre. C'était un sauvage, on avait beau le débarbouiller et l'habiller, ça restait une créature de la jungle avec une sagaie. Si vous lui expliquiez ça, il vous riait au nez. Si vous protestiez contre son comportement bas du bulbe et querelleur, il vous balançait du sable dans les yeux. Son plus grand plaisir était de faire souffrir les gens.

Keller hocha la tête. Comment vouliez-vous raisonner avec un type pareil ? Impossible. Jasmine l'avait remonté comme une espèce de jouet à tuer dément avant de le lâcher dans la nature pour lui faire faire son sale boulot. Pour s'attirer ses faveurs, elle utilisait l'argent, sans parler de ses faveurs sexuelles, comme on utilise une carotte avec un âne. On ne se servait pas d'un bâton avec une bête comme Santos. Il risquait de se rebiffer et de vous arracher le bras. Cet homme était un animal, sans plus de morale qu'un fauve. Le mal à l'état pur, sans une once de culpabilité, un vrai sociopathe.

Et malgré tout, au bout du compte, Santos était nécessaire. CyberNation devait aller de l'avant. Quels que soient les moyens employés, ils étaient justifiés. Tout comme les abolitionnistes d'il y a un siècle et demi avaient, pour sauver les esclaves, enfreint des lois immorales, de même, ceux qui s'étaient engagés dans le combat pour faire naître CyberNation seraient un jour révérés comme des combattants de la liberté, dans quelques décennies. Vivre dangereusement était toujours risqué, mais c'était un risque à prendre – pour le plus grand bien de tous. Si quelques hommes devaient souffrir pour que l'humanité dans son ensemble puisse progresser... n'en était-il pas allé ainsi depuis la nuit des temps ?

Bien sûr que si.

Même s'il était impossible de le convaincre de la validité de vos arguments, un homme comme Jay Gridley pouvait être doublé, ou défait en recourant aux instruments qui assureraient en définitive la rédemption de la société. Dans le tréfonds de son cœur, qu'il l'admette ou non, Gridley reconnaîtrait que les vieilles règles, les vieilles pratiques devaient être mises de côté. Le progrès avançait. Il en avait toujours été ainsi et si l'on se tenait sur son passage, on se faisait écraser, c'était ainsi. La question n'était pas *si* mais *quand*. Le choix était entre évolution et révolution. Même Gridley devrait bien l'admettre. Il était pour l'évolution, c'était un partisan du *statu quo*, mais il ne l'avait pas toujours été. Ni, du reste, son pays. Les États-Unis n'étaient-ils pas nés d'une révolution, levant les armes contre des lois passéistes ? Ne pouvaient-ils donc pas voir qu'un tel cycle devait revenir ? Qu'il valait mieux parfois que la roue tourne plus vite ?

Les gens qui se sentaient à l'aise souffraient d'une sorte de cécité sélective. Ils ne voyaient que ce qu'ils voulaient bien voir, ignoraient le reste. Comme un cheval avec des œillères, ils ne savaient voir que droit devant eux.

De temps en temps, quelqu'un devait venir ôter au cheval ses œillères, couper ses brides et lui donner une bonne tape sur la croupe. Cours en liberté, mon ami ! L'avenir est au bout du chemin !

Le ronronnement des gros réacteurs le berçait. Il se retrouvait à bord d'un vaisseau plus vaste que ceux qui avaient traversé les mers venus d'Europe pour conquérir l'Amérique, un vaisseau volant si gros et si lourd que personne sur terre n'aurait parié qu'il puisse voler il y a encore un siècle. Cet appareil pouvait parcourir des milliers de kilomètres sans ravitailler, couvrir en quelques heures une distance qui aurait pris des mois à des marins avec leurs voiliers de bois et de toile. L'électronique embarquée sur ce zinc aurait dépassé l'imagination des créateurs des ordinateurs Univac. On ne tournait pas le dos à de tels prodiges. L'avenir n'allait que dans un sens, et la prochaine révolution ne serait pas celle des machines mais celle du savoir. La communauté globale serait une, un groupe uni dont chacun des membres pourrait entrer en contact avec les autres encore plus vite que la pensée.

Une fois que cela serait advenu, des hommes comme Santos deviendraient superflus. Ils seraient discrètement éliminés. Les hommes les plus forts pouvaient être réduits au silence par une balle dans la tête. La main qui pressait la détente n'avait pas besoin d'être plus vigoureuse que celle d'un enfant. Tout comme les mammouths avaient disparu devant la technologie de la lance et du feu, de même les hommes comme Santos, qui faisaient travailler leurs muscles plutôt que leurs neurones, finiraient par rejoindre les rangs des espèces éteintes, puissantes mais stupides.

L'esprit était le plus fort. Les neurones plutôt que les hormones.

Enfin, en théorie. Compte tenu de ses expériences récentes avec Santos, Keller convint qu'il y aurait une période de transition avant que gangsters et casseurs connaissent le sort du dodo. Et durant cette période, il serait prudent de se tenir à l'écart des brutes agitées de leurs ultimes soubresauts. Oui, sans aucun doute.

Washington, DC

Jay et Saji lisaient au lit tous les deux. Jay soupira. « Qu'est-ce qu'il y a ?

– Cette histoire avec ce mec. J'ai la nette impression que quelque chose m'échappe. Et ça devrait pas. »

Elle posa son bouquin, le regarda : « Oh ?

– Ouais. Il y a un truc, je ne sais pas quoi, quelque chose de familier dans ses pièges, sa manière. Comme cet épisode du mont Fuji. Pourquoi se manifester sous les traits d'un vieux Thaïlandais ? Pourquoi venir s'asseoir à côté de moi, puis se trahir de la sorte ?

– Il sait que tu es à moitié thaïlandais, observa-t-elle. Il te fait tourner en bourrique.

– D'accord, d'accord, mais il y a tout de même un truc bizarre. J'ai l'impression que je devrais connaître ce gars. »

Elle demeura quelques instants silencieuse. Puis : « Qu'est-ce qu'il y a d'autre qui te tracasse ?

– Moi ? Rien. Tout baigne.

– T'es sûr ?

– Sûr que j'en suis sûr. » Il la regarda. « Où veux-tu en venir ? »

Une fraction de seconde s'écoula avant qu'elle ne réponde. « Es-tu vraiment prêt à te marier ? »

Il cligna les yeux. La question qui lui trottait dans la tête depuis des semaines semblait terrifiante venant d'elle.

« Comment peux-tu demander une chose pareille ? Bien sûr que oui !

– Parfait.

– Que... as-tu des doutes ? »

Soupir. « Voui.

– Quoi ? Vraiment ? » Il se redressa sur le lit. Il sentit un froid soudain lui nouer les entrailles, comme s'il venait d'avaler une tasse d'azote liquide. « Pourquoi ?

– Tu connais les Quatre Nobles Vérités. »

Il haussa les épaules. « Ouais. La souffrance est universelle. À la souffrance, il faut trouver sa cause. On peut parvenir à l'extinction de la souffrance. Le moyen d'y parvenir, c'est de recourir à l'Octuple Voie.

– Pas mal. Et l'Octuple Voie ?

– C'est quoi ? Un quiz nocturne ? »

Elle haussa les épaules. « C'est toi qui as posé la question.

– OK, il s'agit là de... compréhension juste, pensée juste, parole juste, action juste, moyen d'existence juste, et euh... effort juste. Attends voir, ah oui, attention juste et... me dis pas, je l'ai... concentration juste [1].

– Oui. Et la Voie médiane est celle que choisissent beaucoup de ceux parmi nous qui cherchent l'illumination. Se garder des extrêmes.

– OK. Et alors ? Quel rapport avec des doutes sur nous ?

– Je crains que mon désir pour toi soit parfois trop fort, expliqua-t-elle. Qu'ayant un désir si intense, qu'y être à ce point attachée, finisse par être cause de souffrance. Non pas d'être avec toi, mais de trop désirer l'être.

– Écoute, j'ai bien tenté de capter le truc, mais franchement, je n'ai jamais vraiment pigé. Qu'est-ce que ça veut dire ? »

Elle lui sourit. « Reconnaître son ignorance est le premier pas sur la voie de la sagesse.

– Ouais, bon, d'accord.

---

1. Entendre « juste » non pas au sens d'équitable mais de « juste mesure ». On lit parfois également dans les textes « vie » pour moyen de subsistance, « vigilance » pour attention et « méditation » pour concentration.

– Ça n'a rien à voir avec le fait qu'on puisse vivre ensemble, être mariés et heureux. Chaque instant devrait être tel qu'il est, et il y a tant de joie à découvrir en chaque instant. Mais l'idée est de ne pas trop s'y attacher, de ne pas désirer que la joie soit si grande qu'on ne puisse la vivre. Tu peux... choisir ta propre voie. Passer tout ton temps à tenter de vivre pour l'avenir, plein d'attentes, ou bien vivre dans le passé, plein de nostalgie. L'un et l'autre seront causes de souffrances, parce que tu ne peux avoir ni l'un ni l'autre. Le passé est révolu et l'avenir n'arrive jamais.

– Donc, t'es en train de me dire que tu ne veux pas te marier ?

– Non, idiot, tu n'écoutes pas. Bien sûr que si. Peut-être trop, c'est tout ce que je dis. Je ne veux pas te rendre responsable de mon bonheur, parce que si je le fais, tôt ou tard, je serai déçue et malheureuse.

– C'est vraiment réconfortant, ma puce.

– C'est la vérité. Chercher hors de soi le bonheur est la principale cause de souffrance. Je veux rester auprès de toi mais je ne veux pas dépendre de ton ombre pour me protéger du soleil. Imagine que je place toute ma vie en toi, en nous. Et que ça marche super, que tu me rendes tout ce que je t'ai donné, et même plus.

– Ça me paraît un bon plan. C'est quoi le problème ?

– Tu changes d'avis dans dix ans, tu décides que tu ne veux plus rester ici.

– Jamais je ne...

– D'accord. Meilleur exemple : tu te fais écraser par un autobus dans six mois. Tu n'as pas le choix de rester ou partir, on a tiré ton numéro.

– Es-tu en train de me dire que je ne te manquerai pas si je me fais écraser par un autobus ?

– Meuh non. Je suis en train de te dire que je veux être heureuse toute seule pour que ce que j'apporte à notre couple soit réel et sincère. Le mariage est un partenariat. Si je ne me présente pas devant la table en apportant ma part, le marché est injuste pour l'un comme pour l'autre. »

Il secoua la tête. Il ne comprenait toujours pas. Elle redoutait de pouvoir le désirer trop ? Où était le mal ? Ses craintes à lui étaient de perdre quelque chose de lui en l'épousant, elle. C'était un tantinet différent. Quoique...

Il sentit la main de Saji glisser par-dessus sa cuisse.

« Houlà, voyez-vous ça !

– L'instant, Jay. Ni passé ni futur, rien que le présent. »

Il sourit. OK. Ça, il pouvait gérer. Oh ouais, sans problème.

Mais ça le tracassait malgré tout qu'elle s'inquiète de cette histoire de mariage. Vu ses propres sentiments ces temps derniers, cela n'aurait pas dû le troubler du tout, et pourtant si. Y aurait-il deux poids, deux mesures ? Sans doute mais... ah !

Elle noya ses réflexions sous ses actions et, dès cet instant, il cessa de se tracasser et fut heureux.

À *bord du* Bonne Chance

Santos était satisfait, pour le moment du moins. Il avait amené Missy à faire des trucs qu'elle ne faisait pas d'habitude – et c'était révélateur. Elle se réveillerait demain un rien endolorie en certaines parties de son anatomie. C'est qu'il n'avait pas fini de la punir, et Jackson n'allait pas non plus s'en tirer comme ça simplement parce qu'il avait détalé en Allemagne. Mais il pouvait attendre. Chaque chose en son temps.

Lui faisait-il confiance ? Non, sûrement pas. C'était une salope, et elle jouait en solo, ça, ça n'avait pas changé, quoi qu'elle puisse dire. Ses petits talents ne la sauveraient que jusqu'à un certain point, mais pour l'heure, autant en profiter. Quand il rentrerait chez lui, il se trouverait des femmes plus jeunes qui ignoraient l'art de l'amour et il leur enseignerait à lui plaire comme Missy l'avait fait avec lui. La différence est qu'elles n'auraient ni son esprit pervers ni son besoin de dominer. Les femmes intelligentes, ambitieuses, étaient dangereuses. À éviter. Les jeunes femmes belles et stupides, voilà celles qu'il préférait. Et si elles devenaient futées avec l'âge ? Eh bien, il y en avait toujours de nouvelles qui attendaient de prendre leur place.

Sous la douche, tout en se frottant avec le savon-crème de Missy, il fredonnait une petite chanson. La prochaine phase du plan était sur le point de débuter. Ils ne pouvaient pas tout faire avec leurs ordinateurs et leurs campagnes de pub, et, sous peu, ce serait à lui et à des gars dans son genre de faire vraiment bouger les choses.

Il sortit de sous la douche et se sécha avec une des grandes serviettes-éponges de Missy. Il devrait aller s'entraîner maintenant qu'il était détendu. Le gymnase du bateau était assez vaste, une fois qu'on en avait dégagé tout le matériel. Faire l'amour, prendre une douche brûlante, autant de choses qui vous donnaient l'envie de vous coucher pour une petite sieste, mais la discipline devait être maintenue. Il s'entraînait tous les jours, quoi qu'il advienne, où qu'il se trouve, il trouvait toujours un moyen de faire quelque chose. Le tranchant de l'esprit combatif avait tendance à s'émousser si on ne l'aiguisait pas fréquemment. Il était toujours facile de justifier un jour de relâche de-ci de-là. Mais dans ce cas, pourquoi pas deux jours ? Puis quatre ? Il n'y avait pas de limite, et sans qu'on s'en aperçoive, on se retrouvait gras et paresseux, du gibier tout cuit pour un joueur affûté et affamé qui ne se berçait pas d'illusions en s'imaginant avoir gardé le tonus quand il l'avait laissé se rouiller.

Il récupéra son collant d'entraînement à rayures et ses sandales en caoutchouc, prit une serviette propre et se dirigea vers la porte.

Nue sur le lit, Missy l'aperçut. « Tu ne vas pas t'entraîner ?

– Si.

– Mais tu dois être fatigué.

– Ça n'a pas d'importance.

– Pourquoi ne reviens-tu pas au lit ? Tu pourras t'entraîner plus tard.

« – Je le ferai. Mais je vais aussi m'entraîner maintenant. »

Elle hocha la tête et il sortit. Elle ne pouvait pas comprendre. C'était une femme. Les femmes ne savaient pas comment fonctionnaient les hommes, en tout cas pas pour les choses importantes. Oh oui, bien sûr, elles savaient ce qu'un homme voulait au pieu, mais elles ne connaissaient rien à l'honneur, à la discipline et à tout ce qui faisait d'un homme un homme. Non. Elles ne savaient rien de tout cela. Comment auraient-elles pu ? Pas plus qu'un homme ne pouvait savoir ce que c'était de porter un enfant : ce n'était pas en eux, voilà tout.

24.

QG de la Net Force, Quantico

Installé dans la salle de conférences dès potron-minet, Michaels écouta les membres de son équipe faire leur rapport. Toni était là, Jay aussi, ainsi que John Howard et Julio Fernandez.

Toni prit la parole : « La police est certaine que le véhicule qui a percuté la voiture du sénateur DeWitt l'a fait exprès. Il n'y a aucune marque de dérapage sur la chaussée avant l'impact et le véhicule tamponneur qu'on a pu identifier grâce à des éclats de peinture et de chrome a été localisé à quelques kilomètres de là seulement. Des voisins ont pu apercevoir le chauffeur mais il portait un casque et des gants épais, donc, aucun signalement possible. Il pourrait être blanc, noir, ce pourrait même être une femme.

– Et Jay pense que c'est lié à CyberNation ? intervint Michaels. Jay ? »

L'intéressé acquiesça. « Ouaip. Juste une nouvelle bûche dans le feu des indices, patron, mais elle pétille pas mal. J'ai fouiné un peu aux alentours et j'ai réussi à dénicher deux ou trois trucs intéressants sur le navire-casino. Il ne fait jamais relâche nulle part, du moins pas depuis qu'il a été réarmé et remis à flot il y a un peu plus d'un an.

– C'est invraisemblable. Comment ravitaille-t-il en vivres et en carburant ? s'enquit Howard.

– Mazout, courrier, vivres, tout vient par hélicoptère ou par des cargos spécialement affrétés qui l'abordent une fois par mois. Comme le bâtiment croise dans les eaux internationales, personne ne peut venir l'embêter. Il n'existe aucun plan de reconstruction ou de réaménagement depuis l'enregistrement du bâtiment d'origine. Comme il bat pavillon libyen, personne ne s'en soucie tant qu'ils paient les taxes. Il y a des web-cams en ligne mais qui ne montrent que la salle de jeux principale et une vue sur la mer. Nous ignorons entièrement ce qui se trouve à bord. J'ai glané et croisé des rapports issus de diverses pages Web, des messages postés par des touristes, mais si vous mettez tout cela bout à bout, vous obtenez une image composite avec quantité de lacunes.

– Par exemple ? s'enquit Michaels.

– Par exemple, la moitié du bâtiment. Tenez, jetez plutôt un œil sur ce graphique. » Jay effleura un bouton sur son écran-plat et l'holoproj d'une perspective fil de fer s'illumina dans les airs au-dessus du port de projection. « Il y a des cabines pour les passagers, ici et ici, sur ces ponts. » Une partie du schéma en 3D s'illumina en rouge.

« Le casino est situé ici. Là, c'est la piscine, là, un gymnase, et, de ce côté, une immense salle à manger jouxtant une salle de spectacle. »

D'autres parties de l'image s'éclairèrent de couleurs différentes.

« Si cette zone correspond aux quartiers de l'équipage et si l'on estime que celles-ci sont consacrées aux moteurs, aux approvisionnements et aux diverses aires de stockage, cuves de mazout et autres – de nouvelles couleurs s'affichèrent –, et même en ajoutant encore deux ou trois vastes secteurs pour faire bonne mesure, il reste encore une bonne partie de la coque qui semble vide. Et aucun de nos rapports ne peut remplir ces ponts inutilisés.

– Peut-être construisent-ils d'autres salles de jeu ? suggéra Fernandez.

– Négatif. Aucun signe d'une construction quelconque, pas de livraison de matériaux de construction par les cargos depuis au moins six mois – j'ai pu avoir accès aux manifestes.

– Bref, qu'est-ce que tu essaies de nous dire là, Jay ? » intervint Toni.

Il secoua la tête. « Je ne m'y connais pas suffisamment en architecture navale pour être catégorique, mais il me semble qu'on ne laisse pas tout cet espace vacant.

– C'est généralement vrai, admit Howard.

– Donc, si tel est le cas, qu'y a-t-il sur ces ponts ? Je suis prêt à parier que c'est en rapport avec CyberNation et non pas avec l'activité de jeu proprement dite.

– Quoi, par exemple ? » demanda Michaels.

Jay haussa les épaules. « J'en sais rien. Peut-être des ordinateurs. Un studio de production numérique, correspondant à toutes ces pubs qu'ils diffusent. J'ai découvert qu'ils les réalisaient eux-mêmes, ils ne recourent à aucune agence extérieure.

– Et même si tel est le cas, qu'est-ce que ça veut dire ? remarqua Toni. Il n'y a rien de suspect là-dedans. Ils avaient de la place à revendre, ils l'utilisent à bon escient. »

Jay secoua la tête. « Ils n'en ont pas besoin. Le siège de CyberNation se trouve en Suisse. Ils ont un immeuble de bureau de vingt étages à Genève, plus un gigantesque entrepôt. Qu'est-ce qu'un bateau à moitié rempli de salles de jeu et de machines à sou en comparaison ?

– Toi, tu as une théorie, pas vrai ? intervint Michaels.

– Oui, patron, en effet. Imaginez... si je me livrais à une activité illégale, quelle qu'elle soit, la police helvétique pourrait toujours venir frapper à ma porte et fouiller cet immeuble à Genève. Mais s'ils font leur petite cuisine là-bas aux Caraïbes, qui a le pouvoir d'aller y jeter un œil ? »

Howard acquiesça. « Légalement, personne.

– Tout juste.

– Bref, tu es en train de suggérer que les attaques contre le Net provenaient de ce bateau ? » C'était Toni.

« Je ne peux pas l'affirmer avec certitude. Mais si c'était le cas, comment quelqu'un aurait pu le découvrir ? Ou faire quoi que ce soit si on l'avait découvert ? Et pourquoi CyberNation possède-t-elle un navire-casino ?

– On aurait peut-être intérêt en effet à trouver les réponses à ces questions, fit observer Michaels.

– J'y travaille », dit Jay.

À l'issue de la réunion, Jay se retrouva seul avec Julio Fernandez.

« On dirait que tu t'es fait couper l'herbe sous le pied dans cette histoire », observa ce dernier.

Sourire de Jay. « Pas forcément. Je devrais pouvoir craquer leur base de données personnelle. Si je réussis à identifier qui bosse pour eux, peut-être que je pourrai localiser ces gens par leurs autres traces électroniques. Tu sais, les repérer dès qu'ils utilisent leur carte de crédit, passent des coups de fil longue distance, ce genre de trucs. S'ils ont des cracks de la programmation qui bossent sur ce bateau, cela pourrait également pointer un doigt dans leur direction.

– Tu crois pouvoir réussir à franchir les pare-feux d'une boîte comme CyberNation ?

– Oh, ça ouais, j'ai eu tout le temps pour ça et deux supercalculateurs Cray pour m'amuser dessus. Mais il y a encore plus simple. L'ingénierie sociale. »

Sourire de Fernandez. « Je me rappelle t'en avoir entendu parler. Mais est-ce légal ?

– Pas au sens strict, convint Jay.

– Dans quel sens, alors ?

– Bon, d'accord, dans aucun, admit Jay. Mais disons, par exemple, que je connais quelqu'un qui connaît quelqu'un qui connaît quelqu'un qui a accès à des fichiers... et que je peux échanger quelque chose avec lui contre cette information. Ça ne nous coûte rien.

– Sans vouloir retourner le couteau dans la plaie, n'est-ce pas là justement le genre de pratique à laquelle nous avons pour mission de mettre fin ? S'introduire dans le système informatique de quelqu'un à son insu pour y dérober des informations ne constitue-t-il pas un crime ?

– Techniquement, oui. »

Nouveau sourire en biais de Fernandez. « Je vois.

– Bon, écoute, nous ne sommes pas en train de parler d'un honnête citoyen qu'on cambriole pour lui piquer sa télé. Je suis à peu près sûr que ce sont ces types qui ont coûté des millions et des millions de dollars à tout un tas de pays. Des gens sont morts à la suite des défaillances du Net en certains endroits. Ces types portent bandeau sur l'œil et sabre d'abordage. Ce sont des escrocs, des pirates.

– T'es sur une pente savonneuse, là, Jay. C'est une violation qualifiée du Quatrième Amendement. Extorsion abusive d'informations et tout le tremblement...

– Depuis quand es-tu devenu expert en droit constitutionnel, lieutenant ?

– J'ai juré de préserver et protéger la Constitution. Toi aussi, du reste, selon l'acte constitutif de la Net Force. Une fois qu'on se met à enfreindre les lois pour lutter contre la grande délinquance, combien de temps avant de les contourner pour s'en prendre à la petite ? Et ensuite aux pas vraiment délinquants, mais dont la tête ne te revient pas ? »

Soupir de Jay. « Ouais, bon, d'accord, j'admets. Sans doute y a-t-il un autre moyen d'obtenir l'information sans rien faire d'illégal. Cela dit, c'est plus dur. Et si pendant que j'essaie, ils se remettent à frapper, qu'ils s'en prennent ce coup-ci à un hôpital et provoquent la mort de tout un tas de patients, par exemple ?

– Ce serait moche. N'empêche...

– Tu suis tout le temps les règles du code de la route, Julio ?

– Nân. Et si je me fais gauler, je ne proteste pas non plus, je paie l'amende. Mais brûler un feu rouge à minuit dans un coin désert quand il n'y a pas un chat dans les rues, ce n'est quand même pas la même chose, non ?

« Suppose que tu obtiennes les trucs que tu cherchais et qu'on se serve de cette information pour épingler ces types. Pas de bobo, pas de dégât, pas de protestation, d'accord ? Mais que par la suite un de leurs avocats découvre le pot aux roses. Les malfaiteurs, qui sont coupables, s'en tirent, et toi, tu te retrouves à chercher du boulot, voire à passer quatre ou cinq ans en probation dans quelque country-club fédéral, aux frais du contribuable. C'est la loi, Jay. C'est ce qui sépare les bons des méchants. Qu'on la jette par-dessus les moulins, et on ne devient pas différent d'eux.

– Ouais, ouais, tu as raison, c'était juste une idée comme ça.

– On peut pas te pendre pour tes idées. Enfin, pas encore. »

Toni fit une pause-café, mais elle demeura derrière son bureau, à pianoter sur l'ordinateur. Cela faisait un bout de temps qu'elle n'avait plus fait de *scrimshaw* – les quelques travaux qu'elle avait effectués durant sa grossesse n'avaient rien de bien sérieux – et elle décida de visiter le site de Bob Hergert, dont les cours en ligne lui avaient enseigné tout ce qu'il fallait savoir sur l'art de graver l'ivoire et de mettre en valeur la gravure avec de l'encre noire.

La méthode de Bob mettait surtout l'accent sur le poinçonnage, l'alignement d'une quantité de points minuscules sur une surface lisse à l'aide d'aiguilles très pointues – certaines de sa fabrication, car celles du commerce n'étaient pas assez fines pour les micro-perforations qu'il affectionnait. Bob était capable de réaliser un portrait réaliste sur une rondelle d'ivoire pas plus grande qu'une pièce de dix cents, un portrait si fouillé qu'on ne pouvait pleinement l'apprécier que sous une grosse loupe, voire un stéréomicroscope.

D'aucuns ne considéraient pas cette activité comme un art, mais Toni n'était pas du nombre.

Port Orford, Oregon

Bob avait refait sa boutique en ligne l'année passée, en y ajoutant de nouvelles rubriques. À peu près tout ce qu'il avait produit ces quinze dernières années était désormais visible car il archivait tout.

Toni parcourut les larges allées – le mètre carré ne valait rien en virtuel – en examinant les diverses pièces exposées. Sa visite avait une autre raison que la simple curiosité. Nadine, l'épouse de John Howard, avait acheté un jeu de plaques de crosse de revolver en faux ivoire qu'elle comptait offrir à son mari pour son pro-chain anniversaire. Les dernières versions ressem-blaient à tel point à de l'ivoire d'éléphant qu'elles trompaient à peu près tout le monde, mais coûtaient bien moins cher et surtout n'entraînaient pas la mort de Jumbo pour satisfaire vos péchés mignons. Nadine avait demandé à Toni si ça l'intéresserait de lui graver quelque chose dessus. Toni n'avait jusqu'ici réalisé qu'une seule crosse, pour un des copains de Julio

Fernandez. Cet ami, ex-Béret vert, avait un six-coups de cow-boy et Julio lui avait demandé de lui graver quelque chose sur une face. Elle avait opté pour un motif simple, un béret surmontant une fine bannière portant ces mots : *De Oppresso Liber*, « Pour libérer les opprimés ». Le dessin comme la devise sortaient tout droit du catalogue de T-shirts des forces spéciales, donc le travail n'avait guère été difficile. Elle n'avait pas été trop satisfaite du résultat, le lettrage n'était pas parfait et les ombres pas vraiment réussies, même si le destinataire avait, semblait-il, été ravi du résultat. Nadine Howard avait toutefois un projet un peu plus complexe en vue et, si Toni devait le réaliser, il lui faudrait de l'aide.

La boutique avait été disposée à sa convenance au moment où elle s'était connectée, aussi avait-elle pu retrouver sans peine les crosses de pistolet. Il y en avait un certain nombre. Un joli ensemble offert à un shérif par ses amis à l'occasion de sa retraite, portant gravés son insigne et son nom. D'autres exhibaient des motifs géométriques et des lettrages fantaisistes ; d'autres encore le portrait d'un petit enfant.

Ceux toutefois qui attirèrent son attention étaient un ensemble présentant une femme nue vue de face et de dos, accroupie au-dessus de ce qui ressemblait à un sol carrelé, dans une cour entourée de bâtiments de style moyen-oriental. Le travail de détail était complexe – les colonnes supportant le toit voûté, les balustres, parapets et balustrades, tout était exquis. Un toit en dôme était visible au loin en arrière-plan. On distinguait le reflet des pieds de la femme sur le carrelage. Et le nu proprement dit était superbe. Elle avait des cheveux courts, presque taillés en brosse, un nez qui donnait l'impression d'avoir été brisé, et sous un grossissement de cinq fois, on pouvait voir que ses yeux étaient clairs.

Elle avait un air familier.

Bob s'approcha : « Hé, Toni, comment allez-vous ?

– Salut, Bob, il se peut que j'aie des crosses de pistolet à réaliser et j'ai pensé faire un tour ici chercher l'inspiration. C'est un travail magnifique.

– Merci. C'est Dirisha. Regardez d'un peu plus près le dos de sa main, juste là... »

Toni obéit. Elle vit comme une sorte de petit carré d'où dépassait un tube, pointé comme un doigt. Elle poussa l'agrandissement pour mieux voir.

« C'est un *spetsdöd*, expliqua-t-il. Un lance-fléchettes. C'est un personnage de science-fiction. Je l'ai fait pour l'auteur.

– C'est un travail incroyable, Bob.

– Merci.

– Je ne sais pas si je vivrai assez longtemps pour arriver à ce niveau.

– Cela ne réclame que de la pratique, petite. Si je peux le faire, n'importe qui peut le faire aussi.

– Ouais, c'est ça.

– Bon, d'accord, un brin de talent aide bien. Mais l'essentiel, c'est le travail. Oups, faut que je file... un client. À un de ces jours, Toni. Et si je peux vous aider, n'hésitez pas.

– Merci, Bob. »

Elle se pencha pour s'extasier à nouveau sur les poignées de crosse. Bob travaillait sous stéréomicroscope et Alex – quel ange ! – lui avait fait la surprise de lui en offrir un. Lequel, incidemment, s'avéra essentiel pour résoudre l'affaire sur laquelle il travaillait à l'époque, ce qui en avait fait un excellent investissement. Mais si Toni devait réaliser ce genre de travail, il allait lui falloir plus qu'un bon stéréomicroscope. Quoi qu'en dise Bob, il fallait des trésors de talent et de patience pour réaliser une œuvre d'art si détaillée que sous un grossissement de vingt fois, on pouvait compter un par un chaque sourcil de cette femme, et constater que chacun était à sa place.

Grands dieux !

À *bord du* Bonne Chance

Jasmine Chance regardait les chiffres. Les nouvelles adhésions étaient en hausse, en forte hausse, mais sans atteindre – il s'en fallait de beaucoup – les niveaux que désirait CyberNation. Ç'avait été une bonne campagne, en synergie sur plusieurs fronts, mais le pic était déjà atteint.

Elle se carra contre le dossier et soupira. Enfin, elle s'y était plus ou moins attendue. Aucun des gouvernements sur lesquels ils faisaient pression n'était prêt à s'embarquer dans l'aventure : leur opinion publique ne s'était pas encore suffisamment manifestée dans ce sens, et il faudrait au moins ça pour les pousser à agir. Les hommes politiques ne se hasardaient jamais trop loin de leur base, chacun le savait, et le moyen de faire passer une loi était de susciter assez de protestations de la part des électeurs pour que leurs représentants sachent de quel côté s'orienter. Les hommes politiques étaient par nature des suivistes, pas des meneurs. Ils reflétaient plus qu'ils ne modelaient l'opinion publique. Cela contribuait à leur longévité ; se faire réélire était pour eux plus important que telle ou telle loi qu'ils pourraient soutenir.

Bref, il était temps de franchir un pas suffisant pour que l'opinion scandalisée exige des responsables qu'ils avaient élus de se retrousser les manches pour régler les problèmes.

Chance et ses équipes devaient donc leur donner quelque chose à régler. Un truc qui exige quantité de temps, d'argent et d'efforts pour être remis en service. Ce qui voulait dire détruire un peu plus que des réseaux informatiques par une attaque logicielle. Détruire du matériel ; et que ce soit couper des câbles ou faire sauter des bâtiments, il ne faudrait pas lésiner sur les moyens.

Elle regarda sa montre. Il faudrait avertir l'équipe de Keller. Elle comptait lui passer un coup de fil pour l'informer d'une nouvelle accélération du programme.

Roberto allait se sentir émoustillé. Il pourrait se lâcher, brûler les étapes, et c'est ça qui l'avait toujours attiré dans ce projet. Ça et l'argent, bien sûr. Il aimait bien être avec elle, aucun doute, mais elle n'était pas stupide au point de s'imaginer qu'elle passait en premier.

Enfin, parfois, si.

Elle sourit et tendit la main vers son com. Il allait y avoir de l'activité en perspective.

25.

Joe's Diner, Kansas City, Kansas
Juin 1955

Joe's Diner était un classique – ou le deviendrait, s'il survivait jusqu'aux années 80. L'établissement avait la forme d'un gros pain à hot dog, avec une devanture vitrée à partir du niveau de la taille. À l'intérieur, un comptoir en formica décoré de motifs en forme de boomerang s'étirait sur toute la largeur, desservi par des tabourets chromés vissés au sol et recouverts de galettes en skaï rouge. Chez Joe, on servait des hamburgers, des frites et des sandwiches au fromage grillé pour le déjeuner. Au dîner, la spécialité était des tranches de rosbif accompagné de purée, le tout nappé d'une sauce épaisse et de légumes au choix – pourvu qu'il s'agisse de petits pois ou de dés de carottes en boîte. Pour le petit déjeuner, on avait le choix entre jambon-œufs sur le plat, bacon-œufs sur le plat ou saucisse-œufs sur le plat, toujours accompagnés d'une pomme au four. Si vous cherchiez de la nourriture diététique, vous risquiez de mourir de faim chez Joe et personne ne viendrait vous plaindre. D'ailleurs, il n'y avait qu'un pédé de communiste pour manger que des légumes, et bon débarras s'il crevait.

Comme il était tôt, Jay prenait un petit déjeuner et il avait opté pour la version allégée : deux œufs sur le plat. Avec quatre petites saucisses et des biscottes trempées dans le beurre fondu. Plus des pommes au four nageant dans une mare d'huile chaude. Le spécial infarctus, comme on l'appellerait au XXIᵉ siècle. Soixante ans plus tôt, c'était pourtant ce que les gens mangeaient de manière régulière sans se prendre la tête. Et s'ils tenaient absolument à accompagner le tout de céréales, ils avaient toujours les machins grillés sucrés avec du lait entier, nappés de deux cuillerées de sucre blanc, pour faire bonne mesure. Et personne encore ne l'avait surnommé la mort blanche.

Jay regarda sa montre puis la porte juste à l'instant où se pointait le journaliste du *Kansas City Star*. Un barbu dégingandé coiffé d'un feutre gris, chemise blanche et cravate froissée, blazer noir sur l'épaule, le genre Frank Sinatra ; il avait en main une chemise en papier kraft. C'était Mahler, reporter vedette du *Star*, et métaphore du transfert d'information dont avait besoin Jay.

« Hé, Joe, dit Malher. Café et menu numéro trois. C'est mon copain oriental qui régale. »

Joe, l'imposant patron basané qui officiait derrière le comptoir vêtu d'un tablier jadis blanc qui aurait eu bien besoin de quatre litres d'eau de Javel et de trois passages en machine avec de l'Omo extra rien que pour redevenir gris, acquiesça et se tourna vers le passe-plat. Il lança au cuistot : « Quat'-brouillés-four-lardons-galettes-mie-brûlé ! »

Jay traduisit mentalement : *Quatre œufs brouillés, pommes au four, du bacon, avec une petite pile de crêpes et du pain de mie grillé.* Enfin, pain tout court aurait suffi puisque c'était la seule option de la maison à cette heure-ci.

Joe versa une tasse de café dans une grosse chope en porcelaine qu'il déposa sur une soucoupe devant Mahler. Une partie du mélange bien clair – on aurait plutôt dit du thé léger – déborda dans la soucoupe. Malher ajouta quatre cuillérées à thé de sucre bien tassées, le contenu d'une petite bouteille en verre de crème, mélangea le tout, puis en but une gorgée.

Un torréfacteur comme Starbucks aurait pu faire des affaires ici.

Incroyable qu'ils ne soient pas tous diabétiques, en plus.

« Alors, v'là ton information », dit Mahler. Il fit glisser la chemise sur le comptoir en direction de Jay.

« Merci.

– Pas de quoi. Tant qu'il s'agit de tenir à distance ces salauds de rouges, vous pouvez compter sur moi. »

Jay sourit. Les années 50 regorgeaient de gens inquiets de voir les communistes débarquer d'un instant à l'autre sur Long Beach ou Palisades Park. Le sénateur McCarthy avait joué sur les peurs du pays comme un batteur de rock sur ses peaux, du moins pendant un temps. Et même après la disparition de la commission parlementaire sur les activités anti-américaines, le péril rouge continua de planer jusqu'à l'éclatement de l'Union soviétique, près de quarante ans plus tard. Durant un temps, quiconque s'estimait patriote aurait fait n'importe quoi pour aider un service gouvernemental suggérant qu'une telle action contribuerait à contenir la marée rouge qui menaçait d'engloutir le monde...

« Votre gouvernement vous remercie, monsieur Mahler. »

Jay ouvrit la chemise. Julio Fernandez avait eu raison. Il avait réussi à obtenir le renseignement par des voies légales. C'était une méthode contournée, mais toutes ces infos étaient du domaine public, il suffisait de savoir où chercher, et comment. Il parcourut la liste, hocha la tête en voyant les noms, sourit à nouveau. Le patron allait adorer.

Le petit déjeuner de Mahler arriva et l'ensemble était franchement psychédélique : des œufs brouillés jaune vif, des bandelettes brun-rouge de bacon grillé, une pile de crêpes du diamètre d'une soucoupe, par huit, et une seconde assiette où trônaient quatre tranches de pain de mie grillé et beurré découpées en diagonale, accompagnées de huit autres escargots de beurre dans un minuscule ravier. Bigre ! Jay avait effectué les recherches. Ils mangeaient réellement comme ça. C'était un miracle que tous ces gens aient réussi à dépasser la trentaine.

QG de la Net Force
Quantico

Michaels essayait de se dépatouiller avec la nouvelle enveloppe budgétaire que ses comptables avaient concoctée quand Jay entra dans son bureau. Personne ici ne se souciait de frapper. Pourquoi diable avait-il une secrétaire ? Pour autant qu'il sache, elle n'essayait même pas de ralentir Jay au passage.

« Matez ça, patron. (Il indiqua son écran-plat.)

– J'écoute. »

Jay tendit à Michaels l'ordinateur de poche et se laissa choir sur le canapé. « Ils ont une armada de programmeurs informatiques à bord de ce bateau. Je vous parie tout ce que vous voulez que c'est de là que provenaient les attaques contre le Web.

– Et tu sais ça comment ?

– Ma foi, je m'apprêtais à pirater les fichiers du personnel de CyberNation mais Julio m'en a dissuadé. Comme quoi c'était illégal, immoral, pas assez foulant et tout ça. N'empêche que ça m'a fait réfléchir et j'ai fini par aller déterrer des infos publiques, tout ce qu'il y a de plus légales.

– Et tu as déterré quoi, au juste ?

– OK, regardez plutôt la liste. Ce que j'ai fait, c'est emprunter deux heures de calcul sur le PGMT de la NSA pour lui faire analyser une tapée de fichiers de l'INEST. »

Michaels acquiesça. Le PGMT était le supercalculateur Cray surnommé « le Putain de Gros Machin à Trier », installé dans le complexe souterrain de la NSA récemment réaménagé à Fairfax. L'INEST était l'ordinateur de l'InterNational Education Statistics Terminal – le fichier international de statistiques universitaires, installé dans la capitale fédérale.

« OK.

– Et ce que j'ai fait, c'est sélectionner les deux premiers pour cent dans la liste des diplômés à la sortie des grandes écoles d'informatique d'Europe et des États-Unis ces dix dernières années. J'ai trouvé leur identité, puis j'ai croisé ces informations avec divers fichiers – permis de conduire, taxe d'habitation, impôt sur le revenu, et ainsi de suite.

– J'écoute toujours mais je commence à fatiguer, là. Où veux-tu en venir ? Je précise que tu es un brillant élément. »

Jay rigola. « Bon, d'accord. En deux mots, donc, il s'avère que toute une tripotée de diplômés des deux sexes, qui étaient des enfants prodiges en dernière année au CIT, au MIT, à l'université de Zurich, à l'université du Québec, et ainsi de suite, ont choisi de résider à Genève. Ça ne veut pas dire pour autant qu'ils bossent tous pour CyberNation, bien entendu, mais les plus brillants du lot ont passé du temps et dépensé de l'argent à Fort Lauderdale, en Floride, au cours des six derniers mois. Ils se sont rendus en Suisse, puis en Floride.

– Ce qui veut dire ?

– Devinez quel casino flottant entretient une demi-douzaine de navettes quotidiennes avec Fort Lauderdale ? Et les archives auxquelles j'ai pu avoir accès révèlent que ces gens tendent à se pointer selon le même cycle régulier chaque semaine. J'en ai déduit que ce sont leurs jours de repos hebdomadaire. Ils vivent et bossent à bord, sautent dans l'hélico et rejoignent le continent pour se distraire le samedi. »

Michaels hocha la tête. Des preuves indirectes, certes, mais une sacrée coïncidence malgré tout, si ça devait se confirmer. Le rasoir d'Occam vous la trancherait à la taille d'un confetti.

« Je peux encore réduire le champ d'investigation, mais je pense que nous avons à bord de ce navire toute une nichée de programmeurs et de tisseurs de toile, et qu'ils prennent un luxe de précautions pour que tout ça demeure discret, pour ne pas dire totalement secret. Et bien entendu, la grande question demeure : pour quoi faire ? Et je pense que nous connaissons tous la réponse. Ils sont tous passés du côté obscur.

– Bon. Je suppose qu'on a besoin de le confirmer avec certitude, pas vrai ? »

Jay hocha la tête. « Ça c'est plus dur. On pourrait en surprendre un grâce à la webcam du pont, ou je ne sais quoi, mais les archives de bord ne sont pas diffusées en public. Je ne pense pas que nous ayons là de quoi obtenir un mandat de perquisition. À supposer d'ailleurs qu'on puisse en avoir un. Ils ne dépendent pas de nous et je doute que la Libye s'y intéresse. »

Toni apparut sur ces entrefaites. « Quoi de neuf ? »

Michaels adressa un signe de tête à Jay et ce dernier lui fit un bref topo.

« Beau boulot, Jay. Et maintenant ?

– Peut-être que quelqu'un devrait aller voir de plus près ce qui se passe à bord, suggéra Michaels.

– Pour embarquer, il suffit de se présenter à l'héliport et de leur virer quelques sous pour rallier par la voie des airs leur casino flottant, expliqua Jay. La majorité des clients viennent des États-Unis, quelques-uns de Cuba et d'autres îles des Caraïbes.

– Tu vas demander au FBI d'aller y jeter un œil ? demanda Toni.

– Ils n'ont aucune compétence légale pour ce faire, observa Michaels. Et soit dit entre nous et le micro planqué dans ma lampe de bureau, je ne fais pas confiance à la CIA plus que ça...

– Qu'est-ce que t'es en train de suggérer là, Alex ?

– On est en plein hiver. Une petite virée en mer des

Antilles pour jouer et profiter du soleil tropical, ça ferait une chouette coupure, qu'est-ce que vous en dites ?

– Moi, moi ! s'exclama Jay. Je suis volontaire !

– Négatif », dit Michaels. Il regarda Toni. « Qu'en pensez-vous, madame Michaels ? D'attaque pour un petit déplacement professionnel ? »

L'éclat qui illumina son visage faisait plaisir à voir.

Après que Jay fut reparti, Toni reprit : « Tu es sérieux ?

– Oui, m'dame. On a besoin d'envoyer quelqu'un sur place pour inspecter les lieux.

– Et tu ne veux pas le faire.

– Non, ma femme me tuerait si je filais comme ça, en la laissant toute seule à la maison avec un marmot.

– Sérieusement, Alex, pourquoi moi ?

– Si je me souviens bien, la dernière fois que j'ai voulu éviter de t'envoyer en mission parce que je me montrais trop protecteur, je me suis fait remonter les bretelles. J'ai retenu la leçon.

– Vraiment. » La voix était presque aussi sèche que le Sahara.

« Bon, d'accord, je ne crois pas que ce soit particulièrement dangereux, si tu veux tout savoir. Tu n'auras rien à faire de risqué, juste te balader, tâter le terrain, renifler ce qui se trame. Je ne veux pas te voir aller fouiner dans des parties du bâtiment interdites au public ou tenter de dérober des codes informatiques, ce genre de trucs. Je demanderai à Jay de nous fournir quelques holos des programmeurs qu'il a repérés pour que tu puisses les étudier ; comme ça, si jamais tu tombes sur l'un d'eux pendant ton séjour à bord, tant mieux, mais l'essentiel est de recueillir les informations aisément disponibles.

– Pour... ?

– Pour quand on devra les utiliser, si jamais l'occasion se présente. Je ne sais pas au juste où tout ceci va nous mener, mais on peut déjà échafauder une ou deux hypothèses. Imagine que Jay ait raison. Que CyberNation soit responsable des attaques contre le Net. Et qu'elles aient été organisées depuis ce paquebot en mer des Antilles. Que pouvons-nous faire sans preuve ? Ils croisent au large, hors des eaux territoriales, et nos lois ne s'appliquent pas. Bien sûr, on pourrait envoyer là-bas un destroyer ou un lance-missiles pour les arraisonner – à supposer qu'on parvienne à convaincre l'amiral commandant de la flotte, le secrétaire à la Marine, les chefs d'état-major interarmes et bien sûr le président de donner leur accord... ce qui n'est pas vraiment envisageable. Si jamais on a tort, le concert de protestations internationales balaiera le responsable – à savoir moi – et le mettra au chômage. Et quand bien même on aurait raison, tous les pays du tiers monde pousseront les hauts cris contre l'impérialisme américain et la diplomatie de la canonnière. L'inconvénient d'être une superpuissance.

– "Ô ! Il est beau d'avoir la force d'un géant mais c'est une tyrannie d'en user comme un géant[1]." »

Il la considéra, intriguée.

Elle sourit. « Ça fait des années que je guettais une occasion de la placer, celle-là. *Mesure pour mesure.* Un de mes profs de sciences politiques à l'université de

---

1. Acte II, scène 2, trad. François Guizot, Paris, Didier, 1863.

New York était un grand amateur de Shakespeare ; il avait la manie de balancer les citations comme des cacahuètes à des singes trop gavés – on finissait par les ignorer. La seule autre dont j'aie réussi à me souvenir est extraite de *Titus Andronicus*. Pas évident, celle-ci, de la glisser dans une conversation.

– On en a tiré un film, non ? Une histoire de viol, de meurtre et de vengeance ? Le genre de truc optimiste et chaleureux.

– Ah ouais. La réplique est dans la bouche d'Aaron : "S'il existe des démons, je voudrais en être un, – et vivre et brûler dans les flammes éternelles –, pourvu seulement que j'eusse votre compagnie dans l'enfer et que je pusse vous torturer de mes amères invectives [1] !"

– Devait être un personnage intéressant, ton prof.

– Ça oui. Il est parti bosser pour les Affaires étrangères quelques années après ma sortie. Un des spécialistes de la Chine, aujourd'hui, je crois.

– Eh bien, je suis impressionné par ta connaissance des classiques. Bon, tu veux faire ce voyage ou pas ? Je suis à peu près sûr de ne pas avoir grand mal à trouver des volontaires si tu refuses.

– Ouais, j'ai entendu Jay.

– Ma foi, je ne vais certainement pas te forcer. C'est à toi de voir. Mais tu ne pourras pas dire que je ne t'ai pas fait la proposition. »

Elle hocha la tête et réfléchit un instant.

« Si l'on peut recueillir suffisamment d'éléments pour être certains que CyberNation est coupable, reprit Alex, et qu'ils ont bien agi depuis ce bateau,

---

1. Acte V, scène 1, trad. François-Victor Hugo, Paris, Pagnerre, 1866.

alors on pourra peut-être faire quelque chose tout seuls.

– Comment cela ?

– Les gars et les filles de John Howard s'ennuient, enfin, c'est ce qu'il m'a dit...

– La directrice t'arracherait les yeux.

– Pas si nous avons raison. Ça entre dans le cadre de nos attributions, d'une certaine façon... au moins ne pourra-t-on pas nous accuser d'ingérence dans les affaires d'une puissance étrangère. Nous avons les mêmes droits que n'importe qui de naviguer en haute mer, pas vrai ?

– C'est franchement tiré par les cheveux, Alex.

– Pas autant que certains trucs que nous avons déjà réalisés et dont nous nous sommes sortis. Souviens-toi des missions à Grozny. Et en Guinée-Bissau.

– C'est ta façon de justifier l'opération ? En faire un moindre mal ?

– Pourquoi pas ? J'ai gardé également souvenir de mes cours sur l'adaptation de l'éthique à la situation. »

Elle hocha la tête.

« De toute façon, reprit Michaels, ce ne sont qu'hypothèses fumeuses pour l'instant. Nous n'avons aucune certitude que Jay ait raison. Peut-être qu'après que nous aurons rassemblé une bonne quantité de pièces, nous serons en mesure de reconstituer le puzzle.

– Et tu serais vraiment d'accord pour me voir partir ?

– En tant que mari et père de ton enfant, pas tant que ça. Mais en tant que ton supérieur, je vois les choses avec plus d'optimisme. Tu es un agent entraîné, tu es capable de te débrouiller toute seule et le niveau de danger est très bas.

– Et laisser mon mari avec un marmot ?

– J'ai Gourou pour m'aider. Et puis tu te plaignais d'être coincée à la maison ou au bureau, inquiète de devenir une mère au foyer qui ne parle que de pipi-caca lors des réunions mondaines. Vas-y. Prends-toi deux jours, dépense quelques dollars de l'argent public dans les machines à sous, profite du soleil hiver-nal... avec un bon écran total, bien sûr. »

Elle sourit. « OK, ça marche. Merci, Alex.

– Nous vivons pour servir. Bon, j'imagine que je ferais bien de passer un coup de fil à Jim Howard.

– Tu l'envoies, lui aussi ?

– Non, mais il peut avoir envie de réfléchir aux moyens de s'introduire à bord d'un navire au beau milieu de l'océan. »

À *bord du* Bonne Chance

Dans la cale inférieure, derrière des portes verrouil-lées et gardées, se trouvaient les bombes EMP. Elles étaient installées dans des cadres en bois, une char-pente en poutres de pin qui reposait sur une large palette, également en bois. Il en émanait une vague odeur épicée, mêlée à celle du mélange d'huile et d'eau de mer qui imprégnait la cale humide. Santos savait vaguement comment fonctionnaient ces engins, mais ce n'était pas son truc.

Il avait commis l'erreur de demander. L'expert en

explosifs lui avait tanné le cul en lui parlant avec entrain de superposition des lobes de rayonnement, de condensateurs, de coaxiaux par-ci et de coaxiaux par-là, de composants durcis et de faisceaux de radiation.

Santos écoutait d'une oreille distraite, hochant la tête avec un murmure de temps à autre, histoire de faire croire peut-être à son interlocuteur qu'il avait une vague idée de ce dont il lui parlait.

« Je vous cause là de quinze, vingt mégajoules en quelques millièmes de microseconde », poursuivait le bonhomme, ravi d'avoir un auditoire.

L'homme indiqua la bombe la plus proche, qui évoquait pour Santos une torpille dans un vieux film de sous-marins. Un peu plus fine et plus petite, peut-être. Un chouia plus pointue.

« Ce modèle particulier utilise du PBX-9501. L'armature est cerclée par une bobine de fil d'aluminium de gros calibre : c'est le stator FCG. Le bobinage est divisé en deux moitiés pour accroître le champ d'induction. Il est noyé dans un bloc compact de Kevlar et de fibre de carbone au maillage étroit, pour ne pas exploser avant d'avoir généré un champ suffisant... »

Une bombe qui n'explose pas. Bizarre.

Enfin, si, elle explosait et se détruisait, mais son objectif premier était de cramer les composants électroniques sensibles grâce à une puissante impulsion électromagnétique générée par ladite explosion. Bien compliqué, tout ça. Il semblait plus simple de balancer sur la cible un engin de forte puissance pour tout ratiboiser, mais il semblait que les rayonnements électromagnétiques traversaient le béton bien mieux que les explosifs et, par ailleurs, on ne voulait pas détruire entièrement des infrastructures dont on pourrait avoir besoin par la suite.

Comme une arme biologique qui tuait les gens mais laissait les bâtiments intacts, une bombe à impulsion électromagnétique était destinée à tuer les ordinateurs mais laisser les gens indemnes. Une arme non sanglante.

« Pas aussi efficace que les vircators, poursuivait le spécialiste, qui sont des dispositifs à anode émettant un faisceau d'électrons oscillant à des fréquences micro-ondes. En labo, ils sont arrivés à obtenir des puissances de quarante gigas, mais ces engins sont lourds et bien plus complexes... »

Tout cela n'était que bla-bla technique inutile pour Santos dont le seul souci était de savoir si ces gros étrons argentés munis d'ailerons sauteraient où et quand on voulait, et avec les effets escomptés.

Ces engins semblaient lourds et encombrants mais l'expert en bombes l'avait assuré qu'elles étaient aisément transportables par n'importe quel aéronef. Même si elles étaient arrivés à bord d'un cargo de ravitaillement, elles pouvaient en fait être emportées sans problème par un des gros hélicos de transport de touristes. Chaque bombe ne pesait en fait que le poids de quatre ou cinq hommes de gros gabarit, et à bord d'un appareil pouvant accueillir trente ou quarante passagers on pouvait sans peine charger une demi-douzaine de ces engins.

L'expert en bombes repartit sur un de ses délires techniques mais Santos l'arrêta d'un geste. « Oui, je comprends, mentit-il avec un sourire. Je veux juste m'assurer que vous êtes bien conscient du lieu et du moment où elles doivent être livrées.

– Oh oui, ça je sais.

– Bien. Veillez-y. Je vous recontacterai quand nous partirons. »

Santos s'éloigna à grands pas, ses semelles résonnant sur le caillebotis d'acier de la cale chaude et humide. On aurait pu croire qu'il ferait plus froid ici, tout près de l'eau, mais non.

Le minutage de toute cette opération allait être crucial. Sa partie du travail était relativement simple, mais un échec de la part des autres pouvait faire capoter la mission. Ils n'avaient qu'une semaine et tout devait être en place et synchronisé parfaitement d'ici là. Ça ne faisait pas beaucoup de marge quand on devait déployer des hommes, transférer des bombes et s'assurer du moment, du site exact et des circonstances de la frappe de chaque cible. Mais il fallait faire avec et il préférait encore aller sur le terrain que rester planté à attendre.

Mieux valait agir qu'attendre, presque toujours. Une fois qu'on passait à l'action, hésiter au mauvais moment, détourner les yeux de l'objectif pouvait s'avérer fatal. Oui, il fallait tout planifier à l'avance, connaître la marche à suivre pour ne pas commettre d'erreur stupide, car une fois lancé, la moindre hésitation était mortelle. L'homme qui cillait le premier était perdu. Et ce ne serait pas lui.

26.

Crawfish Point, Galveston, Texas
Octobre 1957

Il pleuvait à verse. Il y avait une tempête tropicale au large, peut-être même un ouragan, encore assez distant pour ne pas représenter de réel danger pour l'État, mais assez proche pour amener des bourrasques de pluie et une mer agitée dans le golfe. C'était pourtant là que Gridley s'était rendu, à bord d'un vieux crevettier en bois, toujours aussi arrogant, bardé de sa certitude d'être invincible.

Le manque de confiance n'avait jamais été l'un de ses problèmes.

Vêtu d'un ciré noir et tapi dans l'entrelacs d'une mangrove sur la berge de l'estuaire, Keller, armé d'un fusil à gros gibier Winchester 30x30 à lunette, regardait Gridley manœuvrer son embarcation pour traverser les hauts-fonds, cap sur le golfe, guettant les racines et les rondins à demi submergés qu'il risquait de heurter avec son hélice.

Une fois encore, le scénario était fouillé, plus que

nécessaire pour la simple collecte d'informations que désirait Jay. Ce gars n'était pas homme à exploiter une seule vision simple quand il pouvait se servir de neuf visions compliquées. Et même avec les scénarios publics, il choisissait toujours les sims sensorielles de grande envergure, comme cette stupide ascension du mont Fuji. S'il vous plaît.

Le souvenir de cette dernière expérience fit sourire Keller. Voilà qui avait quelque peu secoué ce brave vieux Jay, quand son avatar était venu s'asseoir juste à côté de lui. Le vieux Jay ne s'était certainement pas attendu à ça.

Quand le bateau fut à portée de tir, Keller posa l'avant du fût de son arme sur le nœud d'une racine et visa. La pluie tombait à verse, le vent soufflait et l'humidité brouillait la vision dans la lunette. Le caboteur tanguait sur les eaux agitées et les clapots parcourant les racines de la mangrove étaient suffisants pour que Keller soit constamment trempé malgré son imper. Ce n'était pas un tir facile.

Il réussit à loger la première balle dans la vitre latérale de la timonerie, qui se brisa, mais en manquant Jay d'une bonne trentaine de centimètres. Il réarma et refit feu, visant cette fois la coque juste sous la ligne de flottaison, à la seconde où le bateau se dressait à la crête d'une vague. Il éjecta la douille et chargea une troisième balle, qu'il tira sur la bouée accrochée près de la timonerie. Celui-là, il avait dû le louper complètement car il ne vit pas d'impact.

Le bateau continuait de suivre son cap, pas trace de Jay qui devait s'être planqué à l'intérieur de la timonerie en se demandant ce qui se passait.

Ça suffisait comme ça. Il avait d'autres affaires qui

l'appelaient. C'était certes amusant de titiller Gridley, mais Oméga approchait et il leur restait moins d'une semaine pour être prêts. Rien de trop. Il allait devoir laisser tomber. Tant pis.

Dans ce scénario, qui était de Jay, Keller avait une petite embarcation planquée derrière la mangrove au milieu des marécages, en lisière du golfe, près de l'endroit où s'y jetait un cours d'eau anonyme. Sans doute avait-il un nom, après tout, vu la méticulosité de Gridley.

Keller laissa tomber le fusil dont il n'avait plus besoin et se fraya un passage pour regagner son bateau. Autant tout bien examiner avant de partir. Gridley ne serait pas venu ici s'il n'avait pas cherché un truc bien particulier et peut-être que Keller pourrait le repérer.

Il atteignit son embarcation et se mit à dénouer l'amarre qui l'empêchait de dériver. À cet instant précis, une silhouette monstrueuse jaillit des eaux, telle *l'étrange créature du Lac Noir*.

Keller se figea, interdit.

Le monstre lança « Surprise ! » et Keller se rendit alors compte que c'était un homme avec masque, tuba et combinaison de plongée. Derrière le hublot, il reconnut l'avatar classique de Gridley, qui ressemblait fort à l'original.

Gridley avait un grand couteau dans la main. Souriant, il s'avança vers Keller, d'une démarche maladroite, ses palmes clapotant bruyamment...

Keller décrocha sans demander son reste.

Train de CyberNation
Baden-Baden, Allemagne

Keller sortit du scénario en pestant. Nom de Dieu !
Il avait encore une fois sous-estimé Gridley ! Il aurait
dû se méfier ! Il balança sans ménagement le capteur
sensoriel pour le regretter aussitôt. Ces casques
n'étaient pas donnés. S'il le cassait et devait le remplacer, il en serait de sa poche.

Il récupéra le casque, appuya sur le bouton de test.
Les diodes s'allumèrent en vert, l'une après l'autre.

Dieu soit loué pour ces petits miracles. Il reposa le
casque avec un peu plus de soin, en l'accrochant sur
son étrier.

L'excès de confiance avait toujours été le défaut de
tout un tas de programmeurs, et il l'avait constaté trop
souvent pour savoir que personne n'y échappait, pas
même lui. Gridley aurait pu choisir le *statu quo*, se
muer en rond-de-cuir fédéral, gras et content de lui,
mais non, il avait encore du jus. Keller s'était amélioré
depuis le temps où ils étaient à la fac, mais il serait
malavisé de croire que le vieux Thaïlandais en était
resté au même point. Il était après tout devenu le chef
de la section informatique de la Net Force. Il n'était
peut-être pas du niveau de Keller, mais ce n'était pas
non plus un parfait débutant.

C'était vraiment dommage qu'il n'ait pas le temps
de le provoquer en duel pour en découdre. S'affron-

ter en combat singulier, à mains nues. Et lui montrer qui était le meilleur aujourd'hui.

Enfin, on n'y pouvait rien. Et ce n'était pas bien grave. L'avatar habituel de Keller sur le Net était une mule, une simulation standard qui ne ressemblait à personne en particulier, et sûrement pas à son vrai moi. Même si Gridley l'avait vu, il n'avait vu personne sur qui poser un visage connu.

À supposer qu'il ait su qui il était : et après ? Même en le connaissant et en devinant où il se trouvait, lui mettre la main dessus et réagir avant le lancement d'Oméga, ça ne risquait pas d'arriver. Et ensuite ? Jay ne serait plus capable de lui faire grand-chose non plus.

Le train roulait. Le matin même, il avait quitté la voie de garage sur laquelle il était immobilisé depuis plusieurs jours et il ne se trouvait désormais qu'à quelques dizaines de kilomètres de Mulhouse, en France. Sitôt qu'il serait parvenu à la frontière, le convoi rebrousserait chemin pour repartir en direction de Berlin. Les responsables de CyberNation ne voulaient surtout pas voir l'un de leurs trois QG mobiles dans les parages immédiats de leur siège genevois. Le bateau croisait en mer des Antilles, le train faisait en général la navette entre Berlin et la frontière française, à demi rempli de touristes qui ignoraient tout du matériel high-tech embarqué dans l'autre moitié de la rame. La troisième station était à bord d'un chaland ostensiblement en cours de réarmement dans un chantier naval de Yokohama, au Japon, même s'il pouvait à tout moment être remis à flot. Et au cas où les autorités germaniques payées pour ignorer le train auraient de soudains scrupules, ou les officiers de la capitainerie du port nippon stipendiés pour se désintéresser des réparations sur la barge seraient pris d'un coup de folie, le paquebot restait leur planche de salut, leur position de repli la plus sûre. Qu'il arrive quelque chose au train ou à la barge, voire aux deux, le paquebot resterait la base que personne ne pourrait atteindre par des voies légales. Mais une seule des trois suffisait à accomplir la tâche. Les trois avaient un équipement similaire et les résultats de l'une étaient aussitôt téléchargés sur les deux autres, de sorte qu'à tout moment, l'équipe de tête n'avait jamais plus de quelques heures d'avance sur les autres. Les gros transferts de données avaient lieu quatre fois par jour dans toutes les directions, tant et si bien que même si le train, le bateau ou la barge étaient soudain heurtés par une météorite géante, il n'y aurait jamais plus de six heures de travail en commun perdues pour les deux centres restants.

C'était un bon système. Pas conçu par Keller, mais bon néanmoins.

Enfin. Même s'il aurait volontiers réglé son différend avec Gridley pour lui botter le cul une bonne fois pour toutes, il devait poursuivre sa tâche. Oméga approchait et son groupe ne devait pas être pris au dépourvu. Peut-être que, par la suite, il irait retrouver Gridley pour lui donner une leçon, mais il faudrait que ça attende.

Washington, DC
Le zoo

Jai et Saji passèrent devant la cage du tigre. Il faisait assez froid pour que les gros fauves soient à l'abri dans leur enclos chauffé. Cela semblait le cas de la majorité des animaux sans épaisse fourrure. Durant un long moment après qu'il se fut fait déchiqueter par une de ces bêtes en RV, Jay avait à peine été capable de regarder les tigres. À présent, il mettait un point d'honneur à faire un détour par le zoo à intervalles réguliers pour se remémorer les événements.

Il ne prêtait toutefois qu'une attention distraite à leur promenade et, bien entendu, Saji ne manqua pas de le remarquer.

« T'es où ? Pas ici, en tout cas.

– Oh ? Désolé... Je pensais au scénario du bateau de pêche. Je crois savoir qui était le tireur.

– Vraiment ? Comment ça ?

– Eh bien, en établissant la liste des meilleurs programmeurs informatiques diplômés ces dix dernières années, je suis tombé sur pas mal de noms que je connaissais. Le mien, pour commencer. Et tout un tas de gars avec qui j'étais au CIT, d'autres que j'ai connus *via* le Net, des conférences, tout ça. J'ai gardé le contact avec certains, avec d'autres on s'est perdus de vue, alors j'ai essayé de retrouver la trace de plusieurs de mes anciens potes que je n'avais plus revus depuis des années. »

Ils passèrent devant l'enclos des grizzlis. Les ours restaient invisibles. Peut-être hibernaient-ils déjà ?

« Oui, fit-elle. Et... ?

– Deux sont morts. L'un d'un accident de voiture, l'autre du cancer. La plupart des autres ont fait carrière et ont plutôt pas mal réussi. Quelques-uns ont fait fortune grâce à la bulle Internet, d'autres se sont lancés dans les logiciels commerciaux. D'autres encore sont partis travailler dans d'autres domaines. Une fille que je connaissais et qui était une as de la programmation a ouvert une chaîne de garderies pour les écoliers. Un gars écrit des bandes dessinées et des émissions de télé. Pas mal ont suffisamment réussi pour se retirer vivre à Hawaï ou je ne sais où. Deux ont tout laissé tomber pour cultiver des carottes biologiques dans une jolie fermette quelque part du côté de Footlick, Missouri...

– Voui. Et... ?

– Deux manquent à l'appel. Plus trace d'eux. Ils ne sont pas morts, ne se sont pas mariés, n'ont pas changé de nom, non, ils ont tout bonnement disparu de la circulation. L'un d'eux était un cinglé dont on se disait tous qu'il finirait par péter les plombs et assassiner quelqu'un. L'autre était un de mes meilleurs amis, un type nommé Jackson Keller. On a échangé deux ou trois cartes de Noël après la fac, puis on s'est perdus de vue.

– Je vois.

– Le problème, c'est que j'ai du mal à imaginer qu'il ait laissé tomber. C'était un polar, comme la plupart d'entre nous. Je me disais toujours qu'il faudrait détacher son corps de sa console le jour de sa mort. Or il n'y a plus trace de lui nulle part, trois ans après qu'il a décroché son diplôme. Pfuit, envolé ! »

Le pavillon des insectes n'était plus très loin. Il y faisait toujours chaud, quoique un peu humide, mais le temps devenait frisquet et Jay l'indiqua d'un signe de tête. « Allons voir les bestioles. »

À l'intérieur, de petits enfants filaient d'une vitrine à l'autre pour admirer cancrelats géants, lucanes ou scorpions de toutes sortes venus des quatre coins du monde. On se serait cru dans une jungle, chaude et moite, malgré l'éclairage tamisé.

« Bref, tu penses que le cinglé pourrait faire partie du truc ?

— Non, je pense que c'est l'autre... mon vieux pote Keller. »

Elle considéra un scarabée albinos gros comme une souris qui se traînait sur un plancher recouvert de sable fin. « Qu'est-ce qui t'y fait penser ?

— Deux ou trois trucs. Le zarbi — au fait, il s'appelait Zimmerman — n'avait jamais eu l'envergure pour me narguer en RV. Keller, en revanche, même s'il n'était pas aussi bon que moi, aurait pu faire des progrès. Et j'ai pas mal réfléchi à cette ascension du Fuji-Yama. Quand le vieux Thaïlandais est venu s'asseoir près de moi. C'est comme ça que Keller avait l'habitude de me surnommer à la fac : Jay, le vieux Thaïlandais. Il était notre cadet d'un ou deux ans, un surdoué qui avait décroché son bac à quinze ans.

— Tu crois que la simulation virtuelle était un indice ?

— Je le pense, oui. Et tu sais l'impression que ça me donne, dans le fond. L'impression d'un truc person-nel. Comme si ce gars me connaissait et voulait me baiser. Et tout ce truc est exactement comme ceux qu'avait l'habitude de faire Keller – il était toujours très porté sur les embuscades. Il disait toujours : si tu dois te battre en duel avec quelqu'un, tire-lui dans le dos avant qu'il t'ait vu venir, ça t'épargnera pas mal de soucis. Pas ta faute s'il ne fait pas attention.

– Mouais, fit-elle.

– Mouais ? C'est tout ce que tu trouves à dire ?

– Qu'est-ce que tu veux que je dise ? Oui, tu dois avoir raison, ô brillant étalon ? »

Il sourit. « Ce serait pas mal, j'aime assez, oui. »

Elle lui rendit son sourire. « Tu m'étonnes. » Elle reporta son attention sur le scarabée. « Donc, si c'est vrai, comment pourras-tu en avoir l'assurance ? Et ensuite, que feras-tu ?

– Eh bien, pour commencer, je peux creuser un peu plus les archives publiques, voir si je parviens à y retrouver quelque part trace de Keller. Je me fais peut-être des idées, il est possible qu'il dirige une boîte dans la Silicon Valley et qu'il m'ait échappé.

– Ou simplement qu'il ait changé de nom.

– Pourquoi ferait-il une chose pareille ?

– T'as beau être malin, les trucs les plus simples t'échappent parfois, Jay. Et s'il a eu des dettes ? S'il est mouillé dans une histoire d'escroquerie ? Qu'il ait eu besoin de prendre un nouveau départ ? Ou tout bêtement qu'il ait pété un plomb et décidé de se faire appeler Râ, Dieu du Soleil ? »

Jay regarda l'insecte vaquer à ses affaires dans le vivarium. Il avait trouvé quelque chose dans le sable et s'était mis à le déterrer. Jay s'attendait plus ou moins à le voir exhumer un minuscule crâne humain. « Je ne crois pas. S'il l'avait fait, on en trouverait mention quelque part sous son nom d'origine. J'ai tout de suite vérifié les archives criminelles, les statistiques démographiques, et le moteur de recherches Deja, qui m'ont confirmé qu'il était encore présent et actif sur le Net il y a cinq ans environ. Par la suite, il s'est purement et simplement volatilisé. On pourrait croire qu'un individu qui envisage de partir dirait au revoir – après tout, il participait à quantité de forums, de groupes de discussion et de pages d'information professionnelle, et puis il a cessé de poster des messages : rien n'indique qu'il ait eu des problèmes avec la justice, ou des dettes, ou envie de changer d'identité. Il était là et, la minute d'après, il avait disparu.

– Des hélicoptères noirs l'auraient eu ? » suggéra-t-elle.

Sourire de Jay. « C'est cela, oui. N'oublie pas, je sais où traînent ces gars. »

Le scarabée venait de récupérer un objet qui ressemblait à une petite boule de pâte à modeler qu'il entreprit de faire rouler sur le sable jusqu'à l'angle opposé du vivarium.

« Bon, très bien, dit-elle. Traque-le et tâche de découvrir ce qu'il a mjioté. »

Jay acquiesça. Oui.

27.

Washington, DC

La cérémonie se déroulait à l'extérieur, par un bel après-midi de juin. Un océan de jeunes bacheliers en toque et toge bleue était assis sur des pliants devant une estrade. Sur la scène, un orateur appelait des noms et les étudiants y montaient chercher leur diplôme. La plupart semblaient ravis de recevoir leur parchemin avant de serrer la main du principal. Deux garçons firent les pitres en agitant bêtement les mains. Un autre baissa brusquement son pantalon pour montrer son slip à la foule. Bref, une remise de prix typique, avec « Pompes et circonstances » en fond sonore, la fierté de parents entre rires et larmes, qui s'éventent avec les programmes en regardant leur progéniture sortir de l'adolescence.

Plus tard, une grande blonde, bras dessus bras dessous avec deux de ses copines, se fit photographier par les parents de celles-ci.

Alors que les festivités tiraient à leur fin, que les élèves s'étreignaient, se donnaient mutuellement des tapes dans le dos ou se flanquaient des coups d'épaule, on vit un père et son fils marcher d'un même pas en direction du parking. L'air de famille était manifeste, le fils la copie plus jeune de son père. Ce dernier s'arrêta et lui dit : « Tiens, fils. »

Le garçon prit la petite carte en plastique, la regarda, regarda son père.

« Ta première année d'adhésion à CyberNation », dit le père. Il ravalait ses larmes.

Le fils semblait interloqué : « Mais... mais tu trouvais que c'était stupide ! » Il agita vaguement la carte.

« Les temps changent, fils. Les gens aussi – il le faut bien, ou ils passent à côté de l'essentiel dans la vie. »

Le garçon considéra la carte.

« Ta mère aurait été si fière. »

Derrière eux, une femme – l'esprit de la mère du garçon – apparut, tel un spectre miroitant. Le père et le fils regardèrent l'esprit qui leur sourit.

Sous le regard de l'esprit à la fois maternel et conjugal, père et fils s'étreignirent.

« CyberNation, dit la voix grave. C'est aujourd'hui. Demain. À jamais. »

Un petit logo apparut sous les deux personnages, puis en petits caractères les mots CYBERNATION.

D'un air dégoûté, Michaels braqua la télécommande vers la télévision et l'éteignit d'un clic. « Non mais t'as vu ça ? Sortez vos mouchoirs pour un vulgaire service Internet... »

Toni sortit de la salle de bains, la brosse à dents électrique dans la bouche. « Hmm quoi... ? »

Michaels désigna l'écran. « La pub de CyberNation. »

Elle leva la main pour signifier « une seconde » et retourna vers la salle de bains. Quelques instants plus tard, elle était de retour. « Attends que j'aille voir le bébé.

– Déjà fait. Il dort comme une souche. »

Elle s'approcha du lit et s'assit. « Tu disais quelque chose à propos de la télé ?

– Oui, la pub larmoyante de CyberNation.

– Laquelle ? La vieille dame abandonnée à l'hospice par ses enfants ? Ou le jeune veuf qui parle devant la tombe de sa femme ?

– La remise des diplômes au lycée.

– Oh, celle-là.

– Ces gars font passer Coca-Cola, les compagnies d'assurances ou les opérateurs téléphoniques pour des amateurs. Jamais vu des trucs aussi manipulateurs.

– Attends d'avoir vu la petite orpheline de treize ans dans la rue, avec le flic qui vient à son secours, dit-elle. Pathos et pédophilie à parts égales. »

Il branla du chef. « N'ont-ils donc aucune décence ?

– Pas si ça fait vendre le produit. »

Nouvel hochement de tête.

« Alors, est-ce que tu as un peu plus réfléchi à ce dont nous avons parlé ? reprit Toni. Gourou ?

– Tu veux réellement le faire ? »

Elle acquiesça. « Oui. Elle est autant ma grand-mère que quiconque. Tous les jours, de l'âge de treize ans jusqu'à ma sortie de l'université, j'ai passé deux heures avec elle. Parfois chez elle, parfois sur le perron devant, parfois dans le parc. Qu'il pleuve ou qu'il vente, en toutes circonstances, elle était là pour moi.

Elle a développé en moi des aptitudes qui forment le cœur de toute ma personnalité. Quoi qu'il ait pu m'advenir par la suite, je suis toujours restée convaincue que je pourrais me débrouiller si jamais quelqu'un voulait porter la main sur moi. Ce fut d'emblée ce qui m'a guidée. Même si tout le reste échouait, je pouvais toujours botter le cul de quelqu'un. Je n'avais pas besoin d'avoir peur. »

Il lui sourit.

Elle poursuivit : « Elle est si utile ici. Le petit Alex l'adore. Moi aussi, je lui suis redevable de tant de choses ! Elle a quatre-vingt-cinq ans, elle ne vivra pas éternellement. »

Il étouffa un rire. « Elle nous enterrera tous.

– Alex...

– Bon, d'accord. Si tu y tiens vraiment, c'est entendu. Pose-lui la question.

– T'es sûr ?

– Ce dont je suis sûr, c'est que je veux ton bonheur. Si ça implique d'avoir une tornade de vieille mamie dopée au café installée dans la chambre d'amis, pourquoi pas ! »

Il n'avait pas le souvenir de l'avoir déjà vue arborer un sourire aussi radieux. Elle le serra dans ses bras et, une fois encore, il s'extasia du sentiment de bonheur qu'il éprouvait rien qu'à la voir sourire.

Qu'avait déjà dit dernièrement Saji, la petite amie de Jay ? Faire sourire quelqu'un allège le fardeau de votre karma ? Eh bien, si tel était le cas, il avait bien l'intention de s'en soulager totalement rien qu'avec les sourires de Toni, si c'était dans ses moyens.

Train de CyberNation
Kassel, Allemagne

Le train était immobilisé en rase campagne, suite à un problème technique quelconque, un peu avant Kassel, à encore trois cents bons kilomètres au sud-ouest de Berlin. Une partie de l'équipe en avait profité pour descendre se dégourdir les jambes mais Keller ne voyait aucune raison de les imiter. Il n'avait jamais trop aimé mettre le nez dehors. Quand vous pouviez vous rendre n'importe où dans le temps ou l'espace en RV, maîtriser les conditions météo, les odeurs, le déroulement de l'action, pourquoi diable aller patauger dans la nuit et le froid le long d'une voie ferrée au beau milieu de nulle part ? Où vous ne maîtrisiez rien, sinon la capacité de votre propre corps à aller et venir ? C'était ce que les luddistes n'avaient toujours pas compris : l'immense supériorité de la réalité virtuelle sur le monde réel était qu'on pouvait la plier à sa convenance. Pas de joker, pas de risque de se retrouver pris dans un blizzard inattendu, ou piqué par un moustique infecté par la malaria. En RV, la vie était ce qu'on voulait qu'elle soit.

C'était du reste, plus que toute autre chose, la vraie raison du succès prévisible de CyberNation. Avec la RV qui se rapprochait toujours plus du MR, la capacité de réaliser tous ses désirs, de voir, entendre, sentir, goûter, toucher tout à sa guise, c'était le paradis. Offrez aux gens ce qu'ils veulent. Fabriquez un piège encore plus perfectionné, et le monde accourra en foule à votre porte. Il en avait toujours été ainsi, et il n'y avait aucune raison que ça cesse.

Il restait toutefois quelques améliorations à apporter. Les fondus de la RV, les vrais, pouvaient se faire poser perfusion et cathéters afin de pouvoir rester connectés des jours durant sans avoir besoin de manger ou de pisser. Keller avait déjà eu, à plusieurs reprises, l'occasion de faire des séjours en RV de quarante, cinquante heures, dormant même en ligne, alimenté en rêves par des programmes qui savaient comment induire ceux-ci. En général, toutefois, il devait s'interfacer avec le monde réel à intervalles suffisamment fréquents pour ne pas aller jusque-là. Tout comme maintenant, où il fallait qu'il aille pisser. C'était embêtant, mais pas moyen de l'éviter, sauf à accepter d'avoir un tuyau dans la queue.

Il se rendit aux toilettes, qui dans cette voiture de type ancien étaient vastes – cinq cabinets, cinq urinoirs, sol carrelé, lavabos, glace, tout le tralala. On verrouillait normalement les toilettes lorsque le train était en gare, car quand on tirait la chasse, un trou s'ouvrait dans le plancher et les matières se déversaient sur la voie. Une telle pratique était désormais interdite à peu près partout mais les propriétaires de rames privées ne prêtaient guère attention aux règlements. Qui allait s'amuser à suivre un train à la trace pour s'assurer qu'il ne lâchait pas des étrons au milieu de la voie en pleine cambrousse ?

Il resta ce qui lui parut une éternité devant l'urinoir pour vider sa vessie, remonter sa braguette et se dirigea vers les lavabos pour se laver les mains.

« Salut, Jackson », fit une voix dans son dos.

Keller se figea, comme s'il venait d'être pétrifié sous le regard de Méduse.

Souriant derrière lui, réfléchi dans la glace, il découvrit Roberto Santos.

Keller oublia de respirer. Il réussit à se fabriquer un sourire qui faisait l'effet d'un rictus. « Roberto. Que... qu'est-ce que tu viens faire ici ? Y a un pro... un problème ? »

Santos s'approcha de la porte, la verrouilla.

Keller sentit son cœur se muer en un bloc de neige carbonique. Sa bouche devint sèche.

« Non, aucun, Jackson. Juste une petite mise au point.

— Que... que... quoi ?

— Tu as touché à ma meuf. Tu savais qu'elle était à moi, et t'es quand même allé avec elle. Missy est bonne, elle est chaude. Je sais que c'était son idée, de jouer à la bête à deux dos, je sais comment elle est. Cette nana connaît des trucs qui feraient bander une statue de saint en plâtre. Je sais qu'il n'est pas facile de refuser ses faveurs. Mais elle était à moi. Elle l'est toujours, jusqu'à ce que tu dises le contraire.

— Écoute, Santos, c'était une erreur, une erreur, je suis désolé, vraiment, vraiment désolé, qu'est-ce que je peux faire pour te dédommager ? »

Sourire de Santos. « Te fais pas tout ce souci, Jackson. Je vais pas te tuer. Ça ne se verra même pas. Mais tu as une dette ; il faut la régler.

— Santos, non ! Fais pas une chose pareille ! Jasmine te virera.

— Mais non. Parce que je ne lui dirai pas.

— Moi, si ! Je lui dirai !

— Non. Tu ne lui diras rien. Et tu sais pourquoi ?

Parce que si elle me vire, je reviendrai te tuer. Mais seulement après un long, long moment où tu regretteras de ne pas être mort. Tu comprends ? »

La terreur qui s'empara de Keller était telle qu'il se mit à trembler.

Santos fonça – si vite ! – et le frappa, juste sous le sternum.

Il... ne... pouvait... plus... res... pirer !

Santos sourit. En homme content de lui.

Alors que Keller essayait de retrouver son souffle, Santos le frappa de nouveau.

Ça faisait si mal... !

La voiture de location était froide quand Santos démarra et il fallut un bout de temps au chauffage pour que la température remonte. Il détestait le froid. Même avec un blouson, un chapeau et des gants, il en sentait la morsure qui cherchait à s'insinuer en lui. Certes, ils avaient un hiver chez lui, mais c'était le genre d'hiver où l'on pouvait se balader en T-shirt et en short. En juin, au plus froid de la saison, la température descendait aux alentours de quinze à dix-huit la nuit. La moyenne de l'année tournait autour de vingt-trois, vingt-quatre. Il faisait vraiment chaud parfois – en ce moment, en plein été, on pouvait se payer de belles suées. Mais le froid était plutôt rare. Anormal. À Rio, la température était presque toujours idéale. C'était un pays béni de Dieu et les hommes qui y vivaient étaient les plus heureux des hommes.

Mais ici et maintenant, il y avait de la glace sur les lacs et les mares, des plaques de neige dans les coins à l'ombre, et ça n'allait pas s'arranger. Comment les gens pouvaient-ils vivre dans des endroits pareils ?

Enfin. C'étaient des Allemands, pas vrai ? Et tous les Allemands étaient un tantinet dérangés.

L'avion qu'il devait prendre se trouvait sur un aérodrome privé situé à une cinquantaine de kilomètres, d'où il s'envolerait vers un aéroport intermational, à Berlin, et de là, enfin, regagnerait les États-Unis. Il était censé s'assurer que les préparatifs de la grande attaque se déroulaient normalement et en un sens, c'est ce qu'il faisait. Il s'était déjà entretenu avec les gens qu'il devait rencontrer et il allait en voir d'autres. Missy ne l'attendait pas avant quarante-huit heures.

Flanquer la trouille à Keller faisait partie desdits préparatifs, selon lui.

Il sourit en repensant au zigue, gisant pelotonné comme un nouveau-né sur le carrelage des toilettes, une mare de vomissure jaune à côté de lui. Il ne lui avait pas réellement fait mal, rien de très méchant. Et il s'était bien gardé de le frapper au visage. Le gars aurait quelques courbatures demain, au bide, aux côtes, au dos, aux cuisses, plus des ecchymoses, mais rien de visible une fois habillé. C'était une vraie gonzesse, ce Jackson, avec des joyeuses pas plus grosses que des noisettes, une vraie fille. Il n'avait pas vraiment éprouvé de plaisir à le tabasser, c'était plutôt comme flanquer une beigne à un môme. L'autre n'avait offert aucune résistance, mais il fallait y passer. Il y avait des choses qu'un homme se devait de faire s'il voulait rester un homme et ne pas tourner en vieille bonne femme.

Santos n'avait pas encore décidé quelle punition il allait infliger à Missy, mais il était assez futé pour savoir qu'il devrait attendre la fin de l'attaque. Il y aurait une prime en cas de succès, une grosse prime, suffisante pour lui permettre de se tirer s'il en avait réellement envie. À l'extrême limite, il lui faudrait attendre que cet argent soit converti en or et sur le chemin de son coffre personnel. Ça ne ferait pas tout à fait autant que ce qu'il aurait voulu, mais on ferait avec. Un homme comme lui pouvait toujours retrouver du boulot si nécessaire.

Le chauffage avait enfin commencé à désembuer les vitres et relever assez la température pour qu'il n'ait plus à se crisper pour affronter le froid. C'était mieux. Pas terrible, mais mieux.

Keller ne dirait rien à Missy. Si Santos savait une chose, c'était quand un gars était prêt à se bagarrer, et Keller n'était pas de cette trempe. Missy était plus dangereuse. Elle pouvait vous flanquer un coup de poignard dans les côtes si vous la faisiez trop chier et que vous aviez le malheur de relever votre garde au mauvais moment. C'était d'ailleurs une part de son charme. Elle était douce quand il fallait, elle était capable de vider un homme de ses précieux fluides corporels, mais elle avait en même temps l'esprit inflexible. Il la punirait, bien obligé, mais il faudrait que ce soit de telle manière qu'elle ne puisse pas se venger sur lui.

Il devrait peut-être même la tuer. Dommage, mais parfois, on n'avait pas le choix. Les gens, il en mourait tous les jours. La vie était ainsi faite : on venait au monde, on vivait son temps, on s'en allait. L'important entre l'arrivée et le départ, c'était la façon de passer ce temps. Et pour Santos, c'était ça et le *Jogo* – le Jeu.

Tout le reste n'était que broutilles.

28.

Washington, DC

La lobbyiste s'appelait Corinna Skye. C'était une vraie blonde à tomber par terre qui faisait cinq ans de moins que ses trente-cinq printemps. Grande, mince à forte poitrine, et joueuse de golf avec un handicap de six. Elle était vêtue d'un ensemble gris anthracite, la jupe juste assez courte pour révéler des jambes superbes sans trop émoustiller, un corsage de soie blanche et un fichu rouge sombre. Ses chaussures de cuir gris foncé taillées main étaient italiennes, avec des talons de trois centimètres, cinq cents dollars la paire. Elle était intelligente, drôle, et tandis que beaucoup dans les cercles politiques considéraient les lobbyistes comme des putes de luxe, elle n'avait jamais couché avec un sénateur ou un député, même si bon nombre avaient tout fait pour ça. Elle était sortie major de sa promotion en sciences politiques à Columbia et était considérée comme la meilleure lobbyiste du pays sur les questions concernant l'Internet.

Chance était assise à une table en face de Skye dans

l'une des stalles du restaurant Umberto. La salade avait été parfaite et les pâtes fraîches maison étaient succulentes – Chance avait choisi les crevettes de la baie à la crème épaisse et elle devrait le payer plus tard sur l'exerciseur, mais cela en avait valu la peine.

« Après l'accident malheureux de Wayne DeWitt – une terrible tragédie –, les choses devraient être facilitées côté sénatorial », indiqua Skye. Elle ignorait que l'accident en question avait été ordonné par Chance ; elle n'était pas dans la combine.

Elle poursuivit : « Nous avons lancé notre attaque de grande envergure sur le Congrès : Kinsey Walker, le représentant démocrate de Californie, déposera son texte lundi. Nous avons déjà les votes pour qu'il soit accepté par la commission, même s'il nous manque encore huit voix pour son dépôt devant la Chambre – mais nous les obtiendrons.

– À supposer qu'il passe à la Chambre et au Sénat, dit Chance, quels sont les risques d'un véto présidentiel ?

– En temps normal, le texte serait bloqué ou, à tout le moins, mis sur une voie de garage. Mais le gouvernement a déjà sur la table deux projets qui lui tiennent à cœur, la loi sur les parcs nationaux et le nouveau texte sur la sécurité sociale, et ils seraient prêts à vendre leur femme et leur mère à un trafiquant de drogue turc pour que ces textes soient votés. Il y a encore pas mal de voix que nous pouvons gagner. Plus qu'il ne nous en faut.

– Bien. »

Le serveur arriva. « Ces dames prendront-elles un dessert et un café ?

– Un café, c'est tout », répondirent-elles à l'unisson.

« J'espère que vous vous rendez compte que ce texte n'est pas celui que nous avions espéré, reprit Skye. Ce n'est qu'une demi-mesure. »

Chance acquiesça. « Certes, mais c'est un début. Une fois en place, c'est comme avec les nouveaux impôts, on ne les supprime plus, et on pourra toujours le renforcer lors de la prochaine session parlementaire. Quand on veut faire une omelette, il faut d'abord commencer par ramasser des œufs. »

Toutes deux sourirent, en femmes qui connaissaient la chanson.

Tandis qu'elles dégustaient leur café, Chance se dit que, dans une autre vie, elle aurait pu se lier d'amitié avec Skye. Elle préférait la plupart du temps la compagnie des hommes, ils étaient tellement plus faciles à manipuler, mais il était des occasions où rester à bavarder avec une femme intelligente était des plus relaxants. Certes, il y avait toujours une certaine dose de rivalité, même entre femmes, mais tant qu'il n'y avait pas d'homme pour servir d'enjeu, les conversations entre filles étaient souvent un souffle d'air frais. La testostérone finissait parfois par devenir étouffante.

Tiens, prenez Berto. C'était l'archétype du macho, toujours prêt à sympathiser, trinquer et vous taper dans le dos, mais également capable, sur un coup de tête, de défoncer la mâchoire de son copain de beuverie. Rien de complexe chez lui, pas de pensées alambiquées, il avait des désirs et des exigences simples. Pour lui, la vie n'était qu'un gigantesque jeu de pouvoir. Comme aurait dit un des maîtres de yoga de Chance, Berto vivait entre ses chakras inférieurs, le ventre et le phallus, et il lui fallait encore réaliser ses potentiels supérieurs. Le maître de yoga aurait sans doute cru honnêtement que Berto les possédait. Chance, elle, n'était pas dupe. Berto était mené par trois choses : le combat, le sexe et la bonne bouffe, un point c'est tout...

« J'ai vu les derniers spots TV, dit Skye, coupant court à ses réflexions.

– Qu'en pensez-vous ? »

Elle rigola. « Les fabricants de Kleenex doivent vous bénir. Même Kodak n'a jamais rien pondu d'aussi sentimental.

– Nos abonnements ont grimpé de 12 % depuis que nous avons lancé cette nouvelle campagne. »

Skye essuya une tache de rouge à lèvres sur sa tasse à café à l'aide d'une serviette. « Ça ne me surprend pas. Je me doutais qu'elle serait efficace. La subtilité ne donne rien avec les téléspectateurs. Il faut viser le plus grand dénominateur commun : viser au plus bas. Ce qui me fait penser... je connais une femme qui a couché avec un de ces joueurs de basket. »

Chance haussa un sourcil.

« Monté jusque-là, d'après elle, dit-elle en indiquant l'intérieur de son genou gauche. Et d'ajouter qu'ils devaient se servir de son sang pour fabriquer le Viagra. »

Toutes deux éclatèrent de rire.

Chance hocha la tête. Oui, une femme intelligente qui ne s'en laissait pas conter avec les mâles. Elle regarda sa montre : « Eh bien dites donc, il va falloir que je file... Ça a été un plaisir de vous voir, Cory.

– Le plaisir est réciproque. Je vous rappelle dès que j'ai du nouveau.

– J'en serai ravie. »

Chance fit signe au garçon et régla l'addition, tandis que Skye se contentait de la remercier d'un signe de tête. Encore un truc sur lequel les bonshommes chicaneraient. Skye se faisait un demi-million par an, facile, et elle n'allait pas chipoter pour une malheureuse note de restau de cent dollars, dans un sens ou dans l'autre.

À la sortie du restaurant, Chance embrassa du regard les alentours. Washington était une ville sinistre en hiver. Elle était magnifique au printemps, avec tous ces arbres fruitiers en fleurs, mais dès que revenaient la grisaille et le froid, tout ce marbre, toutes ces larges artères ne pouvaient effacer le côté lugubre. Elle avait encore deux ou trois courses à faire, dont une visite à un sénateur important. Alors que Cory Skye était d'une rigueur scrupuleuse dans sa vie personnelle, Chance était prête à user de toutes ses armes pour remporter une compétition. Si cela impliquait de se faire sauter par un crétin de sénateur marié d'âge mûr, ça ne lui posait pas le moindre problème. À la guerre comme à la guerre.

Toni était tout excitée. Cela faisait un certain temps qu'elle ne s'était plus rendue sur le terrain, en fait depuis l'époque où Alex et elle avaient eu ces problèmes lors de leur déplacement au Royaume-Uni[1]. Elle sourit à ce souvenir aigre-doux. Les peines de cœur qu'ils avaient dû endurer, pour ce qui n'était au fond qu'un stupide malentendu, avec des torts partagés. Enfin, plus de son côté à lui, même si elle devait

---

1. Voir *Net Force 3, Attaques de nuit, op. cit.*

bien admettre avoir sauté un peu vite à une conclusion erronée.

Elle avait pris des affaires pour un temps chaud, le tout dans un unique sac de voyage qu'elle pourrait ranger dans le porte-bagages en cabine. Elle ne partait que deux ou trois jours et elle avait déjà connu suffisamment de soucis avec l'enregistrement des bagages. Une fois, lors d'un vol pour Hawaï, sa valise était partie en vacances au Japon.

Le service des documents lui avait fourni de nouveaux papiers – permis de conduire, cartes de crédit et même une carte de bibliothèque ; le passeport étant inutile – qui l'identifiaient comme Mary Johnson, divorcée, secrétaire, originaire de Falls Church, Virginie. Elle était en congé, partait jouer aux machines à sous et faire le plein de soleil sous la chaleur des Caraïbes. Elle avait réservé son billet d'avion ainsi qu'une cabine single à bord du *Bonne Chance*.

Une couverture suffisante pour lui permettre d'inspecter le navire – elle se contenterait d'un bref séjour à bord, et personne ne se douterait de rien.

« Encore à faire tes bagages, ma fille ? » dit Gourou. Elle venait d'entrer dans la chambre, le petit Alex calé sur sa hanche gauche.

« Gourou, je ne sais pas comment vous espérez le voir marcher si vous ne le posez jamais par terre. »

Gourou sourit et fit sauter deux ou trois fois le bébé sur sa hanche. Il se mit à rire.

« Ne t'inquiète pas trop pour ça. D'ici peu, je commencerai à lui enseigner des djurus. Le temps que tu reviennes, il sera devenu un vrai lutteur.

– Je ne serai partie que trois jours.

– Largement le temps, hein, mon grand ? »

Le petit Alex se remit à rire.

« Vous êtes sûre que ça se passera bien ? »

Gourou hocha la tête. « Mon enfant, j'ai élevé une tripotée de bambins. Ce petit est un ange comparé à deux de mes garçons. Tout se passera bien. Et nous surveillerons également ton grand Alex. »

Toni acquiesça. Gourou s'était parfaitement remise de son attaque mais elle était tout de même octogénaire. Mais encore une fois, elle gardait l'esprit vif, et les années de pratique du silat lui avaient procuré un équilibre qu'auraient pu lui envier bien des trentenaires. Le petit Alex ne pouvait être en de meilleures mains, et quiconque s'imaginerait que la vieille dame le promenant en poussette était une victime potentielle se mettrait douloureusement le doigt dans l'œil.

C'est juste que c'était si étrange de sauter dans un avion et de s'envoler toute seule. Ça lui faisait... tout bizarre. Ce genre de chose appartenait à son existence d'avant Alex et le bébé.

« Vas-y, je crois que j'ai entendu klaxonner ton taxi », dit Gourou.

Toni prit Alex et le serra dans ses bras. « Tu seras bien gentil avec Gourou. » Elle l'embrassa et sentit son cœur se serrer lorsqu'elle le rendit à la vieille femme, qu'elle prit à son tour dans ses bras.

Une fois dans le taxi, Toni s'aperçut qu'elle devait se forcer à respirer plus calmement. Elle avait l'estomac tendu par la nervosité. Une aventure. Elle partait à l'aventure.

Keller avait mal partout. Il avait déjà pris une demi-douzaine de tablettes d'Ibuprofen, et elles avaient en partie atténué la douleur, mais chaque mouvement et chaque respiration étaient douloureux. Il ne s'était jamais senti dans un tel état. Une fois, quand il avait quatorze ans, sa mère avait brûlé un stop et leur voiture s'était fait prendre en écharpe par un autre usager. Il s'était démis l'épaule et le coude, avait donné de la tête contre la vitre et avait eu une ecchymose à la hanche... ça lui avait paru horrible mais ce n'était rien en comparaison. Pourtant, quand il se regardait dans la glace, il n'y avait quasiment pas trace de la raclée que lui avait infligée Santos – il avait quelques bleus sur la poitrine, le ventre, les jambes et le dos, qui n'avaient pourtant pas l'air méchants. Tout au plus des marques marron clair, avec un vague cerne violet autour d'une ou deux. Comment pouvaient-ils faire si mal ?

Santos était un voyou, un monstre, un psychotique ! Il devrait trouver un flingue et l'abattre !

Mais alors même qu'il s'habillait, en essayant de bouger le moins possible – il fallait qu'il s'asseoie pour enfiler son pantalon –, Keller savait qu'il ne ferait jamais une chose pareille. Même avec un flingue, il avait peur de Santos. S'il le ratait, si l'autre ne mourait pas sur le coup, il lui sauterait dessus, et son compte

serait réglé. Ce type le tuerait, lentement et douloureusement. Et la douleur, Keller ne voulait plus en
entendre parler. Plus jamais.

Autoroute I-5 au sud de Sacramento, Californie
En août

Jay passa la cinquième de la Viper RT/10 et doubla
en trombe le gars dans la Shelby GT, à cent cinquante.
En quelques secondes, il avait atteint les cent soixante-
quinze et dévorait l'autoroute, accélérant toujours. Ce
tronçon était droit comme une flèche, au beau milieu
du désert, rien à perte de vue, et, même à cette vitesse,
il n'était pas près d'arriver au bout.

Il passa la sixième et il sentit que le petit bolide
avait encore assez de ressources... T'as une sacrée
hérédité, bébé, hein ?

Le gars dans la Mustang avait dû mettre le pied au
plancher, Jay l'apercevait dans le rétro, qui commençait à le gratter. Jay rigola. La Shelby était certes
rapide, peut-être même plus que lui en vitesse de
pointe, mais il avait à présent plus de quinze cents
mètres d'avance sur lui, et le temps que la Mustang
ait comblé son retard, l'aiguille calée dans le coin, Jay
aurait atteint la sortie du marchand d'olives et la
course serait finie.

Cette boutique de marchand d'olives était en effet
l'endroit où il devait retrouver son contact dans ce
scénario, et il comptait bien redoubler de prudence
ce coup-ci. Il s'était connecté sous un avatar anonyme,

et féminin qui plus est, en indiquant un nom et une adresse bidon : quiconque chercherait Jay Gridley ne risquait pas de le reconnaître au volant de cette voiture. Il était à peu près impossible de deviner son identité réelle, et même s'il visitait des endroits où avaient été installés des pièges visant Jay – il ne fallait pas compter sur lui pour ça, merci beaucoup –, il s'arrangerait pour donner l'impression qu'il – elle, en l'occurrence – s'y était pointé par le plus grand des hasards.

Mais sa sortie était là. La Shelby GT gagnait du terrain à toute vitesse, mais pas assez vite. Jay mit son clignotant et il s'était engagé sur la bretelle après être redescendu à quatre-vingt-dix quand la Mustang parvint à sa hauteur en vrombissant. Il entendit le gars lui lancer quelque chose, et il hocha la tête. Eh bien, non, merci, monsieur, ça n'était pas dans ses habitudes... quelle idée !

La Viper grondait et bouillonnait, comme si elle était pressée de reprendre de la vitesse, mais Jay vira bientôt sur le parking de l'oliveraie, une vaste aire gravillonnée qui devait bien faire un hectare et demi, et s'y gara.

La chaleur du désert lui dégringola dessus, maintenant qu'il n'y avait plus le vent de la vitesse pour la dissiper.

Il rejeta d'un mouvement de tête sa longue chevelure blonde par-dessus son épaule, rajusta ses nichons avec ses mains en coupe et se dirigea vers le bâtiment, la minijupe rouge couvrant à peine un petit cul féminin délicieusement moulé.

À l'intérieur, il ôta ses lunettes noires et les mit dans son sac à main. Il y avait des rangées d'olives en pot, depuis les minuscules à servir à l'apéritif jusqu'à des monstres de plusieurs centimètres de diamètre. La plupart étaient de grosses olives vertes, avec noyau, mais on en trouvait çà et là des dénoyautées, fourrées avec des piments, des amandes, ainsi que quelques noires également dénoyautées.

Il y avait aussi des bouteilles et des bidons d'huile d'olive, depuis l'extra-vierge première pression à froid jusqu'aux catégories plus ordinaires. Extra-vierge ? Comment une huile pouvait-elle plus vierge que vierge ?

Une vieille femme coiffée d'un grand chapeau de paille et munie d'un sac à main assorti parcourait l'allée, son caddie à moitié plein de bidons et de pots. Elle sourit au jeune avatar féminin de Jay et celui-ci avisa la rose blanche épinglée à sa robe d'été jaune, indice que c'était bien avec elle qu'il avait rendez-vous.

« Quelle chaleur, dit Jay.

– Oui, n'est-ce pas ? Mais il fait bien agréable à l'intérieur, cependant.

– Je me demandais... auriez-vous vu du pain tos-can ? » C'était la phrase convenue, en réalité la clé de contournement d'un pare-feu.

« Amusant que vous m'en parliez, mon petit, dit la vieille dame, j'en avais justement pris deux miches mais je me rends compte à présent que j'aurais mieux fait d'en remettre une, c'est plus qu'il ne m'en faut, depuis la disparition de mon pauvre mari. Tenez, si vous le preniez ? Pour éviter à une vieille mamie de se déplacer ?

– Ma foi, merci, m'dame. C'est très aimable de votre part.

– Du tout, du tout, mon petit. »

La vieille dame repoussa son chariot. Un truc était coincé dans une des roues arrière, cela occasionnait un soubresaut chaque fois qu'il touchait le sol. Embêtant. Jay héritait toujours de ce genre de caddie quand il faisait ses courses.

Jay se rendit à la caisse pour payer sa miche de pain.

Une fois dehors, il ouvrit le sac, en sortit le pain et le rompit en deux. À l'intérieur de la mie, il trouva un mini-DVD de la taille d'un demi-dollar. Sous le soleil brûlant, la surface étincelait de toutes les couleurs de l'arc-en-ciel. Jay sourit. Simple comme bonjour.

Il remonta sa minijupe de blonde pour réintégrer l'habitacle de la Viper surbaissée, et accidentellement, alluma le chauffeur d'une Cadillac qui entrait au parking à cet instant. Oups.

Mais il avait obtenu la moitié de ce qu'il était venu chercher. Encore une halte un tantinet plus au sud et, avec un peu de chance, il aurait tout ce qu'il voulait. L'essentiel, pour dégoter de l'information sur le Web, était de savoir fureter. Tout était là, mais si l'on ne savait pas réduire son champ de recherche convenablement, on ne trouvait jamais. Au bout de plusieurs années de pratique, Jay savait s'y prendre : c'était devenu quasi instinctif, plus un art qu'une science. Ouais, vous pouviez toujours envoyer fouiner des robots fureteurs qui vous ramenaient des tonnes et des tonnes de données, parfois, vous saviez pile où aller, sans savoir comment ni pourquoi vous le saviez. C'était le zen, disait Saji. Savoir sans savoir.

Peu importait. Tant qu'il avait le truc. Et il l'avait. Encore quelques minutes de patience et il serait prêt à lancer son attaque et à relever des noms, à commencer par celui de son vieux pote Jackson Keller. Parce que si Keller était de près ou de loin responsable des attaques sur le Net et la Toile, et plus important, s'il était responsable des agressions contre Jay, alors, il risquait de le regretter amèrement. On ne piétinait pas indûment la cape de Superman, et on ne touchait pas à Jay « le Jet » Gridley. Non, monsieur.

29.

Washington, DC

Le bébé dormait, tout comme Gourou, et Michaels était assis au lit, en train de regarder les infos, quand son com pépia. Il tendit la main vers l'appareil, pensant que c'était Toni qui appelait.

« Hé, patron ! » L'image s'épanouit au-dessus du combiné, hologramme minuscule d'un visage qui n'était assurément pas celui de Toni.

« Jay ? Quoi de neuf ?

– J'ai une bonne nouvelle, une meilleure encore, et une pas si bonne.

– Oh. Commence par la bonne.

– J'ai retrouvé Jackson Keller.

– J'ignorais qu'il fût perdu. Qui est Jackson Keller ?

– Longue histoire. En bref : je crois que c'est le gars qui a déclenché les attaques sur le Net.

– Bien. Où peut-on lui mettre la main au collet ?

– Eh bien, voyez-vous, c'est justement là où ça coince. Je ne sais pas trop où il se trouve. Je sais où il était, jusqu'à ces derniers jours, je crois, mais je suis à peu près certain de savoir en revanche pour qui il bosse.

– Et ce serait... ?

– La meilleure nouvelle : CyberNation.

– T'en es sûr ?

– Ouaip. Vous voulez que je vous éblouisse par mon génie ?

– Ai-je vraiment le choix ? »

Jay ignora la pique et poursuivit : « J'ai épluché les archives des impôts collectés aux États-Unis et découvert qu'il avait payé l'an dernier des taxes fédérales sur un montant de revenus à l'étranger s'élevant à 250 000 dollars. J'ai croisé ceci avec les déclarations de constitution de sociétés et trouvé dans le Delaware une entreprise baptisée Molotov Software Programs, SA, dont le président est un certain Jackson Keller. Apparemment, le vice-président est sa mère et le trésorier-secrétaire son oncle. Tout cela sent fortement l'escroquerie ou l'évasion fiscale.

« D'après ce que j'ai pu recueillir, la totalité des revenus de MSP ces trois dernières années vient d'une autre société, Systems Upgrade, SA, qui se trouve à son tour être une société-écran appartenant à Future Tense Computer Engineering, qui est, lorsqu'on creuse un peu, une autre société-écran, filiale à 100 % de... ta-da-da... CyberNation.

« Des cartes de crédit professionnelles – Visa, MC, Amex – ont été émises au nom de MSP par la Banque internationale de Zurich, et une vérification auprès des organismes de crédit et des centres de compensation indique que son crédit est bon, donc qu'il règle ses factures en temps et en heure. Sans mandat, je ne peux pas avoir de détails plus précis sur ces transactions mais en vérifiant les lieux de paiement, je suis tombé sur quantité de sites localisés au sud-est de la Floride au cours des trois derniers mois. Auparavant, il a passé un certain temps au Japon et encore avant, en Allemagne. Il semblerait que CyberNation possède du matériel ferroviaire et d'autres navires. Le train assure le transport de touristes entre Berlin et la France, et des travaux de réparation seraient en cours sur un bateau ou peut-être une barge dans un chantier naval de Yokohama.

– Il voyage pas mal, observa Michaels.

– Ouais, mais c'est le sud de la Floride qui importe : il fréquente les mêmes endroits que les autres programmeurs embarqués sur le navire-casino. La dernière fois remonte à moins de dix jours, donc j'imagine qu'il est à bord. J'ignore quel est son lien avec les avoirs de CyberNation en Allemagne et au Japon, mais je compte bien le découvrir.

– Tu penses qu'il serait le chef du groupe qui a mené les attaques ?

– Je suis prêt à le parier, patron. C'est un programmeur du CIT, sorti second de sa promotion.

– N'est-ce pas l'université que tu as fréquentée ?

– Ouais. »

Michaels crut déceler quelque chose dans l'intonation de Jay. « Et... ?

– Je connais ce gars. Je l'ai connu, en tout cas.

– Second de sa promo, dis-tu ? Il doit être sacrément doué.

– Pas aussi doué que le premier de sa classe.

– Ah.

– Je vais creuser encore. Dès que j'estimerai avoir de quoi motiver un mandat, je filerai le tout à Harvey

"Pendez-les haut et court", et l'on pourra épingler ce papillon à notre tableau de chasse.

– Beau boulot, Jay.

– Merci, patron. Discom. »

Dès qu'il eut raccroché, le com se remit à sonner.

Cette fois, c'était bien Toni. Elle avait l'air fatiguée, mais elle souriait.

« Hé, ma puce.

– Salut. Ça y est, je suis installée. Je suis au Hilton de l'aéroport de Fort Lauderdale. Je prends demain matin l'hélico qui fait la navette avec le paquebot.

– Tu appelles de l'hôtel ? » Cela faisait un moment qu'elle n'était pas allée sur le terrain mais elle n'avait sûrement pas oublié une précaution aussi élémentaire.

« Pas sur leur appareil. Je me sers de mon portable crypté. »

Il hocha la tête. La Net Force avait des téléphones de campagne à l'aspect parfaitement banal mais qui émettaient et recevaient des messages cryptés à code variable ; même si quelqu'un réussissait à intercepter le signal, il serait incapable de le traduire en quelque chose de cohérent, sauf à posséder un émetteur-récepteur compatible. Le com personnel du domicile de Michaels était équipé de la sorte, tout comme tous les virgils du service. C'était la procédure standard.

« Comment va notre garçon ?

– Très bien. On l'a couché vers huit heures. Gourou l'a pris au lit avec elle. Elle va nous le pourrir.

– Comment vas-tu, toi ?

– Je me sens glacé et misérable tout seul dans ce grand lit.

– Pauvre bébé. Je vais moi aussi me retrouver toute seule dans ce grand lit d'hôtel.

– T'as intérêt. » Sa remarque réussit à lui arracher un sourire.

« Je viens de recevoir un coup de fil de Jay. » Et de lui expliquer ce que le jeune homme venait de lui dire.

« A-t-il une photo de ce type ? Peut-être que je pourrais le repérer sur le bateau.

– Je lui demanderai de te la transférer sur ton écran-plat s'il en a une, promit-il. Je la lui ferai incruster dans une photo des soixante-dix printemps de sa tante Mollie, par exemple.

– Merci. »

Il y eut un bref silence, puis : « Merci de m'avoir envoyée faire tout ça. J'y suis sensible.

– Pas de problème. Tâche juste de ne pas déborder de ton plan de mission.

– Je m'y conformerai strictement, commandant chéri, ne vous en faites pas. »

Mais bien sûr que si, il s'en faisait. Malgré ses paroles rassurantes sur les risques minimes, l'époux et l'amant en lui répugnaient à l'envoyer où que ce soit. Il s'inquiétait pour la sécurité de l'avion, pour le voyage en hélicoptère, les risques de la circulation, sans parler de sa présence sur un bâtiment dont il savait désormais qu'il était territoire ennemi. Il savait que Toni prendrait très mal qu'il la cloître à la maison pour lui éviter le moindre risque, mais c'était ainsi.

Ils bavardèrent quelques minutes encore, se dirent bonne nuit, puis coupèrent. La journée avait été longue et il était fatigué mais le sommeil fut long à venir. C'était la première fois que Toni et lui couchaient séparés depuis leur mariage, et il n'aimait pas ça. Mais alors, pas du tout.

Woodville, Mississippi

Ce n'était pas un bled où l'on s'attendait à trouver un important nœud de connexion Internet, songea Santos. Raison pour laquelle sans doute il était ici. Située non loin de la frontière avec la Louisiane, dans l'angle sud-ouest du Mississippi, Woodville était une bourgade assoupie que le temps ne semblait avoir fait qu'effleurer en passant, du moins ces dernières décennies.

Au volant du vieux plateau-cabine, Santos avançait avec précaution sur la route. La journée était grise, le temps couvert et froid. C'était une simple petite reconnaissance pour confirmer la validité de l'information qu'on lui avait fournie. Mais il était un Noir dans une petite bourgade du Sud, et même si le « profilage » ethnique était censé ne plus être autorisé pour les forces de police dans ce pays, il savait que la pratique était toujours en cours dans ce genre de coin. En surface, les tensions d'antan avaient été aplanies. Mais si l'on creusait un tantinet ? Tout le monde ici se souvenait de qui avait été la propriété de quelqu'un et de qui avait possédé des esclaves, tout comme chez lui au Brésil. Les gens de couleur avaient porté l'eau et fait les récoltes. Personne n'oubliait ça. Une voiture de location flambant neuve l'aurait rendu suspect ; à bord d'une vieille camionnette cabossée munie de plaques locales, il risquait moins de se faire remarquer. Il avait coiffé une casquette de base-ball, enfilé un vieux caban au-dessus d'une chemise à carreaux et d'une salopette, il roulait les vitres remontées pour se prémunir du froid – un prolo de nègre comme tant d'autres, pas de quoi y prêter attention, merci, m'sieur l'argent.

Il ne comptait faire que deux passages devant l'endroit convenu, espacés d'une demi-heure. Plus, ça risquait d'éveiller les soupçons et ça, pas question.

La route longeait un petit ruisseau paresseux qui devait être Ford's Creek – il avait déjà pris la route de Ford's Creek et l'endroit qu'il cherchait était plus au nord, là où celle de Woodville se divisait pour donner naissance à un tronçon de chemin longeant la rivière, donc, ça collait. Il allait faire un premier passage, poursuivre sa route pendant un quart d'heure, puis il ferait demi-tour pour revenir. De là, il continuerait, filant par la nationale 24 vers l'est jusqu'à l'autoroute 61, qu'il descendrait en direction du sud jusqu'à son terme à La Nouvelle-Orléans, d'où enfin il reprendrait l'avion pour la Floride. D'ici le milieu de la matinée, il serait de retour à bord du bateau.

Mais ça, c'était pour plus tard. Pour l'heure, il devait prêter attention à ce qui avait motivé sa présence ici.

Quelques minutes plus tard, il avisa l'allée qui se dirigeait vers l'ouest. Aucun panneau indicateur, mais à une trentaine de mètres, barrant la voie, une clôture grillagée de deux mètres cinquante derrière laquelle se dressait une guérite en bois. Il n'apercevait pas de gardien dans l'édicule mais il devait à coup sûr y en avoir un.

Ce devait être là. Quoi d'autre nécessitait d'être gardé dans le secteur ?

Pour s'en assurer, il commanderait à l'un des satellites-espions loués par CyberNation de faire un passage à la verticale afin de le lui confirmer. Ou peut-être pourraient-ils se contenter de récupérer une des images de la CIA tombées dans le domaine public – ils avaient couvert presque toute la planète et mettaient à disposition en libre téléchargement sur Internet des images de tout ce qui n'était pas jugé secret-défense. Peu importait. Ce n'était pas son boulot. Il voulait juste se faire une idée de l'endroit, pour quand il reviendrait.

Certains des objectifs devaient être détruits par des moyens électroniques. D'autres, plus classiquement, à l'aide d'explosifs. Et d'autres enfin seraient capturés et détournés par CyberNation pour son propre usage, tout du moins pendant un certain temps. Ce site devait rester en fonction durant les premières heures critiques après le choc initial, et il comptait bien y veiller. Par la suite, quelle importance !

Au début, il n'avait pas vraiment saisi comment tout ça était censé améliorer les affaires. Missy le lui avait expliqué en termes simples. Quand un usager se retrouve privé d'eau ou d'électricité, il se fiche de savoir pourquoi. Ce qui lui importe, c'est de savoir quand le service sera rétabli, point final.

Si quelqu'un perd son accès Internet alors qu'il en a un besoin immédiat et que, comme par hasard, on lui propose un joli câble bien brillant qui lui permettra de se connecter en un tournemain, un paquet d'usagers changeront de fournisseur, sans état d'âme ni d'autres questions que : combien et dans combien de temps ? Et les réponses seront : moins qu'auparavant et tout de suite. Les réponses que les usagers voudront précisément entendre.

Avec l'afflux de nouveaux clients désireux de s'inscrire, la base politique de CyberNation se renforcerait d'un coup. Les autorités ne manqueraient pas de s'en émouvoir, bien sûr, en se demandant qui était responsable, et elles soupçonneraient à coup sûr CyberNation, grand bénéficiaire d'un tel chaos. Mais elles ne disposeraient d'aucune preuve et l'usager lambda dans sa petite maison à Pétaouchnock, ce n'était pas son problème... tout ce qu'il voulait c'était pouvoir récupérer son courrier électronique ou télécharger ses images pornos.

Telle est la nature humaine. Au bon endroit, au bon moment, une bouteille d'eau peut valoir une fortune. Il suffisait de savoir choisir l'heure propice...

Santos comprenait quand elle le lui expliquait ainsi. Fallait-il que les gens d'ici soient sacrément idiots, mais encore une fois, les gens, partout, étaient généralement idiots. On n'y pouvait rien.

Mais ce n'était pas non plus son problème.

Berlin

Quand la douleur devint insupportable – et elle avait en fait encore empiré le deuxième jour ! – Keller descendit du train au premier arrêt et se dirigea vers un Doc-o-matic, à Zelhendorf, non loin de l'*Universität*, pour avoir des médicaments.

Les Doc-o-matic faisaient partie d'une chaîne qui couvrait toute l'Europe, à partir du Royaume-Uni. Ils ne posaient pas de questions et si vous ne vouliez pas leur présenter une carte d'assuré social, ils s'en fichaient tant que vous aviez les moyens de les payer en liquide ou par carte.

Le toubib, un septuagénaire grisonnant et barbu du nom de König qui ressemblait à une vieille photo de Sigmund Freud, l'examina, le tâta, le tapota et conclut, dans un anglais fort correct : « Donc, vous avez dégringolé dans un escalier, c'est bien cela ?

– *Ja.* »

Le vieux bonhomme sourit.

« Quoi ?

– Je suis médecin depuis quarante-six ans, mon ami. Dans un pays où les escaliers étroits et escarpés sont monnaie courante. Si vous avez dévalé des marches, c'est après que quelqu'un vous a rossé. »

Keller, encore torse nu, regarda l'homme et plissa les yeux, plus surpris qu'ennuyé de se voir ainsi traiter de menteur. « Vous pouvez dire ça rien qu'en le voyant ? Comment ?

– Tenez, regardez plutôt. » Il ferma le poing et effleura légèrement une des ecchymoses dont la tache brun-jaune s'étalait sur le torse de Keller. « Voyez ? Les marches sont plates et lisses. Même si vous heurtez le rebord, cela laisse un trait – pas une marque qui reproduit à la perfection la forme d'un poing humain, comme c'est le cas de celle-ci. Quelqu'un vous a frappé à coups de poing et de pied. Une histoire de femme, pas vrai ? »

Keller s'apprêtait à nier, puis il haussa les épaules. Quelle importance si le vieux savait ? Il ne le reverrait plus. « Oui.

– Belle ?

– Très.

– Pas votre femme. Son mari ?

– Son copain. Une grosse brute stupide.

– *Ach.* C'est le problème avec celles qui sont belles,

mein Freund. Je ne vois rien de cassé, donc votre brute a dû se retenir un peu. Tenez, voici une ordonnance – vous pouvez aller à l'*Apotheke* juste en face en sortant, si vous le voulez. Je vous ai prescrit une version générique de la Vicodine 5/500. De l'acétaminophène et du bitartrate d'hydrocodéine. Prenez-en un ou deux cachets toutes les quatre heures en cas de douleur. Ne buvez pas d'alcool ou n'absorbez pas de somnifère pendant le traitement. Faites attention si vous devez prendre le volant, il y a des risques de somnolence et de ralentissement des réflexes. Vous devriez vous sentir nettement mieux d'ici quelques jours.

– Merci. »

Le toubib évacua d'un geste. « L'amour, ça coûte cher, parfois, hein ? »

Keller le dévisagea. De l'amour ? De la luxure, peut-être. De l'amour, sûrement pas. Pas avec une femme comme Jasmine Chance...

Il donna l'ordonnance à l'employée de la pharmacie en ressortant, mais quand il voulut payer les médicaments et la visite, il s'aperçut qu'il n'avait pas assez d'euros en liquide. Il haussa les épaules et tendit sa carte Visa. Alors que l'employée introduisait la carte dans le lecteur, il dévissa le bouchon et avala, à sec, deux cachets.

Le temps que le taxi le ramène au train, il se sentait déjà mieux. Il n'avait presque plus mal, sauf s'il y pensait vraiment, et pourquoi y penser ? Le train devait rebrousser chemin vers la frontière française d'ici quelques heures. Mieux valait se remettre au boulot, maintenant qu'il pouvait s'asseoir sans que ce soit trop douloureux.

30.

Fort Lauderdale, Floride

Toni se carra dans son siège et regarda la poussière s'élever en tourbillons sous le gros hélicoptère de transport quand celui-ci décolla. On aurait pu croire qu'il n'y aurait pas un poil de poussière avec tous ces allers-retours quotidiens, sans compter les pluies fréquentes, et pourtant si.

L'appareil, un Sikorsky S-92, embarquait dix-huit passagers et il était plein. Elle estima que la plupart étaient bien ce qu'ils semblaient être : de banals touristes se rendant sur le casino flottant qui, comme l'avait annoncé l'hôtesse, croisait en ce moment même à cent cinquante kilomètres des côtes par une agréable température de vingt-six degrés et sous un soleil radieux. Franchement aucun rapport avec le Minnesota, où un crachat gelait avant d'arriver au sol. Avec ce genre de climat hivernal, il y avait toujours de la clientèle pour les stations balnéaires tropicales.

D'après l'affiche à l'hôtel, ces navettes avaient lieu toutes les demi-heures, à partir de six heures du matin, le dernier vol regagnant le continent à minuit. Soit trente-sept navettes quotidiennes, réparties sur trois appareils. Ce qui voulait dire qu'à pleine capacité, ils pouvaient transférer six cent cinquante personnes chaque jour entre le bateau et cet héliport, et il y en avait au moins trois autres en service rien que sur la côte de Floride, sans compter ceux situés à Cuba ou sur les autres îles. À quarante billets par tête de pipe l'aller simple, cela faisait cent mille dollars chaque jour pour régler la note de kérosène. Ce qui voulait dire également que si le système tournait à plein et que chaque client perdait en moyenne cent dollars au casino, le profit net quotidien dépassait un quart de million de dollars rien que pour la clientèle du continent. Près de huit millions de chiffre d'affaires mensuel. À supposer que les Cubains aient quelque chose à perdre, ainsi que des ressortissants d'autres pays, cela pouvait donner un chiffre annuel de plus de cent millions, à l'aise. Bien entendu, ils pouvaient ne pas tourner à plein chaque jour, et il fallait défalquer les coûts de fonctionnement, et même quelques gagnants, aussi, mais si le bénéfice net n'était que du quart de cette somme, cela faisait encore un joli magot. Toujours mieux qu'une jambe cassée, comme aurait dit Gourou...

L'hélico grimpa en spirale en s'éloignant de la côte pour gagner son altitude de croisière, à quelques milliers de pieds seulement, avant de filer en direction du soleil levant. Au bout d'une quinzaine de minutes, ils croisèrent un appareil identique qui volait en direction inverse, à quinze cents mètres à bâbord.

Elle examina les passagers sans en dévisager aucun en particulier. En gros ce qu'elle avait prévu. On notait

plusieurs couples, bronzage récent, en short et chemise hawaïenne bariolée, sans doute désireux de voir
s'ils pouvaient récupérer une partie des frais occasion-
nés par les cours privés de leurs mômes.

Il y avait également plusieurs femmes qui semblaient voyager seules, la plupart d'âge mûr, même si
elle en remarqua deux, beaucoup plus jeunes, dans
les vingt-cinq ans, qui ressemblaient à d'anciennes rei-
nes de beauté. Parties à la chasse au mari, peut-être ?
Ou plutôt des putes de luxe prêtes à offrir leurs services aux gagnants avides de dépenser leurs gains ?

Deux hommes lui évoquaient l'image qu'elle s'était
toujours faite des riches éleveurs de l'Ouest – bottes
de cow-boy en cuir d'autruche, cravate-lacet et Stet-
son.

Il y avait également quelques jeunes types, des étudiants sans doute, qui riaient et bavardaient entre eux,
partis à l'aventure. Plusieurs avaient déjà lancé des
regards appréciateurs en direction des ex-reines de
beauté.

Il y avait un Noir, crâne rasé, carrure athlétique, la
trentaine, en T-shirt de soie jaune et pantalon kaki,
lunettes de soleil très foncées, calé dans son fauteuil
et qui semblait dormir. Il portait au poignet gauche
une Rolex Oyster en or, une pépite d'or montée sur
une bague à l'auriculaire et une gourmette assortie
au poignet droit. À sa dégaine et à sa musculature
visible sous la fine étoffe, la première impression de
Toni fut qu'il s'agissait d'un flic, ou d'un agent de
sécurité quelconque, un videur, peut-être. Il avait beau
dormir, il donnait l'impression de pouvoir passer de
zéro à cent en un clin d'œil.

Derrière lui, un couple de septuagénaires. Des

retraités d'une région au climat froid venus s'installer en Floride, imagina-t-elle.

Bref, rien de bien passionnant dans ce groupe, et personne ne correspondant au portrait d'un éventuel terroriste informatique d'envergure internationale.

Bon, et tu t'attendais à quoi ? À des types à l'air naze, vêtus de gilets pleins de poches, chaussés de lunettes à monture d'écaille et pianotant sans arrêt sur leur Palm ou leur écran-plat ?

Elle sourit de sa naïveté. Repérer un haltérophile bulgare, c'était un truc qu'on pouvait faire d'après la silhouette, mais les sorciers de l'informatique, on en trouvait de toutes les formes et de toutes les tailles. C'était une erreur de croire qu'ils ressemblaient tous au nerd classique des films hollywoodiens. Elle aurait dû être la première à le savoir – elle qui jouait les touristes quand elle était en réalité une espionne.

Enfin. Elle serait à bord dans quelques minutes, s'inscrirait à l'accueil, trouverait sa cabine, puis ressortirait se promener avec son appareil photo, prenant des clichés tout ce qu'il y a de plus innocents, de tout ce qui était accessible au public. Elle avait la photo que Jay lui avait transmise la veille au soir, et qu'elle avait extraite du masque en format JPG de sa mythique tante. Le cliché était une photo de classe de ce fameux Keller, à laquelle Jay avait ajouté dix années grâce à un logiciel graphique de chirurgie plastique. Les cheveux pouvaient avoir changé de longueur et de teinte, des lentilles de contact pouvaient modifier la couleur des yeux, mais la forme des oreilles et du crâne demeurait identique. Même les escrocs qui se faisaient remodeler le visage pensaient rarement à se faire refaire les oreilles.

Elle avait mémorisé la photo avant de l'effacer de son disque dur, récrivant plusieurs fois sur le fichier pour qu'il soit irrécupérable. Comme avait dit Alex, elle était juste censée recueillir les quelques fragments d'informations qu'ils étaient susceptibles d'utiliser, mais il serait pour le moins gênant, si jamais elle perdait son ordi et qu'il tombe aux mains d'un technicien un peu curieux, que ce dernier y découvre un truc qui n'était pas censé y être.

Jusqu'ici, pas de problème.

Alors que l'hélico approchait du navire-casino, elle vit que la plate-forme d'atterrissage était en réalité une immense barge recouverte d'une vaste plate-forme, ancrée à quelques centaines de mètres, avec plusieurs canots qui assuraient la navette entre celle-ci et le casino flottant. Elle compta six hélicoptères sur la barge. Trois identiques au sien étaient posés, un autre était en train de décoller et un cinquième tournait avant d'atterrir. C'était logique : tous ces va-et-vient d'hélicoptères sur le navire même auraient provoqué du vent, du bruit, autant de nuisances qu'il valait mieux déplacer à l'écart. Malin.

À *bord du* Bonne Chance

Santos regarda la brune s'éloigner du canot assurant la navette pour gagner la queue de passagers à l'enregistrement et il hocha la tête. Elle bougeait bien, restant toujours dans son périmètre d'équilibre, un détail pas si fréquent. Quelque chose dans son port, son attitude, trahissait une forme quelconque d'entraînement physique. Danseuse peut-être, ou gymnaste, il y avait dans sa démarche ce balancement des hanches, ce roulement des muscles. Elle était en T-shirt et en short, pieds nus dans ses baskets, traînait derrière elle un sac de voyages à roulettes et portait un grand sac passé à l'épaule. Joli cul et chouettes gambettes. Elle était seule, ne portait pas de bagues – une touriste américaine. S'il n'avait pas été si occupé par tous les trucs qu'il devait faire maintenant, il l'aurait volontiers testée. Missy aurait adoré, pas vrai ? Le voir avec une autre femme. Elle était tellement sûre d'elle, jamais elle ne pourrait croire qu'un homme puisse lui préférer une autre, c'était une part essentielle de son pouvoir. Et elle avait tout lieu de le croire, c'était une spécialiste en la matière.

Hmm. Peut-être n'était-il pas si occupé après tout. Quand on pouvait faire d'une pierre deux coups, est-ce que ça ne valait pas la peine d'essayer ? Et combien de temps fallait-il de toute manière pour se glisser hors de ses fringues et à l'intérieur d'une jolie femme ? Il pouvait sauter un entraînement au gymnase et le troquer contre ce genre d'exercice en chambre, non ?

L'idée le fit sourire. Missy en bouillonnerait de rage...

« Salut, Berto. »

Quand on parle du loup...

Sans plus y réfléchir, Santos laissa son regard s'attarder sur la femme descendue de l'hélicoptère alors qu'elle se dirigeait vers la réception. Missy ne pouvait s'empêcher de remarquer qu'il regardait quelqu'un d'autre qu'elle. Il maintint son regard assez longtemps pour qu'elle n'ait plus aucun doute, et pour la forcer à se retourner afin de voir ce qui retenait son attention de la sorte. Il entrevit l'éclair de colère qui illumina ses traits. Elle se retourna pour le dévisager. La colère n'avait duré qu'un instant fugitif avant qu'elle ne la dissimule, mais son irritation était bien réelle. Ah, bien. Déjà, il sentait un doux réconfort.

« Ton voyage s'est bien passé ?

— Mes voyages se passent toujours bien.

— Tu t'es fait de nouvelles relations, n'est-ce pas ? »

Il haussa les épaules, l'air détaché, en lui adressant un petit sourire en coin, mais sans rien dire. Pas encore, mais si elle voulait gamberger, pourquoi pas ? Cela servirait ses intérêts.

Le sourire de Missy parut rester inchangé mais il était devenu glacial ; il aurait presque pu le sentir. « Nous avons à discuter de pas mal de choses. Pourquoi ne pas me retrouver à mon bureau dans une heure ? » Sur ces mots, elle tourna les talons, et même dans sa démarche, il pouvait déceler la colère.

Ah, de mieux en mieux !

À présent, bien sûr, il était plus ou moins obligé de suivre la séduisante petite brune à la démarche de ballerine. Il faudrait qu'il se renseigne à son sujet auprès de l'employé de la réception. Découvrir qui elle était, quelle cabine elle occupait. C'était un grand paquebot mais après tout pas si vaste. Il pouvait toujours trouver moyen de tomber sur elle sur le pont-promenade ou au casino, qui sait même au gymnase, puisqu'il était manifeste qu'elle faisait du sport. Il avait en outre accès aux caméras de vidéosurveillance et pourrait ainsi la localiser sans trop de mal. Une rencontre de hasard, une petite conversation, peut-être

un verre, et les choses s'enchaîneraient tout naturellement.

Un homme devait faire ce qu'il avait à faire mais, il
devait bien l'admettre, certaines tâches étaient plus
agréables que d'autres...

Forêt de Zehlendorf
Berlin
Été 1959

Jay était en mode de pistage, un talent que lui avait
inculqué Saji alors qu'il se rétablissait de sa commo-
tion cérébrale. Il progressait avec précaution sur le
chemin de terre, traquant les signes, cherchant la plus
infime trace du passage de son gibier.

Le chemin était facile. Il était couvert de poussière
et, sur celle-ci, le passage de quelqu'un à pied ou à
bord d'un véhicule était aisé à repérer, pas de problème. Un individu cherchant à effacer ses traces
pourrait les balayer sans grand effort mais justement
à cause de sa finesse, la poussière révélait le moindre
détail et ces traces d'effacement seraient en soi plus
révélatrices que les empreintes mêmes. Un homme
qui cherchait à éviter d'être poursuivi pouvait changer
de mode de transport, passer de la voiture au vélo ou
au bâton sauteur ; il pouvait changer de chaussures
et, avec un rien d'astuce, semer un poursuivant qui
pisterait des rangers si celles-ci se transformaient en
tennis. Mais effacer toutes traces ? Cela pouvait sembler au premier abord un bon plan, mais pas si bon

que ça dès que l'on connaissait un tant soit peu les techniques de pistage.

Parfois, comme disait Sherlock Holmes, c'était l'absence d'aboiements du chien dans la nuit qui était significative.

Le manque de traces sur un chemin de terre était plus éloquent que n'importe quelle empreinte de botte.

D'aucuns collaient parfois de la moquette sous la semelle de leurs souliers pour ne pas laisser de marques, mais cela marchait sur le sable ou un sol rocheux, pas sur une piste en latérite recouverte d'une poussière fine comme du talc ; tout au contraire, cela laisserait des plaques caractéristiques par leur surface relativement lisse. Et traîner derrière soi une branche ou un sac en jute effacerait de même les traces mais en laissant des traînées rectilignes qui subsisteraient par temps sec et modérément venteux, même si la pluie finissait par les aplanir.

Non, un fuyard avisé quitterait entièrement la piste pour choisir la rocaille ou le lit des torrents où ses traces, soit n'apparaîtraient pas, soit seraient effacées en quelques minutes, voire en quelques secondes. Et il rebrousserait chemin, dévierait vers de fausses pistes, emprunterait la mauvaise direction assez longtemps pour duper un éventuel traqueur avant de faire un tour complet pour reprendre le bon cap.

Mais si quelqu'un prenait simplement les plus élémentaires précautions, sans se croire forcément surveillé ou pisté, alors, il était peu probable qu'il redouble à ce point de prudence. On ne passait pas en alerte maximale et en mode furtif chaque fois qu'on sortait ramasser le courrier de sa boîte aux lettres ou le journal devant chez soi... à quoi bon ?

Keller portait des souliers à semelles de moquette, et pour la majorité des gens, la majeure partie du temps, ces quelques précautions élémentaires auraient suffi. Aucun chauffeur passant sur la route n'aurait relevé la moindre trace. Un promeneur qui n'aurait pas spécialement regardé n'aurait pas remarqué ces plaques lisses et aplanies. Elles auraient sans doute même échappé à n'importe qui serait à la recherche d'empreintes d'un genre de chaussure particulier. Mais voilà, Jay « le Jet » Gridley n'était pas n'importe qui.

C'était une journée agréable pour une balade. De la verdure partout, des fleurs, l'odeur du pollen et de la poussière estivale, l'air de la fin d'après-midi...

Devant, sur la droite, apparut une bâtisse en bois vieilli par les ans. Un caducée était peint sur le côté, le bâton ailé autour duquel s'entrelaçaient deux serpents, signe du cabinet d'un médecin ; la peinture, usée par les intempéries, avait viré du noir au gris clair. Oui, ce devait être l'endroit.

Jay se dirigea vers l'entrée. Le bureau était fermé pour la journée et la porte était verrouillée, mais le verrou était une simple serrure demi-tour et il ne fallut que dix secondes à Jay pour l'ouvrir à l'aide du passe qu'il sortit de sa poche.

Le silence et l'obscurité régnaient à l'intérieur. Un regard circulaire ne lui permit pas de repérer la moindre alarme. Il bascula un interrupteur d'éclairage. Il avisa un classeur métallique à quatre tiroirs, rempli de dossiers de patients, près d'un grand bureau en bois. Les tiroirs en étaient verrouillés mais il les ouvrit sans peine à l'aide de deux trombones tordus. Tellement fastoche quand on savait comment faire.

Il trouva de même le dossier assez vite. Keller n'avait même pas pris la peine d'user d'un nom d'emprunt et il avait réglé la visite et l'ordonnance avec sa carte de crédit professionnelle – raison première qui avait permis à Jay de le localiser aussi vite.

Il lut le dossier médical. « Chute dans un escalier », telle était la mention indiquée sur le dossier ouvert au nom du nouveau patient. L'auscultation révélait de multiples contusions et écorchures, aucune fracture ou déchirure ligamentaire. Dans un coin, en lettres minuscules et soignées, il y avait une note : <u>Altercation c̄ petit ami jaloux au sujet d'une femme</u>. La lettre « c » était surmontée d'un trait et les mots étaient soulignés deux fois. Apparemment, le bon docteur – un certain Willem König – avait trouvé une autre cause aux blessures que sa réceptionniste.

Eh bien, vous m'en direz tant... Keller s'était pris une dérouillée pour avoir fait le con avec la petite amie d'un autre. Voilà qui était fort intéressant. À la fac, Keller n'avait jamais été du genre coureur, mais on n'était jamais sûr de rien. Jay lui-même n'était pas non plus trop porté sur la bagatelle, à l'époque. Les choses changeaient.

Il remit le dossier dans le tiroir, qu'il referma et reverrouilla, il regarda par la fenêtre pour s'assurer qu'il n'y avait personne aux alentours, puis il sortit de la bâtisse et referma la porte derrière lui. D'un point de vue technique, il était en train d'enfreindre la loi. Alors qu'il avait un mandat officiel pour procéder à une recherche électronique, cette autorisation était circonscrite aux frontières des États-Unis. Même si la

Net Force avait des accords de réciprocité avec des dizaines de pays, dont l'Allemagne, et que son mandat fédéral aurait pu avoir son équivalent ici, il n'avait pas le temps d'attendre. Il n'escomptait pas utiliser ces informations devant un tribunal, aussi pouvait-il se passer de toutes les chicanes légales, tant qu'elles l'aidaient à retrouver sa proie.

Dehors, derrière le cabinet du toubib, s'élevait une petite colline. Jay l'escalada jusqu'en haut pour embrasser du regard les alentours. Le lac de Krumme était à l'ouest, pas très loin, en lisière de la forêt de Berlin. Le quartier de Grünewald commençait après. On distinguait des routes, une voie ferrée, et ce qui était encore Berlin-Ouest, enfoui au cœur oriental d'une Allemagne divisée, qui ne serait pas réunifiée avant plusieurs décennies. La guerre froide était toujours à l'œuvre dans la région.

Keller se trouvait donc en Allemagne, ou du moins s'y trouvait-il hier, et une demande de routine adressée par les Affaires étrangères au gouvernement allemand avait obtenu une réponse négative : non, aucun passeport à ce nom n'avait été présenté. Donc il avait dû entrer dans le pays en fraude. Compte tenu de son statut actuel, Jay n'en était pas trop surpris, mais d'un autre côté, comme il ignorait si quelqu'un était lancé à sa recherche, il n'aurait dû avoir aucune raison pressante de s'introduire clandestinement ici.

Et pourquoi l'Allemagne ? Qui était cet amant jaloux qui devait vivre ici et qui avait tabassé Keller ? Où était-il passé ?

C'était le problème quand on cherchait des infos. Parfois, on se retrouvait avec plus de questions que de réponses...

« Attends voir une seconde », se dit-il tout haut. N'y avait-il pas eu récemment une autre info concernant l'Allemagne ? Une histoire de barge... ? Non, ça, c'était le Japon. C'était un train ! Oui, un train ! Cyber-Nation possédait ici une rame touristique ou un truc équivalent. Peut-être était-ce un signe.

Ou peut-être pas. Mais cela lui donnait un élément à vérifier. Les horaires de trains étaient publics. Retrouver toutes les rames qui avaient circulé sur cette voie les deux derniers jours, les éplucher, localiser leur destination. Trouver enfin si celle qui appartenait à CyberNation était dans le lot. Si oui, ce serait sans aucun doute une énorme coïncidence, non ? Et le prétexte idéal pour une petite inspection...

31.

À *bord du* Bonne Chance

Toni jouait les touristes, sans perdre de vue toutefois ce qu'elle était venue chercher à bord. Elle s'était munie d'un petit appareil photo numérique et elle prit des clichés de sa cabine, des ponts extérieurs, de la piscine et de la barge-héliport. Puis elle s'acheta une carte de jeu pour un montant de deux cents dollars et joua aux machines à sous. Elle perdit quatre-vingts dollars en un peu plus de quatre heures, puis aligna quatre cerises qui lui en rapportèrent cent. Elle alla déjeuner dans une des cafétérias – sandwich-club et thé glacé, avec en dessert une tranche d'une excellente tarte aux bananes à la crème, le tout pour moins de la moitié de ce qu'elle aurait payé dans la plupart des restaurants de Washington.

En début d'après-midi, elle se tartina d'écran total parfumé à la noix de coco et alla s'installer dans une des chaises longues au bord de la piscine. Il faisait très chaud mais une jolie brise de mer rendait la température supportable.

Un maître d'hôtel s'approcha et lui demanda si elle voulait boire quelque chose. Elle commanda un margarita et quand il vint, on aurait dit un grand cône de neige verte.

Elle retourna dans sa cabine, se doucha, enfila un short et un T-shirt, puis elle prit son appareil photo et se rendit à l'arrière du bateau d'où les passagers lançaient des fragments de nourriture à une compagnie de mouettes. Elle prit en photo les oiseaux, et d'autres clichés du navire sous cet angle.

Le ronronnement épisodique du ballet des hélicoptères de transport près de la barge était détectable mais demeurait relativement discret.

Elle n'aurait guère de mal à s'y habituer. Dommage qu'Alex ne soit pas avec elle pour en profiter.

En fin d'après-midi, elle retourna une nouvelle fois dans sa cabine pour passer sa tenue d'entraînement, collant cycliste et dos nu, tennis et chaussettes de coton blanc. Elle ne voulait pas pratiquer d'exercices de silat tant qu'elle était ici, même dans sa cabine, mais elle pouvait au moins faire du home-trainer et quelques poussées sur les appareils de musculation.

Elle posa une serviette sur ses épaules, glissa la clé magnétique de sa cabine dans sa chaussette gauche, et se dirigea vers le gymnase.

Il y avait une douzaine de personnes dans la salle qui se trouvait un pont plus bas que sa cabine. Elle était équipée d'une petite dizaine d'appareils de musculation – des modèles pneumatiques et non à poids et poulies – six vélos, trois simulateurs d'escalier, deux tapis roulants et dans un coin, un gros punching-ball accroché à une épaisse sangle de nylon, la partie centrale du sac enveloppée de plusieurs couches de ruban plastique. Toni aurait bien voulu y travailler mais elle craignait d'attirer l'attention. À notre époque encore, un petit bout de femme en train de défoncer un sac de sable ne pouvait qu'éveiller la curiosité masculine et susciter son intérêt. Des types qui ne vous auraient même pas adressé la parole quand vous étiez juché sur un vélo d'appartement ou un appareil à monter des marches éprouveraient le besoin de dire quelque chose dès que vous tapiez dans un gros sac. Ils y voyaient quelque part un défi à leur virilité.

Toni prit au distributeur gratuit une bouteille d'eau minérale, trouva un emplacement libre devant les glaces, effectua quelques étirements et mouvements d'échauffement, puis se dirigea vers un des cyclo-cardiomètres. Celui qu'elle choisit était doté d'une roue avant munie de pales, de sorte que plus vous pédaliez vite, plus vous deviez déplacer d'air. C'était un bon point parce que cela permettait en même temps de vous rafraîchir. On pouvait sélectionner son niveau de difficulté. Elle commença en douceur puis accrut la résistance au bout de quelques minutes.

Elle était à la moitié de l'exercice qu'elle avait estimé à une quarantaine de minutes quand le grand Noir entrevu à bord de l'hélicoptère se pointa. Il portait un short ample, bien usé, des sandales en caoutchouc, et il était torse nu avec juste un bandeau de coton blanc et une serviette autour des épaules.

Le short arborait le sigle du *Bonne Chance*. Le gars devait bosser ici. S'il avait été un touriste, son short aurait été tout neuf, pas vieux et usé comme celui-ci.

Toni but une gorgée d'eau. Le gars était bien bâti, tout en muscles, pas une once de graisse. Pas comme un haltérophile ou un culturiste, mais plutôt comme un boxeur à quelques jours d'un combat de championnat.

Il se dirigea vers le punching-ball, ôta ses sandales d'une chiquenaude, posa la serviette à côté de lui, et entama une série d'étirements.

Elle nota qu'il était très fin pour une telle musculature. Elle était curieuse de voir s'il allait travailler au sac ou s'il s'agissait juste de sa place habituelle pour se décontracter.

Il ne lui fallut pas longtemps pour satisfaire sa curiosité.

L'homme se plaça devant le sac et se mit à le frapper. À mains ouvertes, d'abord avec les paumes, puis du revers de la main, selon un rythme régulier – paume droite, revers droit, paume gauche, revers gauche, et ainsi de suite, jusqu'à ce que le bruit des coups évoque moins un exercice au sac qu'à la poire – *wapata, wapata, wapata, wapata.*

Au bout de deux minutes, alors qu'une pellicule de sueur perlait sur sa tête et son corps, il passa aux coudes, le rythme était plus lent mais similaire. À l'horizontale, creux du coude droit, puis revers, puis coude gauche, le creux, le revers, *bap-bap* !

Toni continuait de pédaler tout en observant l'homme dans la glace, plutôt que directement.

Il passa des coudes aux poings, mais toujours selon le même enchaînement. Puis ce fut le tour des genoux, et enfin une série de coups de pied, de l'intérieur, puis du talon. Droit, gauche, droit, gauche.

Il travaillait vraiment dur. La plupart des gens ne se rendaient pas compte de l'effort représenté par des frappes contre un sac de ce poids – cela exigeait bien plus d'énergie que de pédaler ou de marcher sur un tapis, bien plus. Et le faire sans gants de sac, c'était dur pour les mains, en plus.

La minuterie du vélo de Toni bipa. Elle regarda le compteur. Le Noir avait passé vingt minutes au sac, et alors qu'il suait abondamment, il n'avait pas l'air spécialement fatigué.

Ce gars était dans une forme incroyable. Et même si elle ne pouvait définir, au seul vu des coups, quelle discipline il pratiquait, c'était à l'évidence un art de combat. Il restait constamment en équilibre, et ses coups, bien que rapides, étaient toujours puissants. Intéressant.

Elle ralentit durant une minute encore pour décompresser, réduisant peu à peu son rythme de pédalage. Puis elle descendit de machine, s'épongea le visage avec la serviette, termina la bouteille et se dirigea vers la sortie.

Le Noir recula, lança un coup de pied jeté d'une violence inouïe qui souleva le sac de trente centimètres dans les airs pour retomber suspendu à ses sangles de nylon avec un choc à ébranler les miroirs. Il tendit alors la main pour récupérer sa serviette, s'épongea le visage et la tête, glissa les pieds dans ses sandales et s'éloigna.

Il était trente centimètres derrière Toni quand elle déboucha dans la coursive.

«Vous êtes danseuse?» s'enquit-il. Il avait un accent, peut-être espagnol ou portugais...

Toni le regarda. Lui faisait-il du gringue? Sous son déguisement de secrétaire divorcée, elle était sans doute censée se montrer réceptive à ce genre d'avance. Il était beau, vigoureux. Mais là encore, elle était supposée être originaire du Sud, et pouvait avoir des préjugés raciaux, donc peut-être devait-elle plutôt jouer la timidité. Si ça marchait, ce pouvait être un moyen pour elle d'apprendre de lui deux ou trois trucs.

« Non, répondit-elle. Pas vraiment.

– Vous en avez les jambes, pourtant », dit-il en hochant la tête.

Toni lui adressa ce qu'elle estimait pouvoir passer pour un sourire gêné. « Ma foi, j'essaie de me maintenir en forme. Et vous, vous êtes boxeur ? »

Un haussement d'épaules. « Plus ou moins. »

Il se porta bientôt à sa hauteur. « Votre première visite ici ?

– Oui. Vous êtes déjà venu ?

– Oh, ça ouais. Je bosse ici.

– Vraiment ? Et vous faites quoi ?

– J'appartiens à la sécurité. »

Pas une surprise, mais Toni arqua malgré tout les sourcils.

« Comme ce doit être passionnant. »

Nouveau haussement d'épaules. « Plutôt ennuyeux, les trois quarts du temps. Vous prendrez peut-être un verre, tout à l'heure ? »

Toni fit mine d'être plus nerveuse qu'en réalité. « Euh... eh bien, peut-être. »

Il sourit, exhibant des dents parfaites et d'une blancheur impeccable. « Je ne mords pas, Missy. Je m'appelle Roberto Santos. » Il tendit la main.

« Moi, c'est Mary Johnson. » Elle prit sa main. Elle était moite mais chaude, et elle sentait la force de sa poigne, même s'il la retenait. « De Falls Church, Virginie.

– Enchanté de faire votre connaissance. » Il lâcha sa main. « Et ce verre ?

– Oh, eh bien d'accord. Le temps de prendre une douche et de me changer. Je peux vous retrouver quelque part ? »

Nouveau sourire. « Que diriez-vous du Lady Luck, c'est le petit bar près de la salle à manger qui jouxte le grand casino. Dans une heure ?

– Ce serait parfait. »

Après qu'il fut parti, Toni sentit ses battements de cœur commencer à ralentir. Cela faisait longtemps qu'elle n'avait plus été sur le terrain pour travailler un contact. Qu'il fût un homme à l'aspect si primal, si physique, ajoutait encore à sa nervosité. Ce type était dangereux. Aucun doute.

Dans le train de CyberNation
Près de Halberstadt, Allemagne

Quand Jay s'introduisit discrètement dans le train, il ne chercha pas la complication. Si près de Keller, il ne voulait surtout pas se laisser distraire par des détails historiques ou des odeurs exotiques dans un scénario complexe – Keller l'avait montré, il était trop bon pour être considéré à la légère. Aussi le train était-il un simple train, et tout se passait à l'époque contemporaine et en temps réel ; le plan de Jay était d'entrer et ressortir sans faire de ramdam. Il n'était pas venu pour jeter le gant à Keller et le provoquer en duel, mais juste pour découvrir s'il était ici ou pas.

Le duel, ce serait pour plus tard. Et sur son terrain. Non pas que tout ça ne fût déjà très délicat... Il traversa le fourgon à bagages en redoublant de discrétion, s'arrêtant tous les deux pas pour regarder et tendre l'oreille. Craquer l'un ou l'autre service de sécurité de CyberNation allait s'avérer des plus difficiles, pour ne pas dire impossible. Ces gens étaient du genre à se vanter en permanence de leur savoir-faire, et toute faille dans leur armure devait être d'une taille microscopique. Mais le convoi roulait sur un réseau public et il était donc relié aux ordinateurs de régulation de celui-ci, qui étaient autrement plus faciles à pénétrer. Jay n'abîmait rien, il n'essayait même pas de jeter un œil aux fichiers du réseau ferroviaire, il se contenta d'emprunter leur signal codé pour s'introduire dans le train de CyberNation. Ils devaient autoriser l'accès à leur rame et même si cela ne lui permettrait pas de franchir les murs de trente centimètres de leurs pare-feux, l'information qu'il désirait n'était de toute façon pas cachée derrière ceux-ci.

Jay finit de traverser le fourgon. Juste devant lui se trouvait le bureau du chef de train. Il frappa et, n'obtenant pas de réponse, il força la serrure à l'aide d'une carte de crédit et se glissa à l'intérieur. Si le chef de train avait été dans son bureau, Jay lui aurait présenté une excuse quelconque, serait ressorti, et aurait créé une diversion afin de l'attirer dehors.

Un classeur était disposé près du bureau du chef de train, mais il était partiellement ouvert, même pas verrouillé. Sacré nom d'une pipe ! Non pas qu'un verrou ait pu l'arrêter, mais quand même... ils n'avaient pas non plus besoin de lui faciliter ainsi la tâche. Ça lui paraissait toujours incroyable de voir des gens qui auraient pourtant dû se méfier laisser si souvent leurs portes ouvertes.

Quelques minutes de fouille parmi les papiers lui permirent de trouver ce qu'il désirait : la liste des voyageurs. Il examina plusieurs autres documents, au cas hypothétique où quelqu'un s'apercevrait qu'il était venu fouiner ici. Inutile de laisser des traces trop manifestes de ce qu'il était venu chercher.

Jay reconnut plusieurs noms sur la liste : ils correspondaient à sa propre liste d'informaticiens diplômés de haute volée. Et au milieu, visible comme le nez au milieu de la figure, celui qu'il était venu chercher.

Jackson Keller.

Donc, c'est là qu'il était, et c'est là que se trouvait également son équipe principale.

Jay remit la liste dans le tiroir, gagna la porte, jeta un œil dans le couloir. Personne.

Il regagna prestement le fourgon à bagages. Il avait ce qu'il voulait. Inutile de s'attarder.

« Nous avons une intrusion de pirate », annonça Taggart.

Keller la dévisagea : « Une intrusion ? Pas une tentative avortée ? Impossible !

— Pas dans nos systèmes. Dans l'ordinateur de gestion du train. Nous avons eu un renvoi depuis l'accès à Deutsche Bahn, nous signalant que l'identité ne correspondait pas. J'ai vérifié : l'attaque est venue de la liaison satellite d'EuroAlliance Un, pas d'un des relais enregistrés auprès de la compagnie de chemins de fer.

— Laisse-moi voir. » Il se déplaça vers la station de

travail où Samantha Taggart, responsable de la sécurité pour ce quart, était installée.

« Rien à voir, précisa-t-elle. Il est reparti aussi vite qu'il est venu.

– Qu'a-t-il fait ?

– Rien de bien spécial. Il a accédé à plusieurs fichiers de gestion interne. N'a rien pris, n'a laissé derrière lui ni ver ni virus. Sans doute un gamin essayant un nouveau programme de craquage.

– Quels fichiers ? Laisse-moi faire... » Keller tapa une séquence de touches. La liste des fichiers apparut, défilant avec lenteur en temps réel sur l'holoproj. Manifestes de courrier postal, reçus des bagages embarqués, liste des voyageurs, liste des arrêts. Quel intérêt ? Il n'y avait rien à voir.

« Tu as remonté sa trace ?

– Aussi loin que j'ai pu. C'était un signal anonyme venu de quelque part sur le réseau nord-atlantique ; il s'est perdu ensuite dans la nature.

– Ça serait rudement gonflé pour un jeune hacker.

– Je faisais pareil quand j'étais môme. Toi aussi. Ça n'a rien de bien sorcier. »

Keller se mordilla la lèvre. Rien n'avait été pris. Il n'y avait rien à prendre, du reste. Qui pouvait bien vouloir savoir où le train s'arrêtait, ce qu'il transportait comme bagages ou comme courrier, ou qui était à bord...

Il plissa les paupières. Ouvrit la liste des voyageurs. Il y était, lui, avec son équipe et tout le personnel de la rame. Il sentit un froid soudain lui glacer les entrailles.

Gridley !

Il hocha la tête. « C'est pas possible. Il ne sait même pas qui nous sommes.

– Pardon ? »

Il regarda Taggart. « Rien. T'occupe. T'as raison, c'est sans doute un môme venu fouiner. Pas de bobo, pas de dégâts. »

Mais comme il s'éloignait, Keller sentit son malaise redoubler. Si ce n'était pas un gamin qui avait essayé de s'introduire dans leur système pour le plaisir, alors, qui cela pouvait-il bien être ? Et la seule réponse était : quelqu'un qui voulait savoir qui se trouvait à bord du train. Peut-être Gridley avait-il découvert le fin mot de l'histoire. Peut-être que l'avatar du vieux Thaïlandais employé par Keller avait été un indice trop manifeste. Et si c'était bien Gridley, et s'il savait que Keller se trouvait à bord avec son équipe, alors ils avaient un gros problème. Si les Américains pensaient que ce train pouvait avoir un rapport quelconque avec les perturbations sur le Net et la Toile, ils allaient tanner les Allemands pour qu'ils immobilisent le convoi et viennent y jeter un œil. Il y avait à coup sûr au gouvernement allemand quelqu'un de haut placé désireux de rendre service à son homologue américain et même si tel n'était pas le cas, ils pouvaient sans peine arranger vite fait un échange de bons procédés : *Tu nous passes la moutarde, Hans, et on te passera le séné, d'accord ?*

Et si Gridley était au courant de l'existence de cette plate-forme, alors il l'était peut-être aussi pour la barge à Yokohama. Là-bas non plus, l'endroit ne serait pas sûr.

Il fallait qu'il quitte le train. Et vite.

32.

QG de la Net Force
Quantico

Michaels regarda Jay, puis John Howard, également présent dans le bureau. « C'est limite », constata-t-il.

Jay opina. « Ouaip. Je n'ai pas de preuve en béton. Mais je suis affirmatif. Keller est bien le gars qui mène la charge. Il s'est fait saquer, et CyberNation est l'organisation qui a le plus à gagner dans l'affaire. La semaine dernière, lui et ses gars étaient à bord du bateau et, à présent, ils se retrouvent dans ce bon vieux train électrique qui sillonne l'Allemagne. Si on peut leur mettre la main au collet, je parie qu'on réussira à extorquer une confession de l'un d'entre eux. Et à interrompre ce qu'ils sont en train de mijoter.

– Tu es bien cavalier avec les clauses de sauvegarde des libertés individuelles, observa Michaels.

– Hé, les Allemands ont trinqué eux aussi quand le Net s'est mis à déconner, des tas de gens dans le monde entier ont perdu du fric. S'ils n'ont pas de clause Miranda[1], c'est pas notre problème, pas vrai ?

— Je pense que t'as regardé un peu trop de films de guerre, Jay. L'Allemagne n'est plus un repaire de nazis. Les gens y ont des droits, à présent. »

Jay haussa les épaules.

« Là où je voudrais en savoir plus, c'est sur ce rapport entre les trois sites, intervint Howard. Le train, la barge au Japon, le paquebot.

— Triple redondance, répondit Jay. Je pense que chacun de ces sites dispose de réseaux informatiques identiques. Ils partagent l'information. Si jamais il arrive quelque chose à l'un d'eux, il leur reste deux sauvegardes. En tout cas, à leur place, c'est ce que j'aurais fait. Nous avons nous-mêmes au moins une sauvegarde déportée, la nouvelle sous-station de Washington.

— De sorte que ça ne nous avancerait à rien de neutraliser seulement le train.

— Ma foi, mon général, ça nous avancerait à coup sûr si ces gars étaient les méchants et qu'on ait pu jeter un coup d'œil à leur matériel et à leurs logiciels. N'avons-nous pas des espions susceptibles d'aller y faire une virée en temps réel ?

— On en a un déjà une à bord du bateau, rappela Michaels.

— Ouais, mais elle n'est pas censée fouiner sur les ponts privés, juste recueillir des infos dans les parties ouvertes au public. Par ailleurs, nous savons que Keller

_____

1. Jurisprudence qui oblige un officier de police judiciaire américain à énoncer les droits individuels d'un individu avant de procéder à une interpellation ou une perquisition.

se trouve dans le train en ce moment même. Moi je vous le dis, c'est un coup à tenter. »

Michaels hocha la tête. « Même si je te croyais – ce qui est le cas –, nous ne disposons pas d'assez d'éléments pour nous mettre à arrêter des individus, y compris *via* un autre gouvernement. Et même si nous neutralisions le train et la barge – où est-elle, au juste ? Dans un chantier naval ? –, cela laisserait toujours le navire-casino là-bas dans les Caraïbes. S'ils se préparent à lancer une nouvelle attaque d'envergure, est-ce que ça ne risquerait pas de précipiter les choses ? »

Jay haussa les épaules. « Chais pas. Peut-être. Mais il se peut qu'ils ne soient pas encore prêts. Nos défenses se sont améliorées. Ce sera plus dur pour eux la prochaine fois. Plus le fait que si nous interceptons Keller et ses gros calibres, ça va les coincer sec. La seconde équipe ne sera pas aussi bonne.

– S'ils ne font que ça », observa Howard.

Michaels le regarda.

« Rappelez-vous la coupure de cette fibre optique transcontinentale. Et les cadavres de ces deux gangsters retrouvés à proximité ? Avons-nous envisagé que les deux événements puissent avoir un lien ? »

Michaels secoua la tête. « Pourquoi dites-vous ça ?

– Eh bien, monsieur, si j'étais à leur place, je chercherais à lancer une attaque tous azimuts contre un réseau aussi vaste que l'Internet. Le poinçonner au jarret avec un couteau le fera saigner, certes, mais ce n'est pas ça qui va le tuer, ni même sérieusement le ralentir. En revanche, si vous lui tirez dans la tête, tout en faisant exploser simultanément une charge de dynamite au-dessous...

– Là, le général n'a pas tort, patron. Il y a plus d'une

façon de faire tomber un nœud de communications. Pas obligé que ce soit avec un programme, ce peut être fait au niveau du matériel. Et ça, mes programmeurs ne peuvent pas le réparer.

– Bravo. J'avais bien besoin d'entendre ça. »

Il se carra contre son dossier et réfléchit une seconde. « Parfait. Je m'en vais exposer tout ceci à la directrice et voir ce qu'elle en pense. D'ici là, général, vous auriez sans doute intérêt à peaufiner vos scénarios d'abordage du bateau. J'attends d'un moment à l'autre un message de Toni, vous pourrez donc l'intégrer à vos fichiers de données.

– À vos ordres, monsieur. » Il sourit.

« Vous, vous avez vraiment envie d'aborder un vaisseau en mer et de vous en rendre maître, n'est-ce pas ?

– Affirmatif, monsieur. Je sais que je ne devrais pas, que c'est dangereux, mais c'est à ça que l'on m'a formé. Et de temps en temps, on a envie de voir si ses outils ne sont pas rouillés.

– Allez donc les affûter, John. De mon côté, je vais aller voir la directrice. Jay, tu retournes en ligne et t'essaies de me trouver quelque chose, n'importe quoi, afin que je puisse m'en servir pour la convaincre que nous ne sommes pas en train de nous raccrocher à une chimère.

– J'y cours, patron. »

À *bord du* Bonne Chance

Le bar était relativement tranquille, mais le bruit assourdi des clochettes tintant dans le casino filtrait à travers les murs. Des gens fumaient et buvaient – aucune loi restrictive n'étant en vigueur ici. Même s'il y avait apparemment des cendriers vides sur les tables et le comptoir pour aspirer le plus gros de la fumée, cela sentait quand même la cigarette, avec un peu d'odeur de cigare ou de pipe pour ajouter quelques senteurs plus corsées. Les cigarettes étaient pénibles mais Toni devait avouer qu'elle ne détestait pas l'odeur du cigare et du tabac à pipe.

Vêtue à présent d'un jean, de tennis et d'un corsage noir, Toni arriva avec dix minutes d'avance et parcourut la salle du regard. Elle en releva les sorties, puis trouva une petite table près du mur au coin. Elle s'assit le dos au mur. Une rangée de hublots masqués par des rideaux courait le long de la paroi opposée à hauteur de tête, mais elle déplaça sa chaise pour ne pas se trouver en face de l'un d'eux.

Une jeune et jolie serveuse en minijupe noire et chemise blanche était devant sa table quinze secondes plus tard.

Toni commanda, et il ne fallut qu'une minute ou deux pour que la serveuse revienne avec un grand verre de jus de tomate orné d'une branche de céleri. Rapide, le service.

Roberto Santos se présenta pile à l'heure. Il portait un costume sombre, de chez Armani si elle était bonne juge, un T-shirt de soie noir à col en V et des chaussures en croco. Les souliers à eux seuls coûtaient sans doute plus que toute la garde-robe qu'elle avait emportée. Il arborait également la montre, la bague et la gourmette en or qu'elle avait vues auparavant. Un vrai Fort Knox ambulant.

Il se dirigea droit vers sa table, comme s'il avait déjà su où elle se trouverait.

« Mademoiselle Johnson. Ravi de vous revoir.

– Monsieur Santos.

– Roberto, je vous en prie. M. Santos est mon père. »

Ils échangèrent des sourires.

La serveuse était là avant que Santos ait fini de s'installer, et elle avait un verre sur un plateau. Le contenu était blanc, avec des filets de brun visibles à l'intérieur. Il sourit à la jeune femme et prit sa boisson. « Merci, Betty. »

La serveuse rosit et fit presque la révérence, puis elle s'éloigna. Toni eut l'impression que si Roberto lui avait dit « Saute ! », la Betty en question aurait bondi en une fraction de seconde, et se serait retrouvée toute nue aussi sec.

Santos dégusta une gorgée. « Ah », fit-il. Il la regarda et répondit à ce qu'il crut être sa question muette : « Lait de coco et rhum cubain. Très mauvais pour la ligne. Je dois redoubler d'exercices après en avoir bu un. » Il leva son verre et elle en fit de même avec son jus de tomate. On aurait dit un bloody mary. Qu'il se l'imagine.

« Aux nouveaux amis, dit-il.

– Pourquoi pas ? » fit-elle.

Ils trinquèrent.

Elle faisait traîner son jus de tomate tandis qu'il finissait son rhum-coco et en attaquait un second. Il était très calme, ce Santos, pas du tout désinvolte, mais entièrement polarisé sur elle, donnant l'apparence d'être subjugué par chacun de ses faits et gestes, comme si elle était la femme la plus fascinante du monde. Ce que, sous son identité d'emprunt, elle n'était assurément pas. Il ne fallait pas être un génie pour deviner qu'il espérait surtout tirer un coup.

Eh bien, il allait être déçu, à moins qu'il ne parvienne à convaincre Betty de prendre la place, ce qui ne semblait pas une tâche insurmontable.

Quand elle l'interrogea sur son travail, il réussit à éluder les questions, comme un bon boxeur esquive les coups, ne lui livrant presque aucune information. Il se baladait, expliqua-t-il. Guettait d'éventuels incidents. De temps à autre, il faisait des courses. Rien de spécial. Un boulot comme un autre.

Toni sourit, hocha la tête et fit mine malgré tout d'être impressionnée. Il ne disait pas la vérité. S'il se passait quelque chose à bord de ce navire, Santos y jouait un rôle, elle en était convaincue. Mais – à part lui passer la pommade puis l'accompagner dans sa cabine – comment allait-elle se débrouiller pour lui tirer les vers du nez ?

« Vous n'avez pas encore dîné, remarqua-t-il. Nous devrions aller manger. »

Toni se rendit compte que se dépêtrer de cette situation allait s'avérer encore plus délicat s'ils dînaient ensemble, et elle était sur le point de décliner l'invitation – une visite inattendue de M. Johnson devrait faire l'affaire – quand Santos détourna soudain les yeux pour aviser une personne qui venait d'entrer dans le bar. Il reporta presque aussitôt son regard sur elle, un petit sourire aux lèvres.

Toni regarda vers l'entrée.

Elle y découvrit une femme d'une beauté stupéfiante. Elle avait le type asiatique, peut-être amérindien, Toni était incapable de dire exactement. Elle était grande, avec de longs cheveux bruns, si noirs qu'ils miroitaient comme de l'encre. Elle portait un corsage rouge, glissé dans une jupe assortie qui lui arrivait au-dessus du genou et dévoilait ses jambes, en bas et talons hauts. Les habits étaient juste assez moulants pour révéler une svelte silhouette en sablier sans pour autant lui donner l'air vulgaire. Toni se rendit compte que le bruit de fond des conversations venait soudain de diminuer d'un cran : quasiment tout le monde regardait la nouvelle venue.

Tout le monde sauf Santos. Et vu son attirance manifeste pour les femmes, ça semblait bizarre.

« Qui est-ce ? » demanda-t-elle.

Il la regarda : « Je vous demande pardon ?

– En rouge, là-bas. »

Il se tourna, faisant mine de ne pas avoir remarqué la femme jusqu'ici. « Ah... C'est Jasmine Chance. » Son accent s'épaissit un peu, et lorsqu'il poursuivit, ce fut d'une voix chantante : « Elle bosse su' le bahteau, ew' awssi. » Pas espagnol, décida Toni. Brésilien, peut-être.

La femme entre-temps s'était mise en mouvement et Toni eut la nette impression qu'elle se dirigeait droit vers leur table, souriant comme le chat du Cheshire, talons cliquetant dans le bar devenu subitement silencieux. L'archétype de la femme fatale.

Pas de doute, elle s'approchait bien de leur table : elle s'immobilisa devant, tout sourire. « Roberto.

– Salut, Missy. » Il lui rendit son sourire.

Malgré cet assaut d'amabilités et de sourires, Toni sentit aussitôt cette atmosphère électrique caractéristique des couples en bisbille – juste avant qu'ils ne remettent leur masque.

Sale ambiance.

« Vas-tu me présenter à ton amie, Robert ? » Nouveau sourire, et si une expression était fausse, c'était bien celle-ci. Un rictus de crocodile.

Santos leva paresseusement la main. « Mary Johnson, secrétaire de direction à Falls Church, Virginie. Mary, je vous présente Jasmine Chance. Chef de la sécurité. Ma patronne.

— Une secrétaire », lâcha Chance en toisant Santos. Sa voix dégoulinait littéralement de mépris.

Toni eut la brusque envie de se lever et de gifler cette bonne femme pour son ton condescendant, mais cela n'aurait pas vraiment collé à son personnage, pas du tout même.

« Tu voulais quelque chose ? » s'enquit Santos.

Chance n'avait pas cessé de le fixer de son regard pénétrant. « Un important problème de sécurité vient de survenir. Peut-être ton amie voudra-t-elle nous excuser un moment ? »

Toni aurait adoré rester pour écouter cette conversation mais cela lui fournit justement la porte de sortie dont elle avait besoin. « Oh, mais bien entendu. J'allais partir de toute manière. Je ne me sens pas très bien.

— Oh, vous m'en voyez désolée, dit Chance, dont le ton ne trahissait pas la moindre sympathie.

— Inutile de partir, intervint Santos. Je suis sûr que ce ne sera pas long. » Lui non plus ne regardait pas Toni mais Chance.

Si les regards avaient pu tuer, quiconque se serait interposé entre ces deux-là se serait illico retrouvé transformé en cadavre grésillant passé au lance-flammes.

Toni se leva : « Ravi d'avoir fait votre connaissance,

mademoiselle Chance. Et encore merci pour le verre, Roberto. Peut-être que je vous reverrai. »

Elle s'éclipsa en vitesse, juste à temps. Il fallait qu'elle appelle Alex et la fenêtre de transmission était relativement étroite.

De retour dans sa cabine, elle passa dans la petite salle de bains et mit en route la douche. Il était peu probable que la pièce fût dotée de micros mais ça ne coûtait rien d'être prudent. Une fois masquée par le bruit de l'eau, elle se servit de son transmetteur crypté maquillé en banal téléphone mobile pour contacter Alex, en vocal, sans visuel. Il y avait un répéteur longue distance à micro-ondes à bord du navire – ils n'imaginaient pas leur clientèle se priver de portable même ici en haute mer – mais l'appel de Toni transitait par un satellite de communications militaire dont elle savait qu'il allait balayer la zone au cours des dix prochaines minutes.

« Hé, chou.

– Hé, répondit-elle.

– Comment ça se passe ?

– Bien. Je n'ai pas vu le gars de Jay.

– Pas de problème, on pense qu'il est en Allemagne. Autre chose ?

– J'ai rencontré deux personnages qui m'ont l'air intéressants. Tu devrais demander à Jay de vérifier leur identité, pour voir.

– Vas-y. »

Elle lui donna les noms de Santos et de Chance, les décrivit. « Santos dit appartenir à la sécurité de bord, et Chance serait sa patronne. Ils ont apparemment une liaison, si ça peut aider à quelque chose.

– Je transmettrai à Jay. Et toi, comment ça va ?

– Ça va. Mais je m'ennuie de toi et du petit Alex.

– Tu nous manques, toi aussi. Il va bien, Gourou va bien, je vais bien. Pas de problème de notre côté. Écoute, j'ai besoin que tu regroupes tout ce que t'auras pu trouver, photos, idées, suggestions, diagrammes, en un seul fichier que tu balanceras sur une de nos boîtes aux lettres cryptées. Précise "à l'attention de John".

– Je ne pourrai pas le faire avant le prochain passage du satellite. À moins que tu veuilles prendre le risque d'utiliser le relais du bateau.

– Non, ça peut attendre deux heures.

– Qu'est-ce qui se passe ? »

Il lui expliqua la théorie de Jay concernant le train et la barge de CyberNation. Il termina en ajoutant : « J'en ai parlé à la directrice. En temps normal, le gouvernement hésiterait à bouger avec si peu de preuves concrètes, mais dans les hautes sphères, toute cette affaire commence sérieusement à les préoccuper. Il va y avoir des échanges de bons procédés. Le train en Allemagne et la barge au Japon vont recevoir des visites impromptues. Si ce que pense Jay se vérifie, cela mettra hors service deux de leurs trois sites informatiques.

– Sans toucher au bateau.

– Le général Howard bosse là-dessus.

– T'es sérieux ?

– Comme un pape. Si ce nid de serpents électroniques s'apprête à frapper, il faut qu'on les arrête avant. Jay et John pensent l'un comme l'autre qu'ils pourraient franchir un pas dans l'escalade et passer des attaques purement logicielles à des attaques matérielles sur des serveurs et des compagnies téléphoniques. Pour le coup, cela flanquerait vraiment la pagaille.

– Certes. Donc, je suis un agent de la cinquième colonne ?

– Non. Tu en restes au programme convenu. Tu termines ta mission, tu reprends l'hélico pour le continent, tu rentres demain.

– Alex...

– Pas de discussion, coupa-t-il. Si le bras armé de la Net Force doit donner de la voix, c'est à eux qu'incombe le boulot, pas au vice-commandant adjoint. »

Elle savait qu'il avait raison. Elle était mère et elle avait un petit à la maison. Elle n'avait pas réellement sa place dans une intervention militaire. N'empêche, l'idée l'excitait.

« Très bien », dit-elle.

Le signal commençait à avoir du fading, aussi mirent-ils fin à la conversation. Toni éteignit la douche et alla chercher son écran-plat. Elle prendrait des notes, dessinerait des plans et ajouterait les photos qu'elle avait prises, puis réunirait le tout dans un dossier compressé et crypté en vue de le transmettre à John *via* son mobile codé au prochain survol du satellite de communications. Encore une journée à bord, et elle s'en retournerait à la maison. Ça lui avait fait du bien de se retrouver sur le terrain. Elle aurait certes préféré rester à bord si la Net Force organisait un assaut, mais elle avait désormais d'autres responsabilités. C'était ce qu'il y avait de mieux à faire. Même si elle détestait penser en adulte. Ça lui donnait l'impression d'être... vieille...

33.

Au-dessus de l'Atlantique Nord

L'appareil de Keller était à mi-parcours de son vol vers Miami quand il reçut l'appel affolé de l'opérateur-système du train.

Les autorités germaniques les avaient immobilisés pour une prétendue « inspection sanitaire », sous prétexte de chercher un porteur de la fièvre de Lassa. Les protocoles de nettoyage avaient été lancés dès l'arrivée de la police, indiqua le SysOp. Tous les disques des ordinateurs embarqués seraient vides avant que quiconque puisse télécharger quoi que ce soit, tous les fichiers écrasés et rendus irrécupérables. Il n'y aurait plus la moindre trace d'une quelconque activité illégale. Certes, il pourrait sembler suspect d'avoir tout cet équipement haut de gamme à bord d'un train, et plus suspect encore que tous les disques de ces machines soient vides, mais les autorités allemandes n'auraient rien à quoi se raccrocher pour inculper quelqu'un. Ils pouvaient toujours embarquer tout le monde mais, faute de preuves, l'affaire serait close, et tous les participants savaient que la seule chose à faire pour eux était de rester tranquilles en attendant que les avocats de CyberNation les tirent de ce mauvais pas. Keller et ses équipes étaient en sûreté et c'étaient eux qui faisaient tourner les programmes.

C'était inquiétant mais pas vraiment inattendu quand un appel brouillé lui vint du SysOp japonais, quelques minutes plus tard. Les ordinateurs de la barge avaient rendu l'âme, eux aussi.

Restait le paquebot, mais si Gridley et ses gars étaient au courant pour le train et la barge, alors ils devaient l'être aussi pour le *Bonne Chance*.

Heureusement, le navire croisait en eaux internationales. Si les Américains pouvaient leur envoyer une vedette des gardes-côtes ou un bâtiment de la marine – ce qui était politiquement improbable, selon Jasmine –, l'équipage du navire-casino les verrait arriver à quinze milles de distance. Largement le temps d'effacer là aussi les disques des ordinateurs, même si ce devait être en ultime recours. L'Allemagne et le Japon HS, tout leur travail se trouvait concentré sur le bateau. Ils devraient être absolument sûrs qu'il était compromis avant de le jeter. Effacer ainsi plusieurs milliers d'heures d'homme-machine, ce serait une catastrophe.

Mieux valait qu'il appelle Jasmine et lui dise où il était et ce qui se passait. Autant que ce soit lui qui lui en réserve la primeur.

À *bord du* Bonne Chance

Chance était seule dans son bureau, et elle fulminait. D'abord, il y avait eu ce petit numéro de Roberto avec cette traînée de secrétaire – elle l'aurait volontiers étranglé quand il l'avait regardée d'un air candide en lui disant qu'ils buvaient simplement un verre amical. Et maintenant, c'étaient ces putains de frappes contre le train et la barge, avec un Keller terrifié qui se radinait, quasiment en train de pisser dans son froc. Elle était moins inquiète d'un débarquement de la marine américaine que contrariée par l'étendue des dégâts. Comment avaient-ils pu deviner leur plan ? Keller lui avait pourtant affirmé que c'était impossible.

Elle comptait bien lui dire son fait à ce sujet.

Et le programme allait devoir être accéléré. Au cas où. Ils n'avaient dorénavant plus qu'une corde à leur arc et il allait falloir lancer leur flèche avant que leur cible n'ait une chance de s'éloigner de leur ligne de mire. Elle envoya un bip à Roberto sur son pager, appel de priorité maximale. Si ça l'interrompait dans ses tentatives pour sauter la secrétaire, tant pis. Elle envoya également une demi-douzaine d'autres messages, tout aussi prioritaires. Elle n'aimait pas du tout la façon dont cette histoire tournait. Mais alors pas du tout. Elle n'avait pas envie que tout soit déballé maintenant, pas quand ils étaient si près du but. Mieux valait encore passer à l'action et remporter une victoire partielle que rester les bras ballants et tout per-

411

dre. L'horloge tournait, et s'ils étaient pris de court avant le lancement de l'opération, tout serait fichu.

QG de la Net Force
Quantico

Howard regarda Julio : « Alors, qu'est-ce que t'en penses ? »

Fernandez hocha la tête. « C'est si simple que ça pourrait marcher. Gridley peut s'occuper de la partie informatique ?

— Il le dit.

— Donc, si on obtient le feu vert, on y va quand ?

— Demain. À la nuit tombée. »

Julio hocha de nouveau la tête. « La technologie. Qu'est-ce qu'on fait pas avec...

— Réunis trois escouades. Mixtes, hommes et femmes. Je veux trente éléments, deux pilotes et copilotes, l'arsenal habituel, compte tenu des limitations. Transport aérien, briefing, cartes, affectations, je veux que tout soit soit prêt à rouler pour demain dix-huit heures.

— À vos ordres, mon général. J'y vais. Je suppose que ça va nous permettre de voir si le nouveau grand manitou est aussi bon qu'il se l'imagine.

— Il aura du mal à se croire aussi bon que vous croyiez l'être, vous, quand vous étiez simple sergent.

— Ma foi, mon général, c'est parce qu'il ne pourrait sans doute pas l'être. »

Howard sourit.

Après le départ de Julio, il regarda les images informatiques qui flottaient dans les airs au-dessus de sa table de conférence. Les plans les meilleurs étaient toujours les plus simples, il le savait, mais peut-être celui-ci l'était-il trop.

Il n'y avait qu'un seul moyen de le savoir.

À *bord du* Bonne Chance

Santos n'aimait pas être bousculé. Une fois qu'il avait décidé d'un plan, il aimait le voir se dérouler naturellement. Parfois, il fallait s'adapter à l'inattendu, mais cette nouvelle puce qui venait de piquer le cul de Missy, c'était à la fois trop et trop vite. Il avait tenté de lui dire, mais elle n'avait rien voulu entendre. Toujours en rogne après lui à cause de cette secrétaire.

Pas de pot, cette histoire. Cette accélération du programme allait contrarier ses plans de séduction. La secrétaire était quasiment prête à passer à la casserole quand Missy, cette pute glaciale, s'était radinée et s'était mise à lui sonner les cloches. Elle allait le lui payer. Une ligne de plus à rajouter à sa note.

D'ici là, il devait préparer ses équipes à passer à l'action. Missy voulait agir vite. Dès demain, si possible, après-demain, au plus tard. Trop tôt – mais qu'y faire ? Il n'avait pas envie de rater le coche.

Toni se balada, prit d'autres photos, mais en ayant le pressentiment d'un événement imminent. Alors

413

que la journée s'écoulait, rien de nouveau ne se produisit pourtant. Plus un signe de Santos, preuve sans doute que sa patronne lui avait flanqué une trouille bleue.

Elle envisagea un instant d'aller faire un tour sur les ponts privés. Elle alla même jusqu'à faire mine de s'être perdue pour se retrouver devant l'accès à l'un de ces ponts. Mais le lecteur de carte électronique lui barrait le passage et alors qu'elle s'apprêtait à revenir sur ses pas, la porte s'ouvrit, révélant deux hommes de l'autre côté, vêtus par-dessus leur chemise de gilets de reporter, ce qui, sous ce climat, signifiait qu'ils leur servaient en fait à cacher des flingues glissés à la ceinture – elle doutait fort qu'ils aient froid.

Encore une petite preuve indirecte, ces vigiles armés. Bien sûr, peut-être étaient-ils là pour garder la salle des coffres où étaient entreposés les gains du casino...

Peu probable. L'essentiel des transactions qu'avait vues Toni se déroulaient sans argent ; tout se faisait à l'aide de cartes de crédit. On n'avait pas besoin de vigiles pour ça.

Non, mieux valait qu'elle fasse ses bagages et saute dans l'hélico de fin d'après-midi, direction ses pénates. Un peu plus tôt, elle avait entendu quelqu'un dire qu'on annonçait de la pluie pour ce soir ou demain, une petite dépression tropicale, rien d'un ouragan, mais tout de même du vent et des perturbations. Elle avait intérêt à être partie avant – elle n'avait aucune envie de voler par mauvais temps. Elle avait connu des gens qui s'étaient retrouvés à bord d'un avion qui avait tenté de décoller au milieu d'un typhon. L'appareil s'était écrasé et avait brûlé au décollage, et ses connaissances avaient eu de la chance d'en réchapper. Pour elle, mauvais temps et voyages aériens n'étaient pas compatibles.

Le Boy, zone sud
Rio de Janeiro, Brésil

Jay regarda autour de lui et se sentit un tantinet mal à l'aise. Le club était bruyant, la musique jouait très fort sous l'éclair des projecteurs éclairant la piste de danse. La plupart des danseurs étaient des hommes, il n'y avait qu'une poignée de femmes, et certaines avaient en plus l'air plutôt hommasse.

Il revint à sa bière virtuelle. D'après ce qu'il avait appris, Le Boy était le plus grand club gay de la ville. On pouvait plus ou moins s'attendre à y voir une clientèle essentiellement masculine, c'était assez logique...

Un grand baraqué vêtu d'un pantalon de cuir et débardeur moulants arriva au comptoir sur la gauche de Jay et lui lança un grand sourire tout en dents. « *Com licença*, commença-t-il. *Você é ativo ? O passivo ?* »

Jay tapota sur le minuscule traducteur dissimulé dans son oreille droite et la phrase en portugais fut aussitôt traduite en anglais : « Excuse-moi, mais t'es plutôt actif ou passif ? »

Même en RV, Jay rougit. « J'attends un ami », dit-il à voix basse. Le traducteur convertit sa réponse en portugais.

Le baraqué anabolisé – on les appelait ici des « barbies », se souvint Jay qui avait fait des recherches –

continuait de sourire. « Je pourrais être ton ami, susurra le traducteur à son oreille.

– Peut-être, répondit Jay. Connaîtriez-vous un nommé Roberto Santos ? »

Le visage du soi-disant ami se ferma. « *Bicha !* » lâcha-t-il.

Jay n'eut pas besoin du traducteur ce coup-ci.

« C'est un de tes amis ? dit le barbie, la voix mauvaise.

– Non. Un ennemi. »

L'autre hocha la tête. « C'est le roi des salauds, un fils de pute, l'enculé de sa grand-mère et de sa sœur ! » Et il glissa deux doigts dans la bouche et tira. Une prothèse dentaire partielle en sortit – ses quatre incisives du dessus étaient fausses. Le barbie agita l'appareil sous le nez de Jay. « Il m'a fait ça ! » Il renfourna ses ratiches.

Jay bredouilla quelques paroles de sympathie. « Parlez-moi de lui. »

Le barbie n'avait pas besoin de plus pour se lancer : « Il fréquente les milieux gays même s'il ne l'est pas lui-même. Il va parfois dans les... backrooms pour se faire tailler une pipe par un pauvre bougre. Puis il le tabasse. Il a tabassé plusieurs de mes amis. Il choisit toujours des balèzes. C'est un bagarreur, il a des poings d'acier. Il adore frapper. Il rit quand il cogne.

– Pourquoi la police ne l'a-t-elle pas arrêté ? Personne n'a donc porté plainte ? »

Le barbie acquiesça. « Oh si, beaucoup l'ont fait. Les flics se contentent de hocher la tête en rigolant dès qu'ils entendent son nom. Il est protégé. Si bien protégé qu'un jour il a tellement tabassé un mec qu'il en est mort, et, malgré tout, la police n'a rien fait. Santos est un démon. »

Intéressant. Jay avait ce qu'il était venu chercher. Temps d'aller voir ailleurs.

École de commerce
Université de Hongkong
Hongkong, Chine

Le professeur Wang, une femme d'environ quarante-cinq ans, coiffée à la Jeanne d'Arc et vêtue d'un costume croisé si sévère qu'il lui donnait l'air d'une nonne, répondit : « Oh oui, je me souviens d'elle. »

Ils étaient dans une bibliothèque, clim' à fond. Jay acquiesça. « Vous voulez bien m'en dire un peu plus à son sujet ? »

Wang sourit. « Ces souvenirs n'ont rien d'agréable. Tenez, une anecdote que se répétaient les étudiants et le personnel enseignant, pour vous la situer. Un jour que Jasmine se promenait au zoo, il y eut un grand tremblement de terre. Une partie des bêtes s'échappèrent de leurs cages. Parmi celles-ci, deux tigres mangeurs d'homme. Libres et affamés, ils s'en prirent à un groupe d'écoliers. À la dernière seconde, Jasmine Chance s'interposa entre les fauves et leur proie. Les tigres lui jetèrent un simple coup d'œil et filèrent illico dans leur cage, la queue basse, sans demander leur reste. »

Jay émit un petit rire poli.

« Attendez, ce n'est pas le mieux, poursuivit Wang.

Le mieux, c'est qu'elle taxa les parents de quatre cents dollars de Hongkong chacun pour avoir sauvé leurs mômes.

– Ça paraît... plutôt rude.

– Rude ? Attendez que je vous raconte autre chose, et ça, je sais que c'est vrai. Jasmine voulait être première de sa classe. Mais elle était faible dans une des matières – et pour elle, être faible, c'était être la seconde, avoir un A au lieu d'un A+. Alors, elle séduisit son professeur, un homme marié d'âge mûr avec quatre enfants et trois petits-enfants. Elle décrocha sa première place. Quand le prof lui avoua qu'il allait quitter sa femme pour aller vivre avec elle, elle lui rit au nez. Couvert de honte devant ce qu'il avait fait et son refus de l'accepter, il se suicida. Quand quelqu'un annonça la nouvelle à Jasmine, elle se contenta de hausser les épaules et lâcha "Dommage". Cette femme a autant de sens moral qu'un requin. On n'a pas intérêt à se trouver entre elle et ce qu'elle convoite. »

Jay hocha la tête. Encore plus intéressant.

QG de la Net Force
Quantico

« Donc, voilà le topo, patron. CyberNation a dans ses rangs un homophobe violent qui aurait apparemment un meurtre impuni à son actif, et une femme prête à n'importe quoi pour parvenir à ses fins. Je n'ai pas recueilli tous les détails sur eux, mais Santos a joué surtout les gros bras pour une ou deux organisations, tandis que Chance a connu une ascension fulgurante dans le monde des affaires, à croire qu'elle avait des ailes. Mettez-les ensemble, et ça prend déjà tournure. D'ici peu, la sauce aura pris.

– Il nous manque encore quelques ingrédients, nota Michaels. Ton ami Keller n'était pas à bord du train ; pas plus que les autres que tu avais listés et qui étaient censés s'y trouver également. »

Jay étouffa un juron.

« Tout à fait. Le gouvernement allemand surveille les aéroports et d'autres trains, mais il semble bien que notre bonhomme ait pris la clé des champs. »

Jay pesta de nouveau.

« Je crois que tu l'as déjà dit. »

Jay hocha la tête. « Ouais. Bon, et maintenant ?

– J'attends un coup de fil de la directrice dans les cinq prochaines minutes. Si elle a suffisamment de poids, nous pourrons expédier des visiteurs à bord du navire-casino à brève échéance.

– Je parie qu'elle l'a baptisé d'après son nom, observa Jay.

– Pardon ?

– Le *Bonne Chance*. (Il poussa un soupir.) Où est Toni ? »

Jay regarda sa montre. « À l'heure qu'il est, elle devrait être en train de reprendre l'hélico. En fait, si vous pouviez accéder à la liste d'embarquement, j'aimerais bien être fixé sur le vol qu'elle a pris.

– Aucun problème. Mary Johnson. »

Avant que Michaels ait pu dire autre chose, son interphone pépia. Sa secrétaire annonça : « La directrice sur la une. »

Michaels tendit le bras vers le combiné tout en chassant Jay de l'autre main alors qu'il décrochait. Jay se leva mais ne se pressa pas de regagner la porte.

« Allô ?

– Commandant. Nous avons le feu vert. Vous avez intérêt à ne pas vous être trompé.

– Oui, m'dame. »

Sur le seuil, Jay arqua un sourcil. Michaels lui adressa un signe affirmatif tout en levant le pouce.

« Oui ! » dit Jay en aparté. Il serra le poing et l'agita en réponse.

Michaels aurait bien voulu partager son optimisme.

34.

À *bord du* **Bonne Chance**

Toni faisait la queue pour embarquer sur la vedette. Le ciel était devenu gris et, même s'il ne pleuvait pas encore, le vent avait forci et la brise du sud-est était chargée d'humidité. Une longue file de passagers attendait le départ. Pas mal de gens, semblait-il, s'inquiétaient de la météo et préféraient ne pas se retrouver en mer à cent cinquante kilomètres de la côte si le temps se dégradait.

Le canot assurant la navette avec la barge-héliport arriva, vint s'amarrer à la base de la rampe et, au bout de quelques secondes, les nouveaux venus escaladèrent les marches ou gravirent la rampe à fauteuils roulants pour aborder.

Elle espéra pour eux que tous étaient venus pour jouer, parce qu'à coup sûr ils n'allaient guère profiter du soleil...

Une seconde...

Gravissant la rampe, elle vit un visage qui ne lui était

pas inconnu... Il lui fallut une seconde pour comprendre pourquoi.

Keller. Tel que sur la photo qu'elle avait vue. C'était le gars de Jay !

Que venait-il faire ici ? Il était censé se trouver en Allemagne, non ? Voilà qui devait signifier quelque chose.

Sitôt qu'il fut passé, Toni quitta la file d'attente pour la navette, comme si elle venait de se souvenir d'avoir oublié quelque chose. Le vide qu'elle laissa fut comblé aussitôt. Elle regarda sa montre. Le satellite de communication ne devait pas repasser avant trois quarts d'heure. Pouvait-elle prendre le risque d'appeler Alex sur un des téléphones publics ? Elle pouvait s'en tenir à un message anodin : *Hé, tu sais, la photo que tu m'avais donnée ? Eh bien, je croyais l'avoir perdue, mais j'ai fini par la retrouver, ici même à bord !*

Quiconque ignorait son identité réelle aurait bien du mal à en déduire de quoi elle parlait.

Certes. Mais si les téléphones de bord étaient sur écoute, ce qui ne serait guère sorcier vu que les lignes appartenaient à CyberNation et qu'elles étaient entretenues par celle-ci, ils pourraient se demander pourquoi diable une secrétaire de Falls Church appelait quelqu'un au siège de la Net Force. À moins qu'il ne soit possible d'identifier Alex avec son téléphone personnel ou son virgil. Et même si son brouilleur les empêchait d'entendre autre chose que du bruit, ils pourraient également se demander ce qu'une secrétaire pouvait bien faire avec un tel équipement.

Autant d'hypothèses qui n'étaient pas réjouissantes.

Non, mieux valait qu'elle attende le prochain passage du satellite pour pouvoir appeler sur une ligne protégée. Il restait encore une douzaine de départs d'hélicoptères dans la soirée, et il fallait absolument qu'elle voie ce gars d'un peu plus près, qui sait même découvre où il allait se rendre et à qui il était susceptible de rendre compte...

Comme si quelque divinité lasse avait prêté une oreille complaisante, Toni vit soudain apparaître devant elle Jasmine Chance ; elle était à présent vêtue d'une combinaison noire et chaussée de sandales. Toni détourna prestement la tête tout en levant la main pour dissimuler son visage.

Keller se dirigea droit vers elle et, bien qu'elle ne pût surprendre leur conversation, il était de toute évidence fort excité, à voir comment il agitait les mains.

Bien, bien, bien. Qu'est-ce que tout cela voulait dire ?

Alex voudrait à coup sûr en être informé. Certes, elle pouvait toujours l'appeler du continent, voire de l'hélicoptère, mais rien ne pressait, après tout ? Peut-être pourrait-elle trouver encore du nouveau avant de devoir partir.

Dans les airs,
aux abords de Fort Lauderdale, Floride

Le ronronnement doux des moteurs reconditionnés du vieux 727 avait quelque chose de rassurant. Ils n'étaient plus qu'à quelques minutes du but et Julio révisait une dernière fois la liste de contrôle alors qu'ils entamaient leur descente sur Fort Lauderdale.

« Notre jeune M. Gridley ici présent a réussi son coup. » Julio sourit à Jay, assis dans la travée voisine. « La première escouade et la moitié de la deuxième seront à bord de l'hélico A ; la troisième et le reste de la deuxième à bord du B. »

Howard acquiesça. Le commandant Michaels était assis à côté de lui. Michaels n'avait pas du tout prévu de les accompagner, même pour rester sur le rivage, mais il n'avait pas eu de nouvelles de Toni qui était censée avoir quitté le navire à l'heure qu'il était. D'après Jay, Mary Johnson n'avait toujours pas embarqué sur l'une des navettes à destination du continent. Il était possible que la dégradation des conditions météo ait entraîné plus de départs que prévu, retardant les vols, mais Michaels se faisait trop de souci pour ne pas les accompagner. Howard ne le lui reprochait pas. Il savait ce qu'il éprouverait s'il s'était agi de sa propre femme.

« Les radars météo révèlent une redoutable série de forts grains arrivant du sud-est sur l'objectif, le plus gros de la perturbation devant être là pour vingt et une heures – on va se faire tremper.

– Je penserai à prendre mon parapluie, dit Howard.

– Il risque de se retourner, mon général. On prévoit un vent de près de trente nœuds en moyenne, avec des rafales à quarante.

– Continue.

– Tous les éléments ont des gilets protecteurs en soie d'araignée classe III – c'est ce qu'on a pu faire de mieux, compte tenu du scénario –, si bien que personne n'est réellement à l'épreuve des balles. Les communications par faisceau direct infrarouge seront réglées sur le canal opérationnel gamma. Nous sommes tous dotés d'armes de poing et de pistolets-mitrailleurs, plus, dans nos bagages, l'assortiment habituel de gaz émétique, grenades assourdissantes et ainsi de suite. Chacun sait ce qu'il est censé faire. »

Howard acquiesça.

Le panonceau « Attachez vos ceintures » s'alluma, accompagné du signal sonore habituel.

« Donc, reprit Julio, pour résumer, on débarque là-bas, on prend le contrôle avant qu'ils aient eu le temps de dire ouf, et on s'empare des ordinateurs avant qu'ils puissent les détruire. Ensuite, notre jeune sorcier de l'informatique se pointe et récupère les preuves, tous les méchants vont en prison, et les gentils vivent heureux et ont beaucoup d'enfants. »

Ce ne sera pas si facile, Howard le savait. *Ça ne l'est jamais.*

L'avion poursuivait sa descente ; il sentit claquer ses oreilles.

« Toujours pas de nouvelles de Toni ? » s'enquit-il.

Michaels semblait préoccupé. « Non. Elle aurait pourtant dû appeler, à présent. »

À *bord du* Bonne Chance

Toni avait un problème. Sa cabine n'était plus disponible, elle avait rendu les clés, et elle n'avait pas envie de se trimbaler dans les coursives en traînant sa valise. Pas facile de rôder furtivement, quand les roulettes de votre petit barda cliquetaient sur la moindre aspérité du sol. Aussi, dès que Keller entra dans une cabine, elle fila se planquer dans les lavabos voisins ; elle déposa sa valise sur la cuvette dans un cabinet libre, verrouilla la porte, puis escalada celle-ci pour ressortir. Il aurait été plus malin de déposer son bagage à la consigne, mais elle ne voulait pas quitter des yeux la cabine de Keller, au cas où il ressortirait.

Ce qu'il fit, moins de dix minutes plus tard, et elle s'était tenue suffisamment en retrait pour qu'apparemment il ne l'ait pas remarquée. Tout se passait pour le mieux.

Il fila droit vers l'un des accès gardés aux ponts privés où elle ne pouvait le suivre.

OK, donc il était ici. Alex aurait besoin de cette information et ça risquait bien d'être la seule qu'elle puisse lui donner. Enfin, toujours mieux que rien.

Quand elle retourna aux toilettes récupérer sa valise, celle-ci avait disparu. Et son portable crypté comme son écran-plat étaient dedans.

Pas bon, ça. Pas bon du tout.

Sans doute le service d'entretien l'avait-il récupérée. Quelqu'un aurait signalé qu'un des cabinets était verrouillé ; un gardien était venu, avait découvert le bagage. Rien de sinistre là-dedans. Elle avait sur elle son portefeuille et ses papiers, elle pouvait toujours aller la récupérer aux objets trouvés.

Peut-être. Ou peut-être que ce n'était pas une si bonne idée.

Elle s'assit sur la cuvette et réfléchit à la situation. Si Alex et les équipes de la Net Force devaient investir les lieux, elle ne voulait surtout pas, par ses initiatives, risquer de leur causer de problèmes. Donc, passer le coup de fil sans son appareil crypté était hors de question.

S'ils débarquaient ici, ils avaient de bonnes chances de mettre la main sur Keller – elle pourrait leur confirmer sa présence dès qu'elle les verrait. Ce n'était pas comme si elle était la seule civile à bord, n'est-ce pas ? Il devait bien y avoir deux mille touristes ici – elle ne courait pas plus de danger qu'eux. Moins, même, parce qu'elle savait qu'elle aurait intérêt à baisser la tête pour éviter les balles perdues.

Si la valise était bien aux objets trouvés, attendant d'être réclamée par son propriétaire, pas de problème. Mais s'ils l'avaient ouverte, avaient découvert à qui elle appartenait, et s'étaient demandé ce que ce bagage faisait posé sur le trône d'un WC vide et verrouillé de l'intérieur... cela risquait d'éveiller leur curiosité. Ça aurait sans aucun doute piqué la sienne si elle avait été responsable de la sécurité d'un paquebot. Une fois qu'ils auraient constaté qu'il ne s'agissait pas d'une bombe, ils risquaient de se poser d'autres questions : pourquoi diable quelqu'un abandonnerait-il son bagage dans un endroit pareil ?

L'écran-plat était propre, aucun fichier compromettant ; elle l'avait passé au programme de nettoyage. Pour le téléphone mobile, c'était moins sûr. Il avait l'air banal, un modèle commercial comme un autre – comme des dizaines de milliers d'autres. Il n'y avait pas un seul numéro en mémoire, et il faudrait qu'ils soient vraiment curieux pour le démonter et découvrir qu'il intégrait des circuits et un logiciel destinés à brouiller les appels entrants et sortants.

Mais – simple hypothèse de travail – à supposer qu'ils le fassent ? Mary Johnson se pointe pour récupérer son bagage disparu et la sécurité – en la personne de Jasmine Chance qui visiblement avait une dent contre Miss Mary depuis qu'elle la soupçonnait d'avoir des visées sur sa « chose », à savoir Roberto – décide d'avoir une grande conversation avec elle... Dans les eaux internationales, sans droits constitutionnels, ça ne sentait pas bon. Pas bon du tout.

Ça devenait une habitude...

OK, décréta-t-elle, voilà ce qu'elle allait faire. Elle allait se faire toute petite, se trouver une planque et y rester tapie en attendant de voir si Alex se pointait. Si oui, tant mieux. Sinon, elle s'en inquiéterait une fois sur place.

Bien, mais où se planquer ?

Une idée lui vint. Sans doute le dernier endroit où ils auraient l'idée de chercher s'ils décidaient qu'ils avaient besoin de la trouver.

Chance convoqua Santos dans son bureau. Il se présenta, d'un pas nonchalant, comme s'il avait tout le temps devant lui. On aurait dit un gros matou qui allait et venait à sa guise, sans jamais se presser.

Elle l'aurait giflé.

« OK, dit-elle, quels que soient les problèmes entre nous, ils devront passer au second plan. Il faut qu'on règle cette affaire ; pour le reste, on fera le tri plus tard. »

Il haussa les épaules.

« Des problèmes ? Quels problèmes ? »

Cette fois, elle eut réellement envie de le gifler. Au lieu de cela, elle sourit. Parfait. Il lui paierait ça plus tard. Il pouvait y compter.

Santos regarda sa montre. Il avait une heure et demie avant de devoir filer. Largement le temps, puisqu'il avait déjà fait ses bagages et qu'il prendrait le canot privé pour rejoindre la plate-forme d'envol sans avoir besoin d'attendre la navette régulière. Peut-être qu'il devrait essayer de remettre la main sur cette secrétaire ? Un quart d'heure, c'était plus que suffisant pour une petite séance de relaxation à deux, non ? Et même de prendre une douche après.

Pourquoi pas ?

Il se dirigea vers la centrale de vidéosurveillance. Si elle était toujours à bord, elle devait être passée récemment devant l'objectif d'une caméra. Le système informatique qui pilotait le réseau de surveillance ne pouvait pas rechercher un individu en particulier mais il pouvait, dans certaines limites, traquer des catégories de personnes. Des femmes, brunes, de telle ou telle taille, tel ou tel gabarit. Suffisait de lui dire ce que vous vouliez. Enfin bon, dans les grandes lignes. L'ordinateur serait sans doute incapable d'évaluer ce qu'il désirait véritablement, et de toute façon la machine ne pourrait le vérifier tant qu'elle avait ses fringues sur elle.

Il sourit.

Fort Lauderdale

Michaels faisait la queue derrière le lieutenant Fernandez qui lui-même suivait Jay. Le général Howard était déjà à bord du Sikorsky. Tous étaient en tenue civile, très touristes, et lestés de tout un assortiment de bagages de tailles et de formes variées. Les sacs étaient un peu plus lourds que ceux de touristes lambda, mais il n'y avait aucun portique détecteur de métaux avant l'embarquement dans les hélicos, donc aucun risque.

Tout le monde dans la file appartenait à la Net Force. Sur l'hélipad d'un autre hôtel à dix minutes de là, un autre groupe de la Net Force faisait lui aussi la queue. Jay avait réparti les réservations sur deux vols, en s'assurant qu'il n'y aurait personne d'autre qu'eux à bord de ces appareils. Enfin, à l'exception des équipages, mais ces derniers ne poseraient pas de problème, le général le lui avait assuré. Ils ignoraient que leurs passagers étaient autre chose que de banals touristes amateurs de jeu. Si toutefois il survenait un imprévu, John avait ses propres pilotes pour prendre le relais.

C'était d'une simplicité biblique. Ils se poseraient sur la barge porte-hélicoptères ; de là, ils prendraient la vedette pour rallier le paquebot et infiltreraient le navire. C'était moins un assaut direct qu'une opération clandestine. Le temps que la sécurité de bord s'en rende compte, l'affaire devrait être réglée. L'hypothèse moins probable était celle d'une fusillade et moins probable encore, le risque de blessés accidentels parmi les civils. Une idée plutôt brillante, somme toute.

Même si Michaels avait prévu de rester à Quantico et d'attendre que tout soit terminé, l'absence de nouvelles de Toni l'en avait empêché. Jusqu'à la dernière minute, il avait espéré qu'elle appellerait, mais non. Et il n'allait pas laisser ses gars avec tout leur équipement partir sans lui, pas tant que Toni serait encore à bord de ce navire.

Ce n'était pas très malin, ni du point de vue politique, ni du point de vue tactique, mais enfin merde, il était le patron. Enfin, jusqu'à présent.

La file avançait sans heurt, avec une précision toute militaire. Michaels ne put s'empêcher de sourire. L'équipage de l'hélico ne pouvait se douter que tous leurs passagers faisaient partie du même groupe. Jay avait fait en sorte qu'ils semblent provenir de tous les coins du pays, des célibataires, des couples, un trio de copains d'université, bref, rien qui puisse les faire passer pour autre chose que de simples touristes.

Alors qu'il gravissait les quelques marches d'accès à l'appareil, Michaels entendit deux soldats, un homme et une femme, discuter entre eux.

« Alors, c'est votre premier voyage en Floride ?

— Non, en fait, ma famille avait l'habitude d'y venir en vacances quand j'étais petite. Bien sûr, c'était tout au nord, une petite station balnéaire du nom de Destin, près de la plage de Fort Walton.

— Dingue. J'avais un oncle qui était stationné à la base aéronavale de Pensacola... le monde est petit. »

D'autres membres du commando bavardaient, établissant leur couverture. Michaels sentit la nervosité lui nouer l'estomac. Il trouva un siège, coinça son sac entre ses pieds, et boucla sa ceinture. John lui avait prêté son gilet protecteur. Il était plié dans son sac, à côté d'un pistolet en plastique et d'un micro-casque de transmissions. Comme il n'avait aucun rôle actif dans l'opération, Michaels était censé se trouver un coin à l'abri et rester en dehors du coup jusqu'à ce que le navire soit sécurisé, mais si jamais il y avait du grabuge, il serait toujours en mesure de communiquer et il disposerait d'une arme et d'un minimum de protection.

Il espérait que Toni avait raison. Oui, elle était capable de se débrouiller mieux que la majorité des gens, n'empêche, ce n'était pas une superwoman. Il pouvait y avoir eu un pépin. Sans doute n'était-ce rien – la météo, des vols complets, son téléphone qui s'était détraqué... Mais il ne pouvait s'empêcher de se tracasser. Il l'aimait. Et si elle n'avait pas de problème, peu lui importeraient ses protestations, il était bien décidé à ne plus jamais l'expédier dans de telles conditions sur le terrain.

35.

À *bord du* Bonne Chance

Keller avait inspecté le centre opérationnel et tout se passait bien. Enfin, aussi bien qu'on pouvait l'espérer. La précipitation de Chance allait causer de gros problèmes. Son équipe était bonne, la meilleure, mais ils ne pouvaient pas marcher sur les eaux. Ils étaient prêts à 85 ou 88 %, et si le lancement d'Oméga était prévu pour demain, ils ne seraient pas en mesure d'améliorer ce score. Il les avait tous fait bosser à fond la gomme, et dès qu'il aurait eu la possibilité de prendre une douche, de se changer et de manger un morceau, il retournerait aussitôt auprès d'eux. Il détestait ça. Pour sa part, il aurait voulu être à dix sur dix, mais ce serait huit ou neuf et il allait devoir faire avec.

Peut-être que Santos le sociopathe et son équipe de grandes gueules pourraient faire la jonction. Pas de la faute à Keller s'ils n'en étaient pas capables. On lui avait donné un programme, il s'y était tenu. S'ils voulaient accélérer les choses, grand bien leur fasse, mais dans ce cas, il ne faudrait pas qu'ils viennent pinailler sur son travail.

La porte de sa cabine était coincée. Il lui fallut frotter trois fois de suite sa carte magnétique pour réussir à l'ouvrir. Encore un de ces petits tracas de l'existence dont il n'avait vraiment pas besoin. Il alluma les lumières, passa dans la chambre, s'assit sur le lit. Ôta ses chaussures, sa chemise, son maillot de corps. Il avait déjà la main sur sa boucle de ceinture quand une voix féminine dit : « Je pense que ça suffit pour l'instant. »

Il se retourna si brusquement qu'il manqua se flanquer par terre.

Une petite brune se tenait là, en T-shirt, jean et tennis.

« Qui êtes-vous ? Qu'est-ce que vous faites dans ma chambre ?

– Vous ne me connaissez pas, monsieur Keller. Qu'est-ce qui vous est arrivé ? Vous avez été pris dans une émeute ? »

De la tête, elle indiquait ses ecchymoses qui présentaient désormais toute la gamme de nuances du brun au violet.

« Je vais appeler la sécurité. »

Elle hocha la tête. « Non, j'ai peur que ce ne soit pas possible. »

Il la jaugea entre ses paupières plissées. Quelque chose comme un mètre soixante pour cinquante-cinq, cinquante-huit kilos ? Il fit un pas vers le téléphone posé sur la table de chevet.

Sans qu'il sache trop comment, elle s'interposa entre l'appareil et lui, et le repoussa. Une chiquenaude qui suffit à lui faire perdre l'équilibre. Il atterrit sur le lit.

Et merde ! Passe encore qu'il se fasse démolir par un gars comme Santos, mais il n'allait pas se laisser malmener par un vulgaire petit bout de bonne femme ! Il se leva d'un bond, bien décidé à donner une leçon à cette idiote. Il leva la main pour lui assener une bonne gifle...

Elle esquiva le coup et lui balança une brique dans les côtes. Avant qu'il ait pu dire ouf, elle lui fit une espèce de croche-pied et il s'étala de nouveau sur le lit.

Il péta les plombs. Toute la rage qu'il avait accumulée depuis qu'il se sentait exploité, abusé par Chance, agressé par l'autre singe savant de Santos, et maintenant attaqué par une bonne femme dans sa propre chambre, tout cela explosa. Il se jeta sur elle en hurlant. Il allait l'étrangler !

Il sortit du cirage, perplexe. Il vit une femme assise à côté de lui, qui l'observait. Qui était-ce ? Où était-il ? Ses pensées étaient ralenties, comme enveloppées sous des strates de plomb. Il avait mal, encore plus qu'avant. Il avait besoin d'un antalgique, voilà ce qu'il lui fallait. Avait-il eu un accident ?

« Désolée », dit la femme.

La mémoire lui revint en partie. Il était dans sa cabine, sur le bateau. Il y était revenu pour... pour faire un truc, et cette femme s'était trouvée là. Elle l'avait attaqué. Frappé avec un bâton. Où était le bâton ?

435

« Qu-qui êtes vous ? Que voulez-vous ? » Bon Dieu, ce qu'il pouvait avoir mal.

« Peu importe qui je suis, répondit-elle. Mais il faut qu'on parle. Que vous me racontiez tout ce que vous avez mijoté. »

Un accès de dépression le submergea. Toute cette histoire faisait chier ! Il s'était fait tabasser par Santos, menacer de mort. Et voilà qu'il s'était fait dérouiller par une femme ! Un vulgaire petit bout de bonne femme ! C'était la honte. Il se sentait minable. Il avait envie de chialer. Merde, qu'est-ce qu'il avait fait pour mériter ça ? C'était pas juste !

« Tout va bien, lui dit-elle avec une tape sur l'épaule. Je ne vais plus vous faire de mal. »

Et là, c'était vraiment le pire.

Dans les airs,
à l'est de Fort Lauderdale

L'interphone du Sikorsky résonna : « Mesdames et messieurs, ici votre commandant de bord. Comme vous l'avez remarqué, nous rencontrons une petite perturbation et il semble que les conditions météo soient encore pires aux abords de notre destination. Même s'il est probable que pourrions essuyer ce grain sans problème, je préfère ne pas courir de risque, je crains donc que nous ne soyons obligés d'annuler ce vol et de regagner Fort Lauderdale. Désolé pour ce contretemps. »

Sur ces mots, le gros hélicoptère entama un lent virage à bâbord.

Howard soupira. Évidemment. Ç'avait été trop facile. Il lança un regard à Julio, dans l'autre travée, et lui adressa un signe de tête.

Julio déboucla sa ceinture, se leva, et s'avança dans l'allée en direction de la cabine.

Une des deux hôtesses voulut s'interposer. « Monsieur, s'il vous plaît, restez assis. Le commandant a fait allumer le signal de bouclage des ceintures.

– Je sens que je vais dégueuler », dit Julio. il se rapprocha encore de la porte de la cabine, qui n'était pas si loin.

« Je vais vous chercher un sac, mais vous devez vous rasseoir.

– Caporal Reaves ? » lança alors Julio.

Reaves, un gars musclé aux cheveux en brosse, se précipita pour maîtriser l'hôtesse, d'un seul bras, tout en lui couvrant d'une main la bouche. La femme voulut crier mais seul un petit cri étouffé filtra de l'étreinte puissante du caporal.

La seconde hôtesse, à l'arrière de la cabine, vit la scène et voulut saisir le micro de l'interphone mais aussitôt un soldat l'intercepta et la força à se rasseoir dans son fauteuil.

Julio glissa la main sous le pan de sa chemise hawaïenne et en sortit un pistolet – son brave vieux Beretta –, avant de se précipiter vers la cabine pour avoir un petit entretien avec le pilote et le copilote.

Quelques secondes plus tard, l'hélico virait de nouveau pour remettre le cap au sud-est.

Howard regarda Michaels avec un petit haussement

d'épaules. « C'est des trucs qui arrivent, commenta-t-il. Pas de lézard. »

Howard se retourna et fit signe à son pilote de passer à l'avant. Ce qu'il fit. Une minute plus tard, Julio raccompagnait de force le copilote à l'arrière et le faisait asseoir dans le fauteuil libre. Son flingue avait réintégré son étui. Il retourna s'asseoir à sa place et boucla sa ceinture.

« Tout se passe bien, lieutenant ?

– Tous les témoins sont au vert, mon général. Le commandant de bord a jugé qu'il était dans son intérêt de coopérer, vu que notre pilote est installé dans le siège voisin avec une arme et qu'il lui a fait comprendre qu'il savait piloter la bête. Personne ne lui a donné l'ordre de faire demi-tour, c'était sa décision. On devrait se poser dans trente minutes. Autant se relaxer et profiter du voyage. »

En cet instant, un trou d'air rabattit l'hélicoptère, une chute libre qui les mit momentanément en état d'apesanteur. La chute s'interrompit brutalement et la cellule vibra comme si elle venait de percuter un obstacle dans les airs. Howard regarda Julio.

« Faites comme si c'était une nouvelle attraction à Disney World, conseilla Julio. Le dégueuloir. »

À *bord du* Bonne Chance

Santos regarda sa montre et fronça les sourcils. Déjà quarante-cinq minutes et toujours pas signe de Mary Johnson. Il avait appelé la réception et découvert qu'elle avait rendu ses clés, mais la pluie et le vent avaient empiré et désormais toutes les navettes aériennes vers le continent étaient suspendues et, d'après les relevés, aucune Mary Johnson n'avait encore quitté le bord. Donc, elle était toujours ici, quelque part, et si elle n'était pas dans sa cabine ou dans l'un des casinos, restaurants ou bars, où était-elle ?

Peut-être avait-elle trouvé un amant ? Et qu'elle était au pieu, à se laisser bercer à la fois par le roulis et quelque heureux élu ?

Enfin, bon, ce n'était pas bien grave. De toute façon, il n'allait pas tarder à devoir décoller. Tant pis.

Son com sonna. Il le décrocha de sa ceinture et l'ouvrit.

« Oui ? » C'était Missy.

« As-tu vu Jackson ? Il était censé être en salle informatique et il n'y est pas.

– Pas vu non plus », répondit Santos. Et il ne risquait pas, si Jackson le voyait le premier. « T'as essayé sa chambre ?

– Il ne répond ni au téléphone, ni aux appels sur son messager, ni quand on frappe à sa porte.

– Peut-être qu'il est dans la salle de bains à dégueuler ? Le bateau remue pas mal et ce Jackson a tendance à avoir l'estomac fragile. Enfin, c'est ce que j'ai cru comprendre.

– J'en doute.

– Ou peut-être qu'il s'est trouvé de la chatte. J'ai également cru entendre qu'il aimait bien ça.

– Sois un peu adulte, Roberto ! » Une brève pause. « Tu ferais bien d'y aller. La tempête empire et il faut que tu sois sur le continent.

– T'en fais pas pour moi. Je ne vais pas disparaître comme Jackson. »

Il referma le téléphone d'une chiquenaude, le tapa contre son autre paume puis le raccrocha à sa ceinture. Bizarre, quand même, que Keller reste invisible. Ce gars ne vivait que par et pour ses ordinateurs. Peut-être qu'avant de redécoller, il ferait bien d'aller faire un tour du côté de la cabine du bonhomme, s'assurer qu'il n'avait pas eu un infarctus ou quoi que ce soit.

Toni écoutait, éberluée par l'envergure de l'attaque prévue contre l'Internet. Une fois lancé, Keller déblatérait comme un mec dopé aux amphétamines, parlant si vite qu'il haletait sans arrêt et devait sans cesse aspirer l'air à grandes goulées.

Piratages. Bombes à impulsions électromagnétiques. Des hommes de main armés et munis de cisailles. Le truc énorme. Il fallait absolument qu'elle prévienne Alex, l'affaire était trop grosse pour courir le risque de laisser faire. Ces gens étaient prêts à passer à l'acte d'ici quelques heures et les autorités américaines, mais aussi des autres pays, devaient être mises au courant.

Keller connaissait une partie de l'histoire, mais pas tout. Il fallait absolument qu'ils obtiennent les sites exacts des attaques visant les biens afin de pouvoir les arrêter. Sans doute ces plans étaient-ils stockés sur les ordinateurs. Keller pouvait-il y accéder d'ici ?

Oui, sans aucun problème. Il avait son écran-plat. Il pouvait télécharger les fichiers en question. Voulait-elle qu'il le fasse ?

Toni sourit. Voilà qui justifierait amplement qu'elle s'attarde ici ! « Allez-y », ordonna-t-elle.

Cela ne prit pas bien longtemps. Quand ce fut terminé, il grava les fichiers sur un mini-DVD qu'il éjecta et lui donna. « Tenez », dit-il à Toni.

Elle le prit. Elle allait appeler Alex, tout de suite. S'il n'était pas déjà en route, ce serait suffisamment important pour faire décoller en urgence un hélico militaire afin d'amener ici des renforts. « Vous avez bien fait, Jackson. À présent, patientez une petite minute, le temps que je passe un appel. »

Alors qu'elle s'emparait du téléphone, quelqu'un frappa à la porte de la cabine. Non, cogna, plutôt, comme s'il voulait la défoncer à coups de poing.

« Jackson, t'es là, mon gars ? Ouvre ! »

Santos !

« Non ! Non ! Va-t'en ! » glapit Keller avant que Toni ait pu l'interrompre.

Ho-ho. Comme un problème, là...

Chance se sentait comme un fauve en cage. Elle arpentait nerveusement son bureau. Où était Keller ? Où était Santos ? Et lui, pourquoi n'était-il pas encore parti ? Aucun des deux hommes n'était absolument indispensable en l'état actuel des choses – le plan pouvait certes se dérouler avec ou sans eux –, mais l'absence de l'un ou de l'autre occasionnerait une gêne indéniable. Et merde ! Qu'est-ce qui se passait ici ?

Dans les airs

Il faisait sombre, les rafales ballottaient l'hélicoptère comme une feuille emportée au gré du vent, et la pluie tombait, cinglante. Pas vraiment une nuit pour voler en plein océan.

« Ça y est, le voilà », dit Howard.

Michaels regarda par le hublot. Une tache de lumière éblouissante brillait dans l'obscurité. La barge porte-hélicoptères. Un peu plus loin, à au moins un demi nautique, le navire-casino, lui aussi illuminé qu'un arbre de Noël.

Fernandez revenait en titubant de la cabine, se raccrochant aux dossiers des sièges pour pouvoir au moins rester debout. Il parvint à leur hauteur, s'assit, boucla sa ceinture. « L'appontage risque d'être problématique, avertit-il. Notre pilote préfère laisser le commandant s'en charger, c'est son zinc, il le connaît mieux. La barge roule pas mal et leurs contrôleurs de vol n'ont pas vraiment envie qu'on s'y risque, mais nous avons insisté... trop dangereux de faire demi-tour, leur a dit le commandant. Ils disent qu'il va falloir qu'on essuie la tempête amarrés au pont parce qu'ils ont suspendu les navettes par bateau, la mer étant trop grosse.

– Et c'est un peu loin pour rallier le paquebot à la nage par un temps pareil, hein ? » remarqua Michaels.

Howard sourit. « Oh, je suis sûr qu'on pourra les

convaincre de nous laisser utiliser leur vedette. Si on le leur demande très poliment. »

L'hélico perdait de l'altitude, descendant en spirale vers la barge. Le pont n'avait pas l'air si vaste vu d'en haut. Plutôt la taille d'un timbre-poste.

Michaels quitta des yeux le hublot fouetté par la pluie. L'hélicoptère fit une embardée sur la gauche, puis sur la droite, avant d'essuyer une nouvelle bourrasque qui les fit dégringoler comme une pierre, si vite qu'il eut l'estomac au bord des lèvres. Derrière lui, il entendit quelqu'un dégueuler. Dans un sac, fallait-il espérer.

« Accrochez-vous, tout le monde, annonça le commandant de bord. On va y aller. »

36.

À *bord du* Bonne Chance

Toni estima qu'elle avait deux secondes avant que Santos ne force la porte, soit à l'aide d'une carte, soit en la défonçant à coups de pied. Il savait que Keller était là, aucun doute.

Mais Keller était une loque tremblotante sur le lit, blottie en position fœtale, les mains sur le visage.

Elle devait faire parvenir ces informations à Alex. Et elle n'avait pas du tout envie d'un affrontement avec Santos, pas dans un espace confiné comme celui de cette cabine. Peut-être aurait-elle le dessus. Peut-être pas. Il était grand, fort, en forme et surtout entraîné, et elle ne pouvait pas se permettre de perdre les données qu'elle avait obtenues de Keller. Que faire ?

La panique se réveilla et puis, soudain, son cerveau se remit à fonctionner. Elle se rendit compte que Santos *ignorait qui elle était ou ce qu'elle faisait dans la cabine de Keller*. Elle pouvait jouer cette carte, mais elle devait agir vite.

Elle saisit son corsage, l'arracha, puis ôta son soutien-gorge de mantien. Le tenant d'une main, se couvrant les seins de l'autre, elle se précipita vers la porte.

Santos avait des difficultés à faire fonctionner son passe magnétique. Il n'arrêtait pas de le glisser dans la fente mais la petite diode restait obstinément rouge. Il s'apprêtait à défoncer la porte quand celle-ci s'ouvrit.

Une femme à demi nue se tenait dans l'encadrement.

La secrétaire ? Elle, ici, avec Keller !?

De quel dieu avait-il déclenché l'ire pour que ce type, ce pitoyable *picaflor*, couche avec deux de ses femmes ? C'en était trop. Il allait tuer ce mec.

« Roberto ? Qu'est-ce que vous faites ici ?

– Il faut que je parle à Keller. Il est censé être au travail. Mais je crois comprendre à présent pourquoi il n'y est pas. Pas étonnant aussi que je n'arrive pas à vous trouver.

– Il se rhabille, dit-elle. Dans la chambre.

– Ouais, eh bien, toi, tu m'attends ici. J'ai quelque chose pour toi. » Il mit les mains sur son service trois pièces, le soupesa. « Plus gros et plus raide que tout ce qu'aurait pu te proposer Keller. »

Elle lui sourit. Écarta la main qui tenait le corsage et prit une profonde inspiration.

Ah, jolies mambas.

Ah ouais, il faudrait que ce soit un petit coup vite fait, mais c'était jouable. Virer d'ici Keller, *pronto*, et revenir s'occuper d'elle. Laisser à Missy de quoi réfléchir... il comptait tout faire pour que Keller lui en cause.

Il se sentait déjà quasiment prêt lorsqu'il la croisa dans le petit couloir pour se diriger vers la chambre.

Toni prit ses jambes à son cou. Elle sprintait comme si elle participait aux qualifications du cent mètres olympique. Elle croisa un couple dans la coursive, vit l'homme lui sourire. Certes, une femme à moitié nue qui courait dans un corridor, ce n'était pas un spectacle banal. Elle n'avait pas le temps de s'arrêter pour se rhabiller. Elle avait envie d'être loin lorsque Santos se rendrait enfin compte qu'un truc ne tournait pas rond. Elle devait se trouver une autre planque, et vite.

La pluie cinglait comme une douche sous pression, et la bâche rayée bleu et blanc de la vedette avait bien du mal à garder les passagers au sec.

Michaels était trempé jusqu'aux os, le temps de monter à bord, comme du reste les autres « touristes ». La pluie déferlait presque à l'horizontale quand le vent soufflait en rafales. Et ce n'était pas le gilet en soie d'araignée qu'il portait sous sa chemise qui le protégeait.

Près de lui, Howard cria : « J'ai laissé les pilotes surveiller les équipages des deux hélicos et deux autres hommes garder celui de la barge. Ils viennent comme par hasard d'avoir de sérieux problèmes de radio et de transmissions. »

Vu comme l'embarcation s'agitait, piquait du nez et se redressait, les équipages des hélicos étaient bien le cadet des soucis de Michaels. La scène était suffisamment éclairée pour voir l'écume et la mousse soufflées à la crête des vagues. Il sentit un goût de sel et s'écria : « Chouette nuit pour une virée en bateau ! »

L'homme qui s'était mis à la barre lança le moteur, et la navette prévue pour contenir soixante passagers – mais seulement à moitié pleine – s'écarta de ses amarres contre la barge. Le roulis empira. Tous ceux à bord qui étaient enclins au mal de mer n'allaient pas tarder à rendre tout ce qu'ils avaient mangé depuis un mois. Une veine pour Michaels, il n'était pas sujet à ce genre de maux.

La vedette roulait et tanguait, elle piqua dangereusement du nez mais, une fois dans le lit du vent, le roulis se calma un peu. Ils étaient malgré tout encore loin du paquebot.

Alors que leur embarcation affrontait des creux d'un mètre cinquante, le virgil de Michaels se mit à bourdonner contre sa hanche. Il l'avait laissé en mode vibreur. Un bon point, car jamais il ne l'aurait entendu au milieu de ces éléments déchaînés. Il saisit l'appareil. Le numéro d'identification de l'appelant ne lui dit rien, et le petit écran restait vide, pas d'image. Il plaqua le combiné contre son oreille pour mieux entendre.

« Allô ?

– Alex, c'est moi.

– *Toni !*

– Chérie, qu'est-ce qu... ?

– T'es où ? le coupa-t-elle.

– Dans une vedette qui se dirige vers le bateau. On y sera dans cinq minutes.

– Dieu soit loué. Écoute. Je te parle d'un téléphone

public. Jay avait raison sur toute la ligne. Le ballon sera lancé demain. J'ai obtenu tous les détails. Je te rappellerai plus tard, mais pour l'instant, il faut que j'y aille. Je t'aime. »

Elle coupa.

Un serpent vicieux lui rongea les entrailles.

« Qui c'était ? dit Howard.

– Toni. Elle a l'air d'avoir des problèmes. Suffisants pour se risquer à appeler sur une ligne publique. Elle dit qu'elle a déniché la preuve dont on avait besoin.

– Mon Dieu, fit Howard.

– Faites accélérer ce truc », ordonna Michaels.

Howard adressa un signe de main. Le grondement du moteur s'amplifia mais la vedette ne parut guère aller plus vite.

Santos resta un instant décontenancé en découvrant Keller gisant sur le lit. Merde, elle lui avait pompé les neurones, ou quoi ? Il était étendu là, en slip, sans chemise, roulé en boule. Est-ce qu'il avait encore peur de se faire tabasser ?

« Keller, Keller ! »

Le gars gémit. « Non ! Non ! Je voulais pas ! »

Santos se précipita vers le lit, se pencha, saisit Keller par les cheveux et le souleva sans ménagement. « Tu chiales pour quoi, mec ?

– Je voulais pas, je voulais pas ! répéta-t-il. Elle m'a frappé. Elle m'a obligé à lui dire ! »

Santos se retourna pour regarder derrière lui.

« Lui dire quoi ?

– Pour Oméga ! »

Santos lâcha la crinière de Keller et le gifla de sa

448

main libre, mais une seule fois, avant de retourner au trot vers l'entrée, où il avait laissé la fille.

Elle avait filé, bien sûr.

Un coup d'œil dans la coursive. Personne.

Santos dégrafa son com et pressa la touche d'alerte. « Ici Santos, dit-il dès que la sécurité répondit. Il y a une femme à bord, petite, brune, vingt-huit, trente ans, qui se fait appeler Mary Johnson. Vêtue d'un jean, d'un T-shirt noir et chaussée de baskets. Trouvez-la ! Tout de suite ! »

L'officier posté au mouillage était éberlué. Il regarda la vedette avec ses touristes trempés. « Faut être cinglé pour risquer la traversée par un temps pareil ! Il y a des têtes qui vont valser ! » Un coup d'œil au pilote de l'embarcation. « Et d'abord merde, qui êtes-vous ? Où est Marty ? C'était son quart. »

Le pilote sourit et fourra le canon de son Walther dans le bide de l'officier. « Marty a eu un malaise. Si t'es sage, tu n'attraperas pas ce qu'il a eu. »

L'officier se figea ; ses traits étaient devenus livides sous le chapeau de pluie.

« Allez, on se magne ! » lança Fernandez à ses troupes.

Michaels fut le premier à gravir l'échelle.

Toni avait résolu son problème de cachette en longeant les portes au pas de course jusqu'à ce qu'elle en trouve une ouverte. Elle se glissa dans une cabine, vit une femme de chambre en train de faire le ménage et alla s'enfermer dans la salle de bains avant de laisser à la femme une chance de la reconnaître.

De derrière la porte, Toni lui lança en espagnol : « Hé, vous pouvez me laisser, s'il vous plaît... Vous reviendrez un peu plus tard, d'accord ?

– *Esta bien, Señora* », dit la femme de chambre qui ressortit.

Après son départ, Toni inspecta la cabine. Pas d'ordinateur, donc impossible de tenter de transférer le DVD sur un serveur de la Net Force ou même la boîte aux lettres d'un ami. Bigre !

Elle savait qu'elle ne devait pas traîner ici. Santos devait avoir déjà donné l'alarme. Que quelqu'un demande à la femme de chambre si elle n'avait pas vu une *Norte Americana,* et le piètre accent espagnol de Toni risquait de la trahir. Ou peut-être pas. D'un autre côté, le paquebot était truffé de caméras de surveillance et elle ne voulait surtout pas se faire repérer. Alex lui avait dit qu'il serait là d'ici quelques minutes. S'ils devaient déclencher une opération quelconque, tout ce qui lui restait à faire était de demeurer planquée jusqu'à ce qu'ils aient fini.

C'était tout.

Michaels regarda sa montre. Dans dix minutes, tous les membres du commando étaient censés se trouver en position. Dans quatorze, tous coifferaient leurs casques équipés de LOSIR améliorés et, soixante secondes plus tard, ils dégaineraient, tireraient des charges explosives destinées à faire sauter les portes blindées et, en théorie, se rendraient maîtres du bâtiment avant que quiconque ait eu le temps d'effacer le contenu des ordinateurs. Il avait déjà sorti le casque du sac que lui avait donné John Howard pour le glisser dans sa poche de chemise, il était prêt à y aller.

Mais... où était Toni ?

Michaels descendit aux ponts inférieurs, parcourut les coursives, regardant partout. Il y avait des membres de la sécurité coiffés de micros-casques qui se baladaient l'air très affairé, et il était sûr qu'ils cherchaient eux aussi Toni. Ou peut-être des touristes munis de sacs. Il fit glisser le sien – contenant le flingue – derrière une plante en pot quand deux des types s'approchèrent de lui.

Hélas, l'un deux repéra le sac. « C'est à vous ? »

Michaels les regarda. « Hein ? Non, jamais vu. »

L'un des gardes saisit le sac.

Alex ne voulait pas qu'ils l'ouvrent. Très vite, il lança : « Hé, vous seriez pas à la recherche d'une petite brune ? »

Le type qui s'apprêtait à ouvrir le sac interrompit si rapidement son geste qu'il faillit tomber. « Vous l'avez vue ?

– Ouais, elle est ressortie sur le pont supérieur. Du côté de la piscine.

– Merci monsieur. » Le gars fila, tout en parlant dans son interphone. Son collègue le suivit.

C'était toujours ça de gagné, se dit Michaels. À condition que Toni ne se soit pas planquée du côté de la piscine. Mais c'était quand même mal barré. Il regarda sa montre. Douze minutes.

Santos ignorait ce qui se passait, mais il savait que la petite secrétaire n'était pas ce qu'elle prétendait être. Il aurait dû s'en douter. Ces jambes n'étaient pas celles d'une nana qui passait ses journées le cul vissé sur une chaise. Cette fille savait se bouger. Quel con d'être aussi crédule !

Il devait la retrouver. C'était une espionne et si Keller s'était couché en lui balançant tout le détail de l'opération, ça risquait de sentir mauvais. Et malgré qu'il en ait, il fallait qu'il en parle à Missy.

Quand il l'eut retrouvée dans son bureau et l'eut mise au courant, elle fut tout sauf ravie.

« Quoi ? T'en es sûr ?

– J'ai laissé Keller couché sur son pieu, il était roulé en boule et sanglotait comme un bébé. Il a tout balancé.

– Il faut absolument qu'on la retrouve avant qu'elle puisse quitter le navire avec ses infos !

– Tous mes gars sont lancés à sa recherche. Quelqu'un l'a vue près de la piscine. »

Missy hocha la tête. « Qu'est-ce qu'elle irait faire là-bas ? Ce n'est pas par là qu'elle pourra s'échapper. Elle ne peut pas non plus s'y planquer. Fais couper toutes les communications vers l'extérieur.

– C'est déjà fait.

– La piscine... non, ça ne tient pas debout.

– Peut-être qu'elle n'est pas seule. Peut-être qu'elle a rendez-vous avec quelqu'un.

– Trouve-la, Roberto ! »

Howard regarda encore une fois sa montre, puis Jay Gridley. « Reste derrière moi.

– Vous en faites pas pour ça. »

Howard rajusta le gilet en soie d'araignée sous sa

chemise hawaïenne encore humide. Il était trop étroit. Mais il n'avait qu'à pas refiler le sien à Michaels : il n'aurait pas été obligé de se rabattre sur un gilet de rechange... Il détendit un peu les fixations latérales. Déjà mieux.

À moins une minute, Jay et lui sortirent de leur paquetage les casques à LOSIR conçus tout exprès pour fonctionner à l'intérieur, et les coiffèrent. « N'oublie pas tes bouchons de narines », avertit-il.

Jay acquiesça tout en se tapotant les ailes du nez. Déjà mis.

« Ici Howard. On y est toujours. »

Howard s'approcha du lecteur de carte, plaqua dessus une mince couche d'explosif et fit signe à Jay de reculer. Il regarda sa montre, décompta les secondes.

« ... quatre, trois, deux, une, top ! »

Le lecteur de carte émit un éclair comme un stroboscope avant de sauter.

Au bout d'une fraction de seconde, la porte s'ouvrit en coulissant et deux gardes armés en jaillirent, brandissant leur pistolet.

Howard les aspergea de mousse émétique. On aurait dit qu'une bombe de crème à raser venait d'exploser. D'épaisses volutes blanches enveloppèrent les deux hommes. Tous deux crièrent et se mirent à hoqueter. On peut dire que c'est la nuit des haut-le-cœur, songea le général.

Il aurait été plus sûr de les descendre mais ils ne voulaient tuer personne, sauf nécessité absolue.

Les gardes n'étaient pas encore à terre qu'il s'était élancé : « Go, go ! »

Jay lui emboîta le pas.

37.

À *bord du* Bonne Chance

Michaels entendit Howard dans le casque, puis il sentit les petites explosions à travers ses semelles, et comprit que les commandos avaient lancé leur assaut contre les ponts abritant l'équipement informatique. Cela ne prendrait que quelques secondes et, avec de la chance, ils devraient avoir réussi à éteindre les ordinateurs avant qu'ils n'en aient détruit les données.

Il releva la tête et vit un des vigiles de bord courir dans sa direction, son pistolet dégainé ; il se plaqua aussitôt contre la paroi, jouant les touristes terrorisés. Le type ne semblait pas s'intéresser à lui mais continuait de courir.

Au moment où il passait, Michaels tendit le pied. Le gars trébucha, fit un vol plané de trois mètres et s'aplatit le nez par terre en poussant un cri.

Michaels se précipita derrière lui et comme il tentait de se relever, il lui flanqua un coup de pied en pleine tête. Le gars s'effondra. Un point marqué !

Santos s'apprêtait à ouvrir la porte de la cabine où la femme de chambre avait vu entrer une inconnue quand son com se manifesta avec une sonnerie stridente et prolongée : le signal d'alerte.

« Quoi ?

– Monsieur, nous avons comme qui dirait un problème aux ponts inférieurs. Il y a... aaaahhh !

– Hein ? Quoi ? Quoi ? »

Santos entendit alors quelqu'un vomir bruyamment.

Il referma le com d'un coup sec. La femme ? Ou ses amis ? Peu importait, c'était sérieux. Il se dirigea vers l'escalier. Mieux valait juger sur pièces.

Au débouché d'une coursive, il vit deux types en chemise hawaïenne en train de s'éloigner. Ils étaient habillés comme des touristes mais ils portaient des casques de transmission et étaient armés de pistolets-mitrailleurs. Il crut en outre reconnaître sous les chemises mouillés des gilets pare-balles.

Pas des gars à lui.

Il se planqua hors de vue. Saisit son intercom, déclencha l'appel d'urgence.

Cette fois, pas de réponse. Une minute plus tôt, pourtant, ça passait.

Soit ses gars étaient trop occupés pour répondre, ce qui était improbable, soit le système de communications du navire avait été coupé. De toute manière, pas bon pour lui.

Il savait ce qui s'était passé : l'espionne s'était arrangée pour faire monter ses gens à bord. Peut-être étaient-ils là depuis des heures, ou des jours. L'endroit était piégé. S'il s'attardait ici, ça allait être son tour.

Il était temps de tirer sa révérence.

S'il pouvait rejoindre l'embarcadère, il pourrait s'échapper. La cigarette avait une autonomie de deux cents nautiques, facile. Au milieu de la tempête, personne ne le remarquerait, et même s'ils avaient un bâtiment avec un radar, jamais ils ne pourraient le rattraper par ce temps. Ça risquait de taper dur sur cette mer déchaînée, mais la cigarette était capable de semer n'importe quel navire dans ces eaux. La Floride avait une côte orientale longue et non surveillée. Il trouverait un coin isolé. Une fois à terre, il serait en sûreté.

Oui. Il fallait qu'il se tire. Maintenant.

Mais alors qu'il remontait en coupant par le gymnase, il tomba sur un autre touriste casqué. Une veine, celui-ci n'était pas armé.

« Vous êtes Santos, dit l'homme.

– C'est exact. Et vous, qui êtes-vous ?

– Je suis un agent fédéral. Vous êtes en état d'arrestation. Asseyez-vous et mettez les mains sur la tête. »

Santos éclata de rire.

Chance comprit, lorsque le système de transmissions interne fut coupé, qu'il s'était passé quelque chose de grave. Elle vit un inconnu filer en courant, puis des hommes armés, et sut aussitôt que le bâtiment avait été investi.

Ses hommes n'y étaient absolument pas préparés, pas à une attaque militaire de grande envergure. Ils pouvaient effacer les disques durs, mais la sécurité n'avait jamais été conçue pour résister à l'assaut des commandos de marine ou des forces spéciales, une fois que ces hommes seraient parvenus à monter à bord – cela n'avait jamais été au programme.

Désormais, la balle était dans le camp des avocats et des financiers. CyberNation la protégerait. Elle y avait veillé. Mais son assurance dans ce but pouvait se révéler un handicap si jamais elle tombait entre de mauvaises mains. Mieux valait qu'elle s'en prémunisse... tout de suite.

38.

À bord du **Bonne Chance**

Michaels dévisagea le bonhomme. Le gymnase de bord était une salle de bonne taille dotée de miroirs courant du sol au plafond et recouverte d'une moquette épaisse, avec des appareils de gymnastique tout autour et un espace central à peu près dégagé. Santos contourna un tapis roulant et se jeta par terre, il atterrit sur les mains et fit un salto avant dans sa direction.

Michaels n'avait jamais rien vu de tel... !

Malgré son entraînement qui le poussait à foncer lorsqu'il était attaqué, il esquiva sur la droite et le talon de l'assaillant manqua son nez de quelques centimètres. Un bon réflexe, en définitive : s'il s'était lancé, il aurait bien pu se le manger.

C'était quoi, ce binz ? Un exercice de gym pour cinglé ?

Le Noir atterrit à pieds joints et pivota aussitôt pour faire face à Michaels, en position accroupie. Il dansait d'un pied sur l'autre, se levant et se rabaissant, passant d'un coup de la position debout à la position accroupie comme une espèce de diable à ressort déglingué.

Les grandes glaces de la salle lui renvoyaient son reflet.

Tout ceci était surréaliste, un peu comme une scène tirée d'un film de Bruce Lee.

D'après Jay, Santos avait déjà tabassé un type à mort, donc, ne pas oublier, ce type était dangereux.

Michaels se maintint de biais à quarante-cinq degrés, pied gauche en avant, une main couvrant sa ligne de garde supérieure, l'autre la ligne inférieure, immobile.

« C'est quoi, cette pose tordue ? lança Santos, narquois. Pas du karaté, pas du jiu-jitsu. Sûrement pas de la capoeira. »

Capoeira ? Cela fit tilt dans sa tête. La technique de combat brésilienne inventée ou importée du continent africain par les esclaves noirs. Un truc acrobatique, mais c'était à peu près tout ce qu'il en savait. Il avait entendu Toni en parler. Ça collait : Santos était brésilien.

« Bienvenue au *Jogo, homem branco* ! » L'homme bondit, fit un salto arrière, atterrit avec grâce, un pied devant l'autre, une-deux ! Il riait.

Michaels eut un nouveau moment de panique. Reprends-toi, vieux !

Santos se coula sur sa droite, presque comme s'il dansait sur un air inaudible.

Michaels ne bougeait toujours pas. Qu'il danse. Ce n'est pas comme ça qu'il ferait du dégât.

Santos s'avança en zigzag, juste assez près pour décocher un coup de pied, puis il recula d'un bond, cherchant à déclencher l'attaque.

Michaels ne broncha pas.

Le Noir sourit. « Toi, tu sais quelque chose, pas vrai, monsieur l'agent fédéral blanc ? Mais c'est quoi, monsieur le Blanc ? Mais ça vaut quoi ?

– Viens le vérifier par toi-même.

– Oh que oui, je vais le vérifier. »

Santos esquiva de l'autre côté, esquissa un pas, feinta un coup de pied chassé. Il était trop loin pour que le coup porte et hors de portée de Michaels. Michaels ne broncha pas.

« T'attends quoi, que je fasse une erreur ?

– Dès que tu seras prêt. »

Rire de Santos. Puis dans un mouvement tournoyant, il se ramassa au sol et se lança dans une espèce de roue trapue, avalant l'espace les séparant. Le coup était bas et même si Michaels s'accroupit en pivotant pour réussir à lancer un blocage en revers, le coup de pied était trop puissant et il ne put guère que le dévier en partie. Le pied effleura la cuisse au lieu de la toucher de front, mais l'impact fut néanmoins douloureux.

Michaels aurait dû le bloquer, mais ce n'était pas essentiel. L'objectif ici n'était pas tant de vaincre que de ne pas perdre. Le vainqueur était le gars qui était capable de rentrer chez lui par ses propres moyens et en assez bon état pour pouvoir encore étreindre sa famille.

Santos sautillait d'un pied sur l'autre, tout en agitant les bras selon un motif qui se voulait sans doute hypnotique. « Pas mal pour un vieux, commenta-t-il. T'appelles ça comment, *Branco* ? »

Branco. Blanc, sans doute. « Quelle importance ?

– Simple curiosité. Je cherche toujours à apprendre.

– Je te raconterai tout ça quand on en aura fini. Peut-être que tu pourras te trouver un prof en prison. »

Santos rit, d'un rire sonore et grave. « T'es un marrant. Tu crois p't-être encore être là quand on aura fini, et moi en prison ? Risque pas. Cause-moi tout de suite.

– Je ne pense pas », répondit Michaels. Il pivota pour suivre Santos dans son mouvement circulaire, alternant le mouvement de parade de ses mains, toujours en position d'ouverture.

« Bonne économie de moyens, commenta Santos, l'air approbateur. Pas de gestes inutiles. Peut-être que je te laisserai la vie sauve pour que tu puisses m'en dire plus. Chinois, peut-être ? Birman ? Comment se fait-il que je ne connaisse pas ça ?

– Tu devrais sortir plus. Y a pas mal de choses que tu ignores. Nous tenons le bateau.

– Peut-être. Mais vous ne tenez pas Santos. »

Michaels inspira à fond, expira la moitié de l'air inspiré. « Relax, Alex », se dit-il à mi-voix.

Les journées de pratique de l'exercice mental que lui avait montré Toni portaient leurs fruits. Il se baissa un peu plus, gardant juste assez de tension pour rester droit. Sa respiration se fit plus profonde et il se sentit bien plus détendu. Compte tenu des circonstances, cela relevait quasiment de l'exploit.

Santos arqua un sourcil. « Hé, qu'est-ce que tu viens de faire, là, monsieur l'agent fédéral ? »

Sourire de Michaels. « Viens me montrer ta jolie petite danse d'un peu plus près, pour voir. » C'était, Toni le lui avait toujours dit, de bonne guerre au silat de titiller l'adversaire. Ça pouvait le mettre suffisam-

461

ment en rogne pour qu'il perde le contrôle et fasse un truc stupide. Sans doute pas ce mec, qui donnait l'impression d'avoir été sculpté dans la pierre et semblait aussi sourd aux bavardages qu'une souche, mais ça ne faisait pas de mal d'essayer.

« Je vais venir, t'inquiète. Mais on a le temps, pas vrai ? Aucune raison de se presser. On peut faire durer le jeu. »

Santos feinta un coup de pied et un coup de poing, puis il s'accroupit en pivotant, posa les mains au sol et lança de la jambe gauche un coup de pied de mule, à ras de terre, en visant le genou de Michaels...

Michaels esquiva par l'intérieur, bloqua le coup et riposta à son tour par un rapide coup de pied à l'aine...

Santos fit une brusque volte-face, enchaîna sur une espèce de rotation acrobatique qui s'acheva par un revers du poing en direction de la tête.

Tout en se protégeant le visage du poing droit, Michaels riposta par un blocage...

Le coup de Santos s'écarta pour esquiver le coup mais pas assez... une des phalanges de Michaels entra violemment en contact avec le front de son adversaire.

L'autre recula, secoua la tête. « Pas mal... »

Il revint à l'attaque aussitôt, s'accroupit sur une jambe, balayant devant lui avec l'autre jambe tendue...

Michaels ne s'était pas attendu à un assaut sous cet angle qui le prit à la cheville gauche. Il se mit à perdre l'équilibre, poussa du pied droit et réussit à sauter par-dessus la jambe qui poursuivait son balayage circulaire, pour atterrir sans tomber. Il avança d'un pas, fermant sa garde, prêt à lancer le pied droit si Santos poursuivait son assaut.

Mais Santos recula d'un nouveau mouvement de rotation dans les airs. Il retomba avec grâce à dix pas de Michaels. « J'aime bien ce que tu fais. C'est dense, sans gestes inutiles. Allez, dis-moi ce que c'est, que je puisse apprendre et améliorer mon jeu. Dis-moi, si jamais t'en es plus capable par la suite.

– T'en fais pas pour ça », dit Michaels. Mais lui, il s'en faisait. Il aurait bien aimé avoir un couteau. Un flingue, même, tant qu'à faire. Une grenade à main ou un char aurait été pas mal non plus.

Santos éclata de rire : « On est inquiet, *Branco* ?

– Nân, je voudrais juste éviter d'être en retard pour le dîner. C'est toi qui devrais te faire du souci. Vois-tu, je sais quelle est ta petite danse... c'est de la capoeira. Et tu ne sais pas ce que je vais faire.

– Voyons voir ! »

Santos se jeta sur lui...

La blessure était légère, la balle de revolver avait transpercé le flanc d'Howard précisément à l'endroit où la fixation du gilet laissait un infime interstice entre les plaques avant et arrière. Le projectile avait surtout touché la peau et la couche de graisse, sept ou huit centimètres au-dessus de la ceinture. Deux centimètres plus à l'intérieur, le gilet l'aurait interceptée. Deux centimètres plus à l'extérieur, la balle l'aurait manqué complètement. Pas de pot. Un tir au jugé. Voilà ce qui arrive quand on n'utilise pas son équipement perso.

Il n'y avait toutefois eu aucun dégât majeur, et même si sa chemise était fichue et que l'éraflure saignait un peu, il n'allait pas mourir d'une hémorragie. Il s'en inquiéterait plus tard.

L'homme qui lui avait tiré dessus avait pris sa riposte en plein buffet. Il ne portait pas de gilet, lui, et les deux balles de 357 semi-chemisées à pointe creuse de son Medusa lui avaient fait deux jolis trous dans le sternum, séparés de moins de cinq centimètres.

Julio aurait apprécié. Un beau tir groupé. Et tant pis pour le vœu de ne tuer personne... Enfin, le gars aurait dû y réfléchir à deux fois avant de tirer sur Howard.

« Mon général ? s'enquit Jay Gridley. Ça va ?

– Je me suis déjà amoché plus en me rasant. Je me collerai un sparadrap quand j'aurai cinq minutes. »

La voix dans le LOSIR était celle de Julio : « Le bâtiment est sécurisé, mon général. »

Howard se mit à rire. Jamais il ne s'était senti aussi vivant. Le risque faisait partie de la vie, il le comprenait désormais. Et c'était ça sa vie, sa personnalité. Il était un homme de guerre. Un soldat. La mort était le lot de tous, au bout du compte, mais il ne pouvait pas cesser de vivre en attendant.

« Beau travail, lieutenant. Où êtes-vous ?

– Avec les ordinateurs. Pont D, au milieu du bâtiment.

– On vous voit d'ici quelques minutes. Discom. »

Gridley secoua la tête. « Je vais arrêter de sortir avec vous. La dernière fois, j'ai déjà failli me faire buter par un drogué psychotique en Californie[1]. Dès qu'on va sur le terrain, on fait pas de vieux os dans ce métier.

– Tu as réussi à localiser le commandant ? »

---

1. Voir *Net Force 5, Zone d'impact, op. cit.*

464

Gridley lorgna son virgil. « Ouais, son virgile se trouve à une cinquantaine de mètres dans cette direction. » Il tendit le doigt. « Mais impossible d'avoir une indication d'altitude. Il pourrait aussi bien être sur le pont supérieur qu'à fond de cale.

– Filons le chercher. Nos escouades vont cueillir le reste de ces rigolos. Reste derrière moi.

– Pas besoin de me le dire deux fois. Saji ne me pardonnerait jamais si je gâchais le mariage en réussissant à me faire tuer. »

Howard effectua un rechargement tactique de son arme, remplaçant les deux cartouches tirées par un chargeur rapide. Il referma le barillet et se dirigea vers les tables de black jack en longeant les rangées de machines à sous. Au-delà, une coursive traversait les cuisines pour déboucher sur une cafétéria. Michaels devait y passer d'après le signal GPS de Gridley. Il récapitula mentalement le plan étudié lors du briefing : un peu plus loin, au même niveau, on débouchait sur un escalier. À l'étage supérieur : le pont principal. En descendant, on débouchait sur un gymnase. Et sur cet autre pont se trouvait également un accès à la salle informatique verrouillée.

Bon, tu t'en inquiéteras quand tu y seras, John. Parce que si tu ne fais pas un peu plus gaffe, tu risques de ne jamais y arriver...

« Droit devant », indiqua Jay.

Howard acquiesça. Il regarda le jeune homme. « Je vais passer le premier. Tâche de ne pas me tirer dans le dos. »

Jay rigola.

Santos déboula, poings et genoux en avant, mais Michaels connaissait la parade... il se lança à son tour pour contrer l'attaque...

Santos disparut. Il se laissa tomber, adoptant sa drôle de posture en crabe, les pieds tendus devant lui, les mains en arrière, le visage levé mais presque plaqué au sol. Une position stupide, qui exhibait son bas-ventre, sans aucune protection. Michaels s'approcha pour lui flanquer un bon coup de botte dans les roubignolles...

C'était un piège !

Santos projeta le pied vers le haut et toucha Michaels à la cuisse, manquant l'aine de justesse. La force du coup était suffisante pour le faire pivoter et manquer de lui faire perdre pied. Il tituba, parvint à retrouver sa position d'équilibre...

Santos se releva, tournoya, revint et Michaels ne put que se couvrir pour amortir un rapide enchaînement de coups qui lui martela les bras, les épaules, et dont l'un s'écrasa contre sa tempe et lui fit voir trente-six chandelles...

Ce type avait les poings durs comme du granit !

Michaels chercha le contact à tâtons sans se servir des yeux mais du corps. Il projeta le genou et le coude droit, interceptant son adversaire à la fois à la hanche et sur le côté du cou. Pas élégant, mais efficace...

Santos secoua la tête, virevolta, se mit hors de portée. Il dodelina du chef. « Je pensais t'avoir eu. Bonne récupération. À présent, on va s'amuser. »

Michaels savait que c'était de la guerre psychologique. Deux de ses coups avaient porté, et Santos n'avait pas paru affecté outre mesure. Celui au cou avait dû faire mal, mais il n'allait pas surtout pas le montrer à son adversaire.

« Ça va, la tête, *Branco* ? »

Michaels restait encore ébranlé mais il ne pouvait pas non plus le laisser voir. « Pourquoi ? M'aurais-tu frappé ? C'est le mieux que tu puisses faire ? »

Santos réussit à sourire tout en continuant de lui tourner autour, en se rapprochant en spirale. « Le mieux ? Je ne suis même pas encore échauffé. Attends que je te fasse voir. Je suis plus jeune, plus fort, plus rapide et plus doué. Tu as dû avoir tout le temps de t'en apercevoir, non ? »

Fichtre oui. Il était meilleur que Michaels et il le savait. Il ne s'était pas livré entièrement, il s'amusait, comme pour un simple combat d'entraînement amical. Michaels le sentait. Il était mal barré.

Enfin. N'était-ce pas après tout le but de l'entraînement au silat ? Résister à un adversaire plus fort, plus rapide et mieux entraîné ?

Ouais. Mais ce type était une sorte de champion du monde de lutte. Il devait s'entraîner des heures chaque jour. Il avait l'avantage. Il le savait, Michaels aussi. Le silat permettait de résister à la majorité des adversaires, mais il ne vous rendait pas invincible, sûrement pas à ce niveau de compétence.

Il avait cependant une chose à son avantage, et peut-être qu'il pourrait retarder son adversaire jusqu'à ce qu'elle puisse se manifester.

Michaels le contourna par la gauche, toujours baissé. Il lui dit : « Tu veux entendre une histoire ? »

Bref sourire de Santos. « C'est une histoire drôle ?
– Je crois, oui.

– Vas-y. J'ai envie de rigoler. La journée a été mauvaise. »

Tous deux continuaient de tourner, par la gauche.

« Il était une fois une réunion de bêtes dans la forêt. Ils parlaient de la pluie, du beau temps, de l'état du monde. À un moment donné, la discussion aborda le sujet de savoir quelle créature de la forêt était la plus dangereuse et Tigre proclama qu'il était l'animal le plus redoutable.

« "Vraiment, dit Chien. Et pourquoi ça ?"

« Tigre rit. "Tu n'as qu'à me regarder ! Comparé à toi, je suis plus grand, plus fort et plus rapide ! Mes crocs sont plus longs, mes griffes plus aiguisées ! Je pourrais te rompre le cou d'un seul coup de patte ! N'est-ce pas la vérité ?

« – C'est la vérité, convint Chien.

« – Dans ce cas, tu reconnais que je suis l'animal le plus dangereux de la forêt.

« – Peut-être pas", dit Chien.

« Cette réponse fâcha grandement Tigre qui manifesta son déplaisir par un rugissement. »

Santos sourit, fit un petit pas de feinte, mais sans poursuivre. Michaels changea ses mains de position mais sans tomber dans le piège.

« Juste pour être sûr que t'es toujours réveillé, monsieur le Blanc.

– Je le suis.

– Alors, continue ton histoire. Tigre est fâché...

– Oui. Et il regarde Chien et lui dit : "Donc, tu soutiens que je ne suis pas l'animal le plus dangereux ? Qui est-ce, alors ? Toi ?

« – Non, pas moi, dit Chien.

« – Dis-moi ! Dis-le-moi ou je vais te tuer !" Et Tigre

se dressa, prêt à se jeter sur Chien. Mais avant qu'il ait pu attaquer, il y eut une détonation et Tigre s'écroula soudain, raide mort.

« Et là, derrière les bêtes, se dressait l'Homme, un filet de fumée sortant du canon d'un fusil.

« Et Chien de sourire de son sourire de chien : "Je ne suis pas l'animal le plus dangereux de la forêt. Mais j'ai un ami..." »

Santos sourit. « Pas si drôle que ça, ton histoire, *Branco*.

— Ah, tu crois ? », retentit une voix derrière lui. « Moi, je l'ai trouvée pas mal. »

Santos recula d'un pas et fit un demi-tour.

Un Noir, un autre vrai-faux touriste, était là, un flingue braqué sur lui. Il le tenait à deux mains, et le canon était pointé vers son cœur. Un deuxième homme se tenait en retrait. Armé, lui aussi.

Trop loin pour les atteindre avant qu'ils n'aient tiré. *Hmm.*

« Commandant », dit le nouveau venu. Le Noir.

« Général, je suis on ne peut plus ravi de vous voir. »

Santos fusilla du regard le *Branco*. « Tu as triché. »

Ce dernier sourit. « Oui. Tricher est de bonne guerre au silat. C'est l'art que je pratique, soit dit en passant. Le *pukulan pentchak silat serak*. Originaire d'Indonésie.

— Ah. » Santos en avait entendu parler. Il n'avait jamais eu l'occasion d'affronter un pratiquant de cet art mais il avait vu des films et des photos. « Où est ta jupe ?

— C'est un sarong, pas une jupe... ! »

Santos bondit, plongea, fit une roulade et, dès qu'il se releva, plongea de nouveau...

Le coup partit, mais un poil trop tard. La balle lui effleura le dos, à peine. Juste une éraflure, rien, pas de bobo...

Il y avait une vaste baie non ouvrante qui donnait sur la coursive devant lui. Il n'était qu'à un pas de la vitre...

Il y eut une nouvelle détonation, assourdissante dans cet espace confiné : la balle atteignit la baie devant lui, la transperça, et le verre s'étoila. Parfait !

Il se jeta tête la première contre la glace fendue, mains et avant-bras levés pour se protéger le visage. Dans le mille !

Il traversa la fenêtre dans une gerbe d'éclats de verre, rentra la tête, fit une roulade, atterrit sur la moquette du plancher, se releva et, emporté par son élan, percuta le mur opposé de la coursive. Sous le choc, une bonne partie des fragments de verre collés à lui se détachèrent. Il grogna en s'aplatissant contre le mur, s'écarta, dévia à quatre-vingts degrés en prenant appui du pied gauche, et glissa sur sa droite au moment où la troisième balle venait transpercer le mur contre lequel il se trouvait encore un quart de seconde plus tôt. Mais à présent, il dévalait le couloir, tête baissée, accélérant à chaque pas. En deux temps, trois mouvements, il n'était plus dans la ligne de mire, le cadre de la fenêtre bloquant la visée du tireur. Il tricotait des jambes, les pieds enfoncés dans la moquette, penché en avant, à la limite de la chute. Il atteignit un croisement, coupa à droite, dérapa, entra dans le mur, se cogna l'épaule gauche, rebondit, repartit au sprint.

Il riait à gorge déployée. Il avait une légère blessure au dos, du sang coulait de plusieurs éraflures aux bras et au dos de la main, mais il avait réussi à filer. Jamais ils ne pourraient le rattraper. Il trouverait bien un moyen de quitter ce navire. CyberNation pouvait bien être blessée à mort, peu lui importait. Il allait se tirer. Rentrer chez lui. Et compter son or. Rirait bien qui rirait le dernier.

Mais d'abord, il avait encore un petit truc à finir. Ensuite seulement, il pourrait se tailler.

Chance avait le pistolet et le disque portant l'assurance-chantage. Rien d'autre n'avait le moindre intérêt. Plus maintenant. Elle ignorait combien d'envahisseurs étaient à bord, ou si ses gens avaient eu le temps d'effacer le contenu des ordinateurs, mais elle aurait le temps de détruire le disque et c'était tout ce qu'elle pouvait faire à présent. S'ils la capturaient, les avocats de CyberNation la sortiraient de prison, et dès que ce serait fait, elle disparaîtrait. Elle avait une demi-douzaine de fausses identités prêtes à l'emploi, des sommes d'argent amassées sous ces noms d'emprunt. C'était certes une grosse perte, mais elle survivrait. Elle pourrait recommencer, sous un autre nom. Remonter la pente. Ce pourrait même être amusant, ce genre de défi.

Elle ne pouvait courir le risque de planquer le disque. Ils étaient bien capables de démonter ce bâtiment jusqu'à la ligne de flottaison, et si jamais ils mettaient la main dessus, CyberNation subirait un coup important, peut-être même mortel. Le contenu des fichiers était accablant : noms, dates, lieux, un rêve pour le ministère public. Elle les avait rassemblés pour se protéger au cas où CyberNation aurait décidé qu'elle ne leur était plus utile, mais à présent qu'elle avait besoin de leur aide, tout ce qui pouvait leur nuire risquait de lui nuire par contrecoup.

Elle ne pouvait pas se contenter de briser le disque. On disait qu'il existait maintenant des dispositifs de récupération permettant de reconstituer des données à partir de fragments de DVD. On pouvait les recoller, et même si une partie des infos était irrémédiablement perdue, l'essentiel restait récupérable. Elle ne pouvait pas courir le risque.

Non, elle devait s'assurer qu'il ne resterait rien de récupérable.

Il y avait un briquet sur son bureau, un bibelot en jade gravé incrusté de pierres fines, cadeau d'un ancien amant. Elle allait brûler le disque. Le pistolet lui servirait à garantir que personne n'approche d'elle avant que le support ne soit totalement détruit, si nécessaire. Quelques coups de feu tirés dans le plancher ou le plafond suffiraient à dissuader un intrus. Elle n'avait besoin que d'une minute ou deux. Après cela, elle se rendrait. Tôt ou tard, elle obtiendrait sa libération sous caution.

Elle fila dans la coursive pour rejoindre son bureau.

39.

À *bord du* Bonne Chance

Toni sortit de la cabine ; inspecta avec soin les deux côtés de la coursive. On voyait pas mal de gens l'arpenter, une vingtaine de touristes intrigués et inquiets, mais aucun n'était Santos ou l'un de ses gardes, pour autant qu'elle puisse en juger.

« Qu'est-ce qui se passe ? lança quelqu'un.

– Des pirates ! répondit un gros type. On s'est fait aborder par des pirates ! »

Toni sourit.

« Qu'est-ce qui vous amuse, ma petite dame ? demanda un type chauve au teint blafard. Vous trouvez ça drôle, une attaque de pirates ?

– C'est pas des pirates. C'est juste mon mari venu me sauver la vie. »

Le type la dévisagea comme si elle venait de se transformer en cobra géant. Elle lui sourit de nouveau avant de se diriger vers l'escalier.

Bon sang, elle sentait que ça allait être une super-histoire à raconter au petit Alex, un jour. Enfin, peut-être quand il aurait quarante ou cinquante ans...

40.

À *bord du* Bonne Chance

« J'ai jamais vu personne bouger comme ça ! dit Jay.
— Vous avez réussi à l'avoir ? » demanda le patron.

John Howard fit non de la tête. « Non, vous l'avez constaté comme moi. Je ne pensais pas qu'un homme pouvait être aussi rapide, avec ces roulades et tout ça... Il est gymnaste ?

— Il fait de la capoeira, dit le patron. Un art martial brésilien.

— On l'aura, dit Howard. Nous tenons le navire. Le plus important, c'est que nos hommes contrôlent la salle informatique. Ils ont tout débranché, notre ami Jay va pouvoir s'en donner à cœur joie. » Il sortit de sa ceinture un pistolet qu'il lança à Michaels. « Au cas où on tomberait en route sur notre ami... Si vous le voyez, abattez-le. »

Michaels acquiesça. « Ça, ouais. »

Ils fonçaient vers l'escalier quand Toni apparut.

Michaels faillit la renverser tellement il la saisit avec force. Ils s'étreignirent, firent la ronde. Jay sentait le soulagement qui émanait d'eux comme la chaleur d'un âtre. Et il dut l'admettre, il se sentait lui aussi beaucoup mieux. Il s'était fait pas mal de souci ces derniers temps.

Toni brandit un mini-DVD. « Les plans de l'attaque sur le Net, annonça-t-elle. Tout est prêt. Il faut absolument transmettre les coordonnées des sites aux autorités compétentes. »

Howard prit le disque. « Oui, m'dame. Même s'ils ne risquent plus de faire grand-chose d'ici. Nous avons pris le contrôle du vaisseau.

– Vous avez mis la main sur Santos et Jasmine Chance ?

– Pas encore. Mais ça ne saurait tarder.

– C'est un homme dangereux, prévint-elle.

– À qui le dis-tu », répondit le patron.

Santos vit que la porte du bureau de Missy était close et, quand il se présenta devant, il découvrit qu'elle était fermée à clé. Elle n'était pas dans sa cabine et il ne pensait pas qu'elle essaierait de se cacher à bord, elle était trop maligne pour ne pas savoir qu'ils finiraient par l'y dénicher. Non, elle devait être ici, sans doute à ourdir un plan pour sauver son joli petit cul. C'était le problème avec Missy, elle avait toujours un plan de rechange.

Il effleura la porte, hocha la tête, recula d'un pas. Il la heurta de l'épaule et la défonça, retrouva son équilibre et traversa l'antichambre pour gagner le bureau intérieur.

« Roberto ? Qu'est-ce que tu fabriques ? »

Elle avait un briquet dans une main, un petit pistolet dans l'autre. Un objet brûlait dans le cendrier posé sur le bureau.

« Je suis passé te rendre une visite amicale, Missy. Et te laisser un petit cadeau avant de prendre ma retraite.

– De quoi parles-tu ? Nous n'avons plus le temps pour ces bêtises !

– Ta jambe gauche, je pense. Juste au-dessus du genou. Je pense que ça rétablirait l'équilibre. Je n'ai pas été aussi rude avec Jackson, mais enfin, ce n'était pas vraiment de sa faute, non ? Quand ta meuf baise avec un autre mec, ce n'est pas du viol : après tout, c'est elle qui est responsable. Il lui suffit de dire non. Tu auras tout le temps d'y réfléchir avec ton plâtre en attendant de te rétablir. »

Elle leva le pistolet. « Tu as perdu la tête. Je ne vais pas rester plantée comme ça et te laisser me briser la jambe ! »

Il sourit, hilare. « Ça sera pourtant plus facile si tu me laisses faire. Tu crois que cette petite pétoire va suffire ? Tu as péché, tu le sais. Ce n'est que justice.

– C'est toi qui me parles de justice ? Toi qui sautais toute les serveuses et toutes les caissières de ce bateau ! Tu crois que je le savais pas ? Dégage !

– Les hommes sont les hommes. Ce n'est pas pareil. Tu ne peux pas comprendre. » Il fit un pas vers elle.

Elle lâcha le briquet pour prendre le pistolet à deux mains. Et le braquer droit sur sa poitrine.

« Si tu tires, je te briserai le cou à la place. Une jambe, ce n'est pas si grave. »

Il fit encore un pas.

Elle tira. Le bruit ne semblait pas si fort et l'impact de la balle, haut et sur la droite, n'était pas douloureux. C'était comme une petite tape avec le doigt, rien, vraiment. Il bondit...

Chance pressa la détente, encore et encore, jusqu'à ce qu'un déclic lui indique que l'arme était vide. Elle vit les trous apparaître sur le corps de Santos, son torse, son ventre, un autre sur sa main tendue, mais il continuait d'avancer !

Elle voulut s'écarter d'un bond, mais il l'agrippa d'un bras vigoureux, la saisit par la taille...

Elle lui martela la tête à coups de crosse, vit la peau du crâne éclater, vit le sang rouge vif ruisseler à gros bouillons, mais il ne voulait toujours pas la lâcher...

Il l'attira par terre, renversa la chaise derrière elle, la plaqua au sol.

« Roberto ! Non... ! »

Elle continua de lui marteler le crâne. Le vit sourire derrière les filets de sang qui ruisselaient sur son visage. Sa main remonta en glissant sur son corps et vint se refermer sur sa gorge. Il serra, ses gros doigts s'enfonçant dans les vaisseaux du cou. Sa vision devint grise.

« Je t'en supplie ! Non !

– Adieu, Missy », dit-il. Il se pencha et l'embrassa. Son sang goutta sur son visage. Elle plissa les yeux pour le chasser. Puis tout s'effaça. La dernière chose qu'elle vit fut son sourire.

Santos maintint son étreinte longtemps après que les yeux de Jasmine se furent révulsés, jusqu'à ce qu'ils reviennent, que les pupilles se dilatent et restent ainsi.

Quand il la relâcha enfin, il était certain qu'elle avait cessé de vivre.

Tant pis pour elle.

Il voulut se redresser et s'écarter d'elle, mais découvrit que toute force l'avait abandonné, lui aussi. Jamais il ne s'était senti aussi faible. Il s'avança d'un poil, mais ce fut tout. Il ne pouvait plus se soutenir sur sa main blessée. Il s'effondra en travers de son corps, le visage à côté du sien. Qui allait récupérer tout son or ? se demanda-t-il.

Ce fut sa dernière pensée.

Dans les entrailles du vaisseau, les programmeurs et les membres de la sécurité de CyberNation avaient paniqué. Ils n'avaient pas fait un aussi bon boulot que leurs collègues du train et de la barge. Les assaillants avec leurs bombes émétiques et leurs grenades assourdissantes avaient débarqué trop vite. Ils allaient trouver des preuves en abondance.

« Jay ?

– J'y suis déjà », annonça l'intéressé. Il se dirigea vers une console intacte et s'assit. Toni était derrière lui et regardait. « J'ai un freezer. Le temps de le glisser dans le connecteur. Ça devrait bloquer leur procédure d'effacement automatique... »

Dans leur dos, retentit la voix de Julio Fernandez : « Mon général ? » Il entra, précédant deux de ses hommes.

« Alors, on a fait un petit roupillon, lieutenant ?

– Y a truc sur lequel je crois que vous devriez jeter un coup d'œil, le commandant et vous. Hé, Toni, chouette de voir que vous êtes OK !

478

– C'est chouette d'être OK, Julio. »

Howard acquiesça. « Bon, gardez un œil sur ce qui se passe ici, dit-il à ses hommes. Lieutenant, je vous suis... »

Michaels et Toni suivirent Howard et Fernandez qui remontèrent une brève volée de marches avant de s'engager le long d'une coursive. Dans un bureau, ils trouvèrent gisant au sol les corps de deux individus : Jasmine Chance et Roberto Santos.

Michaels hocha la tête. « Seigneur. Que s'est-il passé ? »

Julio répondit : « D'après les marques au cou de la femme et les petites hémorragies oculaires, je dirais qu'elle a été étranglée. Quant à lui, il s'est pris six balles dans le corps, plus des entailles plein le crâne, là où quelqu'un l'a frappé avec ce petit .380 PPK. Il y a du sang sur la main de femme et dans sa paume une empreinte qui correspond à la crosse du pistolet. Comme je vois les choses, il s'est jeté sur elle, elle l'a truffé de balles, mais il a survécu assez longtemps pour l'étrangler. Un *ai-uchi*, comme disent les Japonais : un massacre réciproque.

– Mon Dieu, fit Howard. De vrais acharnés.

– Plus maintenant », constata Michaels.

Épilogue

La cérémonie avait été magnifique. Et maintenant, à la réception, Saji avait filé se changer pour mettre ses habits de voyage. Jay avait déjà quitté son smoking pour retrouver son style vestimentaire décontracté habituel. Toni se tenait près d'Alex qui faisait très James Bond dans son smoking noir. John Howard et sa femme Nadine étaient non loin, ainsi que Julio Fernandez et Joanna, son épouse. Julio portait dans ses bras leur fils qui gigotait et tenait manifestement à descendre et tout fiche en l'air. Un truc auquel Toni devait s'attendre d'ici deux ans avec le petit Alex...

La mère de Saji pleurait dans les bras de sa sœur. Les parents de Jay essuyaient une larme en contemplant, radieux, leur fils, depuis l'autre bout de la salle.

Jay vint serrer la main d'Alex. « Merci pour tout, patron, lui dit-il.

— Tu te sens mieux, à présent ? demanda Toni en embrassant du geste l'intérieur du salon de réception de l'église.

— Oh ouais. Juste eu froid aux pieds. Je l'aime. Je n'imagine pas que ça puisse cesser. Mes parents sont déjà en train de rêver de petits-enfants. Non, mais tu me vois dans le rôle de père ?

– Je pense que tu te débrouillerais très bien, dit Toni. Mais rien ne presse.

– Alors, sur le départ pour Bali, c'est ça ? intervint Alex.

– Ouaip. Sable, soleil, et cocktails avec des fruits et des fleurs, tout le tremblement. On fera un détour par la Thaïlande au retour, rendre visite à quelques-uns de mes parents éloignés.

– C'est super, Jay.

– Enfin, si vous êtes sûrs de pouvoir vous débrouiller sans moi...

– On fera avec. Avec le train, la barge et le paquebot hors service, je ne pense pas que ces gars nous cause-ront encore du souci avant un bon bout de temps, dit Alex.

– Mais ils n'ont été que blessés, pas tués. Ils peuvent faire retomber la responsabilité sur quelqu'un, sur un bouc émissaire, puis continuer », nota Jay.

Alex haussa les épaules. « On prend ce qu'on peut.

– Tu regrettes de ne pas avoir eu l'occasion d'affron-ter Keller en combat singulier ? » demanda Toni.

Il haussa les épaules. « Oui et non. Ça aurait certes fait du bien à mon vieil ego de pouvoir lui flanquer une dérouillée. Mais il a perdu, de quelque façon qu'on le prenne. Il est en taule, c'est devenu une vraie loque. À quoi bon verser de l'eau sur un type qui se noie ? Du reste, qu'est-ce qui pourrait être pire pour lui que de s'être fait prendre une trempe par une fille ? »

Elle sourit. Puis leva les yeux et vit Gourou, en tenue de cérémonie, sarong et sandales ; elle portait le bébé qui était vêtu d'une adorable petite tenue de base-ball, avec une craquante petite casquette des Orioles de Baltimore. Gourou s'approcha de Jay comme Saji refaisait son apparition, en tenue de voyage. Elle sourit à Jay.

« Je crois que c'est le signal », dit l'intéressé.

Ils sortirent, sous une grêle de graines pour les oiseaux – c'était mieux que le riz, parce que les piafs ne risqueraient rien à picorer celles qui n'auraient pas été balayées.

Alors que la limousine s'éloignait, Toni se tourna vers Alex. « Un voyage à Bali, c'est tellement romantique, tu ne trouves pas ?

– Hé, on a eu Hawaï. C'était aussi chouette, et au moins on comprend la langue. Tu te plains ?

– Moi ? Sûrement pas. » Elle lui prit le bras. « Et maintenant, on arrive à la partie intéressante.

– Oh ?

– Ouaip. Celle où ils vécurent heureux et eurent beaucoup d'enfants. »

Il rit et elle se joignit à lui.

Composition : IGS-CP
Impression Bussière, mai 2005
Editions Albin Michel
22, rue Huyghens, 75014 Paris
www.albin-michel.fr
ISBN : 2-226-16717-X
N° d'édition : 23486. – N° d'impression : 052120/4.
Dépôt légal : juin 2005.
Imprimé en France.